大江戸奇巌城《おおえどきがんじょう》

芦辺拓

早川書房

大江戸奇巌城

目次

「さぁさぁ、評判評判評判評判！　花のお江戸の大騒動、この日ノ本ばかりか異国まで巻きこんだ陰謀があったをご存じか。闇にまぎれて怪しの一団、八百八町に蠢《うごめ》きしを知らないか。その次第はこの瓦版につまびらかに記しあれど、その一端なりとご披露しようなら、オランウータンの大暴れあるかと思えばロゼッタストーンの謎文字あり、珍兵器火を吐いて疾駆すれば、怪発明は海に潜りと、まさに太平の夢を揺るがす大事件。この企みに立ち向かわんとするは、あろうことか優にやさしき五人の少女《おとめ》たち。彼女らが敢然攻め入る悪の根城を何と呼ぶ？　その名も妖しき《奇巌城《きがんじょう》》！」

第Ⅰ部　江戸少女奇譚の巻

その一・ちせが眼鏡をかけた由来

1

「ああ困った、実に困ったことだ」

念仏のように同じ言葉を唱え、半白頭を振りふり帰宅した九戸《くのへ》南武家《なんぶけ》の兵学教授兼本草方《ほんぞうかた》兼書物調役・江波戸《えばと》鳩里斎《きゅうりさい》は、式台に足を引っかけて派手にすっ転んだ。

ウワーッという叫びと物音に驚いて出てきた娘のちせは、父親のようすに目を丸くした。何しろ珍無類な光景で、鳩里斎は手には四角い風呂敷包みを抱えこんだまま、引っくり返された石亀みたいに足をジタバタさせていた。それでもなお、

「ああ困った困った、実に困ったことだ……」

茜色の夕日を浴びながら、くり返すばかり。折しも、どこかでカラスが小ばかにしたような鳴き声を立てながら飛び過ぎていった。

「あの、お父さま、いったい……」

ちせが問いかけても、いっこう変わらない。しかたなく板の間から無理に抱き起こそうとしたとたんギャッと叫んだのには驚いたが、

「……失礼いたします」

有無を言わさず父親の裾をめくり、その痩せてしわだらけの足に目を近づけ、なめるように眺めていった。やがて、

「捻挫《ねんざ》を起こしておられますね。じきに大きく腫れてまいりますから湿布をいたしましょう。おや、腰も打たれたようですね……ふうむ、これでは明日からしばらくは歩けませんから、お覚悟を」

そう言うと、「大丈夫じゃ、自分で歩ける」とがんこに言い張る父に肩を貸し、立ち上がらせた。

だが、その割には大丈夫ではないらしく、

「ああ困った、困ったことじゃわい」

と、うわ言のように言い続けるのだった。もっともこれは、式台でスッテンコロリとなる以前から、この老人を悩ましている件についてのものらしかった。

その間ずっと、鳩里斎は風呂敷包みを抱えて放そうとしなかった。どうやらそのせいで、転んだ際に体をかばえず、被害が甚大になったようだ。

「何がそんなにお困りなのですか」

ちせが見かねて訊いても、鳩里斎は片意地そうに頬をヒクヒクさせて、

「婦女子の気にするようなことではない。また口出しすべきことでもない」

「さようですか」

ちせは、その言葉に格別へこみもせず、「それならば」と言うなり、父の脇に腕を差し入れ、やっこらしょと持ち上げた。

鳩里斎は痩せ型ではあるが、背丈はある方。片や、ちせは決して筋骨たくましいというのでも、大柄でもないのに割に軽々と父を持ち上げられたのは、隠れた怪力の持ち主なのか、それとも効率的な力の入れ具合を心得ているせいか。

もっとも、鳩里斎は立ち上がる拍子に、つい痛めた足に体重がかかってしまい、

「あ痛たたたたっ！　何をする、もっとソッといたせ」

と頓狂な声をあげてしまった。

「ソッとしてもようございますが」ちせはすました顔で、「それならば、お困りのことをわたしにもお聞かせくださいな」

ムムッと父は目をむいたが、すぐに観念したように目を閉じると、

「――わかった。わかったから、床を延べてくれい」


偏屈というか片意地なところのある父親からすると、意外に早い陥落ぶりだった。

そのことに首をかしげながら、とにかく寝間の用意をし、手当てをしてやった。

やはり年を取ると耐性が弱るのか、くじいたところはすでに色が変わり、腫れ上がっていた。もっとも湿布でも何でも、薬ならどっさりとあった。

「どうだ、骨は折れておらなんだか」

恐る恐る訊く鳩里斎に、なめるように目を近づけて患部をながめていたちせが、

「いいえ」

と、かぶりを振ってみせると、父はたちまち勢いづいて、

「そうか、それなら明日にも出歩けるな」

「それは無理です」

ピシャリと言ってやると、父はたちまち渋面を作り、

「いや、お役目で、ちと行かねばならぬところがあるのだ。それで……」

「ちと、ということは、ごくご近所のあたりですか。それぐらいなら、わたしがついてさしあげますが」

「それがちょっと、山越しの道を少々……いや、ほんの少々」

「それなら、やっぱり無理です」

くどくどと言いかけるのを、バッサリとさえぎった。

「いや、そんなわけにはいかぬのであってじゃな」

「駄目です」

「そうか……それは困った」

ふてくされたように言うと、布団を引っかぶった。以前ならこれぐらいで撤退するお父さまではなかったが、とふと思ったが、それにも増して、

（やれやれ……さっきからいったい何回「困った」とおっしゃったことだろう）

ちせは、内心つぶやかずにはいられなかった。

──みちのくの小大名、ここ九戸の南武家は昔から甲州流兵学にゆかりが深く、父はその流れを多少くむところから教授役として招聘《しょうへい》された。

だが、この泰平の世ではそれほどもてはやされるわけもなく、学塾は門前雀羅《もんぜんじゃくら》。お城からもめったにお呼びがかからない。本末転倒な話だが。兵糧研究のため本草学の修業も少ししたことから、薬草の採取や栽培で重宝されることの方が多かった。

それでも暇がつぶれないので、折々に御書物蔵の整理を引き受けてホコリまみれになったりしている。おかげで「わからないことがあったら、鳩里斎先生を訪ねろ」と呼ばれるぐらいにはなった。

だが、それも善し悪しで、何やらむずかしい算術の問題が持ちこまれたので、これも兵学の一環と

鮮やかに計算してみせたら、勘定方の下請けをやらされただけとわかったりもした。

とにかく学問の便利屋、よろず知恵貸し所のようなもので、その影響をもろに受けたのが娘のちせだった。

お人形遊びや、ままごとなどするかわりに、家じゅうに積み上がった書物を読み散らして過ごし、見よう見まねで簡単な医術や調薬ぐらいはできるようになった。

藩が江戸で買い入れた蘭書を「鳩里斎、何とかいたせ」と下げ渡されても何もならずに困っていたのを、ひそかに読み解こうと試みて、阿蘭陀《おらんだ》いろはのＡＢＣ《アベセ》を独習してみたりした。

おかげで少し目を悪くし、口の悪いのから〝近目のちせちゃん〟とあだ名されるようになってしまった。そのことを母は生前、いつも嘆いていた。眼鏡は高価だし、あっても老眼用の凸レンズが主流で、まして女の子がかけるものではなかった。

一方、謹厳実直そのものに見えて鳩里斎は粗忽《そこつ》なところがあり、母亡きあと、ちせは父の世話に追われた。だから、今日のようなことがあっても、さして驚きもあわてもしないのだが、父が何をそう困っているのかは気にせずにいられなかった。

とりあえず差し出した白湯《さゆ》を、父がうまそうに口にするのをながめながら、

「いったい、どうなさったのです。お困りのことを聞かせるとの約束ですよ」

そう訊いたとたん、鳩里斎は湯呑みの中にセンブリか陀羅尼助丸《だらにすけがん》でも入っていたような顔になって、

「宝じゃ」

吐き棄てるように——というよりはゲップでもするように言った。

「宝？」

思わずおうむ返しに聞き返した娘に、鳩里斎はうなずくと、

「そう、宝……それも、このご領内に秘蔵しある古《いにし》えの財宝を捜し出せとの御命なのじゃ」

「御命ということは、もしや、あの」

　これには、ふだん冷静なちせも狼狽を隠しきれなかった。すると鳩里斎はうなずいて、

「そう、殿おん自らの命令じゃ。そして何と、このわしがそのお役目を担うはめになってしまったのじゃ……これが困ったでのうて、何を困ったと称すべきであろうか……吁嗟《ああ》！」

2

　九戸藩主・南武左衛門尉信正《さえもんのじょうのぶまさ》は、硬軟さまざまな文化芸術に理解のある半面、果敢に改革を断行していて、商品作物の栽培に牛馬の飼育、鰯漁に製塩に染織業の振興と、稼げるものは何でも稼ぎ、取れるものからは何でも取るという勢いだったが、それが高じた結果か、とんでもないことを言い出した。

「領内に田平《たびら》ノ庄なる村落あり、ここに久しく住む者どもは、はるけき昔に生国を追われ、刀折れ矢尽きた果てに現在の地に流れ着きしものという。一説に田平は多比良、すなわちタイラの転訛《てんか》にして、すなわちこれは平家の落人《おちうど》の後裔たる証しといい、またあるものは元亀天正ごろの戦に敗れし某《なにがし》の平太《へいた》の子孫であることに因むといい、はっきりしたことはわからぬが、とにかく独自の暮らしぶりを守り、他郷とは隔絶しつつ今日に至っている。

　さて、この田平ノ庄には一個の伝説あり、そは、右の一行が同地に移り住む際、莫大なる宝物を携え、これを村内のいずれかに隠せしという。その秘宝の正体たるや今の世からは想像もつかぬ代物で、今の価にすればいかほどになるやら見当もつかぬという。

さて一方、当家では家臣領民一同の協力奮闘のかいあって、財政も大いに好転、借金証文の束も薄くなり、城の庫《くら》にいささかの貯えも生じたが、そうなるとかえって憚《はばか》らねばならぬのが大公儀《ばくふ》の目。いざ御普請など申し付けられる際に備えて、巷間伝わるところの田平ノ庄の宝物が本当にあるものなら手中にしておきたいのじゃ……」

このご下命に藩の重役たちは周章狼狽、回りまわって〝専門家〟である鳩里斎のところに話が持ちこまれたという次第だった。何でも信正公に対しては、

――かの江波戸鳩里斎殿は、甲州流兵学の大家にて、甲州といえば武田の甲州金、また信玄公の隠し金山の噂の絶えぬところ。とすれば秘宝探索にも一家言あり、われわれなどには及ばぬ慧眼を持っておられるに相違ありませぬ。

と言上があり、「なるほど、それは頼もしい」とはなはだご機嫌斜めならざるものがあったという。どう考えても理屈がつながっていないが、彼らにとってはどうでもいいことなのだろう。

「……なるほど、そういうことでしたか。それはまた雲をつかむような話……お困りなのも無理はありませんね」

ちせは、父の枕頭でため息をついた。鳩里斎はその言葉に力を得たように、

「な、そうであろう？」

答えるなり、布団をはねのけた。そのまま床から起き上がろうとしたが、すぐに痛そうに顔をしかめた。ちせは呆れ半分、気の毒半分に、

「ほら、言わんことではありません。駄目です。とにかく安静にしていただかなければ」

「じゃといってどうする。殿はご短慮ということはないが、とにかく遅滞や逡巡を嫌われる方、たとえ雲をつかむような話であっても、動かないわけにはいかぬ。ましてこんなところで寝ているわけに

はいかんのじゃが……ああ、困った、困ったものだわい」

また念仏のように唱えだした。いつにない父の弱音に、ちせはしばらく考えていたが、やがて四角く座り直すと、父に話しかけた。

「――わかりました」

「何が、わかったというのじゃ」

半白頭をもたげ、キョトンと娘を見上げた鳩里斎に、ちせは思い切って言った。父のだらしなくはだけた胸元を見やりながら、

「その田平ノ庄とやらの秘宝、わたしがお父さまに代わって探索いたします。それと……お父さまが今もお大事に抱えていらっしゃる、その風呂敷包みの中をお見せください」


その翌朝のこと。

――こらやめろ、やめろというのに、女だてらで落人の村に行くとは何ごとじゃ、お前の身に何かあったら、お前のお袋どのに何と申し訳する、こら待てい、待ていというのに……アイタタ、イタタタ！

「それでは、お父さまのこと、よろしく」

奥の方からの叫び声のせいで、近所のおかみさんに言い置く言葉が途切れ途切れになった。

なおも娘を行かせまいとする父の声をしりめに殺して、門を出た彼女のいでたちは手甲脚絆《てっこうきゃはん》、手には菅笠《すげがさ》と息杖《いきづえ》という軽い旅装束。ただふつうの女性のそれと異なっていたのは、背中に葛籠《つづら》のようなものを負っていることだった。

肩にずしりと食いこむその重みを、しかし少しも苦にしないようすでスタスタと歩き始めた。町を

抜け、田んぼ道にさしかかる途中、

「おや、お嬢さん。お父上のお使いですか」

「娘先生、薬草採りとはご精が出ますね」

「手習いの出稽古も大変ですなぁ」

などと顔見知りの人々から声がかかるのを、「ええ」とか何とか愛想笑いでごまかした。

――いえ、宝探しです。

と正直なところを答えたら、どんな顔が返ってきたことだろう。

そう考えるとついおかしくなったが、そんな彼女もほんのしばらくあと、自分がどんな表情を浮かべるかは予測できなかった。まさか、ものの何刻と歩かず、日も高くなりきらないうちに、

（も、もう着いてしまった……）

そう心につぶやきながら、立ちつくすことになろうとは。

ちせは女にしては健脚で、歩くのもせっかちな方だったが、こんなにあっさりと目的地に着いてしまうとは思わなかった。

むろん地図は持ってきていたのだが、父が反対するので、最新のものは貸してもらえず、適当に見つけて持ち出したのが、かなり古くて不正確なものだったらしい。

もっと険阻《けんそ》な道中を覚悟していた。道なき道を行かねばならないと思っていたが、実際に行ってみると地図にはなかった道があって、しかもちゃんと整備され、道しるべも立っていた。

道なき道ではなかった。単に、地図が古すぎて載っていなかっただけだった。

そんなこととは知らないから、いろいろと用心はしていた。危険な獣やら山賊やらに遭遇するのではないか。魑魅《ちみ》魍魎《もうりょう》のたぐいが現われたらどうするか。彼女はそうした存在を頭から信じていないが、

勝手に向こうから出てくる分には止められない。

　何より現実的な危険として、道に迷ったり、途中で日が暮れたり悪天に出合ったりしたら、すぐ取って返そうとも考えていた。そのため絶えず緊張して、道筋や目印を記憶するよう努めていた。

　――そうした心配が、一切無用であったのはむしろ喜ぶべきだった。道は楽々と開け、人馬ともしばしばすれ違い、しかもそれらはごく真っ当なものたちばかりだった。

　何より、いま目の前に開けている田畑と家々が、父・鳩里斎にかわってやってきた田平ノ庄であることはまちがいなく、そのことに文句があるはずもなかった。

　だが……彼女は何となく納得できなかった。物足りないというか、ありていに言えばいささかの失望を味わっていた。それというのは、

（ここが、その落人の村落なの……源平合戦のときか、ぐっと下って戦国の世かは知らないけど、負け戦をからくも生きのびた人々がやっとのことでたどり着き、以来ずっと世間の目を避け、ひっそり暮らしてきた隠れ里だという？）

　と心中つぶやかずにはいられないような風景が広がっていたからだ。

　目があまりよくないせいで、遠景はぼんやりしてつかみどころのないものに見えたが、その分、穏やかで優しいものに見えた。

　あまりに当たり前で、珍しくもなく、明るい光に照らされた、南武九戸はおろか、日本国じゅうどこにでもある村。よもや、これが――

「これが本当に、田平ノ庄なの!?」

　ちせはとうとう、声に出して小さく叫んでいた。

　どうやら自分は、そしてどうやら父親も、相当にここのことを誤解していたらしい。

おそらくは周囲を崖に隔てられ、樹木鬱蒼《うっそう》として昼なお薄暗く、霧でも立ちこめているのでは——と思いきや、全然そんなことはなかった。

よく開墾された田畑、小さいが小ぎれいな藁葺《わらぶき》や茅葺《かやぶき》の家。のんびりと草を食む牛馬。ゴットンゴットンと眠たげな音をたてながら回る水車、そして鍬《くわ》を持ち鋤《すき》を構えた村人たち——まるで絵に描いたような田園風景であった。

だが、よくよく見ると少し変わったところがあった。

のんびりと、だがたゆみなく働く村人たちにまじって、彼らとは明らかに異質な人々が立ちまじっていた。

年齢や風采はまちまちだが、野良着ではなく、小ざっぱりと渋好みの着物をまとい、日焼けとは無縁の肌をしている。

ちせの旅装束よりはずっと軽装で、ちょっとした遠出か野歩きといった外出着姿。女性もいて、こちらは粋筋の人たちがお供についてきたという感じだった。

彼らには、それよりもはっきりした共通項があった。手に手に書物のようなものを持っていたのだ。何か小難しそうな本にも見えるが、パラパラとめくった拍子に見開きの挿絵が見えたりするところからすると、そうでもないらしい。

彼らはその本に熱心に見入ったり、腕組みして考えこんだり、互いに何やら話し合ったり、かと思うとあちこちを歩き始めたりした。

すれちがいざまに、そっと見たところでは、表紙の題簽《だいせん》には「今古奇観」という唐土《もろこし》の小説にある外題と、それに添えられた蘆ナントカ才カントカという文字が見えた。

それらを手に何をするのかと見ていると、村人にいきなり駆け寄って話しかけたものがある。それも一人や二人ではない。

何かたずねているようだが、明らかに畑仕事の邪魔をしているだけで、見ていてハラハラ、イライラさせられた。あちらのお爺さんに訊いて首をかしげられれば、こちらのおかみさんのもとに飛んでゆく。

何だろう、とようすを見守っていたが、わけがわからない。これはじかに聞き質してみねばと思ったとき、背後からいきなり声が掛かった。

「娘さんも、宝探しかい？」

まるで彼女の心中を見透かしたような言葉だった。驚いてふりかえると、そこには赤ら顔でずんぐりとしたおかみさんふうの女性が、にこにこと笑みを浮かべながら立っていた。

「た、宝探しですか」

ちせは、言われた言葉よりも言った人に驚きながら、訊き返した。

娘さんも、ということは、ほかにも宝探しに来た者がいるということだろうか。とすると、この村に押しかけている、書物片手のよそ者たちの目的というのは、もしや――？

（でもまさか、隠れ里の秘宝のことが、こんなに知れ渡っているなんて……）

とにかくさっぱり事情が呑み込めず、ちせが絶句したままでいると、赤ら顔のおかみさんは、しげしげと彼女の旅姿を見て、

「ああ、あの旅芝居の一座の子だったか。あとから遅れてきたんだね。そんなら、お仲間はあっちだよ」

一人合点したようすで、鎮守の森かと思われるこんもりと緑が茂るあたりを指さして見せた。

「あの……」

ますます訳がわからなくなったちせを置いて、おかみさんはスタスタと田んぼ道を去って行ってしまった。

どうやらこの村には、二通りのよそ者が来ているらしい。宝探しが目当ての、それにしては呑気そうな人々と、旅芝居の一座と。ちせはどうやら、その後の方と勘違いされたらしかった。

3

その、ささやかな森の中にあるのは、さして大きくもない筵《むしろ》がけの小屋だった。それも今まさに建てている最中らしく、中からは自分と同様な若い娘たちの声や、音曲を稽古するらしき調べがもれ出てきていた。

折しも、スラリと背の高い娘と、年配は同じながらどこかあどけない感じのする娘が出てきた。二人は幟《のぼり》や看板らしきものを抱えていて、鼻歌まじりにそれらを小屋の前に立て始めた。

その一つめには「東都《えど》・名曽屋鴇之丞《なそやときのじょう》一座」とあり、また二つめには「蘆辺亭才石《ろへんていさいせき》作『倭文字今古《ひらがなきんこ》奇観《きかん》』」と記されていた。

ちせはそれらをぼんやりとながめていたが、ふと二本目の幟と同じような文字を、つい先ほど見たような気がした。

（あ、さっきの連中が手にしていた本の表紙に確か……）

その不思議な暗合に気づいたときだった。幟を立てていた二人が、ちせに気づき、何か言いかけようとした。そこへまた、もう一人、お使い帰りかと思われる、野菜をいっぱいに抱えた娘がやってきて、親しげに笑いかけてきた。

「いえ、あの、その……」

ちせは、なぜだかどぎまぎしながら言った。

「あの、何でもないんです。ちょっと見ていただけで……さよなら！」


ますますわけがわからなくなった。

殿様の御下命を受けた父の意思を引き受けて、ここ田平ノ庄まで、この地に伝わるという宝物の調査にやってきた。

当然そのことを知っているのは自分だけだろうと思ったら、思いがけずこんなにもたくさんの人が押しかけていて、それを見込んだらしい芝居小屋まで設けられている。しかも、そこでは彼らが参考にしているらしい書物——おそらくは草双紙の類——と同じ題名の芝居をかけるらしい。さて、どうしたものかと、ちせは思った。とりあえず、お殿様が探し求めておられるお宝が、とんでもないことになっていることだけはわかった。

ちせは、村はずれの大きな木の下まで来ると、あたりに人気《ひとけ》がないのを確かめてから、背中の葛籠を下ろした。そこから取り出されたのは、父が後生大事に抱えて帰り、そのせいでけがをひどくしてしまった風呂敷包みだった。

「さて……とりあえずはこの謎を何とか解かなくては」

ちせは、ある覚悟を込めて独りごちると、おもむろに風呂敷の結び目に手をかけた。

木陰に腰をおろした彼女の目前に現われたのは、世にも奇妙な代物だった。

何の金属板なのであろうか、真っ黒な表面に細かな文字や図形が刻まれていた。殿様はこれを藩の重役たちに示し、それを押し付けられた形で、父の手に渡った。といっても、そのままでは意味不明なばかりか、ボンヤリぼやけてよく読めない。

ちせは、目を黒い金属板に近づけると、そこに刻まれた文字とも記号とも知れないものを凝視した。


――禹王《うおう》ノ時、洛水ニ瑞亀《ずいき》ヲ獲ル。其ノ背ニ陰陽ノ符ヲ刻ミアリ。今、之ニ一方ヲ加ヘ字ヲ以テ数ニ易フ。即チ祖宝ノ在ル攸《ところ》ナリ。


一応すらすらと読み下したが、これは昨日、父が寝床で読み解いてくれたもので当然だ。

何でもこれは、唐土の昔も昔、聖王とたたえられた禹の治世の故事で、黄河の支流の一つである洛水の治水工事をしたとき、瑞兆《ずいちょう》とされる神亀が捕れたのだという。

亀の背中には三行三列にわたり、全部で九つの数が示されていた。これを九数図といって、さらに大昔、黄河のほとりで伏羲《ふくぎ》が見つけた龍馬の体に描かれた十数図と合わせて「河図洛書」と呼ぶらしいが、とりあえず河図の方は関係なさそうだ。

父が見せてくれた本によると、洛書においては奇数すなわち陽数は白丸、偶数すなわち陰数は黒丸で表わされ、右側から縦に二・七・六、九・五・一、四・三・八――という並びになっていた。

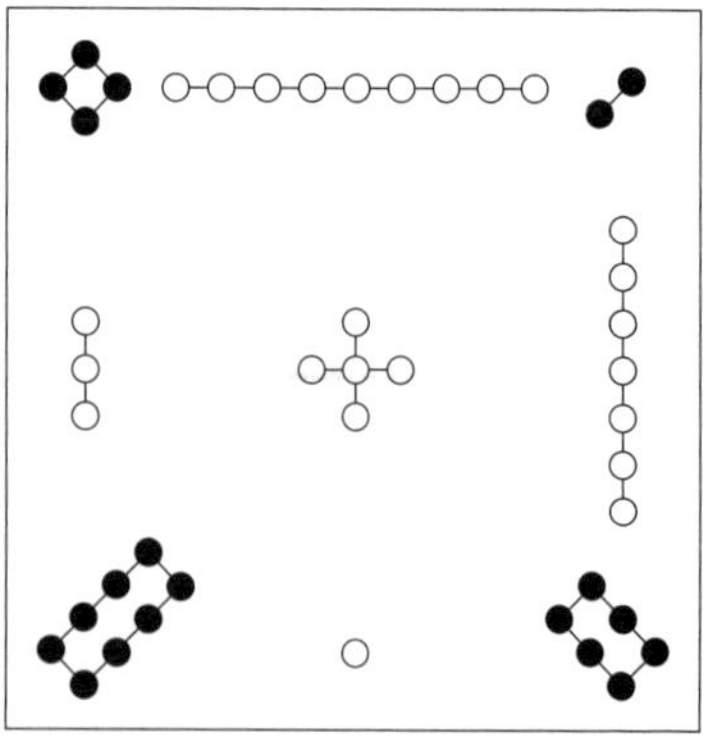

（ということは、これは……）

と、ちせには早くもピンと来るものがあったが、問題はその先だった。「祖宝」ということは、ご先祖様から後世に伝えられた宝物のありかを示すと気前のいいことを書いたあとに、いかにも怪しげな図とも経文ともつかぬものが記してあったのだ。

いったい、この碁盤目のようなものは——と、ちせがさらに目を凝らしたときだった。ついさっき後にしたばかりの田んぼのほうで、何か喚く声がし、キャーッという何人もの叫びがそれに続いた。

ちせは、黒い金属板をあわてて風呂敷に包み直すと、来た道を取って返した。

すると、そこにはさっきの村人たちや書物片手のよそ者たちに加えて、一団の武士たちが肩を怒らせ、声を荒らげていて、うち一人にいたっては、白刃を抜き放っていた。

どうやら侍たちは、よそ者を追い散らし、村人たちを詰問しているようだった。

宝がどうの、そのありかを教えろなどという声が聞こえてきたことからすると、どうやらこの武士たちも目的は自分と同じらしかった。

だが、いったい何者だろうと目を凝らし、耳をすませてみて、彼らが同じ家中の侍たちらしいとわかった。すると、この人たちも殿様から秘宝探索の命令を受けたのだろうか。

それなら、父のような老人に任せなくてもよかりそうなものだった。とにかく事情を知りたいし、彼らの顔もよく確かめたかったので、恐る恐る近づいていった。

だが、まもなく何人かがこちらを向き、彼女に気づいてしまった。それだけならよかったのだが、

「あれは江波戸なにがしのところの……」

「そうだ、あの学者先生の娘っ子じゃ！」

そんな会話を交わすのがかすかに聞こえたかと思うと、侍たちはいっせいに彼女目がけて駆け出した。そのただならぬようすに、ちせは思わずきびすを返し、駆け出してしまった。その背後から、

「逃げたぞ、追え！」

「捕まえろ」

明らかに敵意をふくんだ叫びが飛んできて、ちせはますます足を速めないわけにはいかなかった。

(何で、何であの人たちは追いかけてくるの？)

はずむ息と鼓動の合間に、疑問が頭の中で鳴り響いた。

こうして、父に代わって宝探しに来たはずが、同じ家中の侍たちに追われる身となってしまった……。

4

「い、いったいこれはどういうこと……何で、わたしがお侍たちに追っかけられなきゃならないの。しかも今にも斬りつけられそうな勢いで……いつのまにか、お尋ね者にでもなったのかしら？」

村外れの草むら。そこに身をひそめたちせは、はずむ息を抑えかねながら、われ知らずつぶやいていた。だが、その口をあわててふさがずにはいられなかったことには、

「どっちへ逃げた！」

「確かこのへんに逃げこんだぞ」

などと鋭い声が、思いがけないほど間近で飛び交った。そのことに心臓が縮むような思いをした彼女に、なおも追い打ちをかけるかのように、

「あそこだ！」

という叫びが耳をつんざいたから、もうおしまいだと思った。このままあっさり殺されるのか、殺されないまでもどんなひどい目にあわされるのかと総身が凍りついた。

それでも一縷《いちる》の、はかない望みをかけて体を縮め、地面に張り付かんばかりにした。ひしとかき抱いた風呂敷の中身が、痛いほどに腕や胸に食いこんだ。

そして、すぐそばの下草をザックリと踏みしめる音がし、ちせが小さな悲鳴をあげかけた——そのときだった。

「おい、あっちだ！」

「しまった、いつのまに！」

呼び交わす声がして、荒々しい足音が今度は急速に遠ざかっていった。草越しにかいま見たところでは、侍たちのさらに先には誰か人影があるようで、彼らはそちらを自分とまちがえて追っていった

らしかった。

その人のことも気になったが、とにかく助かったことに違いはなかった。

とすれば、このあとどうしたものか——。ちせは周りに人の気配がないことを十二分に確かめてから、移動を開始した。

身をかがめ、足音を殺しながら、にわかに凹凸を増し勾配を生じた道を足早に進んでゆく。ときどき立ち止まっては、例の役に立たない地図を広げ、周囲の景色を確かめる。

役に立たないとはいっても、どんどん新たなものが加わっていった道筋や田畑、家屋に関してであって、地形にそうそう変化はあるはずはなかった。実際それに関してはごく正確なもので、頼りにするには十分だった。

どうにも時代遅れではあるが、きわめて誠実——まるで誰かさんのようだと、ふと苦笑がもれたりした。

やがて、小さなお堂を見つけると、ちせはそこの軒下を借り、腰を下ろした。地図をかたわらに置き、あらためて例の風呂敷包みの中身を取り出した。

さきほども読み返した洛書のくだりに続く個所、そこには四行四列にわたる碁盤目模様が刻まれ、その枡目の一つ一つに次のような文字が収められていたのだ。

何しろ学があるというのは、四角四面な漢文を返ったり戻ったりしながら、むりやりにでも読み下し、和解《わげ》することとほぼ同義。藩内随一の碩学《せきがく》と自他ともに認める江波戸鳩里斎が、これに挑まないわけがなく、

「初メテ……而シテ……初ニシテ十毀ニ壁シ……直歩ニ段スレバ……直歩シテ升《のぼ》リ……ええい、何じゃこれは！」

頭をかきむしり、考えに考えたあげく、熱を出して寝こんでしまった。そのようすを見ても、これがふつうに読み解けるものでないのは、はっきりしていた。

ちせは、肩から提げた荷物から握り飯を取り出すと、ほおばっては黒い金属板をながめ、またほおばっては思案に暮れた。さっき逃げ回るときに、邪魔だから捨てようかとも思ったが、そうしないで

七	升	毀	初
入	後	段	而
左	百	直	壁
畢	窟	歩	十

よかった。

最後の飯粒を口の中に押しこみ、竹筒の水を飲んだあと、ちせは懐《ふところ》から帳面と矢立を取り出した。

三目並べをするにしては、線が縦横一本ずつ多い図を描くと、猛然と数字を書きつけ始めた。

「今、これに一方を加え、字をもって数にかえる……」

そんなことをつぶやきながら、たちまち帳面を一葉また一葉と真っ黒にすると、今度は小さな算盤まで持ち出して、パチパチとやり始めた。

ふいに手を止めたかと思うと、地図を引き寄せ、その上を走らせた指を「ホラ穴」という小さな墨文字の上で止めた。そしてまたパチパチパチと計算にとりかかる。

ちせはもう夢中だった。あまり夢中になりすぎて、お堂のそばに一人、また一人と忍び寄ってきたものたちに気づかなかったほどだった……。

5

「九十九、百、百一、百二……」

ちせはできるだけ大股に足を運びながら、ほの暗い洞窟の中で数を読んだ。

手元に灯りはあるものの、それは娘にしては大胆不敵すぎる探索の助けになるには、あまりに弱々しかった。

「百五、百六……百七！」

そこまで数えたところで立ち止まり、周囲を見回した。

ちょっとした広場のようになったそこからは、洞窟が人間の楽々通れるものだけで三つ、細かいものを入れると七股にも枝分かれしていた。

ちせは、しかし迷わず左の穴を選んだ。そこは入り口から急に上り坂になっていて、人工か天然かも区別がつかない段々がついていたが、ちせはそこに足を引っかけることもなかった。

まるで、あらかじめ知っていたかのように、彼女はその段々をのぼってゆき、そのかたわら「一、二、三……」とまた数え始めた。ただし今度は歩数ではなく、段々を踏むたんびに、順々に指を折っていった。

そして「十」まで数えたところで立ち止まり、そのかたわらにある石壁を見やった。そこに灯りを向け、じっくりと顔を近づけて見分し始める。

やがて小さく独りうなずいたのは、どうやらそこに人間の手が加わっているのに気づいたからのようだ。天工のみではありえない、漆喰《しっくい》か何かで固めた形跡が、明らかにそこにはあった。

ちせが、息杖でそれを打ちすえ、たちまちボロボロと欠け落ちた表面に、そのへんに落ちていたとがった石をたたきつけようとしたとき、

「娘、よくぞここまでたどり着いたな。あの謎を解いてくれたうえに、道案内までしてくれて礼を言うぞ」

声とともに、龕灯《がんどう》のものらしき光をいくつも向けられた。ハッとしてふりかえると、彼女が入ってきたばかりの洞穴の口から、さっき見かけた侍が四人、五人と姿を現わしたではないか。彼らは口々に、

「やれやれ、宝物詮議の密命を受けたのはわれわれのみと思いきや、あちこちから見物人が押しかけて、しかもどいつもこいつも『倭文字今古奇観』とかいう読本を携えて、自分こそ宝を掘り出すつもりでいるのだから邪魔でしょうがなかった」

「しかたあるまい。そもそもの発端が、その読本に田平ノ庄の秘宝の言い伝えが書かれてしまい、評判になったのがきっかけなのだからな」

「だが、まさかそれを芝居に仕立てた一座までやってくるとは、町人どもの利に敏《さと》いのにもあきれる。だがまぁ、隙見《すきみ》したところは、なかなか美人ぞろいでもあるようだから、あとで観に行こうよ。そして宴席に呼んで酌でもさせるか」

「こらっ、よけいなことを申すな。そんな話を今する必要がどこにある」

そう言ってたしなめたのは、最初ちせに呼びかけた侍だった。彼はあとから来た連中の頭目といったところらしく、さも愉快そうに続けた。

「いや、全く驚いた。こりゃやはり鳩里斎先生の知恵か。あの頭の固い御仁に、こんな謎解きができようとは思いもしなかったな」

「いいえ、違います」

ちせは、いささか憤然となりながら、その侍の言葉を押し返した。続けて、

「わたしが自分で考え、自分で答えを出したのです」

そう答えたとたん、おお？　という声が侍たちからあがったが、それは驚きや感心というより、疑いと嘲《あざけ》りとをたっぷりとふくんだものだった。女には知恵も胆力もありはしないと、信じているものの笑いだった。

「これは面白い」頭目らしき侍が歯を見せた。「われわれも見た、あの黒い板の文字から貴様は何をどう読み取ったのか、聞かせてもらおうか」

「いいでしょう」ちせは毅然として答えた。「あそこに記されていた、亀の背に書かれていたという数は、縦横斜め、どの方向から足しても十五になる。これは『方陣』といって神秘なものとされ、こ

とに一から順々に数のそろったものが貴ばれるのです」
方陣とは、日本独特の数学である和算の大家・関孝和が命名したもので、後世では英語のマジック・スクエアから「魔方陣」と呼ばれるが、そのやり方で「洛書」の亀の符号を書き換えると、

4	9	2
3	5	7
8	1	6

――となる。ちせは、たまたま足元に落ちていた黒い石を拾うと、それで漆喰の壁に図や数字を書き散らしながら、続けた。

「縦横三つずつの方陣はこれ一種――ぐるぐる回したり鏡に写したりして重なり合うものは、みな一つと数えて――しかありませんが、むろんもっと枡目の数を増やすことはでき、たとえば縦横四つずつ、一から十六までの数字を入れるものですね。そういえば、『初而壁十……』というわけのわからない文章とも何ともつかないものも、縦横四つの碁盤目の中に入っていて、まるで方陣の数字を漢字

に換えたようです。それに気づいたとき、わたしはハッとして『之ニ一方ヲ加ヘ字ヲ以テ数ニ易フ』とはそのことではないかと考えました」

　おお、と今度はまちがいなく感嘆をこめた声が侍たちからあがった。だが、そこには相変わらず女人、それも若い女への侮りがあった。

「でも」ちせは、負けじと声をはげました。「枡目が十六に増えると、とたんに方陣の数は何百にも増えます。これではとても解きようがないと思ったら、手がかりがありました。文中の最初にある『初』は一、『畢』は最後という意味ですから十六を表わすのではないか。すると右肩に一、左隅に十六が収まる方陣を見つければいいことになります」

			1
16			

「でも、これに当てはまる方陣はいっぱいあります。そこでもう一度よく見ると、文中にも数字がいくつも混じっているではありませんか。『百』は十六より多いので除くとして、右下の『十』と左肩の『七』――つまりこれに当てはまる方陣を探せばいいわけです」

7			1
16			10

「わたしは大急ぎで計算してみました。方陣づくりにはコツや法則のようなものがあり、四行四列のものは縦横斜めを足して三十四になるとわかっていますから、やみくもに数字を入れる必要はないのですが、それでもいろいろ試してみて、やっと一つ当てはまるものを見つけました……」

「『初』は一、『而』は八、壁は十五……これは何を意味するかというと、これらの文字をそれぞれに割り振られた順に並べ替えて読んでいけということです。すると、次のようになります……」

初入窟直歩百七而左十段升後毀壁畢

侍たちは、ちせが壁に書きつけた文字に目をこらした。

「初メ窟《いわや》ニ入リ……」

「直歩スルコト百七……而シテ」

7	12	14	1
2	13	11	8
9	6	4	15
16	3	5	10

「左シテ十段升《のぼ》リテ後……壁ヲ毀《こぼ》テバ畢《おわ》ル！」

「それに当てはまるような深い窟、すなわち洞窟は、田平ノ庄にはここ一か所のみ……そうか、そういうことか！」

侍たちは口々に言うと、段々を上り壁の間近まで来た。

「ええい邪魔だ、そこのけっ」

いきなり、ちせの肩をつかむと乱暴に押しのけた。彼女があっと悲鳴をあげるのもかまわず、刀の鐺《こじり》やら杖で突き、果ては足で蹴るなどして壁の破壊が始まった。

よくそんな脆弱さで、長の年月もったものだと怪しまれるほど、壁はあっけなく破られた。

侍たちは、競うようにその穴から中に入りこみ、あるいは外から龕灯で照らしつけた。と、やや間を置いてから、

「な、何だこれはっ！」

荒々しくも、一面では間の抜けた男たちの叫びが、洞窟一帯に響きわたった。

6

「こ、こりゃいったいどうしたことだ!?　ここにあるのは、ただのガラクタやゴミ屑ばかりではないか！」

頭目らしき侍が、ついさっきまでの凄みもどこへやら、素っ頓狂な声をあげた。だが、それも無理はなかった。

あっけなく崩れた壁の向こうに、ぽっかりと開いた畳三枚分ほどの空間。いかにも曰くありげな隠

し部屋といった感じで、現にそこにはうず高く積まれた品物があった。

だが、それはどう見ても宝物とはいいかねた。年月を経て降り積もった灰色の塵埃《じんあい》。だが、それを振り払った下から出てきたのは、それと大差のないような薄汚いしろものだったのだ。

「ええい、こんな反物、しかもボロボロに破れたものの何が祖宝だ！」

「うわっ、こりゃ枯れ草の山じゃないか。しかも触る端から砕けやがる……げえっ、この干し固まった塊はなんだ？」

「何だなんだ、この真っ赤に錆びた棒切れは？　刀か？　赤鰯どころではなく、鉄錆そのものではないか。えい、気味の悪いっ」

喜び勇んでつかみ取った品物を、放ったり投げ捨てたりし、そのせいで飛び散ったホコリに激しくむせ返ったりした。

侍たちの狂態を、ちせは冷ややかにながめていたが、やがてわれに返った侍の一人に胸倉をつかまれ、こう問い詰められた。

「娘！　これはどういうことだ。ここには古えから伝わる宝物があるはずではなかったのか！」

「…………」

ちせは顔をそむけたが、なおも「言え！」と詰問されて、しぶしぶ口を開いた。

「それらは、まちがいなく宝物ですよ……ただし、昔むかしの人にとってのね」

「なにっ」

「今でも絹はもちろん、木綿や麻の着物でさえ、多くの人たちにとってはぜいたく品ですが、昔はさらに貴重でめったと手に入らないものでした。まして、日本ではちゃんとしたものを織ることができず、異国からの輸入に頼らなければならなかった時代はね。

薬草や薬種もそうです。今なら、たとえ値段は高くとも、当たり前に売られているようなものが稀少薬あつかいされ、飲めずに死んでいった人も多かったことでしょう。そら、その枯れ草や変な塊のことですよ。

それから、あなたたちがふだん腰に差している刀だって……今のあなたたちなら、安物と見向きもしないようななまくらが、とてつもない宝物だったのです」

言い放ったあとに、沈黙があった。限りなく危険な、煮えたぎる怒りに満ちた沈黙であった。

「おのれっ」

さっきまでは、皮肉っぽいながら武士の品格を保っていた頭目らしき侍が、顔面を醜くゆがませ、白刃を抜き放った。ほかのものたちも、娘相手に何もそこまで、とたしなめるどころか次々あとに続いた。

これまでか……と、ちせが心に念じ、しかし言いたいことを言った爽快感を覚えたときだった。

何かの破裂するような、それでいて鋭い音が洞窟内に鳴り響いた。次の瞬間、侍の一人がアッと叫んで刀を取り落とした。信じられない、といった顔でつかんだおのが手からタラタラと血の糸が垂れ落ちる。

（こ、これは……？）

なおもワンワンと耳をつんざく残響のさなか、ちせがいぶかったときだった。

「こっちへ、早く！」

間近で明らかに女性のものとわかる声がして、彼女の腕をグイグイと引っ張った。

「あとは、われわれに任せて……ほら、ここよ！　ここにいて決して動かないでね」

有無を言わさず岩陰に引きずりこまれた刹那、金属と金属とが激しく打ち合わされる音がした。さっきのは鉄砲？　それならこっちは刀だ。

もうまちがいなかった。宝を狙った侍たちと、あとから駆けつけた一行の間で、刀と刀、それに銃を交えた戦いが始まった――ということは、自分は助かったのか？　誰かが自分を助けにきてくれたのか？

ちせには何もわからなかった。とほうもなく長いようで、その実ごく短かった時間が過ぎたあと、彼女はおそるおそる岩陰から頭をもたげた。

そこから見えたものからは、たった二つのことがわかっただけだった。

一つは、自分がまちがいなく助かったこと。そしてもう一つは、自分を助けてくれたのが、あの「名曽屋鴇之丞」一座を名乗る、女ばかりの旅芝居の一団だったということだった……。

7

それから半月後――ようやく大騒動の疲れもすっかり癒えたちせは、何とお城から呼び出しを受けた。

国元にいる南武左衛門尉さまのご息女たちに、近ごろ流行《はや》る算法や本草学の手ほどきをしてやってほしいというので、これには父の鳩里斎の方が大騒ぎになったが、ちせ本人は平然としていた。

しばらくぶりのご城下だったが、これといった変化もなく、ただ当然のことか、田平ノ庄で危ない目にあわされた侍たちと出くわすことはなかった。

何でも有力家老の一人が罷免され、その腹心の者どももそれぞれ蟄居や追放となったという。それがどうやら、あの宝探し騒動にかかわっていることだけはわかったが、それ以上の暗闘については知りたくもないし、知るすべもなかった。

ただ、次のようなことだけはわかった。

ことの発端は、恐ろしくバカバカしいことで、江戸で出された蘆辺亭才石なる作者の読本『倭文字今古奇観』が大当たりし、これがたまたま九戸藩を思わせる地の、平家の落人部落に隠された秘宝争奪戦——という筋立てだったものだから、その元種となった地の、しかもまんざらホラではない伝承が注目を集めてしまった。

そこで好事家たちがはるばる押しかけたものの、かんじんの村人たちは、そんな伝説などとんと忘れてしまっていたものだから、ちせも見たようなトンチンカンなやり取りが起きたりした。

そもそも、江戸のお偉方たちに宝の噂が伝わったのは、この読本のせいで、どうも蘆辺亭才石の愛読者が何人もいたらしい。全く迷惑な戯作者もいたものだ。

とにかく宝の存否を確かめ、ないならいっそその方がよいが、あった場合の措置も考えねばというので江波戸鳩里斎にお鉢が回り、あわせてあの方陣の暗号を刻んだ板がお殿様から託されたのだが、実はその内容が、とある一派にもれていた。

ひそかに藩主の首のすげ替えを狙う彼らは、自分たちが先んじて宝のありかを知り、それを取引材料として藩政の壟断《ろうだん》をもくろんでいた。

そのせいで、ちせはとんだ騒ぎに巻きこまれたのだが、結局のところ大山鳴動鼠一匹とでもいうか、洞窟の宝蔵を暴いて出てきたのはガラクタばかりということでケリがついた。

だが、どうしてもわからないことがあった。娘芝居の一座としてあの村に入りこみ、自分を救ってくれた彼女たちはいったい何者だったかということだ。

そのうちほんの何人かの顔をちらりと見ただけで、ちせが気づいたときにはもう田平ノ庄はおろか、藩内からも姿を消していた。

「さて……この次は、方陣というものをお教えいたしましょう。ほら、このように縦横斜めの数を足しても、みな同じになるのです。どうです、面白いでしょう……」

手ほどきは、まずは本草学、続いて算法の講義という配分であった。前者に続いてご息女にいろいろと珍しい話を聞かせたり、折り紙で図形を作ってみせたあと、ちせはいつしかあの話題に足を踏み入れていた。

まずは三行三列で構成される方陣を説明しながら、彼女の目は、この広間の奥に掛けられた御簾《みす》にちらちらと向けられていた。

あいにく遠すぎるのと視力のせいで、ぼんやりとしか見えなかったが、その向こうにいるのが、九戸藩主・南武信正侯であることは明らかだった。わが娘の勉強ぶりや向き不向きを観察しておられるのだろう。

やがて、四行四列の方陣について説明しかけたが、これはお子たちにはいささか難しいので、それが数限りなくあること、とりわけ一と十六がそれぞれ対面の角を占めるものは、その内部にも足して等しい数字の組み合わせをふくんでおり、とても美しく不思議であることを説明するにとどめた。

すると、思いがけず御簾内から声があって、

「鳩里斎の娘……ちせと申したな。前半の本草学の話もさりながら、無味難解とばかり思うた算法、なかんずく方陣の話はまことに玄妙、興深いものであったぞ」

「これはおほめにあずかり、恐れ入ります」

ちせは頭を下げ両手をついた。するとさらに御簾内から、

「例の洞窟に秘められし宝の謎解き、みごとに解き明かしたと聞いている。それに至ったのもやはり一から十六の数字が織りなす方陣——あれもまた美しかったか」

「はい、それはもちろん……」

美しゅうございました——と答えかけて、ちせはふと思いとどまった。少し考えてから、こう続けた。

「ただ、わたしの読み解きには不備があるのでございます」

「なに、不備とな」

御簾の内から投げかけられた言葉に、ちせは一瞬ひるんでしまったが、

「はい……方陣の四隅に、右回りに一、十、十六、七と並ぶものはただ一つしかなく、したがってあのように読み解くのが正解だと思っていたのですが、実はそうではなかったのでございます」

「くわしく……申し述べよ」

藩主の言葉には、かすかな狼狽が感じ取れた。

ちせは半紙を取ると、方陣の図を書きつけ、お側のものに頼んで御簾内に差し入れてもらった。それは、後世だと、こんな魔方陣となるものだった。

「ウーム、確かにこれでも成り立つの。これではあの謎文字が解けぬわ」

「その点に気づかずに、答えを出したと思ったのが早計でございました。お恥ずかしいことで……」

「いやいや、恥ずかしいのは、この問題を作った人間じゃ。こういう余詰《よづめ》があるというのは、算法で最も恥ずべきところじゃ。とにかく、それに気づいたそなたは天晴《あっぱ》れ、天晴れ」

「恐れ入りましてございます」

　ちせは、うやうやしく平伏してみせた。ややしばらくしてから、

「それにしても不思議なのは、蘆辺亭才石なる戯作者が、なぜあそこまでくわしく宝のありかを読本に書くことができたか――ということでございます。それと、あそこで見つかった、今では宝でない

7	12	14	1
9	6	4	15
2	13	11	8
16	3	5	10

宝が大変に古いものなのはともかく、あれを秘め隠した壁が存外新しかったようなのも気になるところではございます」

そうたずねはしたものの、彼女の中で答えは半ば出ていた。

あれは、蘆辺亭才石の小説が評判になり、藩内の敵対勢力や幕閣の注目さえ引いてしまってから、その内容に合わせて、あとから埋めこまれたものなのだ。では、何のためにそんなことをしたかといえば、それは――

（それは、本当にある宝を隠し通すため。そして、作者・蘆辺亭才石の正体とは、もしや、この御簾うちの――？）

さすが大胆なちせも、それを問いかけることはできなかった。その心底を見透かしたように、

「さあ、それを余に問われてものう」

空とぼけたような答えに、ちせは「恐れ入ります」と、また一礼するほかなかった。

――九戸藩領内で、大々的な鉱山開発が行なわれて莫大な収益をあげ、周囲を驚かせるのは、この一件のずっと後のこと。無尽蔵といってもいい鉱脈を抱えながら、その秘密を守り、幕府の接収を免れたのは奇跡ともいわれているが、もとよりちせのあずかり知るところではなかった。

ともあれ南武信正侯は、なぜかひどく上機嫌で、

「よいよい。それよりも、ちせとやら、今回の働き尋常ならざるをもって、褒美をつかわす。父・鳩里斎のことではなく、そなた自身のことについて望みあれば言うてみよ」

思いがけない藩主の申し出に、ちせの心は高鳴った。でも、何を望めばいいかはすぐに決まった。

「ありがとうございます……それでは、二つお願いしたきことが」

「なに、二つとな」

「はい……一つは、あのときわたしを救ってくれた娘芝居の一座のものたちに、ちゃんと会って礼が言いたいのです」

彼女たちが、おそらくは藩内の混乱を収めるために身をやつしてやってきたこと、それが誰の命令であるかは明らかだった。だが、同じ少女の身であそこまで鮮やかな活躍を見せられては興味はつきないし、もしできるなら、あの中に加わって自分なりの働きを見せたい――という、父が聞いたら卒倒しそうな願いもあった。

「そして、もう一つは……わたし、どうしても自分で買いたいものがあるのですが、父が『女の身でそんなものは……わしはかまわんが世間が後ろ指をさすぞ』と許してはくれません。どうかこの儀、わが父・鳩里斎にお命じください」

「あいわかった。先の望みについては、いずれそんな日も来ようと約束しておこう。しかし、そんなにも反対されながら、しかもほしいものとはいったい何じゃ」

「はい、それは……」

それからしばらくして、江波戸鳩里斎の近所の人々は、さっそうと薬草採りや、子供たちの手習いの出稽古に向かう〝娘先生〟こと、ちせの姿を見て度肝を抜かれた。その愛らしい鼻の上に、ちょこなんとかわいらしい眼鏡がのっかっていたからだ。

男でも珍しく、女ではまずめったに見ない眼鏡。しかもごく小ぶりで金縁の珍しい型だ。こうして彼女を〝近目のちせちゃん〟というものは誰もいなくなり、その学問その他の活動はますます熱心となった。

そんなちせを支えるのは、あのとき助けてくれた女ばかりの一団の思い出だった。自分と同じように弱く、そして軽く見られながら、それに抗して堂々と戦う姿は何よりの励みとなっていた。

(きっとまた会える)

ちせには、そんな気がしてならなかった。そして、自分と出会うまでの彼女たちがどんな活躍をしてきたか、今は何をしているのか、あれこれと想像をめぐらせずにはいられないのだった……。

その二・浅茅が学問吟味を受けた顚末

1

——江戸は神田の一角に、坂に沿って段々をなしながらめぐらされた築地塀《ついじべい》。その内側に足を踏み入れ、「仰高」の額をかかげた門をくぐると、にわかに別天地が広がる。

そのまま境内の道を進めば、やがて右手に入徳門が見えてくる。そこから石段を上れば杏壇門《きょうだんもん》だ。そのさらに向こうには、一面に敷き詰められた石だたみと、左右にめぐらされた回廊……そして、その奥にそびえ立つ大成殿の威容と異風は、見るもの誰もを圧倒せずにはおかない。

間口十一間、奥行き七間二尺四寸、高さ四丈八尺四寸。中には孔子尊像および四配——孟子・顔子・曽子・子思像を飾る。孔子とその学徳をたたえる釈奠《せきてん》の儀式が行なわれるのは、正殿であるここだ。

仰高門を除くと、いずれも黒漆を塗り銅葺屋根を載せた唐風の様式で、これらは全て明朝の制にならったものという。

大成殿の屋根には鬼狁頭《きぎんとう》と鬼龍子《きりゅうし》という幻獣の鋳銅像がにらみをきかせている。

さながら、お江戸のただ中に現出した唐《から》、漢土《もろこし》といったところだった。以前は朱や緑、青など極彩に飾られていたというから、いっそう異国的な華やかさに満ちていたことだろう。

湯島聖堂——正式には昌平坂学問所であり、昌平黌《しょうへいこう》とも呼ばれるここは、徳川五代将軍・綱吉の肝煎りで造られたことに端を発する。ちなみに、聖堂とはそもそも孔子廟のことをさす。

もともとは幕府の儒者の筆頭・林羅山が上野の地で営んだ孔子廟と私塾が始まりであり、三代・鳳岡のとき、綱吉の命で現在の地に移ってきた。元禄三年（一六九〇）のことである。

以来百年、たびたび火事に遭い、廃止が検討されるなど盛衰はありつつも、常にわが国の儒学の中心地であり続けてきた。

ことに、いわゆる異学の禁で朱子学が政治の中心に据えられるようになってからは、幕府にとってここは思想的な核ともいえる場所となっていた。

敷地内には、前記のような孔子を祀《まつ》る施設のほか、日々の講義に充てられる講堂や南北の学舎が建てられ、教官の役宅、さらには幕臣のための寄宿寮、諸藩の武士や庶人のための書生寮などもあって、常に多くの人々がここに暮らしつつ学んでいるのだった。

——学問所は今、ふだんにはない静謐の中にあった。

いつもなら敷地内に軒を連ねた建物からは、重々しく、あるいは声を合わせて朗々とした声が響く。だが、今日に限っては静まり返っていた。休講だとか帰省の季節とかで人がいないのだろうか？

いや、そんなことはない。学び舎《や》では、襖という襖を開け放って大広間となし、青畳にいくつとなく並べられた文机に向かって、老若の男たちが端座していた。

いつもの講義とはずいぶん違う。今、老若と表現したが、ふだんここを埋める学徒たちは、年齢にそれほど極端な幅はない。むろん、広く好学の人々に門戸を開いていることから、白頭の書生も中には決して珍しくはないけれども……。

だとすると、年齢はもちろん、身分の高下にかかわらず参加することのできる仰高門日講だろうか？

いや、それならなおさらおかしいといわねばならなかった。見渡す限り、ここにいるのは武士ばかりだったし、そもそも誰も一番前で書見台に経書を置いて聖賢の道を講じていないのが変だった。

そのかわり、広間の前方をはじめとするあちこちに、何やら難しげな漢籍の引用らしき章句が、紙に大書されてれいれいしくかかげられている。

文机にかじりついて必死に筆を走らせ、あるいはむなしく頭を抱えているものたちの誰もが、何度となくそちらに視線を投げていた。それが文字通りの「問題」なのだから、それも当然というものだ。

だが……そんな中にあって、ひとり浅茅《あさじ》にとっては無用のことだった。

そのほっそりした体軀は、一瞬の例外もなくピンと背筋をのばし、端正きわまりない容貌には、一度として憂いの雲がかかることはなかった。

それも当然の話だった。浅茅にしてみれば、とうに頭の中にたたきこまれている一連の文字を、今さら確かめるまでもなかったし、それらをふくめた原文全体が、すっぽりと胸のうちに収まっているといっても過言ではなかった。

ここに集まったものたちに求められるのは、貼り出された引用文について、

「章意」すなわちその章の大意をまとめ、

「字訓」すなわち字句の意味を説明し、

「解義」すなわち逐文解釈を行ない、

「余論」すなわち他からの引用にもとづき考察を加えた——

「弁書」すなわち答案を作成することなのである。

答案？　そう、今日ここで行なわれているのは、昌平坂学問所においては釈奠と並ぶ一大行事、「学問吟味」なのだった。

中国の科挙にならい、三年に一度のみ行なわれる試験制度。もっとも科挙のように直接に官吏登用にはつながっておらず、何より武士以外に受験資格が認められていないという点、穴だらけもいいところといわねばならない。

だが、ともかくそれは日本人にとって初めて経験する筆記試験《ペーパーテスト》であり、それによって能力を評価されるという点で画期的であった。

しかし浅茅にとっては、そのあたりのことにはさして関心はなかった。学びたいから学び、それを深めたいから深め、その結果を試したいからここに臨んでいるだけのことだった。

ただし、周囲がそれを許してくれるかどうかは、また別問題だったが……。

浅茅はふと筆を擱《お》くと、静かに立ち上がった。試験の期限である日没まではまだ間があったが、弁書すなわち答案作成が終われば、提出と退出は随意となっていた。

出来栄えには自信があったし、すでに最善はつくしたたし、結果にはさほどの興味はなかった。

それよりも浅茅には気がかりなこと——どうにも我慢のならない違和感があった。それを確かめるために、行かねばならない場所があった。

2

学問所の厠《かわや》の一つは、学問吟味が行なわれているこの庁堂の廊下を渡った奥にあった。

何しろ多くの人間を擁する施設だけに、厠といってもなかなか広々としていたし、とにかく品格を重んじる学び舎とあっては、隅々までホコリひとつなく、掃き清められていた。

浅茅は奥にある個室の木戸を開くと、その内側に地味な小袖と袴をまとった細身の体を滑り込ませた。

　こちらも掃除は行き届いていて、木の床にも壁にも塵一つ見当たらない。床の真ん中にうがたれた穴には、木の蓋がぴっちりと載せられていて、そこからはかすかな臭いも漏れてこなかった。

　浅茅はその蓋には手も触れず、やや身をかがめると帯を緩め、着物の前をはだけた。

　――その中に、白い晒布《さらし》にきつく緊縛された乳房があった。

　違和感は、その晒布の緩みからきていた。そのせいで、酷くも存在を消された女性の象徴が、からくも抗議の声をあげているようだった。

　浅茅はしかし、腕を背中の方に回すと、晒布をよりきつく、痛いほどに締め上げた。

　まるでそこにあるふくらみの存在が許せないかのように、このせいで自分がここに居られなくなるのを恐れるかのように、そもそも、自分が生まれついてしまった性を憎むかのように……。

　浅茅――それは彼女の本来の名前であるが、そう名乗ることは少ない。まして、ここ昌平坂学問所にあっては、絶対に知られてはならない名であった。

　今ここで彼女が名乗り、現に先ほど提出した答案にも記されているのは、彼女の弟、本来の跡取り息子の名前だ。

　だが、弟は生まれついて心身ともに病弱で、それは成長とともに、ますます暗い影を増していった。ついにここ数年はずっと床について、意識さえ定かならぬありさまだった。

　そのことが、一家の中でごく目立たぬ地位を与えられていた娘の浅茅の立場を変えてしまった。

　いつしか彼女は、男の身なりをし、前髪立ちの少年風に髷を結って、弟の身代わりにあちこちに出向くようになった。両親が老い衰えるにつれ、そうした機会はますます増えた。

　そして、両親が武芸など思いもよらぬ弟のために、少しでも箔を付けてやろうと決めてきた学問所への入学が、結局は病身ゆえに無駄になろうとしたとき、彼女はその替え玉となることを申し出た。決して、周りから強いられたのではない。跡取り息子の犠牲となって、自分の人生を差し出そうとしたのではない。

全ては自らの意志で決めた。男名前を名乗り、男として学ぶことをこそ、彼女は望んだのだ。「僕」という書生言葉の一人称が心地よく、自分にはふさわしく思えた。

とんだ副産物もあった。もともと同性たちから熱い視線を投げられることが多かったが、男装に身をやつすようになってからは、ますますその傾向が強まった。

学問所の稽古人、すなわち学生となった浅茅の勉学ぶりはたちまち認められた。

十代の幕臣子弟を対象とした口頭試験、素読吟味で好成績を収め、褒美に反物をいただいた。親に見せたところ喜んではくれたが。それはあくまで弟が獲得した栄誉としてであるらしかった。

学問所の教授たちからは、通学ではなく入寮しての勉学を勧められたが、さすがにこれは断わった。

さらには稽古人を対象として年二回行なわれる「春秋大試」でも上位を占めるに及んで、今度の学問吟味の受験をぜひにと勧められた。こちらは断わる理由は何もなかった。

答案の出来栄えには自信があった。だからといって、このあとどうしようという野望があったわけではなかった。そもそも自分が何を望んでいるのか、ほんとうに好成績を獲得したかったのかさえ、判然としないのだった。

ときの林家《りんけ》八代にして昌平黌祭酒《さいしゅ》（学長）は林述斎《はやしじゅっさい》。他家から入った人だが、その教養と学識は底知れず、幕閣からの信任も厚い。何度も直接講義を受けたが、この人への尊敬の念がここへ自分を通わせているといっても過言ではなかった。

むろん、女であっても学問を修め、それによって生きることは可能だ。たとえば大名家の奥向きの御祐筆ともなれば、文句なしの出世といっていいし、それをやりこなすだけの才覚も知識も十分にあるつもりだった。

だが、浅茅には自分がそうした場で、裲襠《うちかけ》をまとい椎茸髱《しいたけたぼ》か何かを結って、立ち働いている姿がどうしても想像できない。

そういう女だらけの宮仕えがうっとうしいということ以上に、そこに「女」として立ち交じっている自分が、どうも想像しにくいのだ。自分でもうまく説明ができないのだが……。

ふいに、そうした宮仕えの女性たちとはまったく別種の同性の姿が思い浮かんだ。自分と同じように男装束を着て刀をたばさんだ、世にいう「別式《べっしき》」と呼ばれる女武芸者たちだ。

その姿は美しく凛々しいが、世間からはむしろ後ろ指をさされることの方が多い。自分と同じように、ある決意がないとできない生き方だ。

いや……と、浅茅は小さくかぶりを振った。

似ているようで、彼女らとも自分は違うような気がするのだった。なぜなら、彼女らはどんなに男らしい姿をしていようと女性であることは隠していないし、そもそも自分の性を疑ってはいなかっただろうから。

（どうして、別式なんて人たちのことなんか、ふいに思い浮かんだんだろう）

浅茅は小首をかしげ、だが、すぐに思い当たった。

（ああそうだ。今日、学問所《ここ》へ来る途中で、それらしい人を見かけたからだ。顔は日に焼けて浅黒く、少しの緩みも隙もない引き締まった体つき、身のこなしだったが……）

とにかく、自分が女であるという肉体的証拠はひとまず封じられた。この嘘がいつまで続くのか、続けるべきなのかもわからないが、とりあえず今日という日は無事に乗り切ったはずだった。

そう……板壁越しに、こんな素っ頓狂な叫び声が聞こえてくるまでは。

「女だ、女がいるぞ！　神聖なるわが昌平黌に汚らわしき女がまぎれこんでいるぞ！　それも学問吟味のさなかに！」

3

浅茅にしてみれば、それは死の宣告にも等しい叫びだった。

ついにこのときが来てしまったか、と思った。どんなに好成績を収め、才能を認められようと、ただ自分の性別を知られるだけで、ここにはいられなくなる。

いつかはこうなるのではないかと思っていたが、そのことはあえて考えずにきた。ふだんから覚悟はしているつもりだったが、このあと自分が浴びせられるだろう侮辱と懲罰を想像するだけで、おぞけをふるわずにはいられなかった。

親たちはさぞかし失望し、家にも自分の居場所はなくなるだろう。そのことを思うと、五臓六腑が鉛のように重くなって、身動きもできないありさまだった。

「方々《かたがた》、であえ、であえー！　不届きな女をとっ捕まえろー」

声はさらに続いている。それを受けて騒ぎは大きくなったようだ。

この分では、いずれここにも追及の手はのびるだろう。どこかに逃げこんだ曲者を捜すに当たって、厠を検《あらた》めない阿呆はいるまい。

といって、ここを出るわけにもいかない。まさに雪隠詰《せっちんづ》めとはこのことだ。

浅茅は、こめかみから脂汗が垂れるのを覚えた。

いったいどうしたらいいのか、こののっぴきならない状況にあって、何をどうすべきなのか——それとも、このまま捕縛されるのを座して（場所が場所だけに、床に触れるのは避けたいが）待つほかないのか。

そのとき、ふっと気づいた。彼女を告発する声の主に、その正体に。

（猪子《いのこ》伝之進《でんのしん》……）

それは、学問所の寄宿生の一人で、酒びたりで野蛮で毛むくじゃらの巨漢だった。

およそ自分がそうありたいと思うような存在とは、最もかけ離れている。下品で、粗暴で、そして何より威張り屋だ。

その伝之進が、どうして自分の正体、真の性を知ったのか。これまでほとんど接触はなく、しゃべったこともほとんどない。

何もかも、わけがわからないことだらけだった。

だからといって、いつまでもここにはいられない。厠の戸の締まりを外し、そっと外に出ようとしたそのときだった。

取っ手をつかんだ彼女の手が強い力で引っ張られ、開いた戸もろとも大きく身をかしがせた。

「！」

浅茅はその刹那、心の臓が止まるかと思った。

——目の前にあったのは、猪子伝之進の巨大な赤ら顔だった。酒の臭いと体臭とがいりまじったものが鼻を突く。

その背後には、これも顔に見覚えのある書生たちが二、三人控えている。生家が金持ちで、やたらと気前だけはいい伝之進の取り巻きたちだ。となれば、この場のどこにも逃げ場はなかった。

「ぼ、僕は、その……」

浅茅はかろうじて、そう言うのがせいいっぱいだった。

今にも伝之進の八つ手の葉のような手が、自分の首根っこをつかむか。それともいきなり刀を抜いてくるか。その場に崩折《くずお》れるのを防げたのが、せめてものことだった。

だが、猪子伝之進の口から飛び出したのは、何とも意外な一言だった。

「何だ、貴公か」

伝之進は拍子抜けしたように言い、次いで、

「これは失敬した」

と付け加えると、そのまま立ち去ってしまったのである。

（た、助かった……）

思わずフラフラッとして、せっかくさっき耐えたのを無にしかけた。

「だから言ったろう、おれがここの厠でその女らしい奴を見かけたのは、もう半刻《はんとき》も一刻も前のことなんだから、こんなところにいるわけがなかろうと」

「すみません、猪子さん。でも念には念を入れよといいますし」

「じゃあ、今度はあっちを調べてみましょうか」

「それにしても太い奴だ、男のなりをしてわれわれのなかにまぎれこむなんて。生意気に女だてら学問でもするつもりだったのなら、いよいよもって言語道断！」

伝之進と取り巻きたちの会話が、しだいに遠ざかってゆく。

そのあとにぽっかりとした虚脱感があり、そこに一気に流れこんだ感情があった。

それは疑問だった。不可解にして、奇妙奇天烈きわまりない状況へのはちきれんばかりの疑問だっ

た。

なぜといって、たった今、猪子伝之進がわめいていた、それはいったい誰なのか。

「女がいるぞ！」

まさにその「女」が自分でなかったとしたら、それはいったい誰なのか。

「男のなりをして」ここにまぎれこみ、女だてらに学問をしているとしたら、それは自分以外には考えられないが、さっきの連中があっさり立ち去ったところからすると、そうではないらしい。

だとしたら、自分のような男装の女書生がもう一人いるということか？　そうだとしたら、それはとてもうれしく頼もしいことで、その存在がもっと早くからわかっていたら、できることなら名乗りあって語ってみたいぐらいだった。

名乗れないまでも、そっと応援してやりたい。陰ながら見守ってやりたい――そんな気持ちが、浅茅を突き動かしていた。それは、常に絶対的な孤独の中にある彼女が、初めて他人に抱いた感情といえたかもしれない。

とはいえ、今はそれどころではなかった。そんな〝もう一人の自分〟が本当にいるのなら、何とかあの野蛮人どもに先んじて見つけ出し、かくまうなり逃げ出させたかった。願わくば、騒動そのものをもみ消して、このまま学問所にいられるようにしてやりたかった。

伝之進と取り巻きたちの会話によると、その「女」は自分より少し前にここの厠にいたようだが……。

――浅茅は意を決した。

とんだ騒ぎのせいで、学問吟味の試験は、いったん中断となってしまったらしい。

そうなると、浅茅のように、すでに答案を提出した者はどうなるのか。日没ぎりぎりまでねばって、文机にかじりついた者たちは、それまでの努力が無駄になってしまいかねなかった。

このままだと、猪子伝之進ら、試験のさなかに騒ぎ出した連中が一番得をしたということにもなりかねない。もっとも、まだそうなると決まったものではなく、誰が一番得をし、損をするかは定かではなかった。

浅茅は、そっと学問所内の庭を巡った。長い歴史を持つここには、様々な遺構や遺物のたぐいがあって、一種独特のふんいきを漂わせていた。

ふと何かが顔に触れ、微かにむず痒いような感覚に、浅茅は立ち止まった。

顔に手をやると、何かが指先に引っ掛かった。黒い髪の毛である。それも相当に長い。

何だか薄気味悪い思いで、浅茅は指でつまみ取ったそれを投げ捨ててから、早まったことをしたと思った。もっとも、取っておいたところで鑑定のしようもなかったが。

改めて見回すと、周囲の植え込みの、ちょうど彼女の目のあたりに、黒い糸のようなものが一筋、二筋と引っかかっているのが見えた。

やはり髪の毛であった。誰か——男か女かはまだわからないが——の黒髪が、まるで植木に絡むつる草のようにまとわりついているのだった。

そして、さらに妙なことに気づいた。地面から二、三尺、あるいはもう少し上だろうか、それぐらいの高さに奇妙な痕跡が見つかったのだ。

このあたりは裏庭といった感じで、ふだんそれほど手入れは行き届いていない。そこに植えられた木と、勝手に生えた雑草たちの咲かせた花が、入り乱れているのだが、いま言ったあたりだけ、花が全部散っているのだ。そこだけ枝や葉が横殴りに抉り取られているような個所すらあった。

それが何を意味するのか、浅茅にはまだわからなかった。彼女はそのあたりでもちらほらと見つかる黒髪や、花たちの痕跡をたどるかのように、庭の奥に歩を進めた。

そのあたりまで来ると、もう植木だか雑草だかわからない緑の塊が左右に迫ってきていたが、不意に視界が開けた。

（ここに、こんなものが……）

浅茅は、われ知らず心につぶやいていた。

そこにあったのは古びた井戸だった。すっかり朽ちて、井戸側もつるべもかろうじて形を保っている程度。

怪力乱神を語らずというのが孔子様の教えだが、今にも幽霊か人魂が飛び出しそうなもの凄さに、さすがの浅茅も後ずさりをしないではいられなかった。

またしても、しつっこくまとわりついてくる黒髪に悩まされながら、五歩六歩と後ろにさがったときだった。

だしぬけに、ドンと浅茅の背中に突き当たったものがあった。

当然のことながらギョッとした。こんなところに壁はない、立木もない。それにいま突き当たった感覚では、どうやら生身の人間のようだ。

そのことに気づいた浅茅は、はじかれたように背後をふりかえった。

そこに一つの顔があり、体があった。色浅黒く、表情は精悍そのもの、粗末な着物に包まれた身体には少しの無駄も隙もない。

何より奇妙なことに、その男性らしき人影は、浅茅に少しの嫌悪も違和感も起こさせなかった。

ふいに思い当たるものがあった。浅茅が恐れも驚きも忘れて、

「あなたは……」

と言いかけたときだった。相手の唇が静かに開いて、涼やかな声でこう語りかけてきたのだ。

「あんた、男じゃないね。女だろう？」

それは、今日この学問所の近辺で見かけた別式――女武者だった。

4

「大変だ大変だぁ！」

「とうとう女が見つかったらしいぞ」

「えっ、猪子殿が言っていた曲者か」

「そいつがついに天網恢恢、お縄になったというから愉快じゃないか」

声は声を呼んで、あたりを駆け回った。

女人禁制の――そんなことを言えば、この世は男しか許されぬ場所だらけだが――昌平坂学問所に、大胆不敵にも入りこんだ女。あろうことか男姿に身をやつし、女には許されてもいなければ、そもそも必要でもない学問をしようとした不届き者。

考えれば考えるほど愚かで厚顔無恥な女郎が、ついに取り押えられ、人々の前に引き据えられた。

この知らせは、たちまち築地塀の内側を駆けめぐり、野次馬たち――が広々とした庭に押し寄せた。

「おう、猪子伝之進か。そなたが見つけてくれた曲者を、これこの通り捕縛したゆえ、首実検を頼むぞよ」

「そうじゃそうじゃ、くだんの女の姿を見たというはお前一人。昌平黌始まって以来の不祥事ではあるが、未然にそれを封じ得たからには、その手柄決して小ならず。本日の学問吟味、答案を中途で放棄したるは穏やかならねど、そこはそれ、勘案いたすぞ」

お偉方にほめそやされ、書生仲間たちに押し出される形で前へ出た猪子伝之進は、しかしなぜか困惑顔であった。

「猪子殿、貴公この女を厠にて見かけた際、何やら見慣れぬ特徴を目撃したる由。それ、何であったか……」

教官の一人が、そう言うと、その同僚がそばから口添えして、

「それ、黒子《ほくろ》でございますよ。黒子が三つ、それも冬の夜空の鼓星《つづみぼし》の如くに並んでおったのであろうがな」

「そうであった、そうであった。とにかくその三つ黒子をその目で確かめてくれい」

口々にそう言われて、伝之進はますます困惑顔になったが、えい、ままよとばかりズイッと前に踏み出した。

なるほどそこには、男装の、若侍とも見えるいでたちをした女がいた。ただし、左右から首根っこを抑えられ、顔を見ることができない。

伝之進はその巨体にも、日ごろの傲岸不遜さにも似ず、ゆっくりとその女に近づいた。

「そう、首筋のそのあたりを見せてくだされ……」

そう頼むのに応じて、女侍の襟がグイッと引き下ろされた。

おお、と感嘆の声が周囲からあがる。

いかさまそこには、小さいが黒々とした黒子が三つあるのが見えた。

「さ、さよう」

猪子伝之進は、なぜか口ごもりながら言った。三つの黒子を太くて毛の生えた指で指示しながら

「拙者が偶然にも、厠で戸のあわいから見たのは、確かにこの黒子でござる。さすれば、こやつこそが罰しても罰し足りぬ大罪人ということに……」

そこまで言いかけたとき、男装の侍は思いがけない力を発揮して、屈めていた身を起こしかけた。

そのせいで、伝之進の太い指先がじかに女の首筋に触れてしまった。

すると、これはまぁどうしたことか、きれいに並んでいた黒子がこすられた個所だけ、消えてしまった。

「こ、これは……」

周囲の人々、それにほかならぬ伝之進の口から同じ言葉が漏れた。

と、そのときだった。それまで踏みつぶされた蛙さながら地面に屈みこんでいた侍姿の女が、自分をとりまく腕・手・指をはねのけて身体を起こした。

「お、お前は……?」

伝之進の口からかすれた声が洩れる。

そこにあったのは、学問所の書生である浅茅でもなければ、伝之進の頭の中に焼きついていた女でもなかった。

驚きととまどいの中で、伝之進が自分が何かの罠にはめられたことを感じ取ったときだった。その女は電光より早く手を刀の柄にのばすと、腰の刀を抜き放った。

その瞬間、白刃が周囲の空気を切り裂き、これまた瞬時に裏返った刀の峰が、伝之進の肩にたたきつけられた。

「ギャッ」

獣の叫びがあがったときには、クルリと返った刀身は鞘に収まっていた。それとは対照的なのろのろした動きで伝之進は、ドウとばかりに大地に倒れ伏した。

「あたしの名は野風《のかぜ》。とあるお方に仕える別式女《べっしきめ》に御座候」

そしてそのまま、何ごともなかったかのようにその場を立ち去ろうとした。

「お待ちください！」

浅茅は思わずそう叫ぶと、野風と名乗るその女侍のあとを追った。ここにきて、生まれて初めてわかりあえる友に会ったような気がしていた。

5

——昌平坂学問所を揺るがす大不祥事が発覚したのは、その後まもなくのことであった。

浅茅がたどり着いた、あの裏庭の古井戸。そこから女の死体が発見されたのだ。

底から引き揚げられた女は全裸で、死んで少し時間がたっているようだが、まだ腐敗は始まっていないようす。血の気が失せて白くなった姿は、人間とも人形ともつかず、何とも異様な印象を与えた。

もうこうなってはただの物体《もの》、美しいか醜女かもわからない。なおさらその判断を妨げているのは、女のひどく傷つけられた顔面だった。

井戸に落ちた際に打ちつけたものだろうか。長い黒髪はザンバラで、まるで独立した生き物のように広がり、のたくっているように見えた。

聖賢の書には決して書かれていない、生々しくもおぞましい世界の一面であった。

学問ならぬ死骸吟味は、不浄役人たちの手で淡々と行なわれた。日ごろ訓詁注釈に明け暮れている学徒たちは、そのようすを遠巻きにし、こわごわと目をそむけるばかり。

そんな中で、この死骸がいっせいに注目を集めた瞬間があった。それは、その女の首筋に点々と三つ並んだ黒子だった……。

「猪子伝之進は、とんだ道楽者の女たらしで、しかも酒乱でもあったようです。夜ごと……というのは大げさにせよ、周囲の目をぬすんで、折あらば学問所の中に女人を引き入れていたようです。何のことはない、『女だ、女がいるぞ！　神聖なるわが昌平黌に汚らわしき女がまぎれこんでいるぞ！』というのは、あの伝之進自身のしでかしたことだったのです……」

黄昏《たそがれ》どき、むしろ逢魔《おうま》が刻とでも言いたい薄暗がりに昌平坂一帯がのみこまれてゆく――その中にたたずむ二つの人影があった。

ともに男のように髪を束ね、男の装束をまとい、刀をさしているのがわかる。だが、その影絵に秘められた肉体はともに女性のそれであり、けれどもその魂のありかたは別々だった。

「……そして」

その片割れである浅茅は、静かに話を続けるのだった。

「騒動の前夜、伝之進はその首筋に三つ黒子のある女人と、ありがちの諍いを起こし、とうとう手にかけて殺してしまった。顔面のほかに傷が残っていなかったことからすると、カッとなって殴り殺したのかもしれません。とにかく気づいたときには、閉ざされた学問所の中で女の死体と二人連れ。そこで始末に困って放りこんだのが、誰でも思いつく裏庭の古井戸です。

けれども、どうせいずれは気づかれること。いえ、ひょっとして口をぬぐって放っておけば、ごまかせた可能性もあったのかもしれませんが、そこは短慮でなまじ自分が偉いと思っており、しかもああ見えて実は小心者な伝之進ですから、いてもたってもいられなくなってしまった。

そこで思いついた詭計がありました。古井戸の中の女の死骸は、昨夜ではなく今日、学問吟味のさなかに自ら飛びこんだとすればよいのだと、ね」

「なるほど、それで――」

もう一つの人影――さる人物に仕え、その命で学問所周辺を調べていた別式の野風はうなずいた。

「それで、あの男は本当に、男姿で学んでいるものがいるとは思いもせず、大騒ぎを起こしたわけだね。だが、そんな虚《そら》っことに肝を冷やすはめになったのが、あんただったというわけかい」

「そうです」浅茅はうなずいた。「あのときは、本当にどうなるかと思いましたよ。でも、そのおかげで真相に気づくこともできた。あれほど大騒ぎしていった伝之進が、僕の顔を見て何とも反応しなかったことから、だんだんと手がかりをたどっていった結果、あの古井戸にたどり着いたというわけです。あちこちに引っかかっていた髪の毛、ある高さに咲いたものだけ蹴散らされてしまっていた花――」

「あれは、伝之進が女をかついでいったときの痕跡だったんだね。それを追っかけて行った先で、あたしと出くわしてびっくり仰天したんだ。あのときは悪いことをしたね」

野風がニッと夜目にも白い歯をのぞかせる。浅茅はかぶりを振って、

「いえ……あなた以外だったら、僕は自分の推理《かんがえ》をあんな風に述べることはできなかったでしょう。そして、あなたがいたから、ああして猪子伝之進を罠にかけ、罪を暴くこともできたんですから。そもそも、あなたの口からでなくては、あの推理を聞き届けてくれはしなかったでしょうし」

「まぁね」野風は軽く笑った。「――そういえば、伝之進の奴は何でまた、あんたが立ててこもっている厠に押しかけたりしたんだろう。いもしない女をそこで見たという嘘を塗り固めるにしては、無駄な行動だという気がするんだが」

今度は、浅茅が微笑む番だった。彼女は言った。

「あれには、それなりのわけがあったんですよ。伝之進が学問所に引き入れた女は、当然ながらふつうの女装束を着ていた。そこから身元がわかることを恐れて引き剝いだものの、あとで始末に困ってしまった。それに、彼女が男装でまぎれこんでいるというほら話をばらまくからには、ますますあってもらっては困る存在――」

「なるほど！」

野風は勢いよく、拳と手のひらを打ち合わせた。

「そこで厠の穴に落としこんだ。それを確かめるか回収しようとして、わざわざやってきたわけだね」

「はい。あのときは取り巻きがくっついてきて、うまくいったかどうかはわかりませんが。でも、ひとつ嘘をつけば、また一つ嘘を重ねなくてはならないのが世の常で、今度は男物の着物を用意しなくてはならなかったでしょうが、その前に捕まってしまったのは、本人にとっても、実は幸いだったかもしれませんね」

「そういうことか」

「そういうことです」

うなずきあったあとに、やや長い沈黙があった。

「それで……このあと、あんたはどうするんだ。このまま自分を偽って学問所に通い続けるのか。今度の学問吟味でよい結果が出て、役人に登用されたらそれに従うのか」

よほどたってから、口を開いたのは浅茅だった。

「いえ……もうそろそろ潮時のようです」

「潮時？」

浅茅は「はい」とうなずいて、

「もう弟が長くは持たないようなのです。弟が亡くなってまで身代わりを続ける意味はないし、まさか僕が嫁御を迎えるわけにもいかない。となれば、僕が元の浅茅にもどって婿養子をとるほかありませんが、もうわが家柄や役職は親戚筋が引き継ぐことに決まっているようで……」

「そういうことだったのか」

野風は吐き棄てるように言い、そのあと少し考えてから付け加えた。

「なら、あたしたちのところへ来ないかい？」

え……と、浅茅は声なき声をあげ、次いで言った。

「あなたたちのところへ？」

「そうさ。といきなり言ってもわかるまいがね。まぁ、そもそもあたしが学問所まわりを調べてたのは、あのお方から『昌平黌に男として通い、悩み苦しんでいる女人がいるそうだから、そのようすを見守り、難儀が起きれば助けてやれ』と命じられていたからでね」

「あのお方？　それはいったい……」

思わず聞き返した浅茅に、野風は「ええっと、それは……」と口ごもったあと、これまでよりいっそう陽気に破顔一笑して、

「ああもう、それは来てみればわかるよ！」

と浅茅に手をさしのべた。

――二つの人影の一方がもう一方の手を取り、強く引っ張る。引っ張られた人影はつかのま、それに抵抗し、逡巡するようすだったが、やがて思い切ったように相手に従った。

ほどなくして、黄昏の昌平坂を駆けだす二つの人影があった。まるで仲の良い二頭の子犬のように、何にもとらわれず自由に……。

＊

受験生による殺人という前代未聞の不祥事に見舞われたその年の学問吟味には、もう一つ奇妙な出来事が加えられた。

甲、すなわち成績優秀者の中でも筆頭のものから、褒美の辞退と学問所からの退所が伝えられたのである。

昌平黌の学問吟味は、幕末まで十九回を数え、九百五十四人の及第者を出し、有為の人材に活躍の機会を与えた。その中にも、さらにその数十数百倍はいたであろう書生たちの中に、女性がまじっていたかどうかは、むろん全く記録されていない。

その三・アフネスが毒娘と化した秘密

1

——奇怪な噂が、つむじ風さながら城下町を駆けめぐっていた。

「出たのじゃ、出たのじゃ」

「いったい何が出たというのだ」

「鬼女がじゃ、鬼女が出たと言うておるのじゃ」

「はて、鬼女とはいったい何のこと」

「ええ、物知らずめが。鬼女とは鬼にして女、女にして鬼。この世のものとも思えぬ恐ろしい化け物じゃ」

「それは、つまり……全体、どういうことなのかな」

親藩三十万石のおひざ元、いつに変わらぬにぎわいのただ中で、えらく熱くなってまくしたてる話し手は印半纏《しるしばんてん》の職人風。今一つピンと来ないらしい聞き手は棒手振《ぼてふ》りの小商人《こあきうど》であった。

「どういうことって、お前、これまで何を聞いておったのじゃ」

「いやまぁ、近ごろご城下を騒がすえていものの話かとは思っていたが、そのぅ……」

古なじみらしく歯に衣着せぬ二人のやりとりは、そこでちょっと途切れた。

彼らの間近を若い娘が通り過ぎ、何ともいえない良い香りがふうわりと鼻腔をなでたからだった。

ややしばらくしてから、

「ええっと、どこまで話したのじゃったかな」

「さぁて、それをこちらに訊かれても……ああ、鬼にして鬼、女にして女がどうとかこうとか」

「それでは話があっちゃこっちゃじゃ。えい、初めから話せばじゃな……」

話が堂々めぐりになりかけたとき、娘はもう彼らから遠ざかっていて、それ以上続きを聞かされずにすんだ。次の曲がり角の手前で立ち止まり、つややかに結い上げた文金高島田にちょっと手をやる。夕刻にさしかかって茜色がかった光に照らされた着物は、紫の矢絣《やがすり》。黒繻子《くろじゅす》の帯を左矢の字に結んで、誰が見てもお屋敷勤めの腰元と知れるいでたちだ。

これも腰元らしい紅鼻緒の草履を軽く触れ合わせ、また歩き出した折も折、

「そいつは何でも、金糸銀糸のごとき髪を振り乱し、目は爛々と黄金の如く輝いているという。それが本当ならまさに化け物だが、ただの化け物ではない。れっきとした人間が憎しみや嫉妬のあまり人外と化した姿なのだ」

どこかの隠居か学者先生らしき初老の人物が、取り巻く人々に説く声が聞こえてきた。軒下に床几を置いての辻講釈といったところか。

「へえっ、そんな恐ろしいことがありますので」

「そう、それがあるのだ」

まさに絶妙の合の手のように放たれた質問に、初老の先生は大きくうなずくと、

「お前さん方、般若の面というものを見たことがあるか。あれは嫉妬とか怨みとかに狂った女が瞋恚《しんい》の炎を燃やした結果、鬼のような形相と化したもので、またの名を中成《ちゅうなり》という。そうなる前を生成《なまなり》と

いって、これはまだ人間らしい面影を残しているが、般若からさらに進むと本成《ほんなり》もしくは真蛇《しんじゃ》、つまり蛇の化身そのものとなって人間ではなくなってしまう。近ごろ噂の化け物というのは、大方そのたぐいではないかと思われるのだ。目の色が変わるというのが何よりの証拠だ」

「ということは、この近辺で安珍清姫のような修羅場があったと……それも、あのお屋敷で？」

聴衆の一人が言うと、初老の先生はあわてたようすで、

「これっ、めったなことを言うものではない」

と打ち消したが、そのとき確かにこちらを見た。ほかにも彼女の腰元姿に気づいてハッとしたものがいたことからも、「あのお屋敷」がどこを指しているかは明らかだった。

これに対し、彼女は素知らぬ風を貫き、床几の先生とその生徒たちもそうと信じたようだった。

だが、お互いそこまで気を遣う必要はなかったかもしれない。というのも、彼女の奉公先である「あのお屋敷」――常州藩国家老・矢羽根《やばね》兵庫の邸宅では、それは半ば公然の秘密となっていたからだ。


「おお、お帰り。おきみさん。お使いご苦労だったね。それはそれとして、また出たそうだよ」

矢羽根家の若党――といっても、かなり薹《とう》の立った男が、屋敷の裏口をくぐるなり呼びかけた。ちょうど夕餉どきとあって、台所一帯には湯気が立ち、奉公人たちが忙しく立ち働いていた。

何しろ小大名並みの家格を誇る国家老の屋敷だけあって、毎回炊《かし》ぐ飯の量も半端ではない。これで来客や宴でもあろうものなら戦場さながらの大騒ぎとなる。

「えっ」

〃おきみ〃と呼ばれた腰元が思わず声をあげると、ほかの若党や女子衆たちも集まってきて、

「さよう、それもついさっきのことだ」

「表門のほど近くの塀際に大きなクスノキがあるのは、新参者のあんたも知ってるだろう？　ご家来の秋月さまが何の気なしにヒョイッと見上げたところ、その枝の上に……いたというんだよ」

「秋月さまとは、ご家老お抱えの学問指南役の、あのお方かい」

「そうそう、その秋月三之丞さまが見たというのだよ、世にも恐ろしい女の化け物が枝の上にスックと立っているのをね」

口々に言いかけた。おきみは息をのむと、ややしばらくしてから、

「それで……いったいどうなったのです」

「秋月さまは、そのまま怖じ恐れず、ハッタとその化け物女を睨みすえていたところ、いつのまにか朦朧《もうろう》と消えてしまったとおっしゃっているのだが、これは果たしてどうだかなぁ」

「そういえば、あのお方は豪傑とは正反対のお人だったたな。こう、ひょろりとして、うらなりのヘチマのような顔をしてな」

「うらなりのヘチマはよかったな。わしが聞いたところでは、キャーッと魂消《たまげ》る悲鳴を聞きつけてご同輩方が駆けつけたというから、どう考えてもつじつまが合わん。たぶん地面に突っ伏してガタガタ震えている間に姿を消した、といったところではないのか」

「それもそうだな、アハハハハ……」

と笑い声があがる。それが収まるのを待ってから、

「あの、そんなことより」おきみはたずねた。「その女らしきものには角はありましたろうか。さきほど般若だ真蛇だなどと噂する声を聞いたのですが」

すると、最初にこの話題を出した若党は「さてね」と首をかしげて、

「さあ、西日に照り映えてキラキラ輝く髪の毛や、人間とはとても思えぬ目玉の話はあっても、角が生えていたとは聞かなかったが……それとも恐ろしさのあまり言い忘れただけかな」

なるほど、言われてみればその通りで、角があったともなかったとも証言がない以上、どちらとも決めようがなかった。だが、そこへ、

「いや、角は生えてなかったよ。だからあれは般若でも真蛇でもない」

やや離れた場所から、ふいに言いかけたものがあった。みながドキリとしながらふりかえると、そのモッサリした風采の割にいい声の主は、当家の奉公人としては新顔にもかかわらず、大工仕事でも魚のさばきでも植木の手入れでも何でもやってのけ、何かと頼りにされている金作《きんさく》という男だった。

律儀で物堅いので知られているが、大きな文身《ほりもの》をしているという噂もあり、古株の連中も一目置かないわけにはいかなかった。

「これは金作さん、確かにそうか」

奉公人仲間の一人が問いかけると、彼はさして暑くもないのにギュッと握った手ぬぐいで、しきりと額の汗をふきながら、

「確かだ。だからあれは、嫉妬のせいで蛇と化した女なんぞでないことだけはまちがいない」

そうと聞くや、おきみはハッとしながら、

「金作さん、あなたはもしや……？」

「ああ、そうだ」金作はうなずいた。「わしは見たのだ――ついさっき、たった今、このお屋敷の庭の片隅でな。あまりの恐ろしさに立ちすくんでいるうち、植え込みの陰に姿を消しおったが、あれが噂の鬼女であることはまちがいない。鬼女にはまちがいないが、角はなかった」

周囲は、たちまち水を打ったように静まり返った。その沈黙を破るかのように、

「そうでしたか。ご無事で何より。でも、ということは――?」

おきみの問いかけに、金作は「そうだ」とまたうなずいてから、

「あやつは、もうとうに屋敷内に入りこんだということだ。それを詮議し捕えるのはお侍衆の仕事として、みんなくれぐれも気をつけるのだぞ。特におきみさん、あんたのようなお娘御はな」

「え? あ、はい……」

ふいに話を振られ、どぎまぎと答えるおきみであった。

2

――そして、その夜遅く。

国家老・矢羽根兵庫邸の奥まった一角、「御書物蔵」と通称される部屋の前に蠢く影があった。蔵とはいうが、屋敷内の一室である。

といっても別に怪しい人物ではない。手燭の灯りに浮かび上がったのは、その持ち手である当家の学問指南役・秋月三之丞のうらなりめいたご面相であった。

昼も夜も彼のうらなり面に変わりはないが、いつもニコニコと愛想よく、多少は小バカにされることはあっても、うとまれることのない表情は、今やその影もない。

むろん、あたりに誰もいないのに笑顔になる方が変ではある。だが、三之丞がめったに――というより人前では見せたことのない険しい表情になり、目は血走り、額に汗さえにじませているのにはわけがあった。

御書物蔵の板戸の錠前が外れていたのだ。

ここの鍵は、主人の矢羽根兵庫が手文庫にしまっているほかは、秋月三之丞だけが持っていて、余人には開けられるはずがない。実質、彼だけしか出入りするものはないのだ。

自分が、日中、調べ物に入ったあと施錠し忘れたのだろうか。いや、そんなはずはなかった。だとしたら……誰かがここに侵入したと考えるほかはなかった。何らかの方法で鍵を手に入れるか、錠前をこじ開けるかして。

夜番のものを呼ぶべきかもしれなかったが、彼はあえてそうしなかった。黄昏どきの騒動でとんだ恥をさらした（奉公人たちの臆測は的中していた）彼としては、意外な行動と受け取られるかもしれなかった。

秋月三之丞は手燭を片手に、慣れた手つきで音もなく板戸を開いた。

ぼうっとした光の暈《かさ》の中に浮かび上がったのは、古今の書物を平置きにした棚や蓋つきの桐の本箱、書籍以外では書画骨董、唐物らしき珍品の数々。まるで夜の墓場に迷いこんだようで、昼間見るのとはまるで別の場所のように思えてならなかった。

終日ここで紙魚《しみ》とともに過ごすことが珍しくない三之丞にとっても、決して気持ちのいい光景ではなかった。年経て古びたものどもに、いつしか宿った念のようなものが、夜の闇の中に溶けだしてくるような、何とも薄気味の悪い感じがあった。

だが、いま彼が相手にすべきは、そうしたあやかしの眷属《けんぞく》ではない。そいつらはここの板戸の錠前を外したりはすまい。それが外れているということは、生きた人間のしわざにほかならなかった。

「誰か、いるのか」

闇と静寂に耐えきれなくなって、彼は思わず声をあげてしまった。

あいにく、というべきか当然というべきか返答はなかった。

三之丞はやみくもに手燭を振り回したが、何も怪しいものは照らし出されない。たまたま浮かび上がった仏像の顔にドキリとさせられるのが関の山だった。

もしかして、賊はもう出て行ったあとなのか？　それならば安心――などとはいっていられない。何かがすでに盗まれたとすれば、取り返しのつかないことになりかねない。

盗まれた……いったい何を？

三之丞の目は知らず知らず、御書物蔵の奥の方に向けられた。そこには最近ここに加えられ、ゆくゆくは藩公に献上されるべき、ひときわ珍奇で貴重な品々が収められているのだった。

（あの宝物のうちの一つでも紛失していたら、責任問題だぞ）

暑くもないのにツーッと汗が垂れる。そのくすぐったい感覚に焦燥がいっそうかきたてられた。

板戸の錠前がそのままということは、やはり賊はまだ中にいる可能性が大きい。ということは――

三之丞はそう考えながら、ゆっくりと歩を進めた。

何かが、いや、誰かが確かにその先にいる――そんな気がしてならなかった。となれば、それが正しい直感であるか、ただの思い違いか。それを確かめないわけにはいかなかった。

奥に進むにつれ、自分をとりまく収蔵品が、昔から見慣れてなじんだ和漢のものから、はるか遠国のそれに変わってゆく。秋月三之丞の知識教養からはすでに離れたものたちに、いっそう不安と違和感をかきたてられたとき、

カタン……。

何かが空を切る気配とともに、背後でかすかに、だが確かに物音がした。と同時に、明らかな人の気配も。

三之丞は、はじかれたように音のした方をふりかえった。風圧を受けて、大きく揺らめいた手燭に

照らされて、そこに浮かび上がった姿は――。

（き、鬼女……）

三之丞は叫ぼうとしたが、声にならなかった。それほどその姿は、彼にとって恐ろしいものであった。

荒っぽく束ねただけの髪は、まるで金糸銀糸だ。抜けるように白い肌、常人の何倍も見開かれた目は青く爛々と輝く。

さらには秀でた鼻、たった今血をすすってきたかのような唇。すらりと伸びた四肢は、古い襖絵に見る手長足長が合体したようで、何とも異形なものだった。

「く、く、曲者っ！」

ようやく叫び声を絞り出したとき、手燭の光の輪の中から鬼女が姿を消した。そのしなやかな体を生かして、大きく跳躍したのだが、三之丞には忽然と姿を消したようにしか見えなかった。

恐怖を堪え、彼は叫んだ。

「ものども、出合え出合えっ。曲者……いや、化け物が、鬼女が現われおったぞ！」

たちまち邸内は大騒ぎ。ドヤドヤと駆けつけてきた宿直《とのい》の侍たち。幸い御書物蔵一帯はどこも厳重に締まりが降ろされ、どこかに隠れようとしても外に逃れようとしても、ことごとく道を絶たれていた。

今や屋敷内は大捕物の真っ最中。侍ばかりか腰元たちまでもが長刀やら心張り棒、果ては箒《ほうき》を持って駆けつける騒ぎとなった。ほどなくして、

「いたぞ！」

誰かの声に人々が駆けつけると、行き止まりの廊下の壁に張り付くようにして、鬼女が立っていた。

ヤッと切りかかる侍をひらりとよけて、相手の腕をつかむ。異形とはいっても相手は女、簡単にふりほどけると思いのほか、侍はアッと叫ぶなり体勢を崩した。

刀を取り落とし、鬼女につかまれたほうの手首を、もう一方の手のひらで押える。みるみる赤黒く腫れ上がっていく皮膚が、指の間から見えた。

とっさには何が起こったかわからぬまま、第二の太刀が鬼女を襲った。とたんに色鮮やかな煙のようなものが、その侍の顔めがけて飛んだ。

とたんに彼は刀の柄から片手を離し、おのが顔をこすった。いや、掻きむしったといったほうが良かったかもしれない。その口から苦悶の叫びがあがる。

ここに至って、この鬼女が姿形にも増して異様な存在であることが明らかになった。

こいつに触れられた者は、そこにたちまち火傷か痣のようなものを生じる。そればかりか、口から毒霧のようなものを吐きかけてくるのだ。

同様なことが何度もくり返され、周囲は痛みや恐れにさいなまれた男たちにあふれた。そのふがいなさに呆れてか、力任せに飛びかかっていった豪傑気取りの輩も、結局はあっさりと返り討ちになった。

だが多勢に無勢。いくらこの世のものならぬ鬼女とはいえ、いつまでも持ちこたえられるものではなかった。

侍たちの間を縫うように、ヒュンッと飛んだ白い縄。それはたちまち鬼女の足首に、次いで腕に絡みつき、次第にその自由を奪った。

「あ、あれは……」

そう叫んだのは秋月三之丞であった。それに続いて、

「お前は……金作！」

誰かが叫んだ通り、それは当家の奉公人、金作のしわざであった。そのたくましい手には幾筋もの縄の端がしっかりと握りこまれ、なお新たな縄を投げつける準備も万端のようだった。何でもできると評判の男だが、こんな特技まであったとは。

たちまち攻守は逆転した。あれほど猛威を振るった鬼女は、今や繭に包まれた蚕のようなもの。身動きも出来ずただ総身を踏ん張って金作の縄——いや、捕縄に耐えているにすぎなかった。そして、その抵抗が終わるのも時間の問題だった。

「化け物にして曲者め、とんだ騒がせおって。神妙にしろ、どうせその顔も仮面か何かであろう。貴様の正体、この場で暴いてやろう」

秋月三之丞は、自分の手柄でもないのに勝ち誇ったように言うと、ズイズイと廊下の奥へ進んだ。そして身動きのとれない鬼女に近寄るとその顔に手をかけた。次の瞬間、三之丞の顔にとまどいが浮かんだ。

「うん、面じゃない？　ということは……ああっ！」

けげんそうな声が、すぐに悲鳴に変わった。鬼女が渾身の力を込めた手が、捕縄に逆らって大きく動き、三之丞のほうに激しくたたきつけられたのである。

人々がアッと叫んだときには遅かった。三之丞の片頬は、みるみる人の手の形に腫れ上がっていった。

「あ、あああ……！」

驚きと恐れと、そして何より痛みに耐えかね、学問指南役は両手で顔を押えながらその場にうずくまり、ぶざまに転げ回った。

だが、これが鬼女の最後の抵抗だった。

侍たちは直接手を触れぬよう、槍やら刺又《さすまた》やらを突き出して鬼女を追いこみ、どうにか捕まえることに成功したのだった。

3

秋月三之丞は必死だった。

二度も、あの鬼女にしてやられ、屋敷内の連中に無様な姿を見られたという恥。この上は、手ずから折檻を加え、拷問を施して意趣返しをしてやりたいところだが、何しろ先方はその身に触れれば火傷をし、毒霧を吹きかけてくるのだからうっかり近寄ることも出来ない。

今、鬼女は地下の牢に放りこまれ、完璧に閉じこめられている。とうてい逃れることは出来ないが、間近に行って取り調べることもできない。

見張りの者の報告では、鬼女を入れた牢の床には点々と虫の死骸が転がっているという。何やら異臭も漂うとのことで、どうやらその全身から毒気を発しているらしかった。

とはいえ、このままには捨ておけない。主である国家老・矢羽根兵庫の名にもかかわるし、ひいては常州三十万石の安危にもつながりかねない。

昨夜の騒ぎについて報告を受けた矢羽根兵庫からは、その鬼女の正体を突きとめ、何としても成敗してしまうよう厳命を受けている。

ただ殺すだけなら牢屋のある一角ごと焼き払えばいいが、まさかそんなわけにもいかない。牢屋の格子越しに槍で突き殺すという手もあるが、果たして上手くいくかどうか保証の限りではなかった。

とにかく、あの鬼女の正体を突きとめ、弱点を見出すのが三之丞に求められた役目だった。そのため御書物蔵に立てこもった彼は、そこの書棚に積み上げられた書籍に読みふけり、果てしない紙の山を積んでは崩しするほかなかった。

そのようすを見かねたか、それとも上役の心遣いか、時折腰元が茶や食べ物を差し入れに来たが、それらに口を付ける余裕すらないありさまだった。

「ええい、わからん！　こんなことではいつまで経っても埒《らち》があかん！」

うらなり面をいっそう青白くしながら、三之丞はいきなり立ち上がった。その拍子に自分の周囲に積み上がった本の山が音もなく崩れ落ちていった。埃が、中にはさまれた栞《しおり》が宙を舞い、はなはだしきは綴じ紐の切れた頁がばらばらになってしまった。

これには三之丞もあわてずにはいられなかった。とんだ粗相を上司に叱られることよりは、貴重な書籍を台無しにすることの恐れのほうが大きかった。

その程度には、学者として誠実な秋月三之丞であった。

と同時に、本の虫としての鋭敏さと勘を身につけた彼は、混乱のさなかにあるものを見つけた。それは、長年ここに入り浸ってきた彼でさえ、見たことのない冊子だった。

——毒娘考《どくむすめこう》

飾り気ないその表紙に、ただその三文字だけが記されていた。

三之丞はとっさにその冊子を手に取るとその中身を確かめた。どうやら、先代か先々代のここの管理役が異国の書物から抜き書きしたものらしかった。

そこには、次のような驚くべき内容が記してあった。

「西人ノ説ニ曰ク、印度即チ天竺ニ靡樹姫《ビーシュ》ノ伝承アリ。女子ノ美シキ者ヲ撰ミテ嬰児《あかご》ノ裡《うち》ヨリ寝床ノ下ニ毒草ヲ敷キ、乳ニモ微量此《この》毒ヲ混ゼ、成長ノ後モ必ズ食セシメテ段々ニ量ヲ増ストキニハ如何ナル猛毒ニモ耐ヘル身トナリ、遂ニハ総身ヨリ毒気ヲ発スルニ至ルト。

其ノ手ニ触レナバ軽キハ疱《かぶれ》、重キハ熱傷《やけど》ヲ生ゼシメ、之ヲ擁シ同衾《どうきん》スル者ヲ忽チ死ニ至ラシムト。

希臘《ゲレジャ》ノ亜歴山大王《アレクサンドル》ヲ頓死セシメシハ印度王ヨリ献上ノ美姫、実ハ刺客トシテ差シ遣ハレシ毒娘ナリトノ伝アリ。

按ズルニ靡樹トハ唐土ニ謂フ烏頭《うず》、和名烏兜也《とりかぶと》。又曰ク、毒娘トナリタルモノハ両眼蛇ノ如クニ光ルト」

（こ、これだ……）

秋月三之丞は小躍りしたいような思いで、心につぶやいた。

毒娘！　とはまた何という恐ろしい思いつきであろう。およそ信じられぬ話だが、理屈は通っている。

人間を生まれた時から毒に慣らし、次第にその量を増して耐性を高めていけば、やがていかなる毒にもこたえない人間ができあがる。

それればかりか、ついにはその全身がこれ毒の塊となり、源ともなるのだという。これも、決してあり得ない話ではないように思われる。

聞くだにおぞましい話だが、それだけのことをする価値はある。たとえば、猛毒を仕込んだ料理を供して、これを客に出す前に毒味役が味見してみせる。だが、それがこのような体質の持ち主だったたらどうか。毒味役が平然と食事を口にし、しかも何ごともないのを見た客は、安堵して飲みかつ食い、しかるのち頓死する。

もっと恐ろしい使い方もある。毒娘の名の通り、少女を、それもとびきりの美貌の持ち主を今の冊子にあったように育てれば、またとない武器となる。これを敵方の王なり将軍に献上すれば、何ら怪しまれずして相手を暗殺することができる。まさに数千数万の兵にも勝る働きをするのだ。

となれば……それを利用しない手はなかった。

「このことをお伝えすれば、矢羽根兵庫様、ひいては殿もさぞお喜びであろう。だがその前に、あの鬼女めが本当に毒娘、靡樹《ビーシュ》姫とやらであるのか確かめねばならぬな……」

そう独語する三之丞の顔には、何ともいやらしい笑みが浮かんでいた。それは、小心翼々とした人物が、出世の手蔓を摑んでかつ捕らわれの小鳥を責めさいなむ機会を与えられたときの笑みにほかならなかった。

と、そのときだった。

「曲者じゃ、皆のもの、出合え出合え！」

やや遠くからいきなり起きた叫び声に、三之丞は思わず耳をそばだてた。もしや、あの毒娘が牢破りをしたとでもいうのか？　そうなればまた面倒なことになるし、いま考えたばかりの目論見も台無しだ。

だが、幸いそうではなかった。

騒ぎの起きたあたりに駆けつけた彼が見たのは、あの鬼女ではなく、あろうことかまだ年若い腰元がむくつけき侍たちに取り巻かれ、ひるみもせず対峙している姿だった。

「いったい何事だ、この腰元が何をしたというのだ」

事情がのみこめないまま、語気を強めてたずねた三之丞に、

「あ、秋月様……実はこやつ、新入りの腰元できみと申すのですが、何を思うたか、お屋敷内のあち

こちを嗅ぎまわり、何やら探しているところを捕えられたのでございます」

「さようさよう。それが妙なことに、おのが所業を見られたと知ったとたんに、これこのように暴れだし、やむなくこのようなことになった次第でございます」

「大きな声では申せませぬが、何やら昨今、江戸の隠密が当藩に入りこみたりとの風説あり。よもやこんな小娘がそれとも思えませぬが……」

「とにかくこうなっては捨ておきもできませぬ。折悪しくご家老矢羽根様はご不在。秋月どの、この女、いかに処置いたしましょうや」

日ごろ臆病者の、うらなりのと陰口をたたかれてはいても、こう身分差がものを言うときは彼らも下手に出ないわけにはいかない。その快感にしばし酔った三之丞は、やがてニヤリと破顔すると言った——。

「その女を地下牢に入れい。世にも恐ろしい毒娘と同じ牢にな。これ、きみとやら、お前はこれから触れれば火傷し、息を吐きかけられれば苦しみ、そばにいるだけでゆるりと毒気を浴びて、やがて死に至ることになるのだ。それが嫌なら、すぐさま白状するがよい。うん？　どうだ……」

三之丞は言いかけて絶句した。捕えられた腰元が、おびえるどころか、不敵な笑みさえ浮かべて彼を見返してきたからだった。

「こやつ……」

秋月三之丞は苦々しげに吐き棄て、次いで家中の者たちに叫んだ。

「この女を連れて行け！」

4

〝鬼女〟は、ふとまどろみから目覚めた。油断なく周囲に目を光らせるが何ごとも変化はない。外の世界に、何が起きているかも知る術《すべ》はない。

おのが運命も、これからどんな目に遭わされるのか。〝鬼女〟は、これまで自分が受けてきた、決して快適とはいえない処遇を思い返してみた。

そのことからすると、この薄暗い牢屋の外で自分を待っている運命も、あまり愉快なものとはいえないに違いなかった。

そんな状況下では、自分につけられたあだ名が、〝鬼女〟から〝毒娘〟に変わったことなどは、彼女のまったくあずかり知らないことだったし、またおよそどうでもいい変化だった。

そんなことを考えていたとき、この地下の廊下をキシキシと踏み歩いてくる足音がした。

いよいよか、と彼女が身構えて待つうち、牢の扉が開かれ、そこから何やら色鮮やかで派手やかなものが投げこまれた。

さすがの〝鬼女〟をもギョッとさせたそれは、生きた人間――それも腰元姿の若い女だった。

当然のことながら、娘はおびえていた。甲高い悲鳴を上げ、放りこまれたばかりの牢の格子に取りついて、

「お助けください！　こんなところで死ぬのはいやでございます」

そう叫んだのを聞いて、〝鬼女〟は苦笑いしないではいられなかった。なぜ、この娘がここに放りこまれたか、おおよそ見当がついたからだった。

だが、さすがの彼女にも、予想のつかないことがあった。そのまま、えんえんと牢の外に向かって泣きじゃくり、許しを乞うていたはずの娘が、ヒョイとこちらをふりむいたとき、ニッコリと笑いか

けてきたのだ。

〝鬼女〟あらため〝毒娘〟が別の意味でギョッとさせられたとき、その娘はさらに予想外の行動を見せた。

「あっ、おやめください。わたくしはまだ死にとうはございません。あっ、あっ、焼け爛《ただ》れ、膿み崩れて死ぬのだけはお許しくださいませ！」

などと口走りながら、まるで〝鬼女〟の手の中にある糸に引き寄せられるように、彼女のいる方にやってきたのである。

あいにく〝鬼女〟は引き寄せ糸など持っていなかったし、その娘に対して何の行動も取らなかったのだが。

とまどう彼女の目前で、腰元姿の娘はつま先立ちでクルクルと回転し、ときに大きく体を傾がせたりしながら近づいてきた。そして、大の男たちが怖じ恐れた彼女の顔に口を寄せ、耳元にこうささやきかけたのである。

「お待たせしました、異国のお方。今から何とかあなたを助けだし……あ、ところで日本の言葉はおわかりですか？　そうですか、それは重畳《ちょうじょう》……」

それから、その腰元姿の娘が物語ったことは、〝鬼女〟を驚かせるに十分だった。もちろん、彼女自身の数奇で悲痛な体験に比べれば、はるかに規模の小さなものではあったが。ともあれそれから、どれほどのときが経っただろうか。再び地下牢に通じる廊下に足音がして、一団の侍たちが灯りを手に姿を現わした。

「急げ急げ、ご家老兵庫様、急のご帰館。それまでには何としても決着をつけねば」

などと言いつつ先頭に立つのは、学問指南役の秋月三之丞。最初、牢の間近まで足を進め、あわてて背後に飛びのいたのは、近づくだけで体に害を及ぼす〝毒娘〟の威力を恐れたからだろう。十分に距離を開けてから彼は牢の中に呼びかけた。

「これ、おきみとやら名乗る偽の腰元よ。もうだいぶ毒気が体にまわったころであろう。そなた、このままでは死するほかないが、もうそろそろ白状する気になったか。何の意図あって当家に潜入し、何を探り出そうとしていたのかを」

ややしばらくして、牢の中から蚊の鳴くような声で返事があった。

「あの、申します、申します……」

それは確かに、あの腰元の声だった。三之丞は満足げにうなずいてから、

「開けてやれ。だが、十分に気をつけてな」

と、かたわらの小者に命じた。それから侍たちに向かっては、

「よいか、出すのはあの偽腰元だけじゃ。鬼女はむろん出してはならぬ。少しでも動く気配あらば、牢の中に向けて発砲してもよいぞ」

その言葉どおり、三之丞が引き連れた者たちの中には、接近して毒気に当てられるのを恐れてだろう、鉄砲を携えた者が何人もいた。

「さあ、どうした。とっとと行かぬか」

命じられた小者は、おっかなびっくり牢の出入り口の錠を外し、あわてて後ろに飛びのいた。中から矢絣の着物をまとった人影が、よろめくように出てきたからだった。

「例の化け物女はどうしておる」

「奥にそのままうずくまっております。少しでも動けば、わかりましょう」

三之丞の問いに、牢の中を見透かしていた者の答えが返ってきた。とはいえ彼も、あまり牢に近づかなかったのは、毒娘を恐れる以上に、自分ごと鉄砲で撃ち抜かれることを心配したからに違いなかった。

牢内の息苦しさのせいだろうか、娘は着物を脱ぎ、頭からかぶるようにしていた。お屋敷勤めの華やかさとはほど遠くなったその姿が、三之丞たちの目前に現われた――その刹那。

やにわに矢絣の着物がはね上げられ、帯がクルクルと宙を舞った。次の瞬間、三之丞たちは叫び、呻き、後ずさった。

彼らがそこに見たもの――それは、金糸銀糸のような髪を振り乱し、見たこともない色の目を蛇のように、いや、龍のように煌《きら》めかせた〝鬼女〟にほかならなかった！

それればかりではなかった。その背後から現われた襦袢《じゅばん》姿の、これは見慣れた顔立ちの娘が、異形な娘と互いに守り合うようにスックと立っていた。

「お、おきみ……」

侍たちから驚きの声があがり、三之丞はようやく事情を察した。〝鬼女〟あるいは〝毒娘〟は、腰元姿に化けてまんまと牢外に逃れ出、その騒ぎに乗じてもう一人の娘も飛び出してきたのだ。

学問一途の三之丞には、予想もつかない詭計《きけい》だった。だが、それ以上に予想外なことがあった。

今は矢絣の着物を〝鬼女〟に譲った腰元の手の中に、何やら黒い鉄の塊のようなものがあり、それがいきなり轟音もろとも火を噴いたことだった。

「あ、あれは南蛮渡来のピストール!?」

ここはさすがに知識のあるところを発揮した三之丞だったが、そのときはもう大混乱のさなかだった。

腰元の手からさらに放たれた銃弾が、侍たちの刀を弾き飛ばし、それを素早く拾い上げた異形の娘が奇妙な形に構えたかと思うと、猛然と侍たちの中に突っこんでいった。

それだけでも十分に意表をついたのに、おまけに目つぶしやら何やら得体の知れないものが飛んできたのだから、たまったものではない。たちまち地下牢とその一帯は阿鼻叫喚の巷となり、その中を突っ切って二人の娘は地上に駆け上がった。

二人は大胆不敵にも、屋敷内を駆け回り、血路を開こうとしたが、何しろ多勢に無勢、ほどなく裏手の塀際に追い詰められてしまった。

そこの塀はひどく高くて、手がかり足がかりになりそうなものもない。瓦屋根が忍び返しのように突き出ているのもあって、とっさに越えられそうにもない。そこへもってきて、

「あいつら、どこへ行った？」

「今、それらしいのが駆けこむ姿を見たぞ」

「よし、このまま攻め入って押しつぶしてしまえ！」

間近から聞こえてきた声・声・声——。だが、すぐさま呼応する者がなかったのは、二人の拳銃と剣、何より毒を恐れたからだろう。

だが、それも時間の問題に過ぎなかった。国家老・矢野根兵庫が帰宅するのはもうまもなく。それまでには力でカタをつけるに違いなかった。

（どうしよう？）

（いったい、どうしたら……）

雪隠詰めにあった二人が、まだ会って間もないにもかかわらず切実な思いをこめた顔を見交わした——そのときだった。

ふいに頭上から、彼女らめがけて降りかかったものがあった。

それは一条の、細いが強靭そうな縄だった。

二人は再び顔を見合わせた。何も言わなくても、思いは通じ合っていた。食い違っていたのは、どちらがしんがりをつとめるかということだけだった。

その決着はすぐについて、〝鬼女〟がスルスルと塀の屋根までよじのぼり、続いて腰元が縄の一端をつかむや、みるみるうちに彼女ごと引っ張り上げてしまった。

目を丸くする腰元を抱きとめて、にっこりと微笑む〝鬼女〟――いや、その名は今やどうにもふさわしくはなかった。

だが、そんなところでのんびりはしていられない。二人はそのまま塀の外に向かって張られた縄づたいに国家老屋敷から逃れ出るのに成功した。追っ手が彼女らのいた一角になだれこんだのは、まさに次の瞬間のことだった。

だが、降下のさなか、二人の目は驚きに見開かれた。屋敷の外側をめぐる路上で待っていた人物の意外さゆえだった。

「あなたは――金作?」

そう。そこにいたのは、この屋敷の奉公人である金作であった。〝鬼女〟を捕えるとき、思いがけず披露した縄投げの術を思い合わせると腑に落ちる話ではあったが、なぜ今度は得意の縄を投げて助けてくれたのか、わけがわからなかった。

「どうして、あなたがわたくしたちを……」

問いかける腰元に、金作はただニッコリと笑顔を返すと、

「なに、成り行きとはいえ、こちらの方を捕え、入牢させてしまいましたからね。同じこの縄で人助

けをさせてもらっただけのことです。それに、同じ屋敷を探るものが三組も入り乱れては何かと面倒。早々に立ち去っていただきたくてね」

飄々とした口調で妙なことを言った。と、そこへ、

「姫様！　喜火姫《きびひめ》様」

叫びながら、彼らめがけて駆けてきた若武者があった。だが、この人物にはちょっと風変わりな点があった。

確かに若武者には違いなく、精悍で俊敏そうな風貌ではあるが、男ではなく女だったのだ。男物の衣服を着て袴をはき、根結の垂れ髪を馬のしっぽのようになびかせている。

「野風！」

姫様と呼ばれた腰元は、喜びに満ちた声で叫んだ。だがすぐに、急に厳しさを取りつくろうかのように、

「遅かったではありませんか。何をしていたのです」

野風と呼ばれた女性――「別式」という女武者らしかった――は、問われて急にどぎまぎと、

「申し訳ありません。何しろ、姫様があのようなムチャをなさったとはつゆ知らず、この屋敷を調べに参ったときには、すでにこのような大騒動になっておりまして……とにかく急ぎこの場を離れましょう！」

「待って、野風」喜火姫は押しとどめた。「今ここにいた男――わたくしたちに縄を投げてくれた金作はどこ？」

「そういえば、そんな男がいたような……あれっ、どこに行ったのでしょう。あたしも確かにその姿を見たのですが――はてな？」

とまどいながらの野風の言葉通り、そこにいるのは彼女ら三人だけで、脱出の最功労者ともいえる奉公人・金作の姿はどこにもなかった。かき消したかのように見えなくなっていた。

そのかわり、彼がいた位置には何とも不思議な品が残されていた。剣——それも異国のものとしか思えない佩剣《サーベル》であった。

「！」

〝鬼女〟は、その奇妙な落とし物に気づくや、声にならない声をあげながら、きらびやかな鞘に収まった佩剣を取り上げ、いとしげに抱きしめた。一方、

「そんなことより姫様。そして何やらお取りこみのようですが……異国のお方」

野風は二人を交互に見やると、彼女らの手をがっしりとつかんで、

「さあ、急ぎましょう。いつまでもこんなところにはおられません。ほら、どうやら感づいたようすで、あんな大人数がこちらへ——ほら！」

言うが早いか、野風は彼らのただ中に飛びこんで、たちまちに数人を斬り倒した。女としては引き締まった体軀とはいえ、はるかに体格にまさる男たちの間を飛鳥のごとく舞い踊り、めまぐるしく白刃をきらめかせた。

彼らがひるんだすきに喜火姫たちのところに駆けもどると、野風は彼女らを連れて猛然と駆けだした。姫様と呼ばれる腰元と異国から来た毒娘と別式と、世にも稀なる三人組による逃避行がこのとき始まったのだった——。

5

「私の名はアフネス、父は長崎オランダ商館勤めの上級社員、母は丸山の遊女——というのは父と会うための名目で、それなりの家の娘だった。その間に生まれた私は、父譲りの髪と目の色のためにいろいろな目にあったけど、それさえも安寧な日々と思い知ることとなったのは、母の死以降のことだった……」

〃鬼女〃と呼ばれ、〃毒娘〃と見られてきた少女は、まぎれもない日本語で語り始めた。とある由緒ある寺院の奥まった一間でのことだった。

母の死に際し、悲しみにくれるアフネス——ちなみにこれは、Agnes《アグネス》のオランダ読みである——に追い打ちをかけたのは、父が離日するとの報だった。

異国人との間に生まれた子供といえど、日本の地を離れることは絶対の国禁と定められていた。だが、このまま日本に残せば、どんな過酷な運命が待っているか知れないと考えた父は、娘のために一計を案じた。

日本に残せばもちろんだが、ヨーロッパに連れて行ってもその処遇の厳しさには変わりがない。ならばいっそ……と考えたのが、新天地アメリカへの父娘ともどもでの移住であった。

近年のヨーロッパ情勢の変化で、さしも隆盛を誇ったオランダ東インド会社も長崎—バタビア間の定期航路を維持するのが困難になった。そこで考え出されたのが新興国アメリカの船を雇うことで、これにオランダの三色旗をかかげさせ、貿易品を運ばせることが半ば公然と行なわれた。

任務を果たした船は、当然またアメリカに帰ってゆく。それに乗って新大陸に向かおうという計画だったのだが、ここで思わぬ事態が起きた。

「船が難破し、日本沿岸に漂着したのよ。幸いだったのは父や私も、ほかの乗客乗組員もぶじだったこと。でも、それらを帳消しにするほど不幸だったのは、流れ着いたのがこの地方だったたこと……常《こ》州《こ》の連中は西洋のものはおろか儒教や仏教まで排撃する異国嫌いと京都のミカドを崇拝する思想に取りつかれていて、救助を求めに上陸した人々をその場で斬殺してしまった。しかも残りは城に連れ去ってむごたらしい拷問を加え、何とか白状させようとしたのよ。この船が日本に攻め入り、乗っ取るための先兵であるとね！

でも、その試みはあいにく実現しなかった。だってこの藩には英語はもちろんオランダ語も解するものが誰もなく、ひたすら日本の言葉と、中国語の筆談で尋問を行なおうとしたのだから！

サムライたちが略奪しそこねたのは、無知で横暴な彼らには理解しかね、何より金目のものに見えなかった薬品、そして父がわが身を囮《おとり》にしてまで隠し通してくれた私自身――。

船は破壊され、味方は誰もおらず、このまま時を過ごしてもいずれ捕えられて嬲《なぶ》り殺されるだけ。だから私は、必死に父たちの消息を追い求めた。何の役に立つかわからないまま持ち出した薬品の壜を体に巻きつけてね。そして、やっとのことで彼らが奪い取った積荷が、あの家老の屋敷に運びこまれたことを知った。その間に何度か姿を見られ、変な噂を生んでしまったけどね。

で、深夜ひそかに、あの部屋に忍びこんでしまったところ、私自身は何もヘマをした覚えがないのに、あっけなく見つかって追われる身になってしまった……」

「それは、わたくしがしたことなの。本当にごめんなさいね」

そう言って頭を下げたのは、今は立派な衣装に身を包んだ喜火姫だった。そばに控える別式の野風が、

「あ、姫様、そのような……」

と、あわてて止めたが、この風変わりな姫君は態度を改めようとはしなかった。

「あの晩、わたくしもまたあの御書物蔵に忍びこんでいた。そのためにおきみと名乗り、腰元として

雇われていたのです。常州藩が異国の財宝を大量に手に入れ、国家老を中心にそれを売りさばいているという嫌疑を調べるためにね。でもまさか、罪もない漂着民を無残に殺し、その荷を奪い取っていたなんて……わたくしの考えはまだまだ甘かったようです」

「そうだったの……でも、そしたらひょっとして、あのときの物音は？」

アフネスは何かに気づいたようすで、たずねた。すると喜火姫はうなずいて、

「さよう、わたくしがしたことなの。あのときわたくしは、アメリカ国の船から奪った品々を収めたらしき部屋の奥にいて、そこへあの秋月三之丞が気配に気づいたかやってきた。これは何とかしなければと思ったわたくしは、適当に手につかんだ小物を三之丞の背後めがけて投げつけた。幸いそれは首尾よく行ったけれど、たまたまそこにいたそなた――アフネスが見つかってしまうということになってしまったのでした」

「それも、そもそも姫様が、自ら国家老の屋敷に潜入しようなどという暴挙をなさったからです。いくらお止めしても聞き入れられず、矢絣の着物にご身分とお気に入りの銃を隠したりしてまで……」

野風がきちんと端座したまま、困り切ったようすで言った。

二人とも、こともなげに言っているが、姫と呼ばれるほどの人があんな隠密か間者まがいのことをして、しかも銃の名手という事実は、アフネスでなくても疑問でならないところだった。

「そなたの意見はもうよいから、野風。もうわたくしたちの藩はどこにもなく、そなたもわたくしの臣下ではなくなったのですから。――それよりアフネス、そのあとどうなったのですか」

喜火姫がはぐらかすように、またたしなめるように別式に言い、異国の血を引く少女に話の続きをうながした。

「はい……それで、捕まりそうになった私は、はめていた手袋に薬品を塗りつけ、捕えようとするも

のに思いきりたたきつけてやった。あと、近づくものに振りかけたり、口にはつけないように用心しながら息で吹き飛ばしたりね。そんなことが意外に効果をあげて近づけなくなったのは滑稽だった。すぐに投げ縄のように妙な技で捕まったのは不覚だったけど、牢の中にいる間は手出しされることがなかったのは幸いだった……」

アフネスは会心の笑みを浮かべてみせた。そこへ喜火姫が好奇心に目をきらめかせて、

「なるほど、手妻の種はそういうことだったのですか……では、牢内に虫の死骸がたくさん転がっていたというのも、やはり？」

「ええ」アフネスはうなずいた。「あれは地中海沿岸に産するpyrethrum《ピレツーラム》という花の種子になる部分をすりつぶしたもので、それを火で燻《いぶ》すと虫よけになるの。あまりあの牢内には蚊や何やの虫が多くて閉口したから、つい……ね」

ピレツーラムとは和名シロバナムシヨケギク、また除虫菊ともいう。もっともその名が日本で知られ、蚊取り線香の原料として使われるようになるのは、はるかに後代のことである。

「でも、そのおかげで、秋月三之丞をはじめとする屋敷の連中は、そなたのことを恐れ、近づかなくなった。でも、牢の守りは堅く、助けてはあげたくても容易には行きそうにありませんでした。でも、そこで思いついたのが、そなたの不思議な技を利用して、いっそう恐ろしい存在に仕立て上げること……」

「それが〝毒娘〟だったのですね」

野風が口をはさむと、喜火姫はうなずいて、

「そう、何か西洋のことを記した本にそんな話があったのを思い出し、御書物蔵にあった古い紙にいかにももっともらしい内容を大仰な文体で書きつけて『毒娘考』と題したの。そのうえで、三之丞が

うまく見つけられるよう仕向けて、蔵書にまぎれこませておいたという次第です。そうしたら効果はてきめん、アフネスのことを偽書に記された通りの恐ろしい女と勘違いし、当面は危害を加えそうになくなった。そこへ、わたくしがわざと怪しまれるようなまねをしてみせたら、みごとに引っかかってくれ、同じ牢に放りこんでくれたのです」

「全く、何ということをなさるやら」野風はため息をついて、「姫様の目論見通りになったからよかったものの、あやつらがもし別の手段で責め問いにかけていたら、どうなっていたと思し召す」

「その点は心配しておりませんでしたよ、野風」

喜火姫はこともなげに答えた。

「いずれ野風が救いに来てくれると信じておりましたし、それまで多少の拷問ぐらいは覚悟の上でした。わが家わが藩が滅び去り、みな離散したあとの辛苦に比べれば、何ほどのことは……ね」

朗らかな笑顔とともに言い放った言葉には、無限の重さがしみていた。しばしの沈黙のあと、アフネスはいろんな思いを振り払うように口を開いた。

「何にしても、このサーベルだけでも取り返せたのは幸いでした。これは父が剣術《ズワードフェフテン》とともに授けてくれたもので、これさえあれば百人力です。でも、いったい誰がこれを――？」

「金作という矢羽根家の奉公人のしたことらしいですが、その正体は何者なのか見当もつきません。ただ、あのときの言葉からすると、おそらくは他藩か、ことによったら江戸より派遣された隠密かもしれませんね。どうでしょうか、野風？」

喜火姫に問われて野風は腕組みすると、

「さて、それは……ご門跡様にうかがえばご存じかもしれませんが」

ご門跡様？　いきなり飛び出した、二人にだけ通じるらしい名前にアフネスが首をかしげたときだった。

「アフネスさんとやら」

野風がにわかに居ずまいを正すと、彼女に向き直った。

「腹を割って話したいのだが……あんた、このあとどうするつもりだ」

「どうするって……」

アフネスは、答えに窮した。父たちの消息は完全に知れたわけではなく、取り返すことのできるものもまだあるはずだ。

といって、勝手知らないこの常州《くに》で、この目立つ風貌で、いつまでも単独行動ができるものではない。それどころか、明日、町人百姓に不審がられて役人に突き出されるかもしれない心細い身の上なのだ。

「さて、どうしたものなのでしょうね」

アフネスは苦笑まじりに答えた。本当に何の当てもなく、途方に暮れた果ての笑顔だったのだが、ふと見れば喜火姫と野風も微笑んでいた。ただしこちらは、どこまでも朗らかで屈託なく、何より好意に満ちたものだった。

「ならば、姫様……」

「そうねぇ、野風」

二人はそう言い交わすと、同時にアフネスを見やった。彼女にはなぜだか、そのあとの言葉を聞くまでもない気がした。そして、それにどう答えるべきかも、すでに決まっていた。

――こうして、龍の目を持ち、異国の血を引く少女は思いがけず、その居場所を見出したのだった。

その四・喜火姫が刺客に襲われた次第

1

夜の底に黒々と、まるで異界への入り口であるかのようにそびえ立つ山門。その周辺に、さきほどからせわしく蠢く四つの影があった。

いずれも覆面をし、粗末だが動きやすそうな着物、そして腰の大小。それら全てが闇に姿を溶かしこもうとしてか、黒く塗りつぶされていた。

彼らが何者であるかはわからないにしても、この名刹への参詣客でないのは確かだった。白衣の巡礼ならともかく、黒装束の講中などは聞いたこともない。

それだけでも怪しいのに、この四人組は山門に通じる石段や、その周辺に巡らされた通路を使おうとはしなかった。わざと石ころだらけの坂道を踏みしめたり、ときには木の枝から枝へ伝い渡ったりしていたのだ。

世の中には、夜参りというものがあるし、わざと険阻な道をたどるという信仰のあり方も珍しくはない。だとしても、寺域と外界を隔てる塀をよじ登り、次々中に飛び降りるに至っては、どう考えても敬虔な信徒のしわざではなかった。

何より問題なのは、ここが尼寺だという事実だった。

本来むくつけき男どもが、たとえ信心のためであろうと、めったに入ってよい場所ではない。そして、この四人組の性別はというと……。

彼らが侵入した境内は、広大な中にいくつもの建物が散在している。仁王門、金堂、経蔵、講堂、方丈などの伽藍が連なり、夜目にも黒々と宝塔がそびえ立つ。大庫裏《おおぐり》があれば小庫裏《こくり》があり、そして背後には広大な墓所……。

昼間でも迷いそうなその中を、彼らはしかし少しも迷うことなく歩を進めていった。つかず離れず、以前から隊を組んでいたかのようにぴったりと歩調を合わせながら。

こんもりと葉を茂らせ、幹をうねらせた古木、その間を縫うようにうねうねと続く細道。それはいつのまにか上り坂となり、粗末ながら石段が施されていた。

四人組は息一つ切らさず、そこを駆け上がった。

ほどなく、暗い中にもパッと視野が開けた。見下ろせば、どんより曇り、数えるほどしか星の見えない空の下、木々も建物もごちゃまぜに墨一色に塗りつぶされている。

そんな中、前方にポツンとともった灯りが見えた。それは、この寺の離れとおぼしき建物の窓であった。

——まちがいないな。

小高い場所から暗がりの向こうを透かし見ながら、ささやくように言ったのは、一行の中でひときわのっぽな男だった。

——ああ、まちがいない。あれが、喜火姫《きびひめ》の隠れ住まいに相違ない。

そう答えたのは、覆面の下でよくわからないが、四人の中で一番年かさらしい男だった。なかなか貫禄もあり、言葉つきからしても、どうやら彼がこの一行の頭目といったところらしい。そこへさら

に、

――そして、あの窓の向こうに見えるのが……？

第三の声がたずねた。先の二人とは打って変わり、若々しく涼やかな声だ。実際、この中で一番年若ではあるらしい。すると頭目らしき貫禄男は、さも満足そうに、

――そう。はなはだ気の毒ながら、こののち、われらに斬られなければならないご仁だ。ご当人は、よもやそんなこととは知ってもいまいがな。

――とはまた哀れな……われわれの夜襲など受けては、ひとたまりもあるまいに。

第四の声が言葉とは裏腹に、さも小気味よさげに言った。何かにつけて、しゃれのめし、皮肉を飛ばさずにはいられない冷笑屋らしかった。

この会話の内容から、彼らは暗殺の密命を帯びた刺客と知れた。その頭目らしき男は、しかし暗がりの中でかぶりを振ると、

――いやいや、そうとは限らぬぞ。何でもあのお姫さんには、手ごわい護衛がついているとか。野風とかいって、それはもう腕が立つとか。

いかにも頭目らしく、敵を侮る態度を戒めるように言った。

――野風とは風雅な名だが、それほど強いのか。その男。

第三の声の主である若者が、またも問いかける。すると、頭目は再びかぶりを振って、

――風雅かどうかは知らんが、そやつ男ではないのだ。

――男じゃない？　なら女か。だが、そんな奴がいるわけがないだろう。そんなに腕が立って強い女なんてものが。

一笑に付す冷笑屋を頭目はたしなめて、

——それがあるんだよ。別式といって、特に許されて武芸を学んでいる女どもがな。

——別式か。そういえば聞いたことがあるな。だが、しょせんは女、もろともに片づけて、役得がわりにいただこうではないか。なぁお頭《かしら》……。

——しっ！

冷笑屋の下卑た言い草は、鋭い叱声にさえぎられた。

黒装束の刺客たちの心は、それをきっかけに一つにまとまった。四人はそのあと黙々と任務にしたがった。

軽口はもはやたたかれることなく、草むらが四対の足底に踏みしめられる音が、かすかに響くばかりだった……。

2

喜火姫は、ふと文机から顔を上げた。

気がつくと、燭台の灯りがにわかに揺らめきを増し、黒い煙さえ上げている。姫は専用の鋏《はさみ》を取り上げると燈芯《き》を剪り、炎の形をととのえた。

何しろ居候の身だから、あまり夜更かしをして蠟燭や油を費やすのもはばかられる。といって、ここにおとなしく蟄居したまま一生を終えるつもりなど、毛頭ない喜火姫であった。

まして、今は彼女の強い味方と過ごす大事な時間。ちなみに、喜火姫にとっての強い味方というのは、生身の人間とそうでない方があって、いま相手にしているのは後者の方だった。

その手入れは細かい作業だけに、昼間にやった方がいいのだが、ものがものだけに、物堅い尼僧たちに見せたら何を言われるかわからない。まして没収などされてはたまったものではないから、なるべく人目をしのぶこの時間にやる必要があったのだ。

もっとも、彼女が昼日中にこっそりとこの部屋を抜け出し、寺の裏手の山中でそれの稽古に励んでいることは、薄々知られてはいるらしい。まぁ、これは夜やるわけにもいかないから、いつまでも隠しおおせるものではなかった。

寺側が、こちらがしていることを知ったうえで見逃してくれているのなら、なおさら目立たぬようにしなくてはならなかった。見つかれば向こうも放ってはおけなくなるし、そうなればせっかくの厚意を無にすることにもなりかねないからだった。

「それにしても」

と喜火姫は、仕事の手を止めると、ふと苦笑まじりのため息をつかずにはいられなかった。

「わたくしのようなものの命を狙うようでは、大業はなしとげられっこないでしょうに。いったい何がしたいのやら、ほんにおかしな人たちですね……」

青鴫《あおしぎ》五万石、太田《おおた》原摂津守《わらせっつのかみ》の末の姫として生まれ育った喜火姫——正しくは𪾶焱と書くのだが——の運命を変えたのは、お決まりのお家騒動だった。

彼女の持って生まれた賢明さと、成長につれ表われてきた型破りな性格とは、周囲の注目するところだったが、だからといってあらかじめ定められた人生には大した影響はなかった。

大名家の子として——いや、どの身分に生まれたとしても同じことだが、その人物がどんな個性や能力、さらには希望を持っていようと変わりはない。型通りの教育を受け、大して期待もされずに退屈な日々を送り、やがてはどこかの家に片づいて、あとはのっぺらぼうな何千何万日かが続くだけ…

…考えるも鬱陶《うっとう》しいことながら、逃れられない運命とあきらめるほかなかった。

それが一変したのは、喜火姫の父であるところの藩主の急病と、兄の一人の急死がきっかけだった。とたんに始まったのが、青鳴藩を二分三分、いや、いっそ千切りにしたような内紛劇だった。改革派に守旧派、義党に奸党、正室対側室、国表対江戸屋敷、正論俗論が複雑怪奇に入り乱れての中傷合戦、暗闘、そしてついには人の命まで失われた。

ひとたび犠牲者が出ては、もはやとどめようもなかった。何十何万石の大大名の家督争いというならまだしも、どうしてそこまでやれるかという血なまぐさい争闘がくりひろげられた。

これも人の性《さが》というものだろうか。こんなに長く太平の世が続いても、一皮むいた下の獣の本性は変わらないものなのだろう。

やがてのことに一方が一方に勝利を収め（何がどっちなのか、もはやわけがわからなくなっていたが）、敗者はことごとく放逐された。となるとお定まり通り、今度は勝者の間で争いが起こった。

ついに一件の騒動は幕閣の知るところ——いや、もうとうに知られてはいたのだが、どうにか持ちこたえていた堪忍袋の緒を切る結果となって、厳しい処断が下った。

これで懲りると思いきや、今度は粛清を免れた連中の間でお家再興の動きが起こった。われもわれもと次代の藩主候補を押し立てての争いが始まったのだ。

ここでにわかに注目されたのが、先君の、いや、その先代の、いやいや先々代の——ややこしくて申し訳ないが、どの藩主を正統とするか騙《かた》り者と見るかで数え方が変わってくるのだ——姫である喜火だった。

もともと跡目争いとは無縁の、いわば傍流にいた喜火姫は、混乱をきわめたお家騒動のさなかにも、野心家たちの念頭に上ることはなかった。もっと格上の駒はいくらもあったからだが、それらを使いつぶしてしまった結果、ようやく目を向けられることになったのだ。

それだけでも十分迷惑な話だが、さらに厄介なことには、これまで見落とされてきた喜火姫に目をつけたのは、彼女を擁立し、神輿にかつぎ上げようという側ではなかった。万一、そういうことになっては困るという連中によって狙われたのだ。

「もし、何者かが喜火姫に、どこぞの大藩の三男坊でも四男坊でも婿を取らせようとするかもしれぬ。そんなことのないよう、念のためつぶしておくのだ」

黒装束たちの雇い主の、そのまた上つ方《うえかた》たちがそう言ったということである。

こうして夜陰に乗じての刺客の派遣とは相成った。こちらから何も動かず、よそから動かそうという気配もなかったのに、「念のため」殺されてはたまったものではないが、とにかくそういうことになった。

もし、喜火姫自身に何か物申す機会が与えられたとしたら、彼女はこんな風に言ってやりたかった。

「そなたたちは、いつもそのようなことばかり気にかけているから、毎度毎度、善事も悪事も不得要領に終わってしまうのですよ。よくよく反省なさい」

実際、これまでも辛辣な意見を吐いてきた彼女だったし、だからこそうとんじられていた面もあった。

とめどのない政争の果て、お家の没落という道をたどり始めるより早く、喜火姫は屋敷を出された。実際のところは自分から追ん出たのだが、自分たちの役に立ちそうにない姫君の動向を気にするものはなかった。

さる尼門跡の世話で、今のこの尼寺の一隅を借りてわび住まいを始めて、もうどれぐらいになるだろう。この人のことを喜火姫は「ご門跡様」と呼んでいたが、いかなる縁あってのことかは、あまり知るものがなかった。

とにかく、この選択は功を奏し、喜火姫はこれまでのところ、平穏無事な生活を続けてこられた。

何よりよかったのは、わび住まいの名のもとに、のびのびと好きな道に打ちこめる環境を得られたことだ。それがあればこそ、彼女は退屈な日々に耐えることができたのだし、鬱屈することもなくてすんだ。

そもそも、姫がさっさと尼寺に移り住むことを可能にし、争いに巻きこまれずにすんだのも、その好きな道のせいといえた。というのも、それこそは喜火姫が周囲から敬遠されてきた理由の一つだったからだ。

姫自身としては、まことに心外なのだが、周囲の目からすると、彼女はきわめて特殊な趣味を持っていた。そう、特殊というよりは、むしろ物騒な技能を……。

「さて、これでよしといたしましょう」

変わり者の姫君は、手入れを終えた〝強い味方〟を満足げにながめた。

「これが今夜役に立てばいいのですが……もっとも、立ったら立ったで、野風にまた叱られてしまうかもしれませんね。まぁそうなったら叱られておくだけのことですけれどね」

独りでくすりと笑いをもらしながら、喜火姫はつぶやいた。

「野風」という名前が唇からこぼれ落ちた瞬間、姫のほおがかすかに赤らんだ。その名を持つ女人こそは、喜火姫にとっての今一つの強い味方――その生身の人間である方なのだった。

＊

喜火姫暗殺のため派遣された黒装束たちは、ありていに言えば寄せ集めのならず者――いくぶん同情を込めて見るならば、金にも運にも見放されたはぐれ鳥だった。

金に釣られ、お家騒動のとある陣営に雇われた。どこから聞きつけたか、一人二人と仲間が増え、年齢と貫禄に加え、青鳴藩の内情に通じていること、そして多少腕が立つことから頭目が選ばれた。あとの者たちについては、ほぼ同格といってよかった。

互いの素性や本名などはろくすっぽ知らなかったが、そんなことは重要ではなかった。世に埋もれたものたちながら、腕は確かだったし、こうした荒っぽい仕事の場数も十分に踏んだ男たちだった。うるさく言葉を重ねなくとも、どういう状況下でどういう行動を取るべきかはめいめいの腹の中に入っていた。

ただ一つ、黒装束の男たちには、注意しておかなければならないことがあった。それというのは……。

――よいか、喜火姫様のお命を頂戴するに当たっては、一つ注意しておかんければいかんことがある。それというのは……飛び道具だよ。

今回の夜襲に先立って、黒装束の頭目は配下の者たちに言ったことだった。

――と、飛び道具？

困惑というより、あきれたような声があがる。頭目はそれに答えて、

――何でも姫様は女だてら、そういった武具の使い手らしいのだ。

――というと弓矢のたぐいか、お頭？

そう問いかけたのは、一番年若の黒装束だった。頭目はうなずいて、

――ああ、たぶんな。物騒な姫様もあったものだが、とはいえ近接戦に持ちこめば、われらの方が有利。ましてこんな闇夜では狙いもつけられまい。一気にあの離れに攻め寄せて始末をつけようぞ。

いざ、出発！

3

愛用の〝飛び道具〟の手入れを終えると、喜火姫は一息ついた。

さきほど彼女がふと口にした「野風」という名——それは姫の乳人子《めのとご》で、彼女にとっては最も大事な存在であり、唯一といっていい幼なじみだった。

野風は青鳴藩の剣術師範の一人娘で、幼いときから刀だけでなく、棒術や体術などの武芸百般を父から学んできた。

それは彼女が自ら望んでのことで、藩始まって以来といっていい「別式」として認められたのは、なみなみならぬ熱意のたまものだった。

とはいえ、それだけのことで女が武芸を学び、髪を馬のしっぽのように束ね、男同然の着物をまとい、荒々しくふるまう自由が許されるわけもない。

だが、彼女には「喜火姫様をお守りする」という名目があった。幼なじみでありご学友でもあり、最も気のおけない間柄でもあった野風が、父譲りの武芸を身につけ、おそばに仕えるというのは、いかにも筋の通った話でもあった。

幸い——といっては語弊があるが、何か政治的な意図があってか、それともただの泥棒だったのか、姫の身辺に侵入したものがあった。

そやつを野風がみごとに撃退したことから、娘が別式となることを渋っていた父も、藩の者たちもその志望を認めないわけにはいかなくなった。

何より喜火姫自身から、

「どうか野風の願いをお聞き届けあそばせ。わたくしの身を大事とお考えならば、ぜひともお許しを……この喜火からもおたの申します！」

と、そこまで懇望されてはやむを得なかった。

こうして二人の少女にとっての、最も心楽しい時代が始まったのだが……藩士たちはもとより、野風の父でさえも予期していないことがあった。

あろうことか野風が喜火姫に、武芸を教え始めたのだ。このことはまもなく明るみに出て、刀も槍も薙刀もきびしく禁じられるにいたったが、これはさらにとんでもない事態を招くことになった。

まさかその結果、大名家の姫君ともあろうお方が、とんでもない代物に興味を持ち、たちまちそれに習熟しようとは、誰ひとり思いもよらないことなのだった。

「野風……」

喜火姫は、今度は頼もしさと期待を込めて、その名をつぶやいた。

その声を微笑とともに、すぐ間近から――この部屋の襖一枚を隔てて聞いている人影があった。女人とは思えない精悍で引き締まった体を、衣の下に秘めた人物であった。

「ぐわっ！」

夜の闇の中で、踏みつぶされた蛙のような叫びがあがった。声の主は、黒装束の一団のうち一番のっぽの男だった。

「どうした⁉」

少し先を行っていた頭目が驚いてふりかえると、のっぽの男の胸に、夜目にも見まがいようなく突き立っているものがあった。長さ三尺、径三分弱、少しの歪みも曲がりもなく真っすぐなもの――。

それは一本の矢だった。それも、尖った金属の鏃《やじり》をつけた征矢《そや》で、黒装束をやすやすと貫き、深々と肉に食い入っていた。

いったい何が起きたのか？　ほかの男たちがかろうじて事態を認識したときには、のっぽの男はドウとばかりに地面に倒れ伏していた。

「弓矢だ！」

「だが、いったいどこから？」

潜入している身を忘れてか、かすれた叫び声があがった。

「ま、まさか……あそこから？」

男たちの視線が、いっせいに前方に向けられる。その瞬間、さっきまであかあかと点いていた離れの窓の灯りがフッと消えた――その刹那。

「ああっ！」

一番年若の黒装束が叫びながら、大きくよろめいた。その胸にもさっきと同様の征矢が見えた。若者は両手で矢柄をつかみ、必死になって引き抜こうとしているが、かなわないらしい。

ほかの二人――頭目と冷笑屋が助けようとさしのべた手をすり抜けるようにして、若者は前方の、離れに通じる斜面を転げ落ちていった。

あまりにとっさの惨事で、その場に立ちつくす二人。だが頭目は、さすがにすぐ気を取り直すと、

「えい、ひるむな。一気に行けっ。このままここにいても三の矢、四の矢にやられるばかりだ！」

「ふむ……それもそうだな」

意外に肝のすわったところを見せて、冷笑屋がうなずいた。

「行くぞ！」

二人の刺客は一気に斜面を駆け下りた。そこには、彼らをさえぎるものは何一つなかった。やすやすと行なわれるとばかり思っていた仕事に、思わぬ反撃が加わったことで、刺客たちはかえって奮い立っていた。

だが、いったいどういうことなのだろう。彼らがいた場所から、前方の建物まではざっと三十間はあるだろうか。

弓の射程距離としては十分だが、真っ暗な中、どうかすると自分たち同士ですら姿を見失いそうなのに、どうやって狙いあやまたず二人も胸に命中させることができたというのか。

喜火姫は飛び道具の達人だと聞いていたが、これではまるで神業ではないか。おまけに夜目がきき、遠方から殺気を感じ取るとあっては、ほとんど化け物だ。

だが、神だろうが化け物だろうが、いや、そんな代物だからこそひるんではいられなかった。何としてもこちらから攻めに打って出なければ、たちまちやられてしまうに相違なかった。

そんな思いに駆られていた結果だろう、めざす離れまではあっという間に着いた。だが、そのとき黒装束の頭目は、たった今までそばにいたはずの冷笑屋の姿がないことに気づいた。

まさか、こんな短時間に、また一人やられたのか？　いや、もしかして……。

にわかに胸中にわきあがった疑惑の黒雲を押し殺して、頭目は素早く離れの壁際に寄った。

ようすをうかがえば、建物内はシーンと静まり返っている。だが、荒くれ仕事で生き抜いてきた彼の五感は、確かにそこに人の気配を感じ取っていた。

（獲物は……確かにそこにいる！）

頭目は、いなくなった冷笑屋の詮議は後回しにして、いきなり板戸を蹴倒して中に入りこんだ。

それに対する反応はない。どうやら伏兵もいないようだ。

続いて駆けこんだ一間には、さっきまで自分たちのいた場所に面した窓があり、文机が据えられていた。

先刻、文机の上にあって、喜火姫の手入れを受けていたものは今はなかったが、もとよりそれは刺客の知ったことではない。

何より重要なのは、部屋の中央にのべられた寝床であり、そこにこんもりと盛り上がった布団であった。

頭目はこれまで見せなかった嗜虐的な笑みを片頬に浮かべると、刀を逆手に構えた。そのまま一気に畳を蹴り、布団を刺し貫こうとした、そのときだった。

まるでそれ自体、生命あるもののように布団がパアッと跳ね上げられた。その下からスックと立ち上がったのは——喜火姫ではなかった！

「き、貴様……」

頭目が絞り出すように叫んだのも無理はなかった。

それは、ついさっきまでずっと行動を共にし、のっぽの男に続いて征矢に倒れたはずの仲間だった。そのまま斜面を転げ落ちていったはずの若者だった。

重苦しい黒装束を脱ぎ捨てて、今は粗末だが凜々しい若武者姿。だが、それは彼が知っている姿とも違っていた。いや、服装は変わりないのだが、表情も体勢も何もかも、彼が知っているのとは別人に見えたのだ。

最大の違いは、男髷に結っていた頭髪を、根結の垂れ髪にして、馬のしっぽのように後ろに流している。

「ま、まさか、貴様……」

頭目がうめくように言ったときだった。転げるようにこの部屋に入ってきた男があった。黒装束を袈裟懸けに無残に切り裂かれたその人物は、ここへの道中でふいに姿を消した冷笑屋だった。

「そ、そいつにやられた……お頭……弓矢にやられたというのは嘘っぱちだったんだ……うう っ」

無念の叫びをあげると、冷笑屋はがっくりとその場に崩折れた。ヒクヒクと動く顔面は、何とか自分の最期をも皮肉に笑い飛ばそうとする意志の表われのように見えた。

そのとき、頭目はハッと気づいた。闇の中からいきなり飛んできた征矢のからくりを、それがどのようにして仲間の体を刺し抜いたのかを。

（そうか、そういうことだったのか……）

それ以上の詮索は必要なかった。

頭目はそのまま刀を構え直すと、ゆるりと若者と対峙した。

「喜火姫に仕える別式とは、貴様のことだったんだな」

「そういうことだ」

若者は、これまでよりいっそう涼やかな声で答えた。ずっと低く押えつけていたのから解放されたかのようだった。

「ということは……貴様、女か。『野風』とかいうのは貴様のことか」

「さよう」

油断なく、立ち位置をずらしながら若者――野風は答えた。すると頭目は自嘲まじりにペッと唾を吐いて、

「いやはや、まんまとだまされたものだ。まぁ、貴様からは女らしさの匂いもしなかったのだからや

むを得んが。だが、わしはたとえ女の浅知恵、悪だくみには引っかかっても、女の剣術には決して負けんぞ……それっ！」

大喝一声、どちらかというと鈍重そうに見えた印象とは裏腹に、軽々と跳躍し、野風の間近に迫った。

たちまち始まる剣戟の響き、激しい刀の撃ち合いが始まった。

体軀と力と、何より経験にまさる頭目は、いったんは野風を壁際に追いやり、文字通り鎬《しのぎ》を削るところまで詰め寄ったが、ふいに体をかわされ、壁を力まかせに斬りつけてしまった。

そのあとは、一転して野風優勢の戦いとなった。飛燕のように跳び回る彼女に頭目は翻弄され、だが決してあきらめることはなかった。

とうとう野風が彼をもてあまし、憐れみのような表情を浮かべたとき、頭目の魂に最後の火がついた。

「ウオオォォォーッ！」

獣のような、いや、獣そのものの雄叫びをあげながら、頭目は野風めがけて突進した。だが、その切っ先が触れるより早く、彼女の刃が電光のように走った。

その瞬間、勝負はついた。

信じられぬ、女ごときに負けるなんて……そう言いたげな顔面が、野風の間近に迫った。思わずよけた野風だったが、相手がゆっくりと床に倒れ伏す直前、ニヤリと不敵な笑いを浮かべたようなのに、ふと気を取られてしまった。

（何、今の笑いは⁉）

何ともいえぬ不吉さに、野風ははじかれたようにふりかえった。

そこにはこの寺院の尼僧の一人が槍を構え、悪鬼のように顔をゆがませながら、猛然と駆けだすところだった。

野風はいったん下ろした刀を構え直そうとしたが、そのときすでに槍の穂先は間近に迫っていて、今にも野風の脾腹を突き通さんばかりだった。

（しまった！）

外から来る敵のことばかり考えていて、内に潜むそれについてはおろそかになっていた。だが、今さら自分の迂闊《うかつ》を後悔してもどうにもならない。

姫様のためとはいえ、自分がたった今始末したものたちも同じ思いであったのだろうか。だとしても、自分は生きたい。姫様のためにも生きねば……わが身に迫る槍の動きをひどくのろのろしたものに感じながら、頭の中ではめまぐるしいばかりにさまざまな思いが交錯していた。

もう駄目だ……そう心に叫び、彼女の心臓が冷たく硬く凍てついたときだった。

ふいに槍を持つ尼僧の顔に驚愕がはじけ、目と口が極限まで開かれた。

「………、………！」

何か叫んだのかもしれないが、野風には聞こえなかった。

あやういところで穂先が野風をかすめながら、槍が大きく傾ぎ、むしろそれに引きずられるように尼僧は体をがっくりと倒れこませていった。

その向こうに、一つの人影があった。尼僧の姿に隠れて見えなかった背後に、いつのまにか立っていたその人が誰であるかは、言うまでもなかった。

「姫様！」

野風は、もう夢中で叫んでいた。

「よかった……野風がぶじで」

そう言ってにっこりと微笑んだ喜火姫の手には、一丁の拳銃が握られ、その銃口からはまだ煙が立ちのぼっていた。

そう……西洋渡りのこのピストルこそが、風変わりな姫君ご自慢の〝飛び道具〟なのだった。ちなみに弓術の稽古もしかけたことはしたのだが、これは野風の父である剣術師範から禁止されたうちに入っていた。

で、禁止項目に入っていないものを探した結果、頭の固い家中の人々には思いもよらない銃砲が選ばれ、かくも百発百中の腕前となった次第だった。

4

「つまり……喜火の命を狙うものが、その黒装束の一団のほかにあって、ひそかに尼寺に手の者を潜ませていたというのですね。あろうことか、男の身で尼僧に化けすまして！」

後日、今回の刺客とその撃退の件を報告しに、喜火姫と野風が「ご門跡様」と呼ばれる女人を訪ねた際、さすがの彼女もあきれたように言った。ご門跡様は白い帽子《もうす》に素絹《そけん》姿、世俗を解脱しつつも隠しきれない艶々しさがあった。

「さようでございます」

野風は喜火姫にかわって答えた。

「あの刺客の頭目の死に際の表情からして、あの偽の尼と気脈を通じていたように思えますし、単にあたしの背後に槍を手に迫る姿を見て笑っただけかもしれません。とにかく、とりあえず姫様のお命を狙うものを一掃することはできました」

「それは、まことにご苦労でした」

ご門跡様は満足げな笑みを見せた。

「ところで、話を聞いただけではわからないのは、黒装束の刺客を退治した、そのからくりです。野風、その方は喜火を襲う悪謀のあることを知り、男姿に――まぁふだんから同様ではあるものの、食いつめ浪人に身をやつし、まんまと刺客の一員に選ばれた。そして当夜、かの寺院に侵入し、喜火の起き伏しする離れに迫った……。

そして、そのあとどうなったのです？　いったいどのようにして刺客を弓で射たのです？　遠くから彼らに射当てることはもとより、ごく近くから矢を放つのも難しいと聞いておりますし、そもそも弓らしきものはどこにもなかったとやら。何より野風自身も同じ目にあったというのに、どうしてここに元気でいられるのです？」

好奇心いっぱいなようすで問いかけた。

「それは、でございます」

野風は喜火姫と笑顔と目くばせを交わしてから、

「矢とは、必ずしも弓がなくても、そして間近におりましても、人の体を刺し抜くことができるものでございます。矢を直接手に持ち、じかに敵の体に突き刺しさえすれば……」

「ほう、すると」ご門跡様は興味ありげに、「その方は味方のふりをして刺客の一人に近づき、これを相手の体に突き立てたと？」

「さようでございます。あたしは研ぎすました鏃《やじり》をつけた征矢と、形ばかりで先端には何もついていない矢の二種類を装束の下にしのばせました。寺への侵入に当たっては、いろいろと道具を持たされていましたから、その中にまぎらせるのは簡単でございました」

「それで、まず一人を始末し……それから？」

「続く二の矢に自分がやられたように見せかけたのでございます。と申してもつまらぬ手妻で、両手に持った矢の先をおのが胸にあてがい、さも苦しそうな芝居をしてみせました。あたかも胸に刺さった矢を抜こうと苦しんでいるかのように。でも、いずれはばれてしまうことですから、矢をつかんだまま斜面を転げ落ち、刺客どもの目から逃れて死を装ったのでございます」

「そして、そのあとは」

「そのあとは、姫様のおられる離れに向かう刺客たちを待ち伏せし、まず一人を片づけました。そして、離れに先回りすると、姫様にかわって寝床にもぐりこみ、最後に残った頭目を十分に引きつけておいて、勝負に持ちこんだのでございます」

野風がそう答えると、さすがのご門跡様もあまりの詭計に驚きあきれてか、しばらくは言葉もないありさまだった。

すると、今度は喜火姫が口を開いて、

「その間、わたくしは野風に言われて納戸に隠れておりました。何とも恐ろしい思いで、それでいて野風が負けるはずはないと信じつつ、戸のすき間から二人の戦いを見守っていたのです。そうしたら、何と日ごろからわたくしの身辺に見え隠れして、あやしいと思っていた尼が槍を手にそろそろと野風の背後に近づくのが見えたのです。そこで、ちょうど手入れをしていた銃を持って納戸から忍び出、怪しい尼の後ろに回りこんで……という次第なのでした」

今もそのときの興奮と不安から覚めないかのように、かすかに顔を紅潮させながら話したのだった。

「なるほど……そちが鉄砲、とりわけ南蛮渡来のピストールとやらに凝って、寺の裏山で的当ての稽古などしているというのは聞いていて、寺側としてもえらく困惑。これは一度、わらわから叱りおかねばと考えておりましたが、こんな手柄をあげたとあっては、あまりそうも言えなくなってしまいました。……とはいえ、今後は気をつけるのですよ」

「それは、もう。深く肝に銘じております。ええ本当ですとも、ご門跡様」

喜火姫はいたずらっぽい笑みを浮かべながら、とりあえず口先では請け合った。

それから話は青鳴藩のお家騒動に移って、

「とにかく太田原家の混乱は目に余るものがあり、いずれお上の厳しいご処断が下ることでしょう。そうなると、喜火も帰る場所がなくなることになりますが……その覚悟はできておりますか」

「もとより、できております。たとえ帰る場所が残ろうとも、わたくしはそこにもどるつもりはございません」

喜火姫は、何の屈託もなく答えた。その天真爛漫さと、そこにふくまれた決意の重さに、野風は思わず姫を注視せずにはいられなかった。

「そうですか」ご門跡様は答えた。「そういうことであれば、また力にもなれましょう。それはそれとして、今回のこの騒ぎで、寺側からその方には出て行ってほしいという声が出ているのですが……これはどうしたものでしょうね」

「そんな声が……もしかして、銃の手入れや稽古をしているのも一因なのでしょうか」

「どうやら、そのようですね」

「それならば、出るとしましょう」

喜火姫は言下に答えた。あまりにもあっさりした態度に、野風があわてたほどだった。

「ひ、姫様……」

　すると、姫は野風の顔を見つめながら、

「わたくしは、あんな窮屈なお寺など出て、そなたと旅にでも出たいのだけれど……野風はいや？」

「い、いえ、とんでもない」

　野風はどぎまぎしながら答えた。喜火姫はそれを聞いてうれしげな笑顔になると、ご門跡様に向かって、

「前々から考えていたのですが、わたくしはわたくしの周りで起きたような愚かなことを、世の中から一つでも二つでも減らすお手伝いがしたいのです。野風や、ほかに同じ志を持つ人たちがいるなら、そのものたちといっしょに……いかがでしょうか、ご門跡様」

「さ、それは」

　ご門跡様は言いかけて一瞬絶句した。そのあとに何とも言えぬ慈愛に満ちた表情になると、続けた――。

「そういうことなら、また開ける道もあるでしょう。いやはや喜火よ、その方はどうにもこうにも、わらわがまだ幼き日に見込んだ通りの人でしたよ！」

その五・野風が幽霊村に迷いこんだ経緯《いきさつ》

1

　どうやら道のりを読みそこなっていたらしい。目指す宿場はまだ先だというのに、すでに空はとっぷりと暮れかかって、足元さえおぼつかなくなってきた。

「こりゃ困ったことになったなぁ」

　野風は、言葉とは裏腹に、いっこう困っていなさそうな屈託なさで独りごちた。

「今さら後もどりするわけにもいかないし、こりゃあ今夜は野宿かなあ」

　のんきに言ってのけたその風体は、洗いざらしの袷にすり切れかかった袴。腰には大小をぶちこんで、肩からはすっかり色あせた連雀を振り分けにしている。おまけに髪は無雑作に束ねて、馬のしっぽよろしく後ろに垂らしている。

　どこからどう見ても貧乏侍、それもしがない浪人者の旅姿だ。なるほどこれなら、宿を取るよりも、野天で肘を枕に眠る方がお似合いではあった。

　だが、野風に関しては、それはいささか無謀と言わねばならなかった。

　というのも、彼女――そう、彼ではないのだ――はただの侍ではなく「別式」と呼ばれる、特に武芸を学ぶことを許された女人だったからだ。

とはいえ、今でもそうであるのかどうか。野風は今や主家を離れた体であり、その身分身元を保証してくれる何ものもない。

武士は禄を離れても侍面をしていられるが、別式はそう甘くはあるまい。もともと彼女らの存在を苦々しく、ときに憫笑まじりに見下すものたちの方が多いのだ。

「別式だと……そもそも、そんな者どものの存在を許すこと自体がけしからん。この生まれぞこないの、男女《おとこおんな》めが」

だが、野風は気にしていなかった。かりに彼女が男のような身なりをし、帯刀しているのをとがめだてするものがあったとしても、従うつもりは毛頭ない。

必要とあれば、自分が仕えるあのお方のもとに、何時でもはせ参じるつもりで、その日のためにも愛用の刀はかたときも離すわけにはいかなかったし、稽古も怠ることはできなかった。

現にこうして旅している最中も、女の身には危険がいっぱいだ。たいがいの奴は軽く片づける自信があったが、それでも油断は禁物だった。女と見れば侮り、欲情し、よからぬことを仕掛けてくることの危うさは、家中にいるときですら感じずにいられなかったが、まして旅のさなかとあっては比べものにならない。

油断といえば、今このように目的の場所にたどり着けないのも、まさしく油断の結果と言えるかもしれなかった。それを認めたくないばかりに、野風はいっそう大胆に歩を進め、いよいよ本格的に道を取り違えてしまったのだった。

気づけば、あたりはすっかり暗く、自分の行く先はおろかたどってきた道筋さえ今やおぼつかない。後戻りしたらしたで、さらに迷うことになりかねなかった。

さすがの彼女にも、やや焦り——というよりウンザリしたようすが見え始めたときだった。

「おや、あれは……？」

野風はその必要もないのに小手をかざし、暗がりの向こうを透かし見た。

そこにあったのは、どうやら人家らしき影絵だった。雑木林の向こう、闇にはまだのみこまれきらないで、浮かび上がった屋根の形……それも一軒家ではなく、二軒三軒四軒と数えることができる。

村か、それとも町か。どちらにしてもありがたい話で、雨露しのげる場所で眠れるに越したことはない。

人里でありさえすれば、たとえ宿が見当たらなくとも狼や猪と枕を並べることはしなくてすむというものだ。もっとも、人間の方がけだものより恐ろしいのは知れたことだった。

「よし、急ごう」

野風は膝栗毛《ひざくりげ》――というにはつややかでしなやかな、おのが脚部を軽くたたくと、折よくゆるやかな下り坂になった間道を小走りに進んでいった。

2

――何の変哲もないようで、何だか妙な村だった。

風景そのものは、これまでの道中で幾度出くわしたか知れないものだ。あいにく道に沿って連なる田んぼも畑も、そこに点在する茅葺きや藁葺きの家屋も、暗がりに包まれて見づらくなっていたが、特段変わったものがあるとも思えなかった。

川はせせらぎ、森はこんもり繁り、それほど遠からぬあたりには、あまり高からぬ山並みが広がる。どこにでもある静かで穏やかな風景。

だが……いささか静かすぎた。穏やかというより冷え冷えとしていた。

「おかしいな、みんなご飯をすませてしまったのかな。だったら、ちょっと困るな」

野風は小首をかしげ、独りごちた。

いつしか空腹を覚えた彼女は、無意識に家々の夕餉の気配を探し求めていて、なのにどこからもそれらしき匂いも音も伝わってこず、それどころか煙一筋、灯り一つ見当たらないのに気づいたのだった。

村人たちが飯を食い終わり、竃の火を落としてしまったとなると、たとえ一夜の宿を乞うたとしても、そのおこぼれにありつけないかもしれない。狼や猪、ことによったら熊に襲われるのより、あるいは不届きな輩に狙われるより、そちらの方が深刻な問題だった。

夕餉の支度も、それを食べている気配もしない村。それどころか、人の気配――一日の働きを終えての安らぎや温かみも、何一つ伝わってはこない。

ということは……まさか、無人の村？　といぶかった折も折、前方に数人の人影が現われた。

鍬や鋤をかつぎ、籠を背負い、天秤棒を担った野良着姿の男たち。いきなりの遭遇に、相手が警戒心をあらわにするのに先手を打って、

「あのぅ、あたしは旅の者なんですが、ここらあたりで宿を取らせてくれる……」

そこまで言いかけて、一瞬きょとんとし、こう続けた。

「宿をさせてくれるようなお家は……あの、ちょっと？」

野風がとまどったのも無理はなかった。この村の農夫たちとおぼしき男たちは、彼女の声が聞こえなかったどころか、存在にすら気づかなかったようすで、そのまま通り過ぎてしまったのである。

狐につままれたような、とはこのときの野風のことだった。

「あの、もし……?」

一瞬あっけにとられたあとで、あわてて振り向き、男たちの後ろ姿に声をかけた。だが、彼らはそのままずんずん歩を進め、ほどなく暗がりの奥に溶け消えてしまった。

(………?)

最初は、よそ者ゆえに無視されたのかと思った。街道近くの村としては珍しいかもしれないが、ありえないことではない。

だが、どうもそんなことではないらしかった。わざと口をきかないとか、見て見ぬふりをしているというよりは、はなから彼女の存在に気がついていない感じなのである。

何だか薄気味が悪かったが、そのまま前に進むほかなかった。少なくとも、敵意を抱かれている感じではなかった。

それからまもなく、また別の一行と出くわした。めげずに今度も、

「あの……」

と声をかけたが、やはり反応はない。そのことに一瞬躊躇したすきに、先方はさっさと遠ざかってしまった。

どう考えても変だった。まるで、ここの村人には野風のことが見えていないようではないか。彼女の声が聞こえていないようではないか。

(そんな、まさか幽霊になったわけでもあるまいに……)

冗談めかして、心の中でそうつぶやいた次の瞬間、ある可能性に気づいて、冷や水でも浴びせられたようにゾッとさせられた。ひょっとして、彼らの方こそこの世のものではないのかもしれないのではないか。

幽明界を異にす、とか何とか聞かされたことがある。死者と生者は、本来別世界に住むがゆえに互いの姿を見ることはない。

たとえ死者が現世にやってきたところで、ふつうは生者はその姿を見ることはできない。まれに幽霊だとか亡魂だとかいう形で姿を現わす場合もあるが、入るのはあくまで例外であるのだろう。

その反対に、死者の方から生者が見えないということもあるのではないか。もしそうだとしたら——

——？

たわいもない空想は、しかしとんでもない妄想をもたらす結果になった。

（と、いうことは）野風は考えずにはいられなかった。（たった今見た村人は、みんな幽霊、つまりもうとっくに死んだ人達ということに……………ハハハ、まさかそんな！）

笑い飛ばそうとして、彼女はここが幽霊村、死者の世界などではないことを確かめようと、せわしなく周囲に視線を投げかけた。そして次の刹那、

「！」

野風は総身が凍りつくかと思った。何気なく見やった道沿いの田んぼ。そのただ中に白っぽい人影を見出したからだった。それも一人ではなく、あちらに一人また一人と、まるで田仕事でもしているかのように……。

もとよりそんなはずはなかった。農家の仕事というものは、朝一番から始め、日暮れとともに終わる。

百姓には百の仕事ありといい、米はその字の成り立ちのごとく八十八の手間をかけて実るというぐらいで、その働きぶりには頭が下がるほかない。だが、だからといって夜暗くなってまで田畑にいるものなどはいないはずだ——あの世は知らず、この世の農民であるならば。

野風はとっさにきびすを返し、来た道を駆けもどろうとした。このまま進んでは、いよいよ黄泉国に足を踏み入れてしまうかもしれない。間に合ううちに元の街道にもどろう、そう考えたのだが、

「!!」

野風は、そのまま立ちすくんでしまった。まさに今、駆け出そうとした道の向こうに、また新たな村人たちの姿を見出したからだった。

（で、出たぁ……！）

あやうくそう叫んでしまいそうなのを、あわててのみ下した。

幸い行く道の先には、幽霊？　の姿はない。えいままよと、野風はやにわに走り出した。人だろうが獣だろうが、相手にとって不足はないつもりの女武芸者《べつしき》にも、意外な弱点があることが初めて自覚されたのだった。

前方に人影あればあわてて角を曲がり、物陰に隠れ、知らず知らず村の奥深く入りこんでしまった。そういえば、野風は彼女の大事なある人から、よくこんな風に言い言いされたものだった。

「そちは、どんなときも勇敢で、万事にためらいがないのが素晴らしいところで、どんな男も及ばぬところですが、ただ少し猪突猛進が過ぎますね。あわて者というかおっちょこちょいというか……」

おっちょこちょいとは、あんまりな仰せではと思ったものだが、今にして思えばうなずかざるを得ない。

（さすがは姫様、大当たり！）

と変なところで感心しながら、また幽霊だか人間だかわからぬものたちがやってきた気配に、野風はとある物陰から大きく跳躍した。だが、それこそが大当たりで、彼女の前には、一抱えもありそうな石の柱がいきなり立ちふさがっていた。

「此先《このさき》　苜蓿宿《うまごやし》」――街道のあちこちで見かけるたぐいの道しるべだ。

それこそは、野風が目指していた宿場の名にほかならなかった。

なぜそんなものが、こんなところに据えてあったのかといぶかる暇もない。しまったと思ったときはもう遅く、野風はそのまま勢いよくその道しるべに体当たりする格好となってしまった。

激しい衝撃と痛みを予測し、野風が身をギュッと固くしたときだった。全く予期しないことに、道しるべは何の重みも硬さも感じさせずにポーンと宙を舞い、彼女はそのまま地面に着地した。

（今のはいったい……？）

野風には、何が起きたのかさっぱりわけがわからなかった。気がつけば、道しるべは少し先の地面に転がっており、この近辺の宿場である「苜蓿」の名を刻んだ表面を上にさらしていた。

いつのまにか長年修業しながらの夢だった金石のような体になり、道しるべごときは軽く蹴り飛ばすことができるようになっていたのか。それとも、この道しるべまでもが実体のない幽霊と化していたのか……どちらにしても信じられない話だった。

野風が、またもらちもないことを考えながら道しるべに近づき、おそるおそる手をのばしたときだった。にわかに聞こえてきたものがあった。

それは、ついさっきまで幽霊村さながらだった静寂を破り、わき起こった無数の声、いや叫びだった。

――さっきの流れ者を探せ！

――何が何でも引っ捕えろ。何でそんな奴を見落としたんだ。

――だって、てっきり同じ仲間かと……なぁ？

――バカ、そんなことより早く見つけるんだ！

流れ者と言い、そんな奴と呼ばれているのは、いったい誰のことだろう。ついさっき村内を通行する自分を無視し、姿は見えず声は聞こえないようすだった村人たちが、いきなり大騒ぎを始めた。その対象はいったい誰なのだろう。何が彼らをそんなに駆り立てていたのだろう。

まさか……という思いはありつつ、野風は声のした方をそっとのぞき見しようとした。幽霊かもしれないと思えば、わけもなく怖かったが、生きた人間とあればさほどでもない気がしていた。

だが、その考えは甘かった。ヒョイと首をのばした折も折、さっき地面に転がった道しるべがたま たま吹きつけてきた風を受けてコロコロと転がった。

その現象自体も珍妙だったが、それに気づいた村人たちがハッとしてふりかえり、ちょうど顔をのぞかせた野風と目が合ってしまった。

「いたぞ、あいつだ！」

一人がそう叫びながら彼女を指さした。すると、残る全員もろとも野風めがけて猛然と押し寄せた。

「!!!」

野風はわけのわからないまま、大あわてで逃走を開始した。流れ者と呼ばれ、そんな奴あつかいされていたのは、何と驚いたことにというか、それともやはりというべきか野風自身だった。

いずれにせよ、彼女は今まさに思い知らされつつあった——幽霊よりも生きた人間がよっぽど恐ろしく、とりわけそいつらが集団をなして追いかけ回されてはたまったものではないということを。

3

「畜生、何がどうなってるのさ。さっきまで肝試しをしてたと思ったら、今度はいきなり鬼ごっこに切り替えかい」

野風は、村内をめまぐるしく逃げまどいながら、吐き棄てずにはいられなかった。生まれて初めて来た土地で、何でこんな歓迎を受けなきゃいけないのか。

追っ手は刻々と増え、しかもいつのまにか鍬や鋤を刀に持ち替えて、野風に襲いかかってきた。暗い田畑にたたずんで、彼女をひどくおびえさせた男たちも、打って変わった敏捷さと勢いで押し寄せてきている。

「幽霊なら幽霊、生きた人間なら人間のどっちかに決めといてもらわないことには、ややこしくってしょうがないや」

そうボヤきつつも、やすやすと捕まる野風ではなかった。とはいえ、何しろ多勢に無勢だ。あちらに逃げればこちらから人数が繰り出し、あてずっぽうに飛びこんだ先にまた誰かがいたりして、鬼ごっこにしては追われる側が不利であり過ぎる。そんなこんなで、ちょうど広場のように開けた場所に駆けこんだところを、四方八方から取り囲まれてしまった。

「しまった……」

と唇をかんだが、自分がへまをしたのは認めないわけにはいかなかった。

近くに身を隠す場所はなく、おそらく村内の目印となっているであろう大木がそびえ立つばかり。野風はじりじりっと後ずさりすると、その大木に背後を任せ、村人たちの包囲を見定めつつ、一気に血路を開く機会をうかがおうとした。

だが、それがかえっていけなかった。彼女が木の幹に背中をつけたと見るや、取り囲む男たちの顔にニヤリと勝ち誇ったような笑みが浮かんだ。

これはしまったかな、と怪しんだときには遅かった。いきなり頭上から降ってきた何かに総身を絡め取られ、しかもそのまま宙吊りにされて、野風は身動き取れなくなってしまった。

（投網か！）

野風は歯噛みしたい思いだった。見れば、頭上の木の股にまたがり、網の一端を握りしめている人影があった。

まさかあそこから、あんなものが投げ下ろされようとは。漁村ならいざ知らず、この村にそんな用意があろうとは想像しなかったのが不覚だった。

「ウワッハッハ！　見ン事引っかかりおったわ」

さも愉快そうに高笑いする声の主は、装いこそ村人のようだが、どうも農民らしくはない。どうやらこの場の親分とか束ね役らしく、それが証拠に、その他の手下らしい男たちに向かって、

「哀れな獲物を下ろしてやれ。くれぐれも噛みつかれたりせんようにな」

「ははっ」

その言葉に手下の男たちが駆け寄って、ドサリと地面に投げ下ろされながらも、なお抵抗する野風を取り押えようとした。網越しに刀を握った腕をつかまれ、それでもなおジタバタするところを数人がかりで押えつけられた。

そのとき、はなはだけしからんことに手下の一人の、妙にいやらしい狐のような面をした男が、野風の胸のあたりをギュッとつかんでしまった。

そのとたん、男はギョッとしたように離した手をまじまじと見つめた。

このとき初めて、その男は野風が女であることに気づいたらしく、それはそれで腹立たしいことではあったが、それ以上にまずい事態を引き起こしかねなかった。

「こいつ女だぜ！」

と騒ぎだすかと思いのほか、狐面の男は沈黙を守り、やがて網ごと彼女をグルグル巻きに縛り上げる作業に率先して取りかかった。

「どうします、今すぐ叩っ斬りますか」

「バカな、これから肝心かなめの時というのに、そんなことをしていられるか。といって、ここにこうしておくわけにもいかん。始末は後のこととして、どこか適当な場所にぶちこんでおけ」

「ははっ」

といったような次第で、野風はまるで荷物のように男たちにかつぎ上げられ、網にくるまれたままワッショワッショと村の片隅に運ばれていった。

お堂というよりは祠《ほこら》に近いような小屋に投げこまれ、ピシャリと戸が閉じられ、閂《かんぬき》だか心張り棒だかを掛ける音がした。

何もそこまでしなくても、ほこりっぽい床の上に投げ出された野風は身動きならず、ただ悔しさに舌打ちし、歯噛みするばかりだった。

(ああもう、こりゃ弱ったなぁ)

野風はその言葉とは裏腹に、それほど弱りもせず、どこかふてぶてしいようすで身をよじった。

とにかく落ち着いて考えてみる必要があった。

そもそも、この村はいったい何なのか。村人たちは何者なのか。

彼らはなぜ、通りすがりの自分がまるで見えなかったように無視し、声も聞こえないふりをしたのか。真っ暗になった中で田にいたのもおかしいが、考えてみると鍬や鋤をかついで歩いていたのも、時間を考えると少し変だった。

それがなぜ一転、総出で追っかけてきたのか。追われねばならないどんなことをしたというのか。

木の上から網を投げたのも、単に闖入者を捕えるにしては大層だし、どうも手口が素人臭くない。

あらかじめそんな用意までしていたのだとしたら、自分をずっと狙っていたことになるが、それもおかしい。この村にやってきたのはただの偶然と気まぐれで、予期しようのないことだったからだった。

どちらかというと（というのは自己評価だが）、野風はものごとを深く考えるのは苦手である（これは衆目の一致するところ）。それより体を動かす方が断然得意ではあるが、それは今、何ともしようがなかった。

網ごとグルグル巻きにされて身動きならず、芋虫のように身をよじったが、それ以上のことはどうにもならない。くやしいことには、頼みの刀は手足を押えつけられている間に奪われてしまっていた。

それでも野風はあきらめなかった。ゴロゴロと床を転がり、やみくもに手足をうごめかすことで、縄目をゆるめようと悪戦苦闘を続けた。

と、そんなさなか、お堂とも祠《ほこら》ともつかない、この建物の板戸がカタカタと鳴って、開いたその隙間からひょっこりと覗いた顔があった。

野風には、それがすぐ誰かわかった。さっき捕まったとき、正面から彼女の胸をつかんだ不届き者だった。

ニタニタと笑み崩れた狐面を見るなり、その意図が明らかになった。

こいつはどうやら、野風が女であることを自分だけの秘密としておいたらしい。そして良からぬ意図を抱いて、仲間の目を盗み、ここに忍んできたのに違いなかった。

「へっへへへへ……」

いやらしい笑いをもらしながら、男は狐面を野風のそばに寄せてきた。見ると、彼女から奪い取った刀をうまうまとわがものにして、帯にはさんでいる。

最初は手で縄をほどき、網を開こうとしていたが、なかなか埒が明かないのにいらだってか、片手で野風を押えつけたまま、空いた手で刀の柄をまさぐった――と、そのときだった。

「!?」

男の狐面に、驚きがはじけた。何か叫びだそうとした口からグエッという呻きがもれ、そのまま前のめりに倒れこんだ。

軽く身をかわした野風のそばをすり抜けて、男はごく軽々しい響きとともに床のほこりを舞い上がらせ……そして、そのまま動かなくなった。

「さて、と」

野風は、おのが拳を軽くなでると静かに立ち上がった。取り返した刀を慣れた手つきでたばさむと、狐面の男を身代わりに網にくるみ、それこそ野を走る風のように、夜闇のただ中へと飛び出していた――。

4

それから、しばしの時は流れて――。

「此先　苜蓿宿」の道しるべを横目に、しずしずとこの村のただ中に進んでゆく一行があった。一挺の駕籠とそれを囲む人々だった。

駕籠といっても、町人や下級武士風情の乗れるようなものではない。

身分ある人の微行に用いられる御忍び駕籠にならってか、すっぽりと黒羅紗《くろらしゃ》を掛けてあるが、それがめくれるたび下からのぞく長柄や破風屋根、引戸や窓格子には黒漆が用いられ、金蒔絵や螺鈿《らでん》が施されている。派手ではないが、なかなかの豪華さであり趣味の良さだ。

そのことから、大名の妻女やそれに匹敵する高位の婦人が用いる女乗物《おんなのりもの》と思われた。だが、いったい何者だろう。

しかも、よりにもよってこの一行が進んでいるのは、野風が通ったあの道であり、だが、そこにも田んぼにも農夫たちの姿はなかった。その意味では、ごくふつうの村の、ごく自然な夜の風景ではあった。

ともあれ、どう見てもただものではなさそうなこの一行が、いろいろな意味で怪しいこの村に足を踏み入れたのは、どういう理由あってのことだろう。

駕籠の窓は御簾掛けで、中の人の姿を見ることは難しい。だが、わずかにかいま見られる白いかぶりものが、どうやら袖頭巾であること、その下に着ているのがつややかな薄紫の小袖と打掛《うちかけ》であることから、尼僧であることは確かなようだった。

と、女乗物の一行が村の中央部、巨木のそびえる広場にさしかかったときだった。

いきなりその木陰から、あるいは付近の家からバラバラと飛び出した男たちが、一行の前に立ちふさがった。いずれも黒覆面をして、刀の柄に手をかけている。

それと見るや、供の者たちは怖気《おじけ》づいたのか、それともあらかじめ示し合わせてあったものか、駕籠を置いてワッと逃げ散ってしまった。

「くわしき御名は憚《はばか》らせていただくが、なにがしのご後室様のお乗り物とお見受けいたす。ぜひわれらとご同道いただきたく……まずはご尊顔拝見の栄をたまわらば、まことに幸いかと」

黒覆面の親玉らしき男が、えらくものものしい調子で言った。すると、ややしばらくして駕籠の御

簾奥から、穏やかだが厳しい声があって、

「われは今や出家落飾《しゅっけらくしょく》の身……みだりに世間にさらすような顔は持ち合わせぬ。まして、わが行列を乱し、押しとどめるような狼藉者にはな」

「そのご無礼は、拙者らも重々承知するところなれど」

黒覆面の親玉は、言葉だけは慇懃《いんぎん》に、だが笑いをふくんだ嘲弄的な口調で、

「たって拝顔の儀、お願い申し上げまする。こうお頼み申して容れられずとあれば……それっ！」

同じ黒覆面の部下たちに目配せすると、その中から一人が小走りに駕籠に向かい、その扉に手をかけた。

「御免」

と言い置いてサッと扉を引き開けた次の瞬間、その部下はギャッと叫びざま身をのけぞらせ、そのままゆっくりと地面に倒れてしまった。

これには他の黒覆面どもはもちろん親玉の男も驚いて、いっせいに刀を抜き放った。

彼らの注視のさなか女乗物から現われたのは、「出家落飾の身」という名乗りと、窓からのかいま見を裏づける尼僧の装束。だが、その手には刀が握られ、月光にまばゆく照り映えていた。

「き、貴様……？」

親玉が絞り出すように言った。と、それが合図であったかのように、〝なにがしのご後室様〟と呼ばれた人物から、白い袖頭巾がハラリとこぼれ落ち、打掛が脱ぎ捨てられた。そのあとに現われた人影を見るが早いか、

「あっ、貴様はさきほどの！」

親玉は驚きの声をあげ、だがそれを振り払おうとするように、

「斬れっ！」

と大音声で部下たちに命じた。その人影の正体こそは、村人に化けすました自分たちの文字通り網にかかり、今のこの一幕が終わりしだい斬られる予定の人物であることは見まがいようがなかった。

こうして、幽霊たちの村は、村人と野風の鬼ごっこの場からさらに一変して、その人物と黒覆面の一団による修羅の巷と化したのだった……。

5

「何と、そちはあの青鴫藩《あおしぎ》、太田原摂津守殿の息女・喜火姫の乳母子にして、傅役《もりやく》兼警護として、ずっとあの子のそばに別式として仕えていた――そう言うのだね」

白い袖頭巾に薄紫の小袖打掛をまとったその尼僧は、一段高い座から笑顔で語りかけた。ところはあの幽霊村にほど近い苜蓿宿の脇本陣、ようやく騒ぎも収まった翌日のことであった。

「ははっ」

野風はかしこまって答え、次いでそれ以降のこと――青鴫藩のお家騒動で理不尽にも放逐され、軟禁の身となった姫君のためにあちこち奔走し、ついに今回の旅に踏み切ったことを語った。

「喜火姫様ゆかりという方々を片っぱしから訪ね、救いを乞おうとしましたが、いずれも断わられ、門前払いで……そんな中で、とあるご大家の奥方様が格別に喜火姫様を可愛がられ、姫様ご本人も折々に懐かしんでおられたことから、最後の頼みにとお屋敷に駆けつけましたところ、何とその奥方――すなわちあなた様は、ご当主の逝去にともない浮世を捨てて出家なさり、すでに寺入りの旅に出立なされたとのこと。それで、取るものも取りあえず、そちらの後を追っての旅に出た次第にございます……」

「なるほど……そういう仔細あってのことでしたか」

昨夜、黒覆面の一人から〝なにがしのご後室様〟と呼ばれた尼僧は、優しく微笑むと、

「わらわの方ではそうとは知らぬものだから、いきなり女乗物の前に現われた、そちに面食らいましたよ。しかも、そのあとに続けて、

『この先に今夜お泊まりなされる苜蓿の宿場があるというは、全くの嘘偽り。あの道しるべは張りぼてで作った真っ赤な贋物でございます。そして、この先にあるのは廃村に偽の村人、実はあなた様のお命を狙う刺客を配した恐ろしき罠――ここは自分に任せて虎口を逃れてくださりませ』

――などと聞かされた日にはね！」

「恐れ入ります」

野風は思わず頭に手をやったが、それは刺客だの虎口だのといった難しい言葉遣いをした覚えがないことへの羞じらいのせいでもあった。

「と、とにかく、この村で、まるで幽霊たちの住むところかと疑われるような、さまざまな不思議に出くわし、あげく正体をあらわした彼らに捕えられたあたし……あ、いや、それがしは何とか逃げ出すのに成功したわけですが、そこであなた様のご一行に出くわしました。黒羅紗の下に見えたお乗り物の定紋から、ようやく目指すお方に追いついたと知り、うれしさに小躍りするやらホッと安心するやら。と同時に、これまでの数々の謎がみるみる解けてゆくような気がしたのでございます……」

「解けたというと、どのように？」

尼僧は目を丸くし、興味深げに訊いた。

野風は「さればでございます」と、一膝前へと乗り出して、

「卒爾《そつじ》ながらおたずねいたしますが、あの日、あなた様のご一行は、前の宿場を出立されるのが、予定より遅れたのではございませんか？」

「おお、そういえば確かに……」

尼僧は思い当たるところがあったらしく、手にした白扇で膝を軽くたたいた。

「前の宿場で、供の者の雇い替えその他に手間取って、日暮れまでにここ苜蓿の脇本陣に着くはずが、あのように暗くなってしまって、やきもきしておりました」

尼僧の答えに、野風は大きくうなずいてみせながら、

「やはり……と申しますのは、かの廃村にてご一行を待ち伏せしていたものたちも、予定の遅れにやきもきしていたはずで、なぜといって村人に扮した彼らは、あるものは鍬や鋤を携えて道を往来し、あるものは田畑の中にあって耕作を装っていたのですが、そのまま夜となってしまい、昼間や夕方ならいざ知らず、何とも不自然な姿をさらしてしまったのです。もとより偽の村暮らしですから、家々に夕餉の煙が立つわけでなく、灯りがつくこともありません。まことに薄気味悪いながめではありましたが、そのことで全てが作りものであることをさらけ出してもくれたわけです」

「いちいち腑に落ちることばかり。いや、みごとみごと」

尼僧は、野風の話に感嘆ただならないようすで言った。

「それで、そちはわが一行を押しとどめ、わらわを安全な場所にひそめておいたうえで、この頭巾と衣を借り、身代わりにわが駕籠に乗りこんで、くだんの村に向かったというわけですね。まさに敵地のただ中に、わらわと同じ女の身でありながら……」

「恐れ入ります」

いっそうかしこまる野風に、尼僧はやや居住まいを正して、

「そちのようなものがついていれば、喜火姫もきっと安心でしょう。あの子のことはきっとわらわが良いように計らいますから、そばにいて助けてやってくださいな」

「それは……何よりのお言葉でございます。ありがとう存じます！」

野風は声を詰まらせた。その言葉を聞けたことで、これまでの苦労が報われたような気がした。

尼僧は「いやなに」と微笑し、それからふと遠くを見る目になって、

「わらわはこれまでの人生であまりにさまざまなことを見聞きし、人々の秘密――悪しきこと、邪《よこしま》なふるまいをあまりに知り過ぎ、自身でも体験しすぎました。そうならざるを得なかったのは、わが夫がこの国を少しでも良くしようと奮闘し続けたからで、それは世にはびこる悪を直視することにほかならなかったのです。

結局夫はその戦いに敗れて失脚し、ついに亡くなりましたが、わらわもそれにつれて世を捨て、夫と、夫の志に殉じた人々の菩提を弔いながら余生を過ごす所存……だったのですが、どうやらそれではすませるつもりのない、何としてもわらわの口をふさがずにはいられぬ輩がいたということでしょう。

むろん覚悟はしておりましたが、こうさっそくに手を下そうとするとは……おそらく、わらわが仏門に入り、寺院の奥深くにあって手出しのしづらい存在となる前に始末をしたかったのでしょうね」

さりげなく、だが深い感慨をこめながら語り終えた。

「そういうことでしたか……」

それ以上、言葉の発しようもない野風だった。

「あの、ご無礼とは存じますが、一つおうかがいしたいことがありまして……」

おずおずと訊く野風のようすのおかしさに、尼僧はけげんそうな顔になりながら、

「何です」

と目を見開いた。これに対し、野風は「いえ、あの」とひどく狼狽し、何度も小首をかしげて迷ったあげくに、思い切ったようすで口を開いた。

「そのぅ……今後は、あなた様のことを何とお呼びすればいいのでしょうか。お話をうかがいますに、あなた様のご本名やご夫君であられたお方の名をみだりに口にしては障りがありそうで、そのぅ……」

「おやおや、妙にもじもじしていると思ったら、そんなことで悩んでいたのですか」

尼僧は白扇を口元に持ってゆくと、さもおかしそうに、

「それはまぁ、どのように呼んでくれてかまわないのだけれど。尼さんでも婆でも何とでも……」

いえ、そんな！　と野風が大汗をかいた折も折、襖の向こうから、この脇本陣の者らしい声があって、

「お話し中、失礼申し上げます。ただ今、お寺の使いの方が見えられまして、ぜひご門跡様のご機嫌がうかがいたいと、このように申されておりますが」

その言葉に野風はハッとせざるを得なかった。門跡とは高貴の血筋の人が住職をつとめる寺院のことで、またその住職そのものの意でもある。

「ご、ご門跡……様」

思わずそう復唱し、一段と畳に這いつくばった野風に、尼僧は先ほどと変わらぬ親しみ深い表情を向けながら、

「そう……それが、今後のわらわの呼び名となりましょう。何とも荷の重いことですが……。野風と申しましたね、喜火姫のこと、くれぐれも頼みましたよ。あの子にもぜひ世の中の正しきに味方し、

悪しきをくじく道を歩んでほしいものですが、もし喜火姫がそれを望むなら、どうか力になってやってはもらえませぬか」

「承知いたしました！」

そう聞くが早いか、野風はこの部屋を揺るがすような大声で答えた。そして彼女は、このあとに知ることになるのだった――今のこの決意の先にはさまざまな出会いがあり、それはまた予想もしない冒険とつながってゆくことを。

第Ⅱ部　大江戸奇巌城の巻

その一・医学館薬品会にて人《オランウータン》同大騒動のこと

1

——とんだ小競り合いが、とある屋敷の玄関でくりひろげられていた。

「さぁさぁ帰った帰った、とっとと出てってもらいましょう」

足音も荒く姿を現わした若党が、ぶっきらぼうに言い放った。彼の手には、何と女物の着物が襟首のところでつかまれていた。

「ちょ、ちょっと……猫の子じゃあるまいし、放してくださいな」

着物の中身であるところの若い娘が、ジタバタと抵抗しつつ抗議の言葉を投げかける。だが、小兵ながらよほどの怪力らしい若党は、平然かつ冷然として、

「そりゃ素直に出ていくなら放しもするがね、そもそもあんたなんぞのいていい場所じゃないんだ。女だてらに眼鏡なんぞかけて生意気な」

その言葉通り、娘は小ぶりな眼鏡を鼻の上にのっけていた。それを生意気呼ばわりされたのには、さすがにムッとして、

「あんたなんぞ、とは無礼な、わたしは九戸南武家の兵学教授兼本草方兼書物調役・江波戸鳩里斎の娘ちせですぞ。それにこの眼鏡は、殿様からお許しを受けたもの」

そう抗議したものの、若党はまるきり相手にもせず、

「九戸だか十戸《とのへ》だか知らんし、その兵学教授とやらがどれだけ偉いかは知らんが、娘というだけで駄目なんだよ。さぁ、どうぞお引き取りをば」

最後のところだけバカていねいに言って、グイッと腕をのばした。そのままパッと指を開いたものだから、娘は「わわわっ!」と叫びざま転落してしまった。

「では、拙者はこれにて」

と一言だけ残して、若党はそのまま奥へ立ち去ってしまった。

「あ痛たた……」

玄関から一段低い式台にペタリと尻もちをついたまま放置され、娘――ちせは痛みより情けない気持ちでいっぱいだった。

花のお江戸で新しい学問に触れ、因循《いんじゅん》によどんだ故郷とは違う空気を吸うつもりが、女だというだけでこのあつかいだ。しかも、こんな目にあうのは初めてではなかった……。

ことの発端は、九戸藩主・南武左衛門尉信正から江波戸鳩里斎に、近年の学問知識についてご下問があり、例により大騒ぎで手に入る限りの資料をそろえたのだが、どうしても限界があり、面目ないから腹を切らねばならないかも知れぬとあわてだした。

「こうなったら、わし自ら江戸に出なくては……だが、この老いぼれの身ではのう」

と腕組みし長嘆息し始めたので、ちせは即座に、

「それなら、わたしが参ります。お父さまの名代ということで、かわりに聴講し筆記してくればよろしいでしょう?」

と答え、驚きあわてる父をしりめに、さっさと旅支度を始めた。

「バ、バカな。娘のお前にそんなことなどさせられるものか」

と案の定の返事がかえってきたが、

「あら、ならばいっそ、ごいっしょします？」

そう言うと、「うーむ、それならば」といったんは乗りかけた。だが、結局はしりごみしたのは、体力への自信のなさか、それとも自分の遅れた頭では使命を果たし得ないと考えたためだったかもしれない。

そのせいか、出立を前に足腰に支障が出、ついでに風邪までひく始末。まさか仮病ではなかったろうが、「これで娘を引き止められるのでは」と期待したのは事実だろう。

だが、ちせは留守に備えて老父の世話役を頼み、本復までの日数分の薬まで用意した。そして鳩里斎の最後の手段である泣き落としもむなしく、予定通り旅立ってしまった。

江戸では麻布市兵衛町の藩邸を頼り、そこの長屋を拠点としてこれはと思われる道場や学塾を回ったのだが……その成果ははかばかしいものではなかった。

彼女の目的は最新の学問を学び、父のもとに持ち帰ること。江戸や大坂にはそのための場が故郷とは比べものにならないほどあり、しかもそこには身分の差もないという。

だが、男女の別は誰も言わないくせに厳然としてあって、入門はおろか聴講さえも許されない。どうせこんなこともあろうかと、

「それがしこと江波戸鳩里斎、老齢多病にして長旅に堪えず。されど君命黙《もだ》しがたく、一子を代理として傍聴せしめ、筆録せしめんことを希望す」

——という書状を、なるべく老学者らしい筆跡で記して持参したのだが、その「一子」が女だとい

う段階で、もう駄目なのだった。まさにケンもホロロという感じだった。

「なに、女人の分際で当学塾の聴講を希望すると？　バカも休み休み言うがよかろう」

などと、いきなり門前払いをくらうのはましな方で、声をかけても誰も出てこなかったり、出てきても顔を見るなり引っこんでしまったり。確かに話を伝えたはずが、何刻待ってもほったらかしにされることもあった。

自分たち女は、誰かの娘だったり姉や妹だったり、あるいは女房としてしか存在が許されない。男は望みさえすれば（そして金があればの話だが）古色蒼然とした軍学でも最新渡来の兵法《タクチーキ》でも勉強できるのに、その道が最初から封じられている。

（これは、前途多難だわ。お父さまが反対したわけね）

ちせは、父・鳩里斎の心配顔を思い出しながら唇をかみしめた。そのあと、小憎らしいぐらい晴れ渡った青空を見上げると、

（でも、あきらめるわけにはいかない……このままではお父さまやお殿様の期待に背くばかりか、わたしたち女の沽券にもかかわる！）

そう新たに心に誓ったのだった。

とにかく、ここでめげてはいられない。江戸で新しい学問に接したい願いは、彼女自身のものでもあった。正攻法で入りこめないなら、どんな手でも試みるつもりだった。

――一つ考えついたことがあった。

「男装してみたら、どうかしら」

出来心で、あくまで出来心で試してみたのだが、男物を身にまとい竹光ながら大小を差し、髪も結い直してみたのだが……紋付き裃《かみしも》に一本差しで親に手を引かれて七五三祝いに向かう童子のような

姿ができただけで、早々と断念せざるを得なかった。

実はこの前回には、ろくにこちらの話も聞かずに屋敷内に上げてくれ、一室に通された。かえってそのことを不思議に思っていると、やがて用人らしいのが出てきて、

「わざわざ忘れ物のお届けとは、ご苦労さまで……それでお預かりするのは、筆紙のたぐいですかな、それともお弁当ですかな」

愛想よく言いながら、彼女がかたわらに置いた風呂敷包みにちらちらと視線を投げる。

何のことかわからず「は？」となっていると、相手はけげんな表情になりながらも、

「おお、そうじゃ。塾生の誰にご用か、うかがうのを失念しておりました。あなたはどなたの娘御、あるいは姉様かお妹で……おお、もしや！」

と、いきなり心得顔で膝をポンと打ったりした。

そこでようやく、ちせは気づいた。自分がここで学ぶ誰かの身内で、彼の忘れ物を届けにきた使いと勘違いされているのに。これには期待した分がっかりし、

「いいえ、あの……また出直します」

と言い置き、弁当でも勉強道具でもなく、自前の書籍を包んだ風呂敷を抱えて屋敷をあとにした。

そのあと、おかしくなったのは、あの「おお、もしや！」は何を意味するかということだった。あれは、自分を誰かの妻とか許嫁と深読みしたのだ。あいにくちせには、そんな予定も意思もないのだが、かといって笑ってばかりもいられなかった。

（さあ、あとはどんな手が……困ったなぁ）

ちせは眼鏡を鼻の上に押し上げながら考え、考えながらやみくもに歩き続けた。そのかいあって、ふとある妙案を思いついたまではよかったが、

「そうだ、こないだのあれの応用で……！」

と立ち止まった拍子に、通りすがりの誰かと突き当たってしまった。そのとたん、

「気をつけろィ、この唐変木の丸太ん棒のスットコドッコイのアジャラモクレン、テケレッツのパア！」

『ハルマ和解《わげ》』でも参照したくなるようなベランメーを浴びせられ、ちせはあわててわれに返った。よろけた体を立て直しながら、

（えっと……ここは？）

きょろきょろとあたりを見回し、そこで初めて、自分が見知らぬ町の見慣れぬにぎわいのただ中にいることに気づかされた。

ここは浅草向柳原。神田川南岸の柳原土手と、新シ橋（現在の美倉橋）をはさんで南側の向かい合うことから、そう呼ばれるようになった。

そこにずらりと長塀を連ね、大門をそびやかすのは、松平下総守、堀石見守、そして朝鮮国との外交を一手に引き受けてきた宗対馬守《そうつしまのかみ》ら錚々たる諸大名だった。

道理でひときわ広壮な屋敷が並んでいるわけだが、それにしては少し変だったのは、ふだんなら荘重に静まり返っているはずの道筋が、にぎやかな人通りに占められており、そこに老若男女や身分職業の区別がないことだった。

何だろう、とちせは小首をかしげた。いくら浅草に近いといっても、こんな屋敷町に見世物小屋がありはしまいし、お寺の御開帳でもあるのだろうか――と興味をひかれた彼女は人の流れに従ってみることにした。

答えは、ほどなくたどり着いたその先にあった。

墨黒々と大書した看板の向こうに、ちせは人波とともに吸いこまれていった。
――医学館薬品会

2

明和二年（一七六五）、奥医師・多紀元孝が神田佐久間町に私塾として設けた躋寿館《さいじゅかん》。それが寛政三年（一七九一）に幕府直轄の医学館となった。

さらに文化三年（一八〇六）の大火を経て、ここ向柳原に移転した。そこで江戸医学館とも浅草医学館とも通称される。

漢方医の養成を任務とする医学館は、近隣の大名屋敷と同じく峻厳なふんいきが漂う。だが、この行事のときばかりは違っていた。障子や襖を取り払った中に幔幕《まんまく》が張り巡らされ、竹柵で通路が仕切られ、その間をあふれんばかりの人垣が埋めている。

彼らの前にあるのは、さまざまな薬品とその原材料となる植物に鉱物それに動物。そこから派生してさまざまな生物無生物の標本や剥製、化石や石器などの発掘物、そもそも何だか正体のわからないもの、さらには生きた実物までが、ふだんはしかつめらしく座学の行なわれる畳の間にびっしり並べられていた。

そう、たとえばこんな具合に――。

「す、すごい……。あそこの梁《はり》に絡められているのは朝鮮の蟒蛇《うわばみ》――長さは四丈（約十二メートル）、胴回り三尺はあるかしら。うわぁ、虎というのは絵で見たことしかないけれど、本当にいたのね！　あそこの鹿のようだけどはるかに大きくて、その体とくらべても一段と大きな角が平べったく分厚いのは、北亜墨利加《アメリカ》産の堪達爾汗《かんたつじかん》――和名をヘラジカとはよくいったものね。こっちの柱に張りついてる、鱗だらけで鋭い爪を持つ怪物は大宛《タイワン》の穿山甲《せんざんこう》。あそこの毛が金色で犬ほどもある大きさの獣は、朝鮮の黄猫……ええっ、あれ猫なの？　あの極楽にでもいそうな美しい鳥ははるか南方の島、ノウバギネヤ（ニューギニア）の風鳥《ふうちょう》……それに、あの脚の長さ十尺はありそうな蟻《たかあしがに》の恐ろしいこと！　深い海の底にもぐらないと会えないそうだけど、会えなくて幸いだわ」

ちせは、ときに背伸びし飛び上がり、ときに人と人の間をコマネズミみたいにすり抜けながら展示物の一つも見落とすまいとし、それらへの感嘆の言葉を惜しまなかった。これまでの気鬱が、いっぺんに吹き飛んだ感じだった。

薬品会――本草会、物産会ともいうが、今や京大坂、名古屋などでもひんぱんに開かれている一般公衆にも開放された博物学展示会である。その嚆矢となったのは、宝暦七年（一七五七）に医師で本草学者の田村藍水が湯島で開いた薬草会で、薬種など百八十品が持ち寄られ、情報交換とともに互いの鑑定が行なわれた。

それをさらに大発展させたのが藍水の門人だった平賀源内で、ことに彼が二度目に会主をつとめた宝暦十二年の「東都薬品会」では、引札をばらまいて大いに広報宣伝したうえで全国から出品を募集し、参加しやすくするための取次所も設けるなどした。その結果、全国から千三百もの珍品奇物が集まり、高価な輸入品に頼っていた品の国産化をめざして、それらの栽培法や加工技術も紹介された。

まさに日本で最初の博覧会――そして、江戸におけるそれを引き継ぐ形となったのが躋寿館の薬品会であり、天明元年（一七八一）以来、毎年のように開かれ、医学館となった今もそれは続いていた。

あちらで解説されているのは本物さながらの木造人骨や、全身の経絡を表わした銅製の人体模型。つぼ

こちらでみんなの首をかしげさせているのは、天狗の爪実はサメの歯、竜歯実はサイの歯、はたまた

石蛇《せきじゃ》実はアンモナイトのそれぞれ化石。鯨糞という呼び名もある竜涎香に、海狗腎ことオットセイの陽根、一角獣《うにこうる》の角といった高貴薬の原料もあれば、蔓烏頭《まんうず》すなわちトリカブトのような恐ろしい毒薬、芋虫のような形をして、かつては水に落ちてイワナになると言われた、これも毒性を持つ魚尾竹《ささうお》もあった。

それらも学問的には興味深かったが、やはり目を引くのは珍しくて大きな異国の生き物だった。先に挙げたものにも増して、ちせを感嘆させ、半ばこわごわながらその目と眼鏡を釘づけにしたのは、

「渤泥《ボロネヲ》（ボルネオ）渡来の『人同』、一名ヲランウータン……阿郎《オラン》は人、烏烏当《ウウタン》は森の意なり。状《ありさま》、猿の如くして能く人の事を察す？　ほんとかしら」

という説明文と、そのそばに立つ見たこともない大猿だった。いや、「人同」というぐらいだから、ただの猿とか獣ではないのか。


――オランウータンは象、ラクダ、孔雀、駝鳥、ドードー鳥などと並んで日本に輸入され、捕われてヨーロッパに運ばれたものが途中で死ぬことが多かったのに対し、原産地から近いだけにぶじに日本に着くことが多かった。もちろん見世物にされることが多かったが、日本人は西洋人が人間に似た獣に抱く嫌悪感がないので、ひたすら珍しがられ、人のようにあつかわれることも多かったという。


ちせもこの生き物を知らないではなかったが、実物を見るのはむろん初めてだ。

最初は目の前に、細身でしなやかな体つきをし、総髪を結った若い侍が立っていて、よく見えなかった。それがスッと立ち退いてくれたおかげで、いきなりその異形な姿を間近にすることとなった。

（すごい、まるで生きているようだわ……）

背丈は人間ほどもあり、全身長くて茶色い毛におおわれている。落ちくぼんだ目にお椀のように張り出した口元。顔は見るからに恐ろしげだが、どこか愛嬌がある。むろん剥製だろうが、この生き生

きした見た目はよほどの職人の仕事に違いなかった。

これが和漢の書物に見る猩々《しょうじょう》かと、そばに寄ってよくよく見ようとした——そのとき。

「⁉」

いきなり人同——オランウータンの毛むくじゃらの腕が持ち上がったかと思うと、文字通りの猿臂をのばし、太くて長い指でヒョイとちせの眼鏡をつまみ上げた。

「えっ、あんた、生きてた……の？」

ちせは、茫然としてつぶやいた。

てっきり大半の珍獣奇鳥と同じく、ただの毛皮か剝製と思っていたら、まさかこの「人同」とやらも生きた実物だったのか——などと感心している場合ではなかった。

眼鏡を取られて、ちせの視野は薄ぼんやりとしたものとなったが、そのとき彼女はオランウータンの奥の方にある目がニッと笑ったように思えた。

そんなバカなとわが目を疑った瞬間、オランウータンは大きく跳躍した。そして、ちせの眼鏡を手中にしたまま柵を飛び越え、猛然と駆け出したのである。

「わわっ」

ちせよりも、そばにいた見物客の方が大きな声をあげた。あわてて飛びのいた人と人の間をヒョイと跳び抜け、あちらと思えばまたあちらと逃げてゆく。

あまりのことに驚いて固まったか、その異形の姿に怖じ恐れてか、大の男たちでそのあとを追おうとするものはなかった。だが、ちせはそうはいかない。ほかのものならともかく、大事な大事な眼鏡を取られては、どうでも取り返さないわけにはいかない。

「すみません、そこ通してください。あのぅ……できたら、あのお猿さんを捕まえてください！」

二つめの要望が遠慮がちだったのは、あまり周りの連中が頼りになりそうになかったからだ。とにかく〝森の人〟というぐらいだからすばしっこいのなんの。展示品の間をすり抜け、ピョイと軽くまたぎ跳んだりして、とても追いつけそうにない。

ところが、この〝森の人〟ときたら単に素早く身軽なだけではなかった。というのは、全国から集められた鉱石やら結晶、干した植物やら動物の部位やらには、出品者や番人が付き添っているものがあるのだが、オランウータンは彼らやそのお宝にぶつからないよう極力気をつけているようだった。

危ない！　と思われたときには寸前で身をひるがえし体をかわし、万一出品物を引っくり返したようなときには、素早くそれを拾って手渡したり、積み直してやる。そのすきに、ちせは距離を詰めるのだが、惜しいところで逃げられてしまう。

その際、片手拝みのようなしぐさを見せるのは粗相の謝罪か、それともちせを小バカにしているのか。どうも後者の疑い濃厚だが、いずれにせよ眼鏡を返してもらわないわけにはいかなかった。

「待てーっ」

かくて少女とオランウータンの追っかけっこは、なおも続いた。そのようすを、さきほど彼女の前で展示を見ていた細身の若侍が、どうしたものかという顔をしていた。

同じころ、薬品会の展示場に隣接した部屋では、参観者のための解説や講義が、随時行なわれていた。見るだけではあきたらない客向けの、であると同時に、出品するだけではあきたらない人々のための場でもあった。

たとえば、とある一間では、どこかひょうひょうとした感じの四十年配の学者が、親しみやすくわかりやすい口調で、こんな風に語りかけていた。

「……さて、今回の薬品会にも出品されておりますオランウータンでありますが、何を隠そう、それがしが医学館に請われて提供いたしたるもの。そのご縁をもって一席弁じますなれば、そもそも西洋においてさよう申すところの獣を、われわれの知る書籍に求めますに、前漢の神異経《しんいきょう》に『西方ノ深山ニ人有リ。長丈《たけ》余、袒身《はだか》ニシテ蝦蟹《えびがに》ヲ捕テ人ニ就《つき》テ火ニ炙リ之ヲ食ラフ。名ヲ山𤢖《さんそう》ト曰フ』とありまして、和漢三才図会《わかんさんさいずえ》では『按ズルニ九州ノ深山ノ中ニ山童《やまわろ》ナル者有リ。貌《すがた》十歳許《ばか》リノ童子《わらべ》ノ如ク、柿《かき》褐色《かちいろ》ノ細毛、身ニ遍《あまね》ク、長髪面ヲ蔽ヒ肚短ク脚長ク、立行シテ人言ヲ為シ𧦴《はやぐち》也』とし、この〝山童〟こそ漢土に言う〝山𤢖《サンツァウ》〟ではないかと説いております」

周囲の壁から襖障子から、この半人半獣ともいうべき不思議な生き物を描いた色とりどり、絵柄もさまざまな掛図をぶら下げ、それでは足りずにいろいろな書物や絵図を手にして示しながら、にこやかに人々に語りかける。その講義はなめらかで、少しも難解なところはなかったが、その内容たるや聞き手の目をパチつかせるに十分であった。

「ところでここに驚くべきは、オランウータンが初めて本朝に舶載された長崎の地において、まさに山童と称されていたこと、またエウロッパの地にてはオランウータンをサテイルと称し、かの地の『リンネウス本草』においてはSimia satyrus《シミア サチルス》と学名《がくみょう》をつけたことであります。シミアというは猿の意、してこのサチルス（ギリシャ・ローマ神話のサテュロス）と申しますのは、かの地の山や森に棲む半人半獣の神でありまして、まさに東洋に言う山𤢖、山童のたぐいにほかなりません。

西洋にサチルスなる山神があるならば、海神も当然あってしかるべしで、現に存しますこれをネプテュニュス（ローマ神話のネプチューン。ギリシャ神話におけるポセイドン）と申します。これに和漢において相当するものは、本草綱目《ほんぞうこうもく》に記す〝水虎《シュイフウ》〟となりましょうが、一見小児のごとき、しかし怪奇なる容姿にて水中に棲む妖物と聞けば、誰もが思い当たることでありましょう。それこそはわが国における……いや、そのいたずら者の名は、ご来聴の方々よりいただくといたしましょうか。ささ、どなたにてもござんなれ！」

言われて人々は顔を見合わせ、

「そ、それはもしや春水《しゅんすい》先生……」

「河童？」

「川太郎！」

「川童《かわわら》では？」

続いてガタロ、メドツ、シバテン、エンコなどの名も挙がったが、その意味するところはほぼ一つであった。ちなみに、これらは中国の水虎《すいこ》とはずいぶん違うのだが、何ごとも漢籍に典拠を求めなければならない風潮にあっては、しかつめらしい文章に河童のことを記すときは、その名を用いることが多く、かくて河童と水虎はごっちゃにされてしまったのだった。

「まさにさよう！」

春水先生と呼ばれた学者——本草に限らず、珍しいもの全てを見逃さないと評判の福井春水は、満足げにうなずいた。そして、そのあとに、

「しかりしこうして、唐土にては、水虎は夏は水中で暮らしているが、冬は陸に上がり高地に登って山神となると言われており、橘南谿先生も『冬は山にありて山𤢖《やまわろ》といひ、夏は川に住みて川太郎といふ』と九州辺境での風聞を記しておられます。

すなわち！　オランウータンがエウロッパにおける山神サチルスであり、唐土の山𤢖であり、わが国の山童であるならば、すなわち河童であり水虎であり海神ネプテュニュスでもあるに違いないのでありります。そうして、これが何を意味するかといえば、常夏のボロネヲならいざ知らず、四季正しきわが国においてオランウータンを飼養し、冬を越し春となり、夏を迎えたならば水虎こと河童に変じ

るであろうと。そしてそれは西洋人の言うネプテュニュス、またの名ポセイドンにほかならぬのであります。誰もが知っていながら、誰も見たことのない河童の姿を万民に披露できるのであります！

されど、あぁ惜しいかな。あいにく生きたオランウータンは、今現在の本邦には一体とてあらず。諸君もおそらくはご覧の標本は、先にそれがし自身が開いた薬品会にて披露されたのと同じ個体。寛政年間にはるばるとオランダ船に乗せられてきたものの、旅の疲れかそれとも異郷の水が合わなかったものか、哀れにもあえなく早世したものであります。……し・か・し！」

福井春水は、ここで一調子声をはりあげた。

「もしここに新たに生きたオランウータンの渡来を見たならば、今度こそは大事に養い育てて、必ずやわが学説の実証とともに満天下に河童の実物をば、ぜひ……」

そこまで言いかけたときだった。やにわに春水の背後の襖がバーン！ とけたたましい音立てて蹴倒された。と同時に、その向こうから何やら毛むくじゃらな奴が大手を広げて飛びこんできた。

「わあっ」と逃げ散る人々。ただ春水先生だけは、その場に尻もちをつきながらも、

「あっ、あれはまさしく、わがオランウータン……しかも、生きておる！」

とうに死んで、皮としてのみこの世に姿をとどめているはずの異獣が、突如よみがえって目の前を駆け抜けていった。いや、それとは別人ならぬ別猿かもしれないが、このお江戸の真ん中でその実物にめぐりあおうとは……！

その奇異さ、ありえなさに比べれば、オランウータンのあとから小娘が部屋に飛びこんできて、ついでに春水の足を踏んでいったという事実はどうでもいいことだった。

「えいこら待て、そこなオランウータン。この福井春水におとなしく捕まれ。食い物は望みのまま、駄賃もやるぞ。これ待てというのに……ええい、お立ち合いの衆、あれなるものを無傷で捕えたご仁

に粗品進呈！　じゃなかった、賞金は——相談次第じゃ！」

そんなことを言ったものだから、追っ手はにわかに人数を増し、ますます大騒ぎとなった——。

3

その少し前、医学館の裏口では、ワイワイと男たちが騒ぎながら、何やらドデンとした菰《こも》包みを土間に運びこもうとしていた。

菰包みは天秤棒からぶら下げられ、担うのは実直そうな雇い人たち。それとは対照的に、荷運びを手伝うようで手伝わず、もっぱら口ばかり動かしているのが二人いた。

一人は三十前後、もう一人は二十歳代の若者で、両人ともにゾロリとして派手やかな着物をまとい、いやにノッペリした面をしている。

三十前後の方は、年かさな分だけ年季の入った道楽者風。ただしいささか気障《きざ》で嫌味で、女たちには陰口をたたかれていそうだ。そいつが雇人たちを指図しながら、

「さぁさ急げや急げ。薬品会の開会に間に合わなかったのは千載の悔いだが、今からでも遅うはない。いやむしろ、見物の出盛るさなかに運びこめば、かえって評判を呼ぼうというもの。頼みましたよ」

「いかさま寅兄貴の言う通り。さすがだなぁ」

そのかたわらから、二十歳代と若い方がウンウンとうなずきながら言った。こちらは田舎大尽の息子といった感じで身なりも持ち物も野暮ったく、こちらが弟分であり遊びの後輩でもあるらしかった。

「とはいえ、職人どもをあれほど急かしてこの遅れとは、酒手を惜しんだせいか、それとも大先生の注文が細かすぎたためかなぁ」

訳知り顔で言い添えると、寅兄貴と呼ばれた嫌味な年かさの方はいらだたしげに、

「こらこら勝公、よけいなことを言うでない。ささ、下ろした下ろした……おい、そんなに軽々と置くな、値打ちのない。さあ、包みを解いて運び出せ。おい勝公、そんなところでボーッとしとらずに少しは手伝え」

「だって寅兄貴」

勝公と呼ばれた野暮な弟分は、口をとがらせた。

「そう言うそっちこそ、今日は何もしてないじゃないか。おいらは湯島の男坂下からここまでの道案内に立ち、荷かつぎの手伝いだってしたんだぜ。それを兄貴は、ずっと懐の中の書き付けを見ながらモゴモゴとなえるばっかりでさ。急に姿が見えなくなったと思ったら、自分だけ道に迷いかけたりしてたじゃないか」

「ああ、これか」

寅兄貴は苦笑まじりに、ゾロリとした着物の胸のあたりをたたいてみせて、

「こりゃ口上の稽古をしてたんだよ。ほれ、こんな具合にな。

ウォッホン……ころは西洋開闢一千七百九十九年というからわが寛政十一年、時のフランス王にして武勇四方に轟き、頼山陽先生の詩にも謳われし、かの那波列翁《ナポレオン》が厄日多国《エゲプタ》（エジプト）を征討せし折、羅塞塔《ロゼッタ》の地にて面妖不可思議なる石碑を発見。それにちなみ、オランダ語にてはSteen van Rosetta《ステーン・ファン・ロゼッタ》（ロゼッタストーン）と名づけしが、そも何をもって面妖といい不可思議と呼んだかといえば、よくよく見れば、その表面にびっしりと文字刻まれ、しかも神代文字、古代の雅文、さらには阿蘭陀いろは《アルハベット》など三種類を数えて、おのおの同じ内容を記すものと見られたり。そして何とその一つには……」

どこか虚空を見つめ、また懐中に視線を落としながらの、なかなか流暢《りゅうちょう》なしゃべりっぷりだった。

勝公は手をたたいて、

「アハハハ、うまいうまい。さすがは寅兄貴だ。こういう学者や物知りの気を引く騙り、おっと語りはお手のものだなぁ」

「しっ、学者や物知りだらけの中で、めったなことを言うでない」

寅兄貴はしかりつけながらも、まんざらではないようすで、

「まあ、この舌先三寸で、この人情きびしいお江戸を渡ってきたんだからな。そう言う勝公、お前も切々として自分の数奇な生まれ育ちを明かし、怪異や妖《あやかし》について説く口ぶりは天下一品だぜ」

「エへへへ、おだてるない」

「調子に乗るな、こいつは……おっと、そんなことを言ってるうちに荷ほどきができたようだぞ。ご苦労さん」

ドデンとした包みから姿を現わしたのは、やっぱりドデンとした何だかよくわからない塊で、黒いような白いようなネズミのような色をして、口上通り文字とも絵ともつかないものが彫りつけられていた。

と、突然その前方に立ちふさがったものは——田んぼの干し藁から足が生えたような化け物と、それを追う娘一人と男たち。

「な、何だぁ⁉」

と思ったとき、化け物は彼らめがけて突進し、やにわに文字通りの猿臂をのばしてロゼッタストーン《ステーン・ファン・ロゼッタ》を奪い取ると、何という怪力だろうか、追っ手たちに投げつけた！

えっ⁉　と驚いたちせが身をかわす必要もなく、怪しい石は彼女の頭上を飛び越し、背後の男たちめがけて飛んでいった。

ワッと逃げ散る彼らのただ中に落ちた石は、しかしポンポンとえらく軽々しい音を立てて板の間に転がり、あげくパカッと二つに割れてしまった。古色蒼然とした外観とは違って、真新しく生々しい断面を見せながら……。

とたんに、これを付き添ってきた寅兄貴と勝公は激発して、

「この野郎、何てことを!」

「いや、雌かもしれんぞ」

「そんなこた、どうでもいい。おのれ化け物!」

と帯刀していた寅兄貴は刃を抜き放ち、勝公も持参の天秤棒を構えた。と、そこへ、講義の真っ最中にこの干し蕈お化けに闖入された学者の福井春水が、

「これこれ、せっかくの……ヒィハァ、貴重なオランウータンを傷つけてはなりませんぞ。むしろ無傷で捕えたなら賞金は……ヒィヒィハァ!」

相談次第、と付け加えそこねたせいで、石を運んできた男たちの目の色が変わった。大事なはずの石を割れたままほったらかしにして、

「それっ」

といっせいに飛びかかった。

このまま土間から外へ出ることもできたオランウータンは、退路を断たれたが、なかなか彼らごときに捕まるものではなく、大きく横っ飛びして体をかわした。そのせいで男たちは互いの頭をゴツゴツとぶつけあって、目から火花を散らすはめになった。

「あ痛たたたたった……」

悲鳴をあげ尻もちをつく彼らに、福井春水が「うん?」とけげんな目を向ける。そのすきに、オラ

ンウータンは奥への廊下を駆け抜け、ヒョイッと庭に飛び降りた。植えこみを突っ切り、隣家との塀に飛びつき乗り越えようとして、なぜか手間取った。

そのすきに、素早く距離を詰めたちせだったが、何しろとっさのことで素足だったため、とがった庭石か何かを踏みつけてしまい、痛みにアッと声をあげた。

思わずよろけながらも、何とか相手を捕まえようと手をのばしたが、あと少しで届かない。このままでは医学館の外に逃げられてしまう……と悔しさに唇をかんだとき、

「……………？」

指先の、それまでになかった不思議な感触に、ちせは思わず手を引っこめ、そこにつかみ取られたものに目をこらした。

それは何と……あれほど必死に取り返そうとし、かなわなかった眼鏡だった。

（えっ、何で返してくれるの……？）

そのことをいぶかしみつつ、なおもオランウータンを追いかけようとしたときだった。長い毛におおわれた異形の生き物は、今度こそ軽々と塀を乗り越え、お隣さんの敷地へと姿を消してしまったのだった。

あまりの意外ななりゆきに、ちせは茫然と立ちつくしてしまった。そこへ、

「おいこら……フゥ、待てというに……ヒィ、ああ、行ってしもうた……ハァハァ」

はるか後方から、春水先生が息も絶えだえに叫ぶのもろくに耳に入らなかった。

だが、騒ぎはこのあとがむしろ本番だった。

突如、塀の向こうでギャーッ、キエーッという人ならざるものの叫びがあがった。続いてチチチピィピィピィ！　という無数のさえずり、バタバタバタバタという、これまた無数の羽音らしきもの。

続いて、ちせは見た——塀の向こうから幾千幾万とも知れない小鳥が飛び立ち、その翼で風を起こし空を暗くするのを。そのほとんどを雀が占めていた。

「やりおったな……医学館《ここ》の隣は餌鳥《えとり》屋敷。将軍家お鷹狩りのための鷹の餌にする雀が飼われておる。その数たるや何万何十万に達するとか。よりによって、またえらいところに暴れこみおったわい」

唖然として見上げるちせの背後で、福井春水が胸をなで、息をととのえながら言った。

——餌鳥屋敷は、町奉行支配の鷹餌鳥請負人の拝領地で、幕府餌差方に代わって集めた小鳥を二階建ての鳥小屋で保管のうえ、千駄木と雑司ヶ谷のお鷹部屋に納入する。その数は年間四十数万羽に上った。

いきなりそのただ中に飛びこんだとあれば、この大騒ぎも当然。ちせはただそれを見守るばかりだったが、春水先生はふいにポンと手を打つと、

「これはいかん……いくらオランウータン大にして敏なりといえど、あれほどの雀に襲われれば衆寡敵せず、啄《ついば》み殺されてしまうやもしれぬ！」

あわてふためいて屋内にもどっていった。そう聞かされると、ちせも眼鏡を返してくれたオランウータンが気になった。そこで彼のあとを追い、南隣に当たる餌鳥屋敷に向かったのだが……そこで待っていた光景に、ちせは声をあげずにはいられなかった。

「あ、あれは……」

医学館の玄関は西向きだから、隣家の門を左に見る形となったのだが、そこからもドッとばかりに雀の群れが飛び出してきていた。それだけでも異常な光景ではあったが、何とそれらにまじって一人の女性——ちせと同年配らしい娘が半身をのぞかせていたのだ。品のよい顔立ちの、すらりとした体つきだった。

それが何者かという疑問もさることながら、より驚くべきなのは、彼女の肩から胸にかけて、もうすっかり見なれた毛むくじゃらの腕がからみついていることだった。

あのオランウータンが人間の女性に乱暴を？　そもそも何でそんな目にあっているのか、たまたま通りかかったところを襲われ、餌鳥屋敷に引きずりこまれたのだろうか。

「ま、まさか、そんな」

彼女の疑問を裏づけるように、福井春水が叫んだ。

「オランウータンは怒気ナク又奸黠《かんかつ》ナラズ……とはかのシーボルト先生も保証するところ、性質ごく温順にして決して人とは争わず、ことにその雌は、人間に遇《あ》えば自ら陰部を手で覆うとさえいうに……」

それは要らない知識だったものの、とにかくそのままにはしておけなかった。

「行きましょう、あの人を助けないと」

と、背後の男たちをうながしたが、ついてきたのは春水先生ばかり。これだから男どもはと舌打ちしつつも、思い切って餌鳥屋敷の門をくぐると、そこには舞い踊り、飛び狂う無数の雀たちのただ中に、さきほどの女性が倒れていた。

ちせはあわてて彼女に駆け寄り、しばらくぶりに発揮する医術の腕で、脈を診、息を確かめた。幸いどこにも傷はないようだった。

「しっかり！　もう大丈夫ですよ」

そう呼びかけると、女性はまもなく薄目を開いた。すると、彼も心得はあるらしく介抱を手伝っていた春水が、

「あれっ、あやつは？」

と頓狂な声をあげた。

え？　とちせも顔を上げ、あたりを見回してみて驚いた。さっきこの女性に襲いかかっていたオランウータンの姿が、どこにも見当たらなかった。

（え、それはどういうこと……）

どこかにひそんでいて、また悪さなどしては困るし、射《い》殺されでもしたらかわいそうだ。そこで、女性の世話は門外からのぞいている連中に頼んで、春水先生といっしょに屋敷内を見て回ったのだが――。

そのころになると、雀の騒ぎもやや収まって、逃げる雀は逃げてしまい、残ったものはそのへんの枝や軒に止まって、ちせたちを見下ろしていた。

だが……オランウータンの姿はどこにもなかった。また塀を越えてどこかへ逃げてしまったのか。春水先生は、あきらめきれないのか鳥小屋の中ばかりか縁の下までのぞいたが、とうとう見つからなかった以上、そうとでも考えるほかなかった。

不思議なのはそれだけではなかった。あきらめて門まで取って返すと、何とオランウータンに捕まえられていたあの女性がいないのだ。あわてて居合わせたものに訊くと、

「あんたたちがいないまにフラフラと立ち上がり、そのまま止めるのも聞かず出て行ってしまった。行き先？　すぐ姿が見えなくなったことからすると、新シ橋を渡っていったんじゃないかな」

（何よ、それ……）

このことで急にがっくりと疲れが出たちせは、福井春水に別れを告げて医学館かいわいをあとにした。

――あれほど好き放題に走り回ったオランウータンが忽然と消え失せ、彼もしくは彼女に襲われた

女性までがいなくなった。それだけでも、ちせの頭を悩ますに十分だったが、その翌日、医学館薬品会で起きた珍事を知ったら、さらに混乱したことだろう。

それは、薬品会の会場の元あった場所に、オランウータンがもどっていたということだった。ただし、今度は微動だにせず、物言わぬ剝製標本として……。

「おい、オラン殿、ウータン君。何とか言ったらどうだ。いや、言葉は言えないとしても、ちょっと動いてみてくれたまえな。昨日のように元気いっぱい……どうした、昨日できて今日できないということがあるものか！」

「おい春水君。そのへんであきらめたまえ」

必死に呼びかける福井春水の背後からなだめるように言い、肩をたたくものがあった。

春水と同年配だが、眉太く目は爛々、荒苔のような髭を生やしている。加えて頭頂部は真っ平ら、後頭部はとがって突き出しているという特異な風貌の持ち主だった。

「どう見ても、そいつはただの剝製、中身は無に等しい毛皮だ。いつまで待っても動き出しはしまいよ」

「それはそうだが……だけど静軒《せいけん》君」

言われるまでもなくわかっていながらも、春水はあきらめきれないようすだった。

「君が執筆中の『江戸繁昌記』にも格好の題材を提供するんじゃないか。はるかボロネヲから持ち渡られたオランウータンの数奇な運命を、さて君なら何と書く？」

「さあ、それは」

静軒君と呼ばれた、友人らしき異貌の人物は真剣に考えこんだ。

「西洋ノ人同、人ト同ジナラザルガ故ニ捕囚トナリ流謫ノ身トナリ、死シテハ哀レ皮トナリ異郷ノ衆目ニ晒サル、をどう小難しく文飾するかだな。同時代の人やその暮らしを卑しみ、漢詩文をひたすらありがたがる連中をできるだけ怒らせる形で……ふぅむ」

ちなみに彼こそは、春水が今あげた『江戸繁昌記』に、この新興都市の卑俗でたくましい人情風俗、格調高い漢文で描き出して空前の大当たりを得、かえってそのために数奇な運命をたどることになる儒学者にして随筆家——寺門《てらかど》静軒なのだった。

その二・最新式の聞幽管《オールホールン》で時代遅れの兵学講義を聴くこと

1

「あのぉお女中、どうも不調法なことで申し訳ないが、そこもとが、さきほど言われた塾生の名前をもう一度お聞かせ願えまいか。どうも近ごろ耳が悪うなって……あれれ？」

その小部屋に入ってきた、いかにも実直そうな老僕は、きょとんとしたようすであたりを見回した。

「どこに行かれたのかな……お女中？」

この屋敷の広間で、今まさに行なわれている兵学大講義。その受講生への届け物を預かってきたという女人が訪ねてきた。

なのに、もどってみると、その姿が消えていた。何だかわけがわからないが、そういえば、女人が告げた名前というのが、

「ウニャ村ウニャ之助」

という曖昧模糊としたもので、ひょっとしたら姓はウニャ山、名はウニャ之丞とかウニャ之進だったかもしれない。

そのくせあまりキッパリと言われたので、何となくそんな名前の生徒がいた気がして、その場を離れたが、どうもこれではわからないというので取って返した。

「お女中？　何か別の用でも思い出されて帰られたのかな。ま、もどる気ならもどられるじゃろう」

老僕はそう一人合点すると、腰をかがめながら出て行った。

（うまく忘れるか、あきらめてくれるといいんだけど……くれぐれも心配して捜してくれたりしなくていいからね！）

そのころ、お女中――ちせは、まんまと入りこんだその屋敷の縁の下で、独りほくそえんだり、心の臓をドキドキさせたりしていた。

場所が場所だけにジメッとしていてほこりっぽくって、何だかよくわからないものが投げこんであったり、そのまま朽ちかけたりしていて居心地の悪いことおびただしかったが、ちせは平気だった。真上が教室に充てられた広間になっていて、庭に面した障子は開け放たれている。そこから聞こえてくる講義の声に聞き耳を立てていたのだが、どうもよく聞こえない。

そこで持参の包みから取り出したのは、ラッパか牛の角のような形をした奇妙なしろものだった。ちせはそれを同じく包みに入れてきた細長い管とつなぐと、そろそろと縁板の上へと突き出し、ラッパを障子のあわいを通して広間の中へ向けた。

これぞ眼鏡ならぬ「耳鏡《みみがね》」の最新式。西洋では聞幽管《オールホールン》などと呼ぶ補聴器の元祖だが、耳の遠いのとは無縁なちせの使用目的は、少しばかり違っていた。オランダ語ではafluisteren《アフライステレン》（盗聴）というらしいが……。

ちせはラッパの位置がずれてしまわないよう、いささか無理な姿勢になりながら、紙でくるんだ管の端っこを耳の穴に差し入れた。とたんに、さっきよりはるかにはっきりと、こんな声が流れこんできた。

「すなわち！　兵学において学ぶべきことは広大無辺、曰く陣取、曰く物見、曰く接戦、はたまた攻城、籠城、船軍、そして護国……その数だけ必勝の秘陰もまた存するわけで、さぞや諸君もこれらにつき、すぐにも知識を得たい気持ちは山々でありましょう。あるいは一騎前と申して武士が陣中において心得ねばならぬ務めとは何であり、その際、太刀とともに必須となる甲冑七具——兜、面頬、鎧、脇楯《わいだて》、籠手、臑当《すねあて》、佩立《はいだて》はどのように着用すればよいのであるか。むろんそれらについてもおいおいに伝授するでありましょう」

かなりの年配らしくかすれかかっていたが、甲高いうえに猛烈な早口だった。だが、そのこと以上にちせの目を白黒させたのは、話の内容そのものだった。

「し・か・し！　それより大事なことがあるを忘れてはなりませぬ。第一に撫御、すなわち臣民を教育し、君恩に報ぜんとの心を植え付けて、これをいつくしみつつ統率すること。これまさに国家の大計であり、諸君のごとき民の上に立つ者の目指すところにほかなりませぬ。第二は備押すなわち隊伍をそろえて行軍することが、合戦において肝要であることは言うまでもないが、それには欠かせぬものが多々ござる。弓箭、鉄炮、鎗、長刀などの武具は申すに及ばず、食物に衣類、銃薬、銃丸、長柄の鎌、長柄の刀、はたまた大鳶口《とびぐち》、突棒、指股《さすまた》、袖搦《そでがらみ》、楯、梯《はしご》、大綱、小綱、細引、苧縄《おなわ》、麻糸、木棉糸、木棉布、麻布、絹布、幔幕、貝、太鼓、鐘、大鋸、剣、斧、山刀《なた》、大工道具、鋤、鍬、鎌、鶴觜、鉄杖、万力、鉄槌、木槌《さいづち》、大槌《かけや》、攻道具、大銃、大筒車、木筒、さらには焔硝、硫黄、樟脳《しょうのう》、松脂、蠟油、魚油、燈心草、蠟燭、灯燈《ちょうちん》、燈籠、竹火縄、棉火縄、琉球蓆、渋紙、桐油合羽、紙類、絹綿、棉綿《もめんわた》、鍋、桶、食器……これらを小荷駄に積み、奉行の指揮のもと威風堂々押し出してゆく。これらの備えなくしては、いかなる勇士が名工の手になる鎧兜に身を固めたところで、とうてい敵と戦うあたわず。大将が金の采配《さいはい》振るうて鶴翼魚鱗《かくよくぎょりん》の陣を布いたとて甲斐なしというもの……。

いや、ゆめゆめ驚かるるなかれ。これらは全てが全て、わが高祖父にして歓庵と号せし佐藤信邦《のぶくに》に始まり、曾祖父の元庵こと信栄《のぶまさ》、祖父の不昧軒信景《ふまいけんのぶかげ》、しかしてわが父玄明窩信季《げんめいかのぶすえ》よりやつがれに至る当家五代にわたる苦心の研究の成果でありまして、その全貌もまたゆるりと講義いたすといたしましょう」

(こ、これは……いくら、驚くなと言われても)

ちせは縁の下で茫然となり、思わず尻もちをつきそうになっていた。

(お父さまより時代遅れな兵学を、花のお江戸で堂々と披露している人がいただなんて……!)

今やオランダ渡りの兵学がもてはやされ、筒袖に裁着袴《たっつけばかま》、銃と脇差を携えた洋風調練も試みられている。なのに、いま頭上で講じられている戦法は、鎧兜に身を固めた大人数の軍勢を、金の采配すなわち金箔つきのハタキみたいなもので指揮しようというもので、関ヶ原の昔から少しも頭が進んでいない。

しかも、今の太平の世でそれだけの人員を集め、兵卒としてどう動かそうとするのかというと――

「いや、お疑いもごもっとも。なれど当家には、これまた先祖より奥秘とする『一隊転戦法』なる巻物あり。これによるなれば、これまで槍一つ持たず陣笠をかぶりしことなき町人百姓も、旬日をもって一人前の軍卒となり、手足のごとく自在に進退周旋せしむること可能なり。してその五百人を五番手に分かち、それぞれに旗持を配し、鉄炮打と長刀使二組ずつ、飛伏八組を置くほか、太鼓、貝、さらに堅牢無比をもって知られる穿山甲の甲羅、あるいは鮫の鮮皮《なまがわ》の七枚重ねをもってこしらえたる楯持を加え、常に神速奇襲をもって大敵に当たるときには、百万の敵も恐れるに足らず……」

(……帰ろうかな)

ちせは内心つぶやき、どうもこれは潜入先をまちがったようだと真剣に後悔した。

近ごろ非常に評判を呼んでいる学塾に、日本一の兵学者が出講してくると小耳にはさんだのだが、日本一にもいろいろ意味があるということを理解しておくべきだった。

しかもよりによって、兵には穿山甲で作った楯を持たせる？　医学館薬品会にたった一匹展示してあるだけで貴重なあの珍獣を、いったい何匹調達するつもりなのだろう。

これ以上聞くのも無駄と、耳鏡をスルスルと引っこめながら、

「せっかく苦労してもぐりこんだ床下だけれど、これは早々に退散かな」

と考えこんだときだった。ちせは足元から膝にかけてモゾモゾと何やらうごめくものを感じた。だが、いっこう気にせずにいるうちに、それはいつのまにか胸元にはい上がり、むずがゆいやらチクチクするやらで、うるさくてたまらなくなってきた。

ふと見ると、薄闇の中に黒っぽくて長くて、しかもけっこう太いものが蠢いているのが見えた。こうしたものは足があるかないかで好み——というか嫌悪の度合いが分かれるが、たいがいの人間ならギャッと叫び、ゾッと身をすくめるに違いないおぞましさだった。まして、若い娘とあれば……。

「…………？」

気がついたときには、その長くて太くてヌメヌメオゾオゾした生き物は、ちせの首回りまで達していた。

「！」

ちせは目をむき、次いでまじまじとそのおぞましい〝蟲〟——当時の分類では生き物は爬虫類であれ両生類であれ、たいがいそう分類されていた——を見つめた。

次の瞬間、彼女はヒョイッと二本指で、そいつの胴中をつまむと、間髪を入れずに縁の下から外に投げ捨てた。その行動には何の躊躇もなく、表情には恐怖はおろか嫌悪すら浮かんではいなかった。ただ、ちょっと顔をしかめただけだった。

――もともと、どんな生き物であっても苦手なものはなく、むしろ昆虫でも何でも平気で触れることができた。薬草取りなどしていたらいくらでも出くわすし、珍奇で醜悪なものであればあるほど、貴重な薬の原料となるものが少なくないのだから、全く何ということはなかった。刺されたり噛まれたりしないコツも心得たものだ。

哀れや、そんなちせに投げ捨てられた〝蟲〟は、縁側を支える柱である縁束《えんづか》に当たってそこに絡みつき、そのまま逃げるようにスルスルと上へと這いのぼっていった。

少しかわいそうなことをしたかな、と思ったが、それぐらい気が荒くなっていたのも事実だった。

こんな苦労をしてまで盗み聞いた講義が、この程度のものだったかという失望と、何よりこの程度の内容をもったいらしく話し、それが通用しているという事実が腹立たしかったのだ。父・鳩里斎は確かに頑固で、頭も柔軟とは言いがたかったが、学問に関しては誠実そのもので、ハッタリのハの字もなかった。

（いったい、どんな学者先生なのだろう……顔だけでも見ておこうかな。いや、そこまですることもないか）

などと考えながら、そっと縁の下を移動し、見つからないように脱出しようとした、そのときだった。

「ウワーッ」

という素っ頓狂な叫びがあがったかと思うと、それに続いて、

「なな何だなんだ、これは！」

「ひゃーっ、あっち行け、こっちへ来るな！」

などという野太い声、裏返った声が折り重なり、そこへドタドタという足音が加わった。さらには、

ガラガッチャンと何かを引っくり返すような響き。

（あ、ひょっとして、さっきのあれが……）

と、ちせはすぐに思い当たった。さっきの〝蟲〟が縁束から縁板に上がり、どうしたことかそこから広間に入って行ってしまったのだ。だとしたら悪いことをしたが、あんなものがゾロリゾロリとまぎれこんできたぐらいで、そうまで大騒ぎするとは江戸の男というのもだらしがないと思わずにはいられなかった。

ではまぁ、この騒ぎに乗じて退散しよう――ちせがそう考えたときだった。

「きゃあっ！」

という、ほかとは明らかに異質な悲鳴があがった。どう異質だったかというと、それが明らかに若い女性の口から発せられたものだったということだった。

（え、どういうこと？　上の教室に、わたしと同じ女がまじっていたということ？　そんな、まさか！）

ちせは、縁板の端までにじり寄り、そこからヒョイと手鏡を出して中のようすをのぞいた。すると、視界が狭いのでよくわからないものの、さっきまでおとなしく着席していた男たちが、総立ちで何か騒いでいるのが見えた。それに合わせて、

「おいっ、今の声は何だ。女か、女がこの神聖なる教室にまぎれこんでいるのか。誰だ、そいつは？」

「こいつだ！　おれは確かにこいつが、キャアとかヒィとか女のような叫び声をあげるのを聞いた」

「何だ、こいつか。こいつのことは、拙者も前々からいぶかしんでいたのだ。妙に生白い肌に細っこい体、しかも時に見せるなよなよしたしぐさ――おいこら女、観念して正体を現わせ！」

どうやら今の女声の悲鳴のせいで、その声の主と疑われた誰かが吊し上げにあっているらしい。なおも続く罵声と蛮声を押しのけるようにして、

「ち、違う！　今のは僕ではない。何かの聞き違いであろうし、まして僕が女人などとは、とんだ言いがかりだ」

ピシャリと反論したのは、むろん吊し上げの対象になった人物だろう。その涼やかな響きを帯びた声は、十分男のそれに聞こえはしたが、女性的と言えば言えた。

そのせいか、そして以前から似たようなことで目をつけられていたのか、

「うるさいっ、論より証拠、剝いてしまえ！」

「おう、それも一興。着物の下から出てくるのは、さて陰陽のどっちやら」

やれやれェ！　と囃《はや》し立てる声があって、またドタバタと騒ぎが起きた。ちせはなおも手鏡でなりゆきを見守っていたが、その中に一人の若侍の悲痛さと憤りに満ちた顔を見出したとたん、心を決めて、

「あのぅ」

と、すっとぼけた声もろとも床下から這い出すと、立ち上がりざまピョイと縁側に飛び乗って、

「そこなるウニャ村ウニャ之助は、確かにわが兄者人でございますが、何か粗相でもございましたか」

まさか今の今まで縁の下にひそんでいたとは知らない男たちは、いきなり目の前に現われた小娘にとまどい気味に、

「な、何だ貴様は」

と訝《いぶか》り半分、侮り半分の声を浴びせた。

「で、ございますから……」

眼鏡をはずしているから、男たちの顔がよく見えないのを幸い、堂々と、

「わたしはそこなる人物の妹でございまして、生まれてこのかた兄にはずっと男であったことを存じておるものでございます……何しろ兄でございますから」

そう言ってニッコリ笑ってやると、それに毒気を抜かれたのか男たちはにわかに静まった。ただ、追及の急先鋒に立っていた、いかにも荒くれた感じの侍だけは収まらずに、

「なに、兄じゃと」

「さようでございますが」

「ならば聞くが、貴様の兄は驚くと、キャア！　と女のような悲鳴をあげるのか」

けっこう自分も甲高い声をはりあげながら、訊いた。

「ああ、それならば」ちせはさらに微笑んだ。「あれは、私がこのあたりで講義の終わるのを待っておりましたところ、みなさまの間でにわかの大騒ぎ。何ごとかとのぞきこんだところへ、何とも薄気味の悪い〝蟲〟がこちらに飛んできまして、それで怖さのあまり叫んでしまったのでございます」

ちょうどそのとき、オオッという叫びとともに男たちが左右に飛びのいた。見ると、問題の〝蟲〟が畳の上を意外な速さで這いずっている。これ以上騒ぎに巻きこまれては、いつ踏みつぶされないとも限らず、とっとと逐電しようというのに違いなかった。

どうしたものか〝蟲〟はそのままちせのひざ元に近づいてくる。やむなく彼女は、

「きゃー」

と妙に平板な悲鳴をあげつつ、巧みにその胴中をつまんで庭の方に投げ捨てた。あまりにとっさの早業で、何が起きたかわからず目をパチつかせる男たちに向かって、

「とにかく、皆様のような英才勇士の殿方とは違って、この通り非力な女子でございますゆえ。ああ、怖かった」

その大うそに納得したのか、男たちは不思議そうに首をかしげながらも、それ以上は文句を言わなかった。

唯一、吊し上げを食らっていた若侍だけが例外だったが、今さら眼鏡をかけてその表情を確かめるわけにはいかない。だが、突然の「妹」の出現に困惑しているだろうことは想像がついた。と、そこへ、

「何ごとでございます、何ごとでございますか」

などと言いながら、アタフタと駆けつけたのは、さっき応対してくれたあの老僕だった。彼はちせを見るなり、

「あっ、あなたはさきほどの……どこへ行かれたかと心配しておりましたよ。それで、お身内にお会いになり、ぶじ届け物を渡すことはできましたかな。えーっと、そのお身内の名前というのは……」

「朝地喬之助！」

やっと男たちから解放された若侍が、すかさず言った。ちせは、とっさにその名前を耳から口に流して、

「そうそう、アサジ・キョーノスケ……兄上、一別以来ご無沙汰でございました！」

いいかげんな挨拶を、即製の「兄」に投げかけると、案の定聞きとがめられて、

「一別以来？　そんなに離れて暮らしておるのか、そなたら兄妹は」

という突っこみが入った。ちせは「いえ、あの」と口ごもったが、

「朝餉《あさげ》以来のご無沙汰で……あぁそうそう、くれぐれも大事のお勉強に忘れ物などせぬよう、お気を

つけあそばせとの母上からの言伝てでございました」

言いながら、携えてきた風呂敷包みを渡した。むろん、そこに若侍の忘れ物などは入っていなかったのだが。

「あ、ああ、ご苦労であった……そ、そのぅ、妹よ」

若侍もまた、しかつめらしくそれを受け取った。老僕はいかにも好人物らしく、

「ああ、ぶじに手渡せて、ようございました、ようございましたな」

とニコニコしていた。彼の登場が助け舟となって、一場の茶番に真実味が増したのには感謝のほかなかった。

それでようやく騒ぎが収まったが、その間、あの時代遅れの兵学を講じていた先生は何をしていたのかと見回すと、白髪頭の、平々凡々としかいいようのない風貌の初老の人物が一番上座にへたりこんでいた。

(これが、鎧兜に金の采配の先生か。なるほど確かに、あまり最新の学問、とりわけ蘭学には縁のなさそうな……)

さきほどの触れこみとは大いに違って、経験皆無のものたちを精鋭部隊に仕立てるどころか、わが生徒が騒ぎを起こしたのさえ抑えられずに腰を抜かしていたようだった。

だが、ちせは気づいていなかった。この一見冴えない学者が秘めた恐るべき計画を。そして、どう考えても妄想じみたそれが、現実に惨禍をもたらそうとしていることを。

2

それから一刻ほどあと、湯島天満宮男坂下にあるこの道場から、続々と生徒が出てきた。その人波も途切れかけたとき、ひときわほっそりした人影が、そっと門をくぐった。ととのった顔立ちをむしろ恥じるように袖で隠し、足早に立ち去ろうとしたとき、

「兄上様」

と声がかかった。

人影がビクリとしてふりかえると、夕暮れの茜色の光を背に受け、町娘というにしても武家娘にしても、いささか風変わりないでたちの少女がたたずんでいた。

兄上様と呼ばれたのは、さきほどの騒動で女ではないかと追及を受けた若侍。なるほど、そう疑われてもしかたがなかったが、でもあのときの誰よりも凜々しく、瞳は知性に輝き、背筋も伸び動作もキビキビとして、むしろ理想の男性像といってよかった。

「やあ、さきほどはどうも……思いがけぬ助け舟、まことにかたじけなかった」

〝兄上様〟は口調こそやや硬かったものの、にっこりと笑みを返した。そのあと、さっき受け取ったばかりの風呂敷包みを返しながら、

「これは本来僕のものでも何でもないのだから、お返しせねばね。えっと、そのぅ……わが妹の名を知らぬというのもおかしな話だが、何と申されましたっけ」

「ちせです」

待っていた少女は答えた。それから少し遠慮がちに、

「わたしの方からは、やはり朝地喬之助さんとお呼びすればよいのでしょうか。それとも、名曽屋鴇之丞さん一座でお見かけしたときの——あいにく、そのときはお名前をうかがわなかったのですが」

ちせは、あらためてあのときの記憶をよみがえらせていた。もうまちがいなかった。

あの宝探しのときに出会った女芝居の一座、そして洞窟で反・信正侯派の藩士たちに襲われたときに救ってくれた一団の中に、確かにこの人はいた。一番目立って、荒々しい武者ぶりの人よりは一歩引いていたが、あのときもこんな風に凛とした男姿だった。

「浅茅、でけっこうです。名字ではなく、こちらが本来の、女としての名前なのですが」

若侍があっさりと答えたのに、ちせはかえってうろたえてしまって、

「よ、よろしいのですか。そんな大事なことを明かしてしまって……」

「それはもう、あの男たちに詰め寄られた窮地を救っていただいたのですから」

浅茅の答えに、ちせは少し赤くなりながら、

「い、いいえ、あのとき命を救っていただいたのに比べれば、今日のことなど、ほんのささいなことで……そ、それに、あの騒ぎが起きたのはわたしのせいなんですから」

事情を説明すると、浅茅はさすがに驚いたようすを見せたが、やがて苦笑いとともに、

「おや、そんなことが……でもまぁ、薬品会のときはあなたの方がオランウータン騒ぎに巻きこまれて、ひどい目にあったのですから、おあいこですね」

「え、それでは……」

ちせはハッと胸のあたりを押えて、

「あのとき、わたしの前に立っておられ、そのあとの追っかけっこでもお見かけしたのは、やはり浅茅さんだったのですね。それがまた、どうしてこちらの兵学講義などに？」

「それは、僕からの問いかけでもありますよ」浅茅は答えた。「なぜ、あなたがあのときあんなところにいたのか……よりにもよって、今や江戸でもいろんな意味で評判のこの加学塾などに？」

「いいえ、わたしは単に、いま評判の学者による兵学講義が特別に開かれるというので来たまでで……

そんなにここは特別な場所なんですか。わたしには、とんだ期待外れでしかありませんでしたが」

ちせが訊くと、浅茅は「いや、まぁ」と微笑して、

「さすがにそれ以上のことは、ここで立ち話というわけにもいきませんね。ちせさんは、今はどちらに逗留しているんですか。麻布市兵衛町の九戸藩江戸屋敷？　ああ、それなら同じ方角だ。では、歩きながら話すとしましょうか」

はい、とちせは答え、風変わりな二人連れは、おもむろに歩き出した。その背後にあって、しだいに彼女らから遠ざかりゆく門には次のような額が掲げられていた。

「気吹舎《いぶきのや》」――江戸で一番の国学塾である。その主は、かの平田篤胤《ひらたあつたね》。
その名にふさわしく江戸の、いや日本中の神秘と不思議を取り集め、宇宙の創成から世界の成り立ちまでを説き明かし、ここに通えばそれらについて学べるとともに、この国に生まれた幸せを知り、悩みは全て吹き飛び、天地間のことはすべて理解できた気になって、みなみな澄み切った目になる――
――ともっぱらの評判。
だがちせと浅茅、この二人の少女は、一刻も早くそこから離れたいかのように小走りになり、手を取り合いながら、黄昏どきの道を駆けてゆくのだった。

3

（ああ、楽しかった……次またいつ会えるかな）

ちせは、しばらくぶりにうきうきとした気分だった。ついさっき別れたばかりの浅茅のことが、もう懐かしく思い出されてならなかった。

ともに歩いた時間は短くはなかったが、だからといって語りつくせるものではなかった。何より問いたい、質さねばならないことが山のようにあった。

たとえば……浅茅はなぜあの時代遅れで奇妙な兵学講義に参加していたのか。それと、医学館薬品会にいたこととかかわりがあるのか。だとしたら、あのときのオランウータン騒動はいったい何だったのか――？

それらの疑問に対する浅茅の答えは明確であり、そして曖昧なものであった。

この二つは結びついていて、浅茅が両方の場所に居合わせたことには意味も理由もあった。ただ、背後の細かな事情については話してくれなかった。

それは、ちせのことを信頼していないというよりは、自分たちの問題に彼女を巻き込みたくないからのようであった。そのことは、察しないわけにはいかなかった。

それでも答えられることには答えてくれたし、浅茅自身わからないことはあるようで、

「気吹舎《あそこ》の主宰は、平田篤胤という人でしょう。何でも、国学の祖である本居宣長から夢の中で入門を許されたとか。とうに亡くなった人の弟子になったなんてと笑ってしまったけど……いったい、どんな人なんですか」

というちせの問いには、浅茅は困惑気味に、

「さあ、それが……実は、僕も一度も見たことがないんだ。あそこに通いだす少し前から、塾内の一隅にある建物にこもりっきりとかで……前はもっと気さくに動き回っていたそうだが」

「へぇ……」

ちせは、本当は女とわかっていても、浅茅の横顔につい見とれてしまいながら答えた。そんな彼女の美貌は終始冷静そのものであったが、何度かそれが笑みにくずれることがあった。たとえば、ちせが、

「あのオランウータン、もしかして中に人が入っていたのじゃありません？　だとしたらそれはいったい誰ですか」

と訊いたときには、答えてくれないまでも噴き出してしまったし、

「ひょっとして、あのときのみなさんもこの江戸に来ておられるのではありませんか？」

そうたずねたときには、はっきりと、しかもうれしそうに、

「ええ、来ていますよ」

と答えてくれたのだった。それだけでも、話したかいがあるというものだった。

江戸に出てきて何度となく壁に突き当たり、だからといってめげはしなかったけど、何くそと気を張ってばかりだった。気の合う同性、同年配の友達もまわりにはいなかったから、他愛もないことで朗らかに笑い合うこともなかった。

もっとも、故郷にいたときも〝娘先生〟と呼ばれ、〝近目のちせちゃん〟とあだ名されて、どこか変わり者あつかいされていた。友達はたくさんいても、学問に限らず何かに夢中になること自体が異端視されていたから、どこかで本音を隠していた。

だけど、あのとき出会い、今日その一人と再会したあの娘《こ》たちとは、知り合って間もないのに心が

通じ合うような気がした。目指していること、好きなことはたぶん別々なのに、同じところでがんばったり悩んだりしているような気がしてならなかった。

浅茅の男装のわけは聞いていた。家の都合でやむを得ないことだったにしても、進んで男として生き、その必要がなくなってもも女姿にはもどらなかった。それにもわけがあるのだろうが、きっとそれはちせの学問への思いにも似てやむにやまれず、説明のしにくいものなのだろう。

（それよりも、うれしいことは）ちせは考えずにはいられなかった。（ほかの人たち……野風さんや、あとは名前も知らないし、顔をよく見せてくれない人もいたけれど、彼女たちもこの江戸に来ているのだったら……きっと近いうちに会えるよね！）

そう心につぶやき、思わず笑みをこぼれさせたときだった。

もうすっかりと暗くなった道のほんの数歩先に、ふいに飛び出してきた二つの人影があった。ハッとして立ちすくみ、それまでの楽しい気持ちがたちまち凍てついたときには、薄闇の中にも悪意と嘲笑をはっきり表わした顔が彼女を見下ろしていた。

ヘッヘッへ、ヒッヒッヒ……と、いやらしい笑い声が二つ重なって聞こえた。続いて、

「これはさっきの娘さん、とんだところで会うものだねぇ」

「まぁ、見え隠れにあとをついていったのだから、会えて当たり前だがな」

二十歳代と三十路前後、身なりは悪くなくても、その物腰から口調から破落戸《ごろつき》、チンピラのたぐいとしか思えない二人組が近づいてきた。

（ということは、こいつらはあそこの塾の？）

憎々しい言いぐさに反発しつつもそう考え、こんな下品な男たちがあの講義に出ていたかといぶかった。だが、ふいに気づいた。

（あ……あのとき医学館に、あのものものしい石の塊――実はただのハリボテを持ちこんだ二人組だ！）

持ちこんだといっても、運ぶのは他人任せで、口上の練習をしたり、それをまぜっ返したりしていただけ。どうやら彼らも、あのときちせの顔を見覚えたらしい。

「それにしても妙な話もあったもんだなぁ、勝公」

「何ですい、寅兄貴」

二人組の年かさの方の呼びかけに、もう一人が掛け合いのように応じた。

「だって、この娘さん、うちの塾生の妹だと名乗ってたんだぜ。それがおめぇ、仲良くいっしょに帰っていったまではよかったが、途中でさよならして右と左に泣き別れとは面妖きわまるじゃねぇか」

しまった、とちせは後悔のほぞをかんだ。まさかそんなところを見られているとは思わなかったものだから、とある分かれ道で、

――それじゃあ、僕はここで。

と浅茅が言ったのに、それ以上詮索してはいけない気がして、彼女の住まいもたずねずに別れてしまった。こちらの居場所は伝えておいたのだし、会う折があればまた連絡してくるだろうと考えた。

だが、そんな無防備なことではいけなかったのだ。

（おそらく、こいつらはあの兵学塾にやってきたわたしを見、そのあとであの『わたしはそこなる人物の妹』の一幕について聞いたのだ。なのに、うかつにも……）

そんなちせの思いを見すかしたように、勝公と呼ばれた年下の方は、わざとらしく驚いてみせながら、

「おお、そりゃ確かに妙てけれんだ。兄と妹が別の屋根の下で暮らしているとは……こりゃぜひ事情

を聴いてみねばなりますまいなぁ」

「例のステーン何とかも壊したあげく、騒ぎにまぎれてなくしてしまい、『夢殿』の扉越しに大先生のお叱りを受けてムシャクシャしていたところ……そんなら勝公」

「あいよ寅兄貴」

「さぁてキリキリ」

「白状してもらおうか！」

下手くそな芝居がかりで言いながら、いきなり飛びかかってきた。

ちせは腰に手をやり、手につかみ取ったものを二人めがけて投げつけた。とたんに、

「うわっ、な、何だ⁉」

「め、目が……それに何だこりゃガハゲへゴホゴホ！」

黄色い煙の向こうに、悲鳴もろとも激しく咳きこむ声が聞こえてきた。

持ち歩けば何かの人助けにもなろうか、と薬籠に入れてきた散薬を目つぶしがわりに用いたのだが、こんなくだらない奴らのために無駄づかいしたのがくやしかった。そして、貴重な薬の割に、大して役にも立ちはしなかった。

煙はすぐに晴れ、二人組の咳も収まった。はかない抵抗を試みた分だけ、彼らの怒りと悪意は高まったようで、

「……やるぞ」

「……ああ」

おちゃらけた掛け合いは抜きに、欲望と暴力性をむき出しにしながら、こちらににじり寄ってきた。そのクワッと曲がった指先が蛇の鎌首のように思われ、それらがいっせいに彼女の肌に食いつこうと

した——そのとき。

ヤーッ！　と掛け声というのか気合というのか、耳をつんざく雄叫びが鳴り響いたかと思うと、何かが彼女と二人組の間に割って入った。それがめまぐるしく身をひるがえし、腕をふるったと思ったとき、寅兄貴と勝公は紙屑か木っ端のように宙を舞い、土煙をたてて地面に転がっていた。

ちせは一瞬何があったかわからず、したたかに腰や背中をぶつけたらしく、アタタタイテテとのたうつ二人を見つめ、次いで自分の間近に視線を転じた。

——そこには、彼女を救ってくれたところの何かが立っていた。

それは、どうかすると七十近いかと思われる男性——頭はすっかり白髪となり、浅黒い顔には深くしわが刻まれて、どこからどうみても老人だ。だが、その体軀はたくましく、ピンと張った皮膚はみずみずしくさえあった。

何より、その濁りなくキラキラした目は若者のそれといってもよかった。その下の鼻をちょいとこすり、白い歯をニッとのぞかせると、老人らしからぬ老人は言った——。

「危ないところでしたな、お娘御。だが、ぐずぐずしてはいられない。あやつらが足腰立つようになる前に、ここは三十六計逃げるに如かず！」

そしていきなり、ちせの手を取るや、これまた老人らしからぬ韋駄天ぶりでダッと駆け出したのだった。

「こら待て、ジジイ……」

「お、覚えていやがれェ」

悲鳴まじりの、そんなへらず口を背後に聞きながら。

4

「さあ、ここまで来れば、だいじょうぶでしょう。あとで市兵衛町のお屋敷まで送りますが、あいつらとまた鉢合わせしてもつまらないから、もうしばらくはここでゆっくりされるがよかろう」

老人に言われて、ちせは湯飲みを手にしたまま、こっくりとうなずいた。その温かい感触が、安堵となって心にしみるようだった。

だからといって不安が去ったわけではなく、突然助けに現われた老人をそのまま信じ、その言葉のまま彼の自宅と称する場所に案内されたのは、相変わらずの無防備さであり迂闊さだったかもしれない。

だが、そのときのちせにはそうするしかなかったのも確かだった。

寅兄貴と勝公の二人組は何とか立ち上がることはできたらしく、そのあとも「どこだ、どこへ行きやがった」との罵声が続いていた。

その後、どうやら撒くことはできたものの、麻布のうちとはいえ不案内なここからちせ一人で寄留先の江戸屋敷まで帰る自信はなかった。

それと察して、老人は白い鬢節に手をやりながら、

「これはいけませんな、存外にしつっこい奴らだ。とりあえずわが家においでなさるか」

ほどなくたどり着いたのは、笄橋《こうがいばし》あたり。富士見坂下を流れる笄川に架かる橋で、切絵図に「小役人」の文字が散見するように、下級役人の組屋敷が並ぶ一帯である。

ちせが招じ入れられたのは、その中でもひときわつつましやかな一軒。周囲の家並みに埋もれそうなそこを他と区別するものは、門前のささやかな看板だけだった。

——揚心流片山《かたやま》道場

板こそお粗末だが、雄渾でくっきりとした手跡でそう記されていた。入り際に見たそれをふと思い出したちせは、

（ここは……町道場？　そして、片山とはこの方の名字かしら）

と首をかしげた。ちょうどそのとき、敷地内からさっき老人が発したのと似た、

「ヤーッ、ターッ、エイッ、トリャーッ！」

という声が聞こえてきたからだった。

その荒々しい気迫とは不似合いな、高く美しい響きに、

（あれは子供——？　いや、女の人の声だ！）

ちせは驚きとともに、強い好奇心を覚えずにはいられなかった。すると、老人はにっこりと微笑んで、

「ご覧になりますかな」

と立ち上がった。

老人について入っていった先は、やや広い板の間になっており、声の主はそこに面した裏庭にいた。稽古着をまとった若い女人で、一瞬の休みもなく腕を振るい足を踏み出し、体を旋回屈伸させている。その一挙手一投足のたび、風切り音が聞こえてきた。

（あ……）

その汗に輝く顔と、生き物のようにしなう後ろ髪を見たとたん、ちせは思わず心につぶやいた。次いで、あわてて取り出した眼鏡を鼻の上にのせた瞬間、こう叫んでいた——。

「あなたは……野風さん！」

その刹那、相手の動きがピタリとやんだ。真剣そのものの、むしろ険しいといっていい表情が、満面の笑みにとってかわられた。もうまちがいない、洞窟で白刃を突きつけられたあのとき救ってくれた中で、先頭に立って一番大暴れした女武者のあの人だ。

先方は先方で、ちせのことを覚えてくれていたようで、

「あんたは、南武九戸、あの田平ノ庄の宝探し騒動のときの……」

うれしそうに言ったあと、あわてて老人の方を見やると、

「松斎《しょうさい》先生、どうして彼女がここに？」

とたずねた。それに答えて、

「おう、そなたとは知り合いであったか。これは縁は異なもの、じゃなあ」

片山松斎——またの名円然《えんぜん》、本名は国俍《くになが》。三河以来の旗本にして天文家、鋭い批評眼を持つ著述家——ただし歴史的には長らく無名のまま忘れられた——は、驚きと喜びをないまぜにしながら破顔一笑したのだった。

「わしは元来、芝新堀に生まれ育ち、十九で小十人組だった父の跡を継いだものの、小普請入りとなってなすこともなく、鬱々とする中で始めたうちの一つが柔術だった。早々に息子に家督を譲ったあと知り合ったのが、同じ芝の新銭座《しんせんざ》におられた画家で蘭学者の司馬江漢《しばこうかん》先生で……われわれの住むこの世界は太陽の周りを巡る惑星の一つで、大宇宙の中ではほんのちっぽけな存在であるという『地転の説』にすっかり魅せられてね。四十の手習いで、オランダ天文学の勉強を開始したようなことなのです……」

片山家のとある一間。稽古を終えた野風を加えての茶菓のひとときに、片山松斎はしみじみとそん

なことを話すのだった。

それまで『続日本王代一覧』のような歴史書や仏教神道の研究書、治乱興廃・天変地妖の年代記などを著していたのが、『天学略名目』『地転窮理論』といった研究書を矢継ぎ早に執筆し、月見ならぬ地球《ちきゅう》見を楽しむ月世界人や、天空を横切る巨大な環と五つの月をながめる土星人を夢想し始めたのだから、まさに人生の刻白爾《コッペル》（コペルニクス）的転回であった。

「その後、わしは今のこの地に移ったが、江漢先生との交友は続いた。あまりにやりたいことが多くすることが定まらず、無類の毒舌家であるばかりか歯に衣着せずご政道を批判することから学者連にも嫌われて、弟子どころか友人もわしぐらいではなかったか。その江漢先生も文政元年に亡くなり、独り読書や著述に日を暮らすうち、また鬱々となりかけたのを防ぐべく再開したのが柔術であり、この道場を開いたわけなのですよ」

「そうだったのですか」

ちせは感に堪えたように言った。たとえ一時でも、この人を疑ったことが申し訳なく感じられた。

彼女はもりもりと菓子をつかんでは口に運ぶ野風を横目にしながら、

「それにしても、柔《やわら》の道に女弟子というのは異例だったのではありませんか」

そう訊くと、松斎は白い鬢節に手をやって、

「そう、話があったときには驚きましたな。噂には聞いていたものの、現に『別式』に会ったのは、野風殿が初めてで……。幸い、わが妻も武道にはいささか心得があるので、稽古をつける手伝いをさせましたが」

「その『話』というのは――？」

ちせはなおも訊いた。野風とこんな場所で再会したのも不思議だが、彼女がここに柔術の師匠を見

出した理由も知りたかった。

すると松斎にかわり、野風が菓子をほおばりながら口をはさんで、

「それはご門跡様の紹介で……あ、ご門跡様のことは、ちせちゃんにまだ話してなかったっけ？　とにかく、そういうことでしたよね、お師匠？」

いつのまにかちゃんづけになっていたのも照れ臭かったが、突然飛び出した謎めく名前は、ちせを困惑させるに十分だった。

「ああ、そうだった。そもそも、わしとご門跡様のご縁は……」

水を向けられた松斎が何やら立ち入った話を始め、ちせが耳をそばだてたときだった。

「ちせさん！」

突然この場に、一陣の竜巻さながら駆けこんできた人影があった。

その勢いと、その竜巻が自分の名を呼んだことにちせは仰天し、野風はとうとう菓子をのどに詰まらせてしまった。

「あのあと、あなたにちゃんと伝えていないことばかりなのが気になって取って返したら、何だか騒ぎが起きていて……野次馬の話では、あなたらしい娘が二人組に襲われたところ、どこかのご老体が素手の投げ技であざやかにやっつけて逃げていったというじゃありませんか。それで、これはきっと片山先生のことだと思って来てみたんです。でも、よかった……無事で！」

言うまでもなく、それはあの男装の武士——朝地喬之助こと浅茅だった。

「おやおや、あなたは前にもここへ野風殿とともにおいでた方……これはどうも近ごろ稀なる千客万来だが、さて弱ったことに茶はともかく、菓子の買い置きがあったかな」

一人だけ落ち着き払った片山松斎が、本気で心配そうに言ったのに、

そも、その正体は何なのか。

そのあと、あの二人組の話になった。彼らは何のために長々とちせと浅茅をつけてきたのか。そも
その必要はないと告げる三人だったが、実際に供される分には拒む理由はなかった。

「僕もお茶さえいただければ……何しろここまで全力で走ってきたものですから」

「あたしはもうこれで十分で――ムググッ」

「いえいえ、そんな！」

やはりあの塾の者かと浅茅に訊いてみたが、彼女は彼らを見ていないのだから答えようがなく、だが、ちせが薬品会に来ていたのと同一人物だったことを告げると、「あ」と思い当たった顔になり、

「僕もあそこに通い出して間なしだから、よくは知らないのだが、確か年上の方は寅吉《とらきち》、年下の方は勝五郎《かつごろう》といったような……二人とも、あの国学塾の食客というのか、あそこの大先生のお気に入りで、ずいぶん傍若無人にふるまっても誰も止めるものがない、という愚痴や陰口を聞いたことがある」

「食客……そんな上品なものたちには思えませんでしたが、いったい何者なんでしょう」

ちせが首をかしげたとき、松斎がいきなりえらい勢いで膝をたたいて、

「そうか……思い出したぞ。老いの目にも、どうも見覚えがあると思うたら、あれは天狗小僧寅吉であった！　好事家の山崎美成《やまざきよししげ》殿の宅で見かけたときには、まだ十五かそこらであったが……あんなことでチヤホヤされては、いずれ道を誤るのではと危ぶんでいたが、なるほど案の定、ならず者になりおったか！」

一人で納得しているようすに、ちせたちは小首をかしげて、

「天狗小僧……」

「寅吉？」

「といったら、あの幼いときに天狗にさらわれて仙界を見てきたという――あの⁉」

――天狗小僧、仙童寅吉などと呼ばれることになる少年が江戸に現われたのは、文政三年（一八二〇）のこと。いやまぁその十四年前、文化三年寅年の丑の月（惜しい！）寅の日寅の刻に下谷七軒町の煙草商・越中屋与惣次郎の二男として生まれて以来、ずっとこの地にいたのだが、この寅吉、幼いときから未来を予言する力があったところ、七つのとき上野寛永寺黒門前の五条天神の参道で、何でも出し入れできて空さえ飛べる壺を携えた老人と知り合い、常陸国の山中にある天狗たちの「仙境」にいざなわれた。

以来、そこと江戸を往来しつつ修業を積み、神仙界や幽冥界、異国にまで旅し、そこでの体験や不思議な事物についてこと細かに語ったのが評判になった。最初は生薬屋で町人学者の山崎美成のもとにいたが、噂を聞いた国学者・平田篤胤が拉致同然に連れていって克明に話を聞いた結果を『仙境異聞』にまとめた。

とにかく寅吉の話には多くの人々が夢中になった。誰もが本気で異界や天狗の存在を信じ、近ごろ近海を騒がす外国船を打ち払うには日本を護る神々を祀ればいい――などと、学ある人々までもが言いだすありさまだった。

「何でも、この寅吉の話では」

片山松斎は何とも情けなさそうな、ほろ苦い表情で言うのだった。

「天狗の国にも、『仙炮』とかいって現世の風炮、すなわち空気銃とほぼ同じものがあり、その仕掛けの説明が真に迫っているので、鉄砲鍛冶の名工・国友一貫斎能当が『この子は本物だ』と保証したとか、オランダ渡りのオルゴオルのような不思議な楽を奏でる箱があると聞いて、さすがは天狗とびっくりしたとか、聞くだに頭を抱えることばかりだった。なぜ、寅吉があらかじめ風炮やオルゴオルを知っていて、異界でそれらを見たように語ったと誰一人考えなかったのか。自分を訪ねてくる学者の名前がわかっていれば、それに合わせて下調べをしておくとは疑わなかったのか……何と無邪気というか、だまされやすい人たちかとため息が出るばかりであったよ」

「その天狗小僧、仙童と呼ばれた子供のなれの果てが、あの……？」

ちせは息をのむと、訊いた。松斎は「そういうことになるな」とうなずいて、

「最初は子供らしい嘘だったのかもしれない。いや、幼きころにはありがちの幻視を本当と思いこんで語ったことが愚かな大人にもてはやされ、そのおかげで思いもよらずいい目にもあって、嘘に嘘を重ねることになったとしたら——？」

この問いかけには、ちせたちも暗然とならざるを得なかった。松斎はさらに続けて、

「となると、もう一人のならず者の正体も明らかというものだ。人呼んで中野村の〝ほどくぼ小僧〟またの名再生勝五郎……これまた子供をダシに身勝手な夢を見たい大人に振り回されたものの末路といえようか。はてさて、いくらこの国を神の国に仕立てたいとはいえ、あの国学の大先生もつくづく罪つくりを重ねたものだ！」

5

もうしばらく歓談のときを過ごしたあと、ちせは片山松斎の自宅兼道場をあとにした。

寄留先の江戸屋敷までは野風と浅茅がついてきてくれることになり、これならば安心というものだったし、積もる話の続きをするのにも好都合だった。何しろ、ちせには彼女たちから聞きたいことがまだまだ山とあった。

だが、それにも増して、自分に襲いかかってきた寅兄貴こと天狗小僧寅吉と、勝公こと再生勝五郎の前歴が心を去らなかった。

松斎先生が言ったように、決して嘘つきではなく、ただ夢見がちなだけだった二人の少年。彼らの人生をあそこまでねじ曲げたものたちは、たとえ学者先生ともてはやされていても、ならず者の彼らより罪深くあさましいと思えてならなかった。

――たとえば、再生勝五郎の場合はこうだった。

文政五年（一八二二）のある日、武蔵国多摩郡中野村の農民小谷田《こやた》源蔵《げんぞう》のせがれ勝五郎が、姉ふさにおかしなことを訊いた。「あねさんはどこからこの家へ生まれてきた」というのだ。ふさが知らないと答えると、「そんならお前は生まれぬ先のことは知らぬか」と不思議がる。

ふさに、お前は知っているのかと訊かれ、勝五郎は「知っているのさ。おらあ、あの程久保《ほどくぼ》の久兵衛さんの子で藤蔵といったよ」と告白した。当初は姉弟だけの秘密だったはずが、両親や祖母の耳に入ってしまった。

彼らが問いただした結果わかったのは、勝五郎は同じ多摩郡の程久保村に須崎久兵衛の子として生まれ、六歳のとき疱瘡にかかって死んだあと、今の両親のもとに生まれ変わったということだった。彼の記憶は行ったこともない村での出来事や風景と一致し、大騒ぎとなった。その評判は江戸にまで知れわたり……そんな彼に注目し、呼び寄せたのが、これまた気吹舎の平田篤胤だったのである。

彼の話をまとめた『勝五郎再生記聞』は『仙境異聞』と並ぶ評判となり、死後の再生を望む人々に熱狂的に迎え入れられた。それは、人間は死ねば無になるという儒教思想の否定であり、かといって仏教的な輪廻転生論の肯定でもなく、産土神《うぶすながみ》の導きによる神道的・国学的転生観を主張するための格好の例として、勝五郎は利用されたのである。

（そして、二人の少年は今の彼らになった……何て恐ろしいことをする人たちだろう。あそこは何て恐ろしい場所だったんだろう）

ちせはゾッとしないではいられなかった。と同時に、次々と疑問が頭をもたげた。

（でも……何でまた、そんなところで、あんな兵学講義が行なわれていたのかしら。そして何でまた、浅茅さんはそんなところに受講生として通っていたんだろう。それと、医学館薬品会での騒ぎは、そのことと何か関係があるのだろうか？）

考えても考えても、わからないことだらけだった。ただ、一つだけはっきりわかっていることがあった。

「ね、野風さん、浅茅さん。一つ聞いてほしいことがあるの。そして、それが正しいかどうかの答えを聞かせてほしいことがね」

ちせは二人に問いかけた。「え？」「何」とけげんそうに見返した彼女らに、

「あのオランウータンはただの剝製で、でもその中にはあのとき、生きた人間が入っていたんじゃない？　いわば着ぐるみ衣装……しかも、それを身にまとっていたはあなたたちのお仲間であるだけでなく、このわたしを知っている人であり、つまりあのとき名曽屋鴇之丞一座を名乗ってやってきたうちの一人だったはずだけど……違います？」

いきなり斬りこんだちせに、野風と浅茅は顔を見合わせると、

「それって、いったい――」

「どういうことなのかな」

「簡単なことよ」

ちせはすぐに切り返した。眼鏡をひょいとつまみ取ると、

「あのときオランウータンさんが——さんづけも変ですけど、何となく親しみを感じるので——わたしのこれを奪い取るいたずらをやってのけたのは、遠く九戸にいるはずのわたしが、いきなり目の前に現われた偶然を面白がった結果。再会のあいさつとしては手荒だったけど、わたしが追っかけっこに加わったおかげで、あなたたちの目的だった大騒ぎと混乱をいっそう大きくする役には立ったし、再びご縁をつなぐきっかけにもなった。

では、あのときのオランウータンさん大暴れは何のためだったかというと、ちょうどあのとき、あの二人が医学館まで運んできたハリボテを破壊するのが目的……もっともあんなことになったのはたまたまで、本当はあれが展示されることを阻止するのが、あなたたちの計画だったのじゃない？」

「おみごと、ちせちゃん、あんたやっぱり頭いいんだね」

あっさりと認めてしまった野風を、浅茅が「ちょっと……」とたしなめる。

「でも」ちせは続けた。「ちょっとだけ手違いがあったせいで、オランウータンさんは大変だったかもしれない。というのは、おそらくは薬品会の開会に間に合わせるはずだったハリボテの製作が遅れるかして、お昼もだいぶ回ってやっと到着した。そのせいで、オランウータンさんは着ぐるみのまま待ちぼうけ。そこへ浅茅さん、あなたが見物客を装って近づき、一行と荷物の到着を告げる。それが、わたしとわたしの眼鏡を巻きこんでの大騒ぎの始まりだった……。

本当は騒ぎに乗じてハリボテを奪い取るつもりだったのかもしれないけど、あっけなく壊れて、ただのまがいものに過ぎない正体をさらしてくれたので、その必要はなくなった。で、わざとわたしに追いつかせて眼鏡を返してくれた……まではいいけど、塀を乗り越えて飛びこんだのが、よりによって餌鳥屋敷。数千数万の小鳥が飛び交う騒ぎにまぎれて皮を脱ぎ、たたんで丸めたそれを抱えてどこかへ逃げ去ったというわけです」

そのあと、急に「あっと、いけない」と言い忘れに気づいたかのように、「その前に、ちょっとした一幕がありましたっけね。――餌鳥屋敷の門のあたりで、脱ぎかけた着ぐるみに腕だけ残して、自分で自分の体をつかみ、たまたま居合わせた女の人が襲われているかのように装った。毛むくじゃらの人獣がいきなり消え失せて、あとに人間の女が残されていたら、あまりに不自然だから。もっとも、本当はそちらの方がよほど不自然で、だってオランウータンは『怒気ナク又奸黠ナラズ』、まして人を襲ったりは決してしないものだから」

「なるほど、ね。そして、ちせさんの推理《よみとき》は正しい、何から何までね」

浅茅がうなずきながら言った。ちせは照れ臭そうに、

「でも、かんじんのことが一つだけわからないんです。オランウータンさんの中身というか、あんなむさくるしい着ぐるみにずっと隠れてるような役目を引き受け、そのあと医学館じゅうを駆け回るようなことをしたのは、いったい誰なのか……あのとき餌鳥屋敷で見たのは、浅茅さんでも野風さんでもなかったし」

「ああ、それなら」

野風はとたんに噴き出しかけながら言った。さもおかしそうに、

「いや、あたしたちは止めたんだけどね。ご当人がどうしてもやるって聞かなくって……とにかく型破りというか風変わりというか、あたしでさえ手に負えないことが多々あってさ。あたしはあのとき、着ぐるみの回収と万一の場合に備えて医学館の外で待機してたんだけど、まさかあんなことになるだなんて、さすがはあの方だと……」

「野風、今日はそのぐらいにしておいて」

浅茅があわてて止めた。どうやらオランウータンさんの正体についてはsluier van geheimhouding《スライヤー・ファン・ヒェヘイムハウディング》

（秘密のヴェール）に包んでおいた方がいいらしかった。

それからしばらくは、当たり障りのない話をしながら歩いた。

もとより訊きたいことは、まだまだ山のようにあった。ちせがさきほど抱いた、浅茅の兵学塾潜入や薬品会での作戦についての疑問は、ほとんど解消されていなかった。

だが、それらを問いただすより、ちせは彼女らに言いたいことがあった。聞いてもらわなければならないことがあった。

「あの……本当にごめんなさい」

いきなり小走りに野風と浅茅の前に出たかと思うと、ちせはペコリと頭を下げた。

何であやまるの？　と、けげんそうな顔で立ち止まった二人に、

「まずは、あの兵学講義の〝蟲〟騒ぎのときのことを、おわびさせてください」

とたんに浅茅は「え？」と、ますますいぶかしげな顔になりながら、

「だって、あのとき僕の窮地を救ってくれたのは、ちせさんじゃなかったですか」

「それはそうですけど、でも」ちせは首を振った。「そもそも、わたしが床下にもぐりこんで、何気なくあの〝蟲〟を放り投げなかったら、あんなことにはならなかったはずだし、そこへわたしが妹だなんて名乗って出たせいで、その場は収まったかわりに、あの二人組に難癖をつけられる理由を作ってしまった。あいつらは松斎先生が撃退してくださったけど、浅茅さんがこのまま潜入を続けるつもりなら難しいでしょう。今夜のうちには、あの二人から通報が行くでしょうから……。全部、わたしのせいです」

「まぁ、それは確かに……」

と浅茅が答えたそばから、野風が腕組みしながら、

「なるほど、確かにそれはまずいことになったねぇ」

とあけすけに言ったものだから、浅茅は「これっ」とこの野生児をたしなめて、

「でも、それは今さらどうしようもないことじゃないか。それに、あの騒ぎは一つのきっかけで、もとから僕の潜入は限界が来ていた。だから、もういいんだよ。正直なところを言えば、あの日の講義にしても、どういう意味があるのか、何がしたいのかさっぱりつかみかねるありさまでね。――ちせさんは、どう思った?」

急に問いかけられて、ちせは一瞬とまどったが、すぐに率直な考えをもとに、

「そうですね……最初は、とにかく何て時代遅れで、珍奇な内容かと思いました。あまりにも時勢からズレていて、これでは何の役にも立ちそうにない……と思ったし、今もその感想は変わらないんですが、でも――」

「でも?」

「今、あらためて考えてみて妙なことに気づきました。どこが時勢からズレていて、役に立たないかというと……それは、近ごろの兵学に求められているのが、もっぱら海防だからです。日本近海に出没する異国船にどう対処し、場合によっては撃退するか、万一攻撃を受けたときには、どう防戦したらいいか。誰もが兵学を通じてそのことを考え、学ぼうとしているのに、ほぼ陸戦の話ばかりしているあの講義はその逆を行っていました。そう、何といったらいいのか……他国に攻めこむ計画を練り、そのための準備を説いているとしか思えないんです」

一瞬の間のあと、野風が「へ?」と目を丸くして、

「他国に攻めこむって……まさか海の向こうの異国のことかい?」

「たぶん……もう日本国内に攻めこむ場所はないでしょうから」ちせは答えた。「もちろん、あのと

き述べられたような軍勢や兵法では何の役にも立たないし、最新の大砲や軍船、それに兵制を持つ異国の相手ではないでしょう。でも、今わかりました。にもかかわらず、あのとき講じられていたのは海外を侵掠《しんりゃく》するための戦のやり方だと」

やや しばらくして、浅茅が口を開いた。

「なるほどね……言われてみれば、そうかもしれない」

独語するように言ったあと、野風に向かって、

「ずっと考えていたんだが、今はっきりと腹が決まったよ。どうだろう、この子を姫様に引き合わせてみちゃ。そして、もちろんご門跡様にも」

「えっ。ということは……？」

野風の目がますます大きくなった。

「そう、僕たちの仲間に加わってもらおうと思いついたのだが……不服かい？」

「とんでもない！」野風は即座に答えた。「あたしもいつそれを切り出したもんかと思っていたよ。何しろあたしたちに知恵袋はいくつあっても足りないし、ちせちゃんの知恵はほかに得難いものだからね。じゃあ、善は急げと言うし、今からでも？」

「ああ、そうしよう」

勝手に進められる二人の会話に、ちせはとまどわずにいられず、

「あ、あの……わたしは藩邸の長屋に帰らないといけないのですが」

おずおずと挟んだ口は、実にあっけなく跳ね返されてしまった。

「そんなのあとあと！」

「野風の言う通り……必要なら添え状でも何でも書きますよ。それとも、僕たちと行動するのはいや

ですか？」

「いや、それは……もちろん望むところです！」

ちせは、自分でも驚くほど明快に答えた。あの出会い以来、ずっと心の底で願っていたことが、いきなり実現したことで、何だか胸がいっぱいになってしまった。

三人そろって歩き出してほどなく、ちせはふとあることが気になって訊いた。

「あの……浅茅さん」

「なに？」

「わたしたちが講義を聴かされた、あの兵学者は誰なのですか。見た目は平々凡々、目鼻立ちも薄ぼんやりした白髪のお爺さんなのに、言っていることが何とも奇妙奇天烈すぎて、かえって興味がわいたのですが」

「ああ、それなら……佐藤信淵《さとうのぶひろ》」

浅茅の答えに、ちせは首をかしげた。

「佐藤信淵……当代の兵学者の名前ぐらいは、おおむね知っているつもりでしたが、そんな人がいたかなぁ」

「それもそのはず、先年までは農学者、鉱山家、医師であったり、七つ年下の平田篤胤に入門して国学を修めたかと思えば、いつのまにか兵学者を名乗っていてね。高祖父のときから代々にわたり諸学を研究した膨大な成果を、五代目の自分に至って世に問うているそうなのだけど……」

浅茅の皮肉まじりの返答に、ちせが「そ、それは……」と絶句したとき、やや先を行っていた野風が、こちらをふりかえるとこう笑いかけた。

「さあ、ちせちゃん、いよいよ喜火姫様とのご対面だよ。野育ちのあたしなんかと違ってそつはないだろうけどね。そうそう、さっきの話だと、ちせちゃんは蘭学やオランダ語も学んでるんだっけ？　そうかい、それならちょっと面白い奴が仲間にいるよ。きっといい話し相手になれると思うよ。――さあ、こっちだ！」

その三・疑問会にて羅塞塔石碑《ロゼッタストーン》の解読を試みること

1

「えー、それでは、皆様おそろいのようですので、そろそろ始めさせていただきます」

本草学者・福井春水は、いつものことのんきさとは打って変わった緊張の面持ちで、出席者たちを見回した。

「本日も、山崎美成先生主宰の『疑問会』にお運びいただき、ありがとうございます。この会は、およそ世に疑問とされることがあれば、何であれ持ち寄りまして、会員の皆様の知識でもって解き明かそうとするものであります。不肖それがし春水が会の発起人でありますによって、司会をつとめさせていただきますが、今回の疑問はいつもとはいささか様変わりし、その依頼も常とは異なるところからいただいたということで、新たにご出席の方々もおられますが、それらにお気をつかわれますよりは、何よりもまずご存分の議論をお願い申し上げる次第でございます……」

福井春水はそう言うと、客間に集まった人々を見回した。その中には、なじみの顔ぶれにまじって友人の寺門静軒もいたが、その独特の異貌も何だか困惑気味だった。

静軒はこれも初参加の、総白髪ながら筋骨たくましい老人と話していた。春水は手元の名簿に目をやると、そう心につぶやいたあと、この部屋に続く奥の一間を見やった。

その襖のあわいを通して、一人の女性が端座しているのがほの暗い中に見えた。彼女こそが、この疑問会の依頼人であり、人選を行なったのもこの人だった。

この人といっても、わかるのは性別だけで、年齢も風貌もよくはわからない。確かなのは尼僧らしき姿をして、頭を布で覆っていることぐらいだった。

（尼さんということは、何か身分のある方のご後室とでも……おや？）

ふとふりむくと、この家の主人であり、疑問会の会主でもある山崎美成もそちらの方を気にしていた。それも無理はないなと思いつつ、春水は考えずにはいられなかった。

（立花のお殿様からのご要望とのことらしいが、どうやら北峰《ほくほう》先生（美成の号）もあの女性《にょしょう》が何者なのかご存じないのかな）

――ここは下谷金杉の裏通り、火除《ひよけ》と呼ばれるあたりに建つ、筑後柳川藩士・山崎久作の自宅だが、めったにその名で呼ばれることはなく、もっぱら美成もしくは北峰の号で知られていた。柳川藩といえば十二万石の大大名・立花左近将監《たちばなさこんしょうげん》の支配下だが、彼はその代々の家臣でも何でもなく、「立花家浪人組」という奇妙な名目で十年ほど前に召し抱えられたばかり。それ以前は武士ですらなかった。

もともとは長崎屋新兵衛といって、下谷長者町の生薬屋の跡取り息子。だが商売そっちのけで雑学と古書漁りに夢中になり、考証好きの文人の集まり「耽奇会」「兎園会」に参加して、前者では蕎麦切りの「けんどん」の由来をめぐり、二十九も年上の曲亭馬琴と激論を戦わせ、絶交を食らったりした。

あげく三十そこそこで隠居し、店を閉めたあとは、あけすけに言えば金で士分を買い、二本ざしの侍となった。その、おそらくは学者として箔をつけ、ただの町人の道楽ではないことを示すための選択は、やがて彼を窮迫に導くのだが……それはまだ先の話。

福井春水の呼びかけで始まった疑問会は、美成の宅に毎月二十日に集まり、春水のあいさつにもあった通り、さまざまな謎や疑問にあれやこれやと談議をくりひろげる。もっとも、その内容は他愛もないというか、豆知識に類する由来や語源調べがほとんどで、

「銀を『南鐐』と呼ぶのは漢籍にもあることなのか」「イモリ、トカゲ、ヤモリ、バッタ、キリぐスを漢字では何と書く」「庚申の見ざる言わざる聞かざるの起源」「肌帯が今のような形になったのはいつごろか」「ちゝんぷいくとは何のことか」

といった、のんきなものばかりだった。だが、今日、出席者に投げかけられた疑問というのは、それらとはいささか、いや、相当に異なっていて――。

「それでは、本日の疑問というのは……こちらでございます！」

春水の合図で運びこまれた、奇妙な半壊れの代物を見るなり、出席者は嘆声をあげた。

びっしり文字の彫られた石の塊のようで、その実お粗末な正体をあらわしたそれは、あの羅塞塔石《ステーン・ファン・》碑《ロゼッタ》――もう少しで医学館薬品会に展示されるはずだった〝和製ロゼッタストーン〟にほかならなかった。

それを、あのときのどさくさまぎれに回収し、というより奪い取ったのは、とある別式侍なのだが、むろんそれは彼らの関知するところではなかった。

＊

「そもそも羅塞塔石碑《ステーン・ファン・ロゼッタ》と申しますのは」

福井春水は、あのときオランウータンについて熱弁を振るったときよりは自信なさげに、だがいつもの流暢な口調で話すのだった。

「今より四十年ほど前に発見されたもので、それがしも蘭学者の方々から図版に写し取られたものを見せてもらいましたが、実に珍しく貴重なもので、エウロッパの学者たちが解読に躍起となっているのも当然と思われました。と申しますのも、その表面に刻まれた文字は古代厄日多《エゲプタ》の神聖文字《ヒエロフリフェン》（ヒエログリフ）と民衆文字《デーモティッシュ》、そしてアルハベットといってもオランダなどとは大きに違う希臘《ゲレジャ》体など三種類を数えて、しかもどうやら同じ内容を表わしておる。ということは、すでに読める文章を読めない文章と付き合わせてゆけば、今では誰にも解読することかなわぬ神聖文字の正体を知ることができるわけです。

その貴重なる石が、よもやはるばると日本に舶載されようとは。ましてあの医学館薬品会に展示されようとは思いもしなかったわけですが、あのオランウータン騒動のさなかに見かけたものがそれだったとは、それに加えてのまさかまさかでありました。あとでそうと聞き、たとえハリボテでも、それが正確な写しならばぜひ見てみたかったと思っておった折から、さるところから――」

そこで視線を隣の一間に投げかけてから、オホンとせき払いして、

「――からの依頼を受けて、あやうく廃棄寸前だったハリボテの現物をお貸しいただいたのには何たる奇縁かと驚きました。ですが、最大の驚きはその碑文を一目見たときで……いえ、これ以上は申し上げますまい。ぜひ諸兄の目と心で、碑文をお読み解き願いたいのであります……それでは、どうぞ！」

その開始宣言を受けて、疑問会の出席者たちはいっせいにハリボテそのものに、そこから取った碑文の拓本や筆者に飛びついた。彼らの中には、松斎のように蘭学を学んだもの、静軒のような漢文に

精通したもの、国学や古文に通じたものもいたが、やがていっせいに目と手を止めると、というより硬直させると、異口同音に叫んだ――。

「何だこりゃ!?」

と。それに続いて、

「一段目のこれは……エゲプタの神聖文字ならぬ日本の神代文字？」

「二段目は……漢文だが、何でまたこんな古風めかした、そのくせ嘘臭い字体に？」

「三段目は昨今なじみのオランダABC《アベセ》。ゲレジャ(ギリシャ)のではなかったが……だが読めん！」


それから、しばし時は流れて――。

「いやはや、ご一同が驚きあきれたのも無理はない」

いつのまにか畳を埋めつくさんばかりに広がった書き付けの海から、くわい頭を上げたのは、精密な考証で知られる国学者の伴信友《ばんのぶとも》だった。

「何が困ると言って、拙が国学者と知ると、決まってミミズののたくったような、折れ釘で引っかかいたような、ときにはぶん回し(コンパス)で書いたような神代の文字を持ってきて読めという。読めぬと答えると意外そうな、あるいは蔑んだような目で見られるから閉口じゃが、そもそも漢字伝来以前にわが朝で独自に作られ、用いられておったという神字《かんな》、いわゆる神代文字なるものは存在せぬのじゃから読みようがないのじゃ」

いきなりの、温厚な風貌には似合わない鋭い批判に、会主の山崎美成が腹痛でも起きたような顔をした。耽奇会や兎園会で同席し、疑問会にも協力してくれている御家人で奥右筆の屋代弘賢《やしろひろかた》は、国学者としては神代文字の熱心な支持者だったからだ。

信友は、そんな事情は知ったことではなく、それどころか一部学者の学問的不誠実を許してはおけないらしく、

「このロゼッタ何とやらのまず第一段にあるのがまさにそれ、阿比留文字と呼ばれるもので、ヒフミヨイムナヤコトモチロ……と一から十、百、千、万を表わす文字に始まって、もっともらしく四十七字が作ってあるが、そもそも一つをヒ、二つをフ、七つをナ、九つをコ、百《もも》をモなどというのは古言にないことで、ならば万《よろず》はヨとしたいところだが、四つに取られたのでロとしたなどは、苦しまぎれ以外の何ものでもあるまい。そもそも見た目があまりにも朝鮮国の世宗大王が定めし諺文《オンモン》（ハングル文字）にそっくりなのも奇ッ怪陋劣《ろうれつ》。こんなものが刻まれているようでは、この石の値打ちも知れたものだが、幸いこの阿比留文字の発明者——いや、発見者である平田篤胤君の『神字日文伝《ひふみのつたえ》』がこちらの書庫にあり、読み方の一覧が載っているから、と当てはめてみた。だがあいにく、無理に神代の昔めかしてこねくり回してあるせいか、いっこう意味が取れず……たとえばここなどその典型じゃ」

伴信友は拓本の一枚を取り上げ、それに対応するハリボテの一点を指さすと、

「何もかもわからないことだらけの中で、とりわけこの파《ヤ》히《ヒ》고《ロ》오《ヨ》피《イ》허《ヘ》도《ト》나《ナ》시《シ》というところが意味をなさず、ただ拙には気になってならんのです。全く平田君にも困ったものだ……こんなものを作ったのは彼自身か、彼の崇拝者かは知らんがね。直接そのあたりを問いただしたいところだが、最近は気吹舎に訪ねてもいっこうに会えずでね……」

　すると二番目の漢文で記された部分の、明らかに無知にもとづく難解さに閉口していたらしき寺門静軒が、ハッと何か心づいたようすで、

「ヤヒロ……ちょっと待ってくださいよ。ほら、ここに『八紘一字』という文字が見える。ヤヒロは八紘の大和読みと言えるし、一字は一軒の家という意味だから、漢語において相当する部分といえる

のではありますまいか。とはいえ『八紘一宇』……はてさて、浅学にして聞いたことのない言葉だ」

するると、ここで初めて会主の山崎美成が身を乗り出して、

「日本書紀に見る神武天皇の橿原奠都令に『然後兼六合以開都《しかるのちくにのうちをかねてもってみやこをひらき》、掩八紘而為宇不亦可乎《あめのしたをおおいていえとなさんことまたよろしからずや》』とありますが、このことでしょうか。『一字』という言葉はどこにも見当たりませんが、あえて解するなら〝世界全体を一つの家、すなわち一つの国にまとめる〟ということに……」

「しかし、そもそも書紀における『八紘』なる言葉にそんな意味はありませんぞ。これは『八荒』すなわち〝八つの荒ぶる種族〟があり、天孫族を合わせて今日言うところの〝九州〟をなしていて、それを平定したという意味なのじゃから」

伴信友が言った。すると寺門静軒がデコボコした頭を傾けながら、

「ただ唐土においては、史記から明史に至るまで『禹域』すなわち漢民族の住むところの意として用いられております。しかし、それを神代の日本人――なるものがいたとして――がわざわざ宣言するというのもおかしな話だ。そもそもこの漢文は、どう見ても真正の唐土の人が書いたものではない。かの地の人が『倭臭』と酷評する文法や用字の誤りに満ちていると断ぜざるを得ませんな」

「つまり、この部分も相当に眉唾ものであるということですな。加えて『八紘一宇』という言葉自体が今も昔もありもせず、ましてや、その大和言葉がいなヤヒロうんぬんを神代文字で記すようなこともありえないということで……そちらはいかがですか」

福井春水が言い、片山松斎に水を向けた。だが、松斎は浅黒く日焼けした顔に脂汗を垂らさんばかりにしながら、

「ONTLEEDKUNDIGE TAFELEN……DOOR JOHAN ADAMS KULMUS Doctor en Hoogleeraar der Genees-en Natuurkunde in de Schoolen te Dantzich, en Medo-Lid van de Keizerlyke Academie der

Weetenschapen……」

蘭学といっても、もっぱら和訳・漢訳文献頼りで、師匠の江漢がそうだったように、まだほとんど理解できない蟹歩きの文字列を凝視し、ブツブツとつぶやき続けていた。

その合間にもらす言葉がまた奇妙なもので、

「おかしい……意味は全くわからないのに、ここに使われている文章が無意味なものであることだけはわかる……うん、JOHAN ADAMS KULMUSだと？　ヨハン・アダムス・クルムス……これは人名のようだが……あっ！」

さんざん思い悩んだあげく、いきなり大声をあげると、山崎美成にたずねた。

「北峰先生、こちらの書庫に『解体新書』はおありですか？」

「か、解体新書ですか」

美成は目をしばたたきながら、とまどい気味に答えた。

六十年ほど前、杉田玄白、前野良沢らにより俗称『ターヘル・アナトミア』から苦心の末訳された医学書が、何で急に入り用なのか。いくら「万有余」の蔵書を誇った彼でも、しかも最近は少しずつそれを売って生計《たつき》に充てているとあっては心もとなかった。

だが、さすがは美成、まだ色あせず青色を保った表紙の本をまとめて持ってきた。

「かたじけない！」

とそれらを受け取った松斎は、一巻目の冒頭あたりをせわしなく繰るや、

「あった……」

と息をついた。それは原著者の「自序」の頁で、こんな風に署名されていた。

丹都止夫《タントシフ》　王学校　大医学薬医
窮理学　与般亜単闕児武思《ヨハンアタンキュルムス》　撰

「これだ！　これがヨハン・アダムス・クルムスのあとに続くだりだ。おそらくその前後も『ターヘル・アナトミア』とかの蘭書からでたらめに抜き出しただけに違いない！　神代文字や漢文と違うて自分たちには書けぬし、どうせ誰も読みはせぬと手を抜きおったのだ！」

　松斎は憤りで真っ赤になっていた。

　彼の推測は正しかった。“ONTLEEDKUNDIGE TAFELEN”《オントレートクンディヘ・ターフェレン》（『解剖学図表』）は、解体新書が底本としたクルムスの蘭訳版の正しい書名であり、著者の肩書を後世風に訳せば「医師、ダンツィッヒ学院・医学及び物理学教授、王立科学アカデミー準会員」とでもなろうか。

　ともあれ、このあたりで、この疑問会での解明は限界のようだった。それを見定めたかのように、奥の一間から女性の声があった。

「方々、長時間にわたる論議、会読、まことにご苦労でした。ともかくこれではっきりしたことは、この和製ステーン・ファン・ロゼッタ《ロゼッタストーン》は、本家のそれをまねて、でっちあげの神代文字と、もっともらしいが倭臭漂う漢文、そしてでたらめに阿蘭陀いろは《アルハベット》のABCを並べてごまかすつもりだった西洋言葉の部分で同じ内容が刻まれているように見せかけるものだった。その目的は、神代文字を用いていたころの日本と日本人が、あたかも世界に冠たるものであったと印象づけること。そして、これを通じて訴えたかったことは――」

　声はいったん間を置き、やがてこう続いた。

「宇内混同《うだいこんどう》――いえ、今はあえて言いますまい。何はともあれ、方々のご尽力はきっと恐るべき悪をくじき、善良な人びとを救うことにつながるでしょう。それでは、またいずれかのときに……では、少しの間、お外しを」

その言葉に、美成に春水、静軒、それに松斎、信友らはいったん論議の部屋を退出し、別室に引っこんだ。その間に奥の間の女性は静かに立ち上がり、尼装束の衣ずれもなまめかしく出て行った。

ほどなく外へ出た女性は、最初は優雅にゆっくりと、ついでだんだん小走りとなって、ついには駆けだした。人気もない裏通りの、塀と塀にはさまれた路地に飛びこむと、尼頭巾をはぐように取り、法衣を脱ぎ捨てた。

その下からはつややかに結われた娘島田と、きらきらと愛らしい着物が現われた。裕福な町娘といった姿である。

「ふう……ご門跡様のような威厳はとても出せないけれど、うまくいった、とはいえるかしら。ああ、でも肩は凝ったかな。尼さんの衣装はオランウータンの着ぐるみより、暑苦しくも臭くもないけれど、でもあっちは思いっきり大暴れできたからなぁ。

さ、そんなことより、早くみんなに知らせなくちゃ。あまりいい知らせでもないけれど、みんながいれば何とかなるし、会えばそれだけで気が晴れる。だから……行こう！」

女性――喜火姫はつぶやくと、また小走りに駆けだした――新たに一人を加えた、仲間たちが集う場所をめざして。

2

新宿新屋敷《しんやしき》――信濃高遠藩、内藤駿河守の下屋敷から農地をはさんだ一帯で、与力同心、小人や黒鍬など下級武士の住まい、いわゆる黒縄屋敷が散在している。

切絵図で見ると、やたらと「明屋舗《あきやしき》」が目立ち、さらに南に行けば紀州徳川家や肥前鍋島家の下屋敷がひしめく一帯なのに比べると、物寂しくみすぼらしいふんいきが漂う。

実際、ずいぶん荒れたところも珍しくなく、門は崩れかけ、中は草ぼうぼう、てっきり空き家かと思うとちゃんと人が住んでいて、そのかわりどこもかも雨漏りのボロボロで畳は腐り、床は抜けそう。中に入るには草履を渡される始末で、一つだけ無傷な座敷では、主人の旗本だか御家人が妾《めかけ》たちと昼から同衾《どうきん》していたりする。内風呂ぐらいありそうなのに、冬は銭湯に通い、夏は玄関の式台あたりで行水をして平気な顔でいる。

そんなところを誰が訪ねるかといえば、こんな家に限ってわけのわからない骨董品や趣味道楽の品に大枚をはたくし、悪い仲間を集めて夜ごと宴を開いては三絃をかき鳴らしたり、ひいきの相撲取りを呼び入れたりするから、意外に千客万来となるわけだ。かと思うと、ある日ふっつり静かになり、主人は博奕がらみの喧嘩沙汰で命を落としたとか、借金を苦に女と心中したとかの噂が立つ、なんてこともあるのだった。

徳川の平和《パックス・トクガワーナ》もすでに二百三十年となると、武士道の箍《たが》もすっかりゆるみ——というか単に強権と暴力で押えつけてきたのが、多様な価値観の抬頭で通用しなくなっただけのこと。見るからに荒れた屋敷ではなくても、はたして人がいるのかいないのか、いたとしても何をしているのか知れたものではなかった。

新屋敷の一角にある、黒板壁に黒塀の屋敷もそうだった。門は固く閉ざされ、灯りももれてこないから、たぶん無住と思われたが、いつも小ぎれいに保たれているところを見ると番人ぐらいはいるのかもしれない。

だが、それ以上詮索するものはなく、まして何者が住んでいるか見破るものはなかった——まさか、今まさに少女といってよい女性が五人、奥の間でなかなかに物騒な談議をくりひろげていようなどとは。

「それで……宇内混同というのは、いったいどういうことなのですか」

ちせは、「疑問会」での〝和製ロゼッタストーン〟をめぐる話を一通り聞き終わると、待ってましたとばかりに訊いた。

「わたしのあとをつけ、襲ってきた二人組と同じ一派が、あの変なハリボテをそのために作ったということまではわかったのですが、あんなもので世をたばかって、いったい何をしたかったのでしょう」

彼女が野風と浅茅に連れられ、ほかの二人の仲間——お家騒動で放逐された姫君と、異国人の血と風貌を持つ少女に出会ってから、すでに旬日が過ぎ、この屋敷での会合も一度や二度ではなくなっていた。そのうちにわかってきたのは、彼女らはご門跡様と呼ばれるお方のもとに保護され、多くはその指示に従って、ときには自らの判断で世のため人のため、とりわけ軽んじられ虐げられた女たちのために働いているということだった。

そして、この四人の中でleider《ライデル》（リーダー）を務めているのは誰かといえば、それは言うまでもなく——

「さあ、一口で言ってしまえなくはないのですが、またそれだけではとても言いつくせぬ面もあり……
……」

吹輪《ふきわ》に結い上げ、前髪に姫挿しきらめく頭《こうべ》をかしげると、左右に垂らした愛嬌毛が揺れる。ちせは、あらためて目の前にいる話し手が、青鳴五万石の姫君であること、この人と故郷九戸での宝探し騒動で会っていたことを思い出さずにはいられなかった。

浅茅たちに喜火姫と引き合わされ、その正体を聞いたときには、ひたすら恐縮するほかなかった。だがすぐに緊張を解き、親しんでしまったのは、この人の人柄によるものに違いなかった。

「――野風は何だかわかっていますか、この件に初めからかかわっていたものとして？」

喜火姫はおっとりした口調で、幼なじみの別式に問いかけた。すると野風は、日焼けした顔に困惑をいっぱいにし、しきりと頭をかいたり首をかしげたあと、

「つまり……そのぅ姫様、ウダイをコンドーするということではないかと。そういうことだろ、なぁ？」

言ってから、浅茅に同意を求めた。すると、刀こそたばさんではいないが、ふだんも男姿の浅茅は真剣そのものといった感じで眉をひそめて、

「宇内は天下、それを混同する……ということは、それをごちゃ混ぜに、というか、いっしょくたにするという意味でしょうか」

そう答えたところを見ると、昌平黌で好成績を収めた彼女にも通りいっぺんの意味しかわからないようだった。するとそこへ、

「と、いうことは」

文字通り異色の瞳をきらめかせ、身を乗り出したのはアフネスだった。ちせを喜火姫とは別の意味で驚かせた彼女は、無造作に垂らした金糸銀糸のような髪と抜けるように白い肌、そして彫りつけたような目鼻立ちの持ち主だった。

「人種も顔つきも、言葉も暮らし方も違うものを一つに――？　そうなれば、私もこの顔や髪を頭巾に隠さずそのままに、目の色を気取られないよう、いつも視線を伏せることもなく外を出歩けるんだ

ろうけど……それは無理な話じゃないのかなぁ」

今の彼女は、印度更紗《インドさらさ》でもあろうか不思議な柄の着物を大胆に着崩していた。彼女がそうしていると、もとがどんなにありふれたものであっても異国風に見えるのだった。

その美しい唇からもれ出る流暢な日本語に、ちせはついつい目を丸くしてしまい、だが、すぐその過ちに気づいた。

（いけないいけない、蘭学をほんの少しかじり、自分たちと違う姿形の異国人がいるとはわかっていても、その心のうちまではちっともわかっていなかった……）

ほかの三人――寄る辺を失い、女の身であるがゆえに何もかもが危うい彼女らにも増して、アフネスはいっそうの不自由さを強いられていた。その風貌がこよなく美しいものであるにもかかわらず、かえってそのせいで――。

竜眼を持ち佩剣《サーベル》を使う、異国の血を継ぐ少女にとって、この屋敷は窮屈だけれど安心できる空間に違いなかった。そして、多少なりとも異国の事情に明るいちせは、野風の言った通り心強い味方となれるはずだったし、本人もそのつもりだった。

「そう……」

喜火姫は、ゆっくりとうなずくと口を開いた。

「浅茅の言ったように、宇内混同とは世界統一、無数に分かれた国々と人々を一つにまとめあげること――でもあいにく、これを唱えているものたちが、アフネスが言ったようなことを考えていないのも確か。だからわたくしたちは知らねばならないのです、この旗印のもとに何が行なわれようとしているのかをね。単に頭の中での妄想にとどめてくれているのなら、それに越したことはないのですけれど」

「本来なら、それは僕の仕事でした。この中であそこの兵学講義にまぎれこむことができるのは、はばかりながら僕ぐらいでしたから……」

浅茅が言うと、野風はニヤリとして、

「だって、ほら、あたしは浅茅のように男には見えないからね」

自分を指さしながら言った。でも、ほかの少女たちが呆れ顔になったのに気づくと、あわてて付け加えた。

「それにほら、四角い文字がびっしり並んだ本は苦手だし、今朝《コンチョウ》、土《ド》風《フウ》激《ハゲ》シウシテ小《ショウ》砂《シャ》眼《ガン》入《ニュウ》スとか聞かされてもわかんないしね」

「確かに、ね」

浅茅はあっさりと断言した。そのあとに続けて、

「僕は僕で、あの塾では悪目立ちしてしまったし、それにこれ以上深入りして内実を探る自信がないのです。四書五経の道ならまだしも、ね」

「私は……言うまでもないかな」

アフネスが自虐的に言ったのに、ちせは胸の詰まる思いがした。だが、何と言葉をかければいいかわからないうちに、ふとあることに気づいて、

「また、あの講義に出る必要ができたんですか。じゃ、やっぱりわたしのせいで……」

すまなそうに言うと、浅茅は首を振って、

「いえ、それとは別で……実は、あのあとこんなことがあったんだ。あの二人組に目をつけられたことから、僕はあの塾から足が遠のいていた。せめて外からようすをうかがおうとしていたところ、

『よう、朝地じゃないか』

と声をかけられた。見ると、それは塾で顔見知りだった生徒の一人で、彼が言うには、

『どうした、しばらく顔を見せないが……まぁ無理もない、赤石《あかいし》の奴にあんな難癖をつけられちゃな。あいつは、ああいう風に思いこみばかり強い奴だから気にするな。また講義にも顔を出せよ』

赤石というのは名を甚十郎《じんじゅうろう》といって、あのとき僕を追及する急先鋒に立っていた男で、ほら、ちせ君にまで噛みついたやつさ。そいつはともかく、そのとき僕を呼び止めた知り合いは、僕のことを格別疑ってはいないようなので、しばらく立ち話をしていた。すると、彼がこんなことを言い出したのだ。

『そうだ、例の佐藤信淵先生な、あのお方が祖先より五代にわたり〝家学〟として積み上げた兵学の大秘陰を、限られたものだけに特別に講義するというのだ。おれは行く気はないが、君は人一倍勉強熱心だったのだし、これをきっかけに復学したらどうだ』

聞いて、にわかに興味はわいたが、なぜ彼は行かないのかと気になって訊いてみると、

『そりゃあ、そう簡単には行けんさ。何しろ宇内を混同するとかどうとかの、わけのわからん題目のために、束脩《そくしゅう》十両払えというのだからな』

束脩というと入門のときに払う謝礼だから、これは塾での講義とは別ということか。また今後も授業料を払わねばならないのか訊いてみると、

『どうもそういうことらしい。だがそのかわり、金を払えば払うほど高弟とされ、佐藤先生の宇内混同の計画だか何だかに、より深く参加させてもらえるというのだが、君、一つどうだね……いや、こうして口にしてみると、あまりすすめられる話でもなかったか。それに、あの赤石も参加するかもしれないから、鉢合わせしても不快だろうし』

そう苦笑するのに、そのようだね、と返事して、彼とはその場で別れた。これはぜひ参加してみな

ければと思ったのだが、万一この前のことで怪しまれていれば、かえって藪蛇になると心配されてね。とにかく、そんなことがあったんだ」

「なるほど……」

うなりつつ、ちせは父・鳩里斎がそんな謝金をもらえればと考えずにはいられなかった。一方で、そんな暴利をむさぼる講義内容とはどんなものか興味を抱かされもした。

（そのうえ、高額納入者には計画に参加させてやるとか、いったいどこまで傲慢なんだろう。そのうえで何をさせようというのかな）

ちせが考えにふけった折も折、喜火姫のこんな声が頭の上から降ってきた。

「そこでちせ、そなたにお願いしたいのですよ。今この国で力を持ちつつある国学者一派の宇内混同計画、その実態調査をね」

「はぁ、私がその実態調査を……」

ちせはぼんやり答えたあと、弾かれたように喜火姫に向き直るや、素っ頓狂な声で、

「ええっ、私が!?　私がですか……!!」

自分で自分を指さしながら、奥の間に居並ぶ顔・顔・顔・顔を見回す。

あるいは微笑み、あるいは真剣さを浮かべ、あるいは同情をにじませた表情に加え、喜火姫のそれは何の屈託もなく、朗らかそのものだった。

「はい、あなたに頼みたいのです。もし引き受けてくれるのなら……本当はわたくし自ら乗りこんで、彼らと議論を戦わせたいのですが、あいにく浅茅以上にそうするための知識もないものですからね。いかがかしら？」

3

――数日後、小石川あたりのとある屋敷の奥書院。

そこの贅をこらした床の間の前には、一段高い登高座が据えられ、その上では一人の人物が今まさに講義を行なっていた。むしろ熱弁を振るっていたと言うべきか。

「……かく述べてきました通り、そしてまた平田篤胤先生のつとに論じてこられました通り、この日本こそは大地の最初に成れる国であり、世界万国の根本なのであります。謹んで神代の古典を見ますに、青海原潮之《あおうなばらしおの》八百重《やおえ》ヲ知ラス所也とは、伊邪那岐大神《いざなぎのおおかみ》の速須佐之男命《はやすさのおのみこと》に事依《ことよさ》したもうところ。ゆえに世界ことごとくわが朝の郡県となすべきであり、万国の君長みな臣僕となるべきなのであります！」

医師にして農学者、鉱山家にして本草学者、蘭学と国学をともに修めたという稀代の経世家――その名は佐藤信淵。近年、なぜか急に先祖代々から兵学者であることにもなったが、今日もまたその肩書のもとでの登壇であった。

彼の前には書見台があり、その斜め下には大勢の受講生たちが、大枚の授業料のもとを取ろうとして神妙に耳を傾けていた。

「そして、その使命――宇内を混同し、万国を統一するはわれらに課せられた大業であり、それはまた日本そのものの形勢に刻まれておるのであります。そはいかなる意味かと申しますに、本邦の位置するは赤道の北三十度より四十五度、気候温和にして土壌肥沃、万種の物産満ちあふれ、四辺みな大洋に臨んで海運の便利なること万国無双。かような国が、地球のどこに存するでありましょうか！」

その風貌は鼻梁が妙に目立つ以外は薄ぼんやりとして、ふさふさとした白眉からしても、いかにも大人しげな好々爺。

なのに、すぼんだ口から飛び出す言葉は激烈そのものだった。あたかも長い年月を経て吹きだまった世の中への――むしろ自分の人生への不満を吐き出すかのように。

――佐藤信淵、出羽国雄勝《おがち》郡の人。少年期から父とともに諸国を放浪、十三歳かそこらにして蝦夷地探検を敢行したという。父の死後、江戸へ出て宇田川玄随に入門し、師が藩医をつとめる津山に同行し、弱冠十八歳で藩政改革に携わったというから驚きだ。

以降さまざまな学問を学びながら膨大な著作をなし、時の権威ある学者たちを論破、その見識を認められて諸藩から改革顧問として招かれ、またさまざまな新兵器を発明したというから、ますます感服のほかはない。

唯一の問題は、それらの輝かしい経歴の全てが本人の申し立てにのみ基づくということだった。むろん、受講生たちは著名なる大先生を疑うことなど夢にも思わぬまま、登高座から飛ばされる唾をありがたく浴びていた。だが、そうした中にあって、

（そういえば、この人、片山松斎先生より一つ年下なんだっけ。やわらで鍛えた先生とは違うにしても、ずっと老人臭く縮かんで見える。なのに、のどの奥に呼遠筒《ループル》（=roeper メガホン）でも仕込んだみたいなこの元気さは何なんだろう？）

ふと、そんな冷めたことをつぶやいたものがあった。何の因果か、またこのご仁の講義を聴くはめとなったちせだった。

むろん娘姿ではなく、黒紋付に身を包み、半元服の少年のように髪を結っている。まだ年若いという設定で刀は脇差のみ。ふだんの眼鏡のかわりに、天眼鏡を横に並べたようにバカでかい鼈甲ぶちの鏡玉《レンズ》を耳に紐で引っかけていた。

早川書房の最新刊

1
2023

●表示の価格は税込価格です。
＊価格は変更になる場合があります。
＊発売日は地域によって変わる場合があります。

スティーヴン・キング、ジョー・ヒルをはじめ、ホラー界のレジェンドたちが激賞する衝撃の英国幻想文学大賞受賞作

ニードレス通りの果ての家

カトリオナ・ウォード／中谷友紀子訳

eb1月

暗い森の家に住む男。過去に囚われた女。レコーダーに吹き込まれた声の主。様々な語りが反響する物語は、秘密が明かされる度にその相貌を変え、恐るべき真相へ至る。巨匠S・キングらが激賞。異常な展開が読者を打ちのめす、英国幻想文学大賞受賞の傑作ホラー

四六判上製　定価3080円［24日発売］

行動経済学の泰斗が、悪いナッジ＝「スラッジ」を解説

スラッジ

キャス・R・サンスティーン／土方奈美訳

eb1月

ナッジとは、より良い行動を促すことであったが、スラッジとは、理性的な意思決定を妨げるような「悪いナッジ」を表す。ビザの申請や年金給付などの場面で、申請者にとって合理的な選択を阻むものが生じるのはなぜか。スラッジ発生の仕組みと削減について解説

四六判並製　定価2420円［24日発売］

『利己的な遺伝子』『神は妄想である』著者のイラストつき科学読本。

ドーキンスが語る飛翔全史

ールカラー
4ページ

eb1月

生物が何億年にもわたって、また人類が何世紀にもわたって、どのように重力に逆らい、空へ飛び立ってきたのか。史上最大の飛ぶ鳥や極小のフェアリーフライ、モモンガやトビ

HM5

詐欺師はもう嘘をつかない

テス・シャープ／服部京子訳

eb

友人と強盗事件に巻き込まれ……

定価1628円［24日発売］

NF598

最悪の予感

パンデミックとの戦い

マイケル・ルイス／中山宥訳

パンデミックを招いた「失敗の本質」とは？

解説：池上彰

eb1月

新型コロナによる死者が100万人を超えた米国。ウイルス発生初期、後の危機を予感した人々がいた。彼らの苦闘はなぜ挫かれたのか

定価1188円［24日発売］

●新刊の電子書籍配信中

eb マークがついた作品はKindle、楽天kobo、Reader™ Store、hontoなどで配信されます。

作品募集中

第十三回アガサ・クリスティー賞

出でよ、〝21世紀のクリスティー〟

締切り2023年2月末日

第十二回ハヤカワSFコンテスト

求む、世界へはばたく新たな才能

締切り2023年3月末日

●詳細は早川書房公式ホームページをご覧下さい。

全米図書賞翻訳部門受賞！
フランスと韓国にルーツを持つスイス人著者による越境文学

ソクチョの冬

エリザ・スア・デュサパン／原 正人訳

eb1月

冬になると旅行客がほとんどやって来ない避暑地、ソクチョの小さな旅館でわたしは働いている。ある日、フランス人のバンドデシネ作家が旅館にやって来る。彼の中に、わたしは未だ見ぬフランス人の父と父の国への憧憬を重ねるが——。男女の一期一会を描く長篇

四六判上製　定価2640円［24日発売］

『わたしたちが光の速さで進めないなら』
著者による長篇第一作

地球の果ての温室で

キム・チョヨプ／カン・バンファ訳

eb1月

謎の蔓草モスバナの異常繁殖地を調査する植物学者のアヨンは、そこで青い光が見えたという噂に心惹かれる。幼い日に不思議な老婆の温室で見た記憶と一致したからだ。アヨンはモスバナの正体を追ううち、かつての世界的大厄災時代を生き抜いた女性の存在を知る

四六判並製　定価2200円［24日発売］

日本推理作家協会賞＆本格ミステリ大賞
受賞作家による《時代劇》小説

大江戸奇巌城

芦辺 拓

eb1月

学問好きのちせ、男装の浅茅、阿蘭陀人と遊女の間に生まれたアフネス、お家騒動から逃れた喜火姫、武術に優れた野風——少女たちは徳川12代将軍・家慶が治める御世に偶然出逢った。やがて五人は、摩訶不思議な計画で世界統一を目論む存在と対峙することに!!

四六判並製　定価2420円［24日発売］

全世界150万部突破！

『カンバセーションズ・ウィズ・フレンズ』著者による
アイルランド発の恋愛小説

ノーマル・ピープル

サリー・ルーニー／山崎まどか訳

eb1月

マリアンは、お手伝いの息子のコネルとは幼馴染。惹かれ合い、周囲に内緒で付き合い始めるが、高校卒業前に別れてしまう。だが同じ大学に通うことになり——。劣等感や社会格差、すれ違いで引き裂かれた男女の恋愛の機微を描く、全世界150万部超の傑作長篇小説

四六判並製　定価2860円［絶賛発売中］

大好評のヴィクトリアンSFミステリ、待望の第2弾
〈新☆ハヤカワ・SF・シリーズ〉

メアリ・ジキルと怪物淑女たちの欧州旅行　Iウィーン篇

シオドラ・ゴス／原島文世訳

eb1月

ヴィクトリア朝ロンドンで暮らすメアリ・ジキルら、特異な能力をもつ〝モンスター娘〟こと〈アテナ・クラブ〉の令嬢たちに、ヴァン・ヘルシング教授の娘ルシンダから救助を求める手紙が届く。彼女たちは一路ウィーンへ！　大陸で繰り広げられる華麗な大冒険。

ポケット判　定価2640円［24日発売］

本年度アメリカ探偵作家クラブ賞（エドガー賞）
最優秀新人賞受賞作

HPB1987

鹿狩りの季節

エリン・フラナガン／矢島真理訳

eb1月

一九八五年、ネブラスカ州ガンスラム。鹿狩りの季節に少女が失踪した。血の付いたトラックに乗っていたことから知的障害のある青年ハルに容疑が。彼の養父母は無実を証明するため事件の調査を始めるが、その背後には小さな村の複雑すぎる人間関係が隠されていた……。

ポケット判　定価2420円［絶賛発売中］

ファイト・クラブ』原作者、
年ぶりの新刊邦訳がついに

ンヴェンション・オブ・サウンド

ック・パラニューク／池田真紀子訳

界の人々が同時に発する悲鳴」の録音を目指すハリウッドの
師ミッツィ、児童ポルノサイトで行方不明の娘を探し続ける
ー。２人の狂妄が陰謀の国アメリカに最悪の事件を起こす
ファイト・クラブ』の著者が2020年代の世界へと捧げる爆弾

四六判並製　定価2420円［24日発売］　eb1月

紀の最良の一冊」（英ガーディアン紙）
きた女性たちの声で戦争を語り直す、傑作歴史小説！

たちの沈黙

パット・バーカー／北村みちよ訳

ネソスの王妃ブリセイスは、敗戦後、奴隷となった。その主
族と同胞を滅ぼした英雄アキレウス。彼女に与えられた選択
服従か死か。だが、彼女が選んだのは——。英国の戦争文学
が、黙殺されてきた女たちの声で『イリアス』を語り直す。

四六判上製　定価3960円［絶賛発売中］　eb1月

SF

ヴルチェク&フェルトホフ／嶋田洋一訳

新秩序を樹立すべく奮闘するが!?

定価858円[絶賛発売中]

SF2394

宇宙英雄ローダン・シリーズ681

アンクラム・プロジェクト

クルト・マール／林 啓子訳

故郷銀河へ戻る手がかりを求めて、ブルーの恒星アンクラムに到着したローダンは、宇宙保安パトロール部隊に捕らえられてしまう！

定価858円[24日発売]

SF2395

『パラサイト 半地下の家族』監督ポン・ジュノによる映画化決定

ミッキー7

エドワード・アシュトン／大谷真弓訳

eb1月

宇宙開発で危険な仕事をこなすために生み出された使い捨て人間《エクスペンダブル》ミッキー。すでに六度の死を経験した彼の身に思いがけないことが!?

定価1210円[24日発売]

JA1541

究極のミリタリー文明論SF第3弾

工作艦明石の孤独3

林 譲治

eb1月

セラエノ星系の人類が新たな文明を模索する一方、工作艦明石の椎名ラパーナは知性体イビスとのファーストコンタクトを展開する。

定価1078円[24日発売]

JA1542

怪異探検シリーズ、ふたりの佳境

裏世界ピクニック8 共犯者の終り

宮澤伊織

eb1月

裏世界を通じて出逢った紙越空魚と仁科鳥子のふたり。因縁の冴月の危機が去ったいま、空魚は向き合わなければいけない感情がある

定価836円[24日発売]

NV1504

2月公開。ティモシー・シャラメ主演映画原作

ボーンズ・アンド・オール

カミーユ・デアンジェリス／川野靖子訳

eb1月

好きになった相手を食べ殺してしまう16歳の孤独な少女は、父親を捜す旅に出て同類の少年に出会う。衝撃のカニバリズム・ロマンス。

定価1056円[24日発売]

HM500-1

過去と未来を行き来する本格サスペンス

すべての罪は沼地に眠る

ステイシー・ウィリンガム／大谷瑠璃子訳

eb1月

クロエが12歳の夏、父はルイジアナ州の湿地で6人の少女を殺した。20年後、同じ手口の連続殺人事件が起きる。模倣犯の目的とは？

定価1782円[絶賛発売中]

-1

詐欺師の娘の最後の戦いを描く傑作青春ミステリ

詐欺師の母親の元でノーラは何度も名前を変え、その度に人を騙す方

（前に自分で試したときよりは、ずっとましだけれど、でも、この格好はちょっとなぁ）

ちせは和製の眼鏡ならではの鼻立て具を気にしながら、ぼやかずにいられなかった。

（浅茅さんが手伝ってくれるのなら、もっと男らしくなれると期待したのに……『まるで、袴着祝いね』とは、喜火姫様もお口の悪い。やっぱり七五三にしか見えないのか）

ちせは、なるべく目立たないようにするのが半分、残る半分は自分の男装の恥ずかしさに身を縮めながら、そんなことを考えずにはいられなかった。むろんその間も、佐藤信淵の講義はあやしい熱気を帯びつつ、なおも続いて、

「嗟乎《ああ》造物主のわが国を寵愛したもうこと至れり尽くせり！　わが雄威をもって蠢爾《しゅんじ》たる蛮夷を征するならば、宇内を混同し万国を統一するに何の困難がありましょうや。しかも地霊人傑なることは、他国の及ぶところではありませぬ！」

シュンジとは何のことかと思ったが、ちっぽけな虫の蠢くようなという意味らしく、またチレイジンケツは「優れた土地からは、優れた人間が出る」と言いたいようだ。つまり日本に生まれたというだけで他国の人間を見下していいわけで、ずいぶん都合のいい、しかし受け入れられやすい考えだといちせは危ぶまずにはいられなかった。

だが信淵の講義の危うさは、それどころではなかった。身分の枠を超えて世に出ようと、蘭学者が多く集う尚歯会にも顔を出せば、気吹舎の門をたたき、はるかに若い人々と肩を並べることもいとわなかった結果、その学説は何とも奇怪なものになっていた。

「では、わが宇内混同の大計画はいかに始められ、続けられるべきか。まず第一の目標は漢土、今の清国であります。かの国は広大にして物産最も豊穣、兵威最も強盛。しかしわが国よりかの国ははなはだ攻めやすく、かの国よりわが国は攻めにくく、たとえ国を尽くしての大軍勢で攻めたとしても、

元の忽必烈《フビライ》のごとく必ず失敗し、損失たるや莫大となりましょう。

ではいかに漢土を征伐するか。およそ他国を経略するに当たっては、弱くして取りやすきところより始めるを道といたします。それは漢土の満洲のほかになく、かの地はわが山陰、北陸、奥羽また蝦夷松前などと海をへだてること百数十里。わが蝦夷の唐太島《カラフト》よりわずか十余里の海を渡れば、黒竜江の注ぐところに出られるのであります。一方ここは、清国の王都北京城より七百里ほど離れ、飛脚にても八、九十日を要する僻遠の地。とはいえ今の清主の発祥の地にして枢要の地でもありますから、斉々哈爾《シシカル》（チチハル）というところに城を構え、将軍をつかわし軍卒を置いて鎮護しておりますが、ここからも沿岸部は遠く、何かと行き届かぬによって攻略するのは実に簡単であります。

相手の軍備の厚きが西ならば東を乱妨し、敵があわててそちらの防備に回れば、手薄になった西を騒擾し、相手を疲弊させるとともに敵兵力の虚実強弱を知り、実なるところと強なるところを避け、虚を侵し弱を攻めるのであります。いったいかの地に住まう韃靼人《だったんじん》は躁急にして謀りごとにうといから、日本人の思うままあやつれますし、漢土の人間は性怯懦《きょうだ》にしてすこぶる臆病であるによって、ガツン！と一発食らわせば、たちまち降伏するに決まっております。その際すでに韃靼人がわが秘策により懐柔され、日本に心寄せていると知れば、戦意を喪失するは火を見るより明らかなのであります」

あまりと言えばあまりな内容に、ちせは茫然とへたりこみ、畳に片手を突いた。

突っこみどころは山のようにあり、ありすぎて逆に言葉を失ってしまった。清国の皇帝を「清主」と軽んじたり、よその国の人間を弱虫・卑怯者呼ばわりするのもどうかと思われた。

これは、えらいものを聞いてしまった――そんな思いにかられた折も折、

「あの、佐藤先生」

受講生の間から声とともに手があがる。その粗野で傲慢な感じの人物を見て、ちせはハッとした。あの〝蟲〟騒動のとき、浅茅にしつこく詰め寄っていた男だったからだ。

（浅茅さんが言っていた赤石甚十郎とは、こいつかな。ならば浅茅さんが来なくてよかったけれど、わたしも見破られないようにしなくては）

などと考えるのをよそに、その男は変にへらへらとした調子で訊いた。質問というより、先生に媚び、他の受講生たちより目立って自慢するのが目的なのは明らかだった。

「その懐柔の秘策とは、ちなみにどのようなものでございますか」

突然の、しかも見えすいた質問に信淵は不興がるどころか、わが意を得たとばかりに、

「おお、これは良い問いかけをなされた。韃靼人籠絡の計はわが秘策中の秘策なれど、本日ご来聴の諸子は格別のお志あるをもって、特に披露いたそう。すなわち、この一帯は北極出地五十五度の外にあるによって、気候寒冷にして穀物を生ぜず、土地の者どもは魚類や鳥獣、草の根や木の皮を食物とし、軍士の食糧は本国よりの輸送に頼り、常に五穀の不足に苦しんでおる。むろん良酒にもとぼしく、馬湩《ばとう》すなわち馬の乳を飲んで、わずかに寒気を忘れんとする哀れさ。かたやわが奥羽越後の諸州においては、米穀の収穫おびただしく食べきれぬのを憂えるありさま。ならば、それらをかの地に持ちこみ、良米に鼓腹せしめ美酒に酔わしむれば、必ずや歓喜し国あげて日本に心服するに相違ありますまい。さよう、三年あれば十分でありましょう」

（お、お酒で国ごと籠絡するって、そんな子供だましな……）

ちせは、またしても気が遠くなるのを感じた。信淵はそれを見すかしたように、

「されど、この策にはいささか問題があると言わざるを得ませぬ」

そりゃあるだろう、とちせが安堵し、相手の常識に期待したのもつかのま、

「されど韃靼の民が帰順し、わが教えに従うとあれば、漢土の政府は必ず交易を禁じ、日本の良米美酒を民に与えまいとするに違いなし。なれど、草木を食らい牛馬の乳を飲む哀れな夷狄《いてき》を救わんとする心は、わが国の産霊《むすび》の神教によるもの。すなわち天の神意であるがゆえにこれを拒むは天に叛くもの。これ何たる暴虐ぞ、無道ぞ。これを正し、天に代わりて罰するこそ日本の専務にほかならず。ここに清国征伐の大義名分立ち、かねてととのえたる各地の軍勢をもって、まずは黒竜江に攻め入らんとする……むろん、その前後の計画も全てできておりますが、これはまた後日ということにいたしましょうか」

(そうか……そういうことだったのか)

ちせは、ようやくにして気づいた。

(宇内混同とは、万国統一とは——要するに世界征服計画なのだ!)

と。前回の講義で感じ、浅茅たちに話した不審はやはり的中していた。

ことここに至って、ちせは周囲がとまどうのもかまわず、自分の両頰をペチンとはたいた。そして決意した——とことんまでこの男の暴論を聞き、バリバリムシャムシャと噛み砕き、その裏にあるものを見抜いてやろう、と。

「……あのぅ」

ちせは、何だこの小わっぱは? とでも言いたげな目をよそに立ち上がった。彼の説に感動した純真な少年学徒を装い、赤石甚十郎には顔を向けないよう気をつけつつ、

「後日とおっしゃらず、そのご心中をお明かし願えませぬか。わたくしもすっかり感銘いたしました次第で……きっとご来聴の他の方々もお聞きになりたいのではないかと」

心とは正反対に言うと、同意を示すつぶやきやどよめきが、さざ波のように広がった。

「いや、それは……」

信淵はもったいぶったものの、若者たちの期待に輝く目がまんざらでもなかったか、

「さよう、そこまでご所望とあれば、わが胸中の大計をご披露いたさん。……お屋敷の方、例のものをこれへ」

声をかけると、書院の外で控えていたものたちが細長い紙束を提げて入ってきた。登高座の前を空けさせて広げると、それは何畳敷きかはあろうかという世界地図だった。

ちせの目からは稚拙で時代遅れに見えたが、受講生たちは物珍しさに身を乗り出し、ザワザワと井戸でものぞくように首をのばした。

「さて、諸君」

佐藤信淵は長時間座していたのが膝に来たのか、軽くよろけながら立ち上がり、背後からかなり長い指し棒を取り上げた。それで地図のあちこちを示しながら、

「わが宇内混同の計画は、何よりもまず国内の体制、とりわけ兵制をととのえるに始まるのである。江戸と浪華に東西両京を置き、全国を十四省府に分かつなどの詳細はまた別に講ずるとして、重要なは南方の開発であります。といっても、清国、オロシャなど北方の国々に比べれば兵力わずかなるをもって、高知方面より軍卒五、六千人にて軍船五、六十を出して比利皮那《ヒリピナ》（フィリピン）と申す南海諸島を開発し、日本の郡県となしまする。何しろかの地は丁字、肉桂、サフラン、胡椒、甘松、木香、檳榔子、大黄、縮沙《ちしゃ》、椰子、良姜、黒檀、タガヤサン、鮫甲、真珠などを産出し、それらを無知蒙昧の島民どものほしいままに捨て置くのは、実にもったいない話ではありませぬか。こうして十分に国を富ましめ、また諸民を教化して、身分はもちろん生業を変えるを決して許さず、国民みな兵として調練したうえで宇内混同の第一歩としての清国併呑にかかるのであります……」

（とうとう始まってしまった……このご老体の妄想に火をつけてしまった）

ちせはグッと奥歯をかみしめた。そう、妄想のほか言いようがあるだろうか。そこに火をつけたからには、それがどんなにおぞましくとも聞き届ける義務があった。

ご老体こと佐藤信淵は、眼鏡少年の正体もその内心も知る由なく、一調子声を張り上げると語り始めた。

「まずは満洲攻めの先陣に当たるは、寒さに強き陸奥青森及び仙台の兵。彼らをして唐太島の開発に当たらせ、かの地に越年させて寒地の風土に慣れさせておきます。そのうえで彼らを大陸に大挙して渡らせ、黒竜江より西南コメル河、センケレ河、エレ河、ヨセ河、ヤラン河（いずれもロシア沿海州の川）などの地方に軍船を進めさせます。上陸して夷狄どもを先の秘策でもって手なずけたあと、不意をついて戍兵《じゅへい》の営塞を焼き払いて軍卒を討ち取り、防守の厳重なる場所は、上陸せずして船より大筒火箭を撃ちかけ、海岸一帯を騒乱に陥れるのです。この間も酒食を与えて従うものはよし、なお刃向かうものは根絶やしにすることを忘れてはなりませぬ。これと同時に越後沼垂《ぬったり》、加賀金沢より軍船数十隻をひとかたまりに朝鮮国の東なる華林河、ヤラン河、クリエン河、ナルキン河（同前）のあたりに至り、青森仙台の軍と合して満洲八百里の海岸を周回し、隙をうかがって上陸し、おのおの切り取り勝手といたします。このようにして四、五年もたてば、清国の軍民大いに困窮し、ついには満洲を守り得ずして黒竜江の諸部は全てわがものとなるべし。それよりおいおい松花江一帯を征伐して吉林《きつりん》城を攻め、しかるのち清朝の古都にして陪都なる盛京《せいけい》（奉天、現・瀋陽）をうかがうべし。

一方、朝鮮国に対しては、出雲松江、長門萩より同国東海に船団を派して咸鏡《かんきょう》・江原《こうげん》・慶尚《けいしょう》三道を、九州博多からは南海を経て忠清道の諸州を攻撃する。かくすれば諸城の奔潰《ほんかい》するは必定であり、次にそれらを拠点として渤海《ぼっかい》に軍船を出し、登州《とうしゅう》莱州《らいしゅう》の沿岸諸都市を攻める。また大隅の大泊より発した兵は琉球を征し台湾を取り、ただちに浙江により台州寧波《ニンポー》の諸州を経略するのであります。

さらにまた各方面の攻略を終えた軍勢を合流せしめ、わが国の恩徳に心服せる韃靼諸部の夷狄を加勢せしめれば、盛京もついには陥落せん。盛京落ちなば北京もまた守ることを得べからずして、清主は必ず陝西に遁走しましょう。かくて満洲を席巻せる日本の雄兵は、朝鮮国を統平して鴨緑江を渡り来る別軍と遼陽に会し、連勝の利に乗じ山海関に到達するときには、われらに逆らういかなる智者勇者もおらぬことでありましょう。

しかるのちに、とどめとして行なうべきは親征であります。その供奉《ぐぶ》にふさわしきは忠君愛国の心最も強く猛勇なる九州熊本の軍勢のほかありますまい。清主がすでに苦境に陥りあるを見定めたうえで渡海し、先陣は江南地方を攻撃していちはやく南京応天府を取り、ここに都を定め居城を設けます。そうしてかの地の文人から特に才あるものを登用して、清主が神意をないがしろにし、罪を皇天に得たるをもって、わが君が天罰を下す旨の大誥《だいこう》を作らしめ、また明朝の子孫を探し当てて上公に封じ、万民に慈悲を施せば、十数年うちには中華の全土が平定されましょう。

中華の地がわが版図に入ったからには、西域、暹羅《シャム》、印度亜《インディア》などの国々は、もとより問題にするも足りません。侏𠜎鴃舌《しゅりげきぜつ》、衣冠詭異《いかんきい》の徒（体軀・言語・風俗の異なる民族）も日本の徳を慕うて、その威を畏れ、はいつくばって臣僕として仕えることを望むでありましょう。かくして宇内混同の大業は成り、八紘を一字となす使命は、十年を待たずして達せられるのであります……。

ただし、心得おくべきは、わが軍は擅殺《せんさつ》の禁を厳法とすべきことであります。しょせんはわが軍がもっぱら用いる火攻め法に逆らう術《すべ》なかりしからには、あえて三銃の偉器を用いず、いたずらに人を殺すを避けるも上々の策。よくよく現地の民を憐れみ愛し、撫諭して降らしむるこそ肝要かと存ずる。しかりといえども、なお日本に帰服せず、われらが神を崇めず、天兵を拒みて防戦する者は、ことごとく殺して許すことなかれ、これすなわち天罰を行なうなり、これすなわち天罰を行なうなり！　殺せ！　殺せ！　殺せ！」

ひとしきり金切り声をあげた果てに、「うわあっ」と悲鳴一発、登高座から転げ落ちてしまった。あまりに興奮しすぎ、身を乗り出し過ぎたのだ。

憂国の大学者は、和漢三才図会にいう蜚蠊《あぶらむし》、またの名・五器齧《ごきかぶり》が裏返ったみたいに地図の上でジタバタし、前列の受講生やさっき地図を運んできた控えの者たちがあわてて助け起こした。

ようようのことで、また登高座に這いのぼったときには、さすがに気まずい空気が漂った。だが、そこには、白けた静寂とともに熱い興奮もいくぶんかはまじっていた。

さすがに今の狂態には、冷や水を浴びせられたものが多かった。一方で、その口先だけの勇ましい幻想に酔ったものがいたのも事実だ。半信半疑ながら、井戸の中に投げこまれた蛙のような人生からの脱出を夢見たものも少なくはなかったろう。

大坂の陣から二百二十年。合戦といい征伐といっても、体験した古老は舎利となり、草双紙や芝居講談を通じてしか知らぬものばかり。たとえ史書をひもといても現実の血生臭さや斬られる痛みとは無縁だから、あこがれや好奇心を抱いても無理はなかった。

だが、ちせの心は少しも動かなかった。たとえ、この老人の一場の迷夢が実現したとしても、自分たち女には何の関係もないからだった。そしてまた、

（私たち女には、手柄を立てる場があるわけもなければ、桎梏《しっこく》から解き放たれるわけでもない。それどころか、いっそう苦しい目にあわされるだけのことだ。救いは、これがただの絵空ごとなことだけ……）

であることが、兵学者の娘として戦いの実録に目を通し、わかっていたからだった。

「佐藤先生」

ふと気がつくと、受講生の一人から質問の声があがっていた。束脩《そくしゅう》十両を出すぐらいだから金に困ってはいないのだろうが、かなり得体が知れなかったり、うさん臭げなものもまじる中で、指折りに端正できっちりとした侍姿の人物だった。物腰からして、どこかお堅い役所にでも勤めていそうだが、どこかに隠しきれない凄みがあった。

「一つ、大事なことをうかがいたいのでございますが……」

よく響く美声だが、どこか有無を言わせぬものがあって、ちせはハッとさせられた。それは佐藤信淵も同様であったらしく、

「ああ、何かな」

と、ややひるみ気味に答えた。長時間の大演説がこたえたのか、肩で息をしている。一方、その侍はあくまで物静かに、それが癖なのか着物の左袖に手を添えながら言った。

「先生はさきほど『親征』とおっしゃり、『供奉』と付け加えられました。その親征軍の御大将となり、それに供奉する軍兵を率いる『わが君』とは、もちろん千代田のお城におわす公方《くぼう》様でありましょうな。それとも、もしや京の都におわす……」

「そ、そ、それは！」

佐藤信淵は、にわかにひどく狼狽した。あれほど日本をほめたたえ、他国を蹂躙《じゅうりん》し虐殺さえ推奨していた男が、いざその親征とは誰がするのか問われて答えられなかった。

具体的に述べることは注意深く避けていたが、「産霊の神教」だの「神意」だのの言葉のはしばしからも、この世界征服の中心となるのが仏教に帰依した徳川将軍家ではないことが透けて見えた。と、いうことは――？

その答えのふくむ危険さには周囲も気づき、ざわめきが広がった。ここで講義を中断するつもりか、控えの者たちが駆けつけた、そのとき。

「せ、先生！　別の質問をしてもよろしいでしょうか」

ちせは躊躇する間もなく、気づいたときにはまた手をあげていた。

「さきほど先生は、『火攻め法』と言われ、また『三銃の偉器』とおっしゃいました。それは、いかなるものでございましょう。もしかして三銃というのは短筒、鳥銃、それに大砲というような区別でございましょうか」

それは、新たな質問でもって、先の質問の話の腰を折ろうという作戦だった。いかにも不穏なふんいきは、このあと何が起きるか不安なものがあったし、ここで唐突に話を終えられても困ると思ったからだ。

でも、こんな差し出口をして、あの侍は怒っているのかと見ると、意外にも苦笑いのような皮肉な表情を浮かべたまま登高座を見つめている。一方、信淵は話をそらす絶好の機会ととらえたようで、

「さにあらーず！」

と半ば裏返った声をはりあげた。

「三銃とは、すなわち行軍炮、防守炮、水軍炮を指すものであり、短銃鳥銃ごとき些細なものを示すものではない。そして火攻めの法とは、単にこれらの火器を用いることを意味せず、われすでにさまざまなる新兵器を発明なして、すでに実用に供せんとしておることをここに一言せん。

……え、なに、その詳細？　うーむ、それは……いや、ないことはないのじゃ。ある、あるにはあるが、何分、それらについては次回以降の講義で、お志ある諸氏に見せるつもりだったのじゃが……ええい、しかたがない、方々、あれの用意を！」

ちせの質問に、つい口をすべらせた言葉が他の受講生の興味を引いた。にわかにわき起こった彼らの要望もだしがたく、信淵は控えのものたちに指示を飛ばした。どうやら、新たな〝課金〟と引き換えにするつもりだったのが、自ら墓穴を掘った形だった。

4

「どうじゃ、諸君」

老兵学者の声が、びんびんとあたり一帯に響きわたった。

「これが、わが言うところの三銃——行軍炮は野戦に用い、防守炮は要塞に据え、水軍炮はその名のごとく軍艦に積みこむものなんである。われ、去んぬる文化四年（一八〇七）、阿波淡路合わせて二十七万五千石を領される蜂須賀《はちすか》侯の家老集堂勇左衛門《しゅうどうゆうざえもん》翁の知遇を得、その翌年徳島の地に招かれしとき、集堂翁の信任のもとあまたの大砲を鋳造し、それらは家伝の冶金術を駆使して本邦初の元込め砲となったことは、わが誇りとするところ。かたわら『鉄砲窮理論』『三銃用法論』などを執筆し、これらは秘中の秘たる極意書なれど、希望者にはお頒けするつもりであるので、ふるってお申し込みあれい！」

その後、屋敷の別室に案内されたちせたち受講生は、そこにズラリと並べられた〝あれ〟を、信淵自身の解説つきで見せられることになった。それらは確かに、いろんな意味で彼女の目を洗うに十分だった。

「さて、夷狄のわが国を虎視眈々と狙う昨今、大砲はただに大砲にはとどまっておってはなりませぬ。そこで阿波滞在中のやつがれが粒々辛苦の末、案じ出したのが、今ごらんの新兵器の数々じゃ。さき

ほども申した三銃の分類に沿って紹介しようならば、

――まず行軍炮こそ第一に数えられるものじゃが、この『行軍炮戦車《こうぐんほうせんしゃ》』をごろうじろ。重い行軍炮を積みながら、これもわが発明になり集堂翁の命名になる『妙輪《みょうりん》』により進退自在、左右に盾と箱を設けて中から小銃を発射することも可能。戦場ではこれを十台一組とし、わが案じ出したる八手飛伏の法にて決して敵に後ろを取られることがない。

――また防守炮は、これもやつがれの発明と翁の命名になる『如意宝台《にょいほうだい》』に据えられて、女子供でも砲身を上下左右にでき、しかも助炮四挺と銃眼より打ち出す小銃若干を備えて、まさに無敵。しかもここより撃ち出すはなみなみの砲弾にあらず、一に『再震雷《さいしんらい》』、これは敵陣に当たってしばらくすると無数の弾丸となって破裂する。二に『紫金鈴《しきんれい》』というて着弾後に猛火と毒煙を噴いて周囲のものを皆殺しにするものなんである。

――さらに水軍炮はといえば、それを搭載する船にこそ工夫があって、その最たるものが、この『異様船《いようせん》』であります。長さ四丈八尺（約十五メートル）、船首船尾は細く胴中は幅一丈八尺、船体上部は亀の甲のごとく丸く、その上に丸太を組んで砲身四尺八寸、全長六尺三寸の鉄製という規格外ゆえに『異風炮《いふうほう》』と称する砲を据え、直径六寸の十貫目鉄玉を込める。これが艫《とも》櫓十挺、脇艪十四挺でもって海を快走してゆく姿はいかにも異様なれど、最もその名にふさわしきは船体の八、九分までが常に水面下に隠れていることであります。おかげでわが方は敵船に気づかれずに肉薄し、急襲して撃破することができるのであります……」

自身の記すところでは、阿波滞在は文化五年三月から翌年二月、四十歳から四十一歳にかけて。その間生み出された新兵器は、まさに異様にして異風なものばかりだった。

（こ、これは浮砲台《ドライフンド・バツテイ》……いやむしろ潜水艦？　というには、ずいぶん幼稚だけれど）

あいにく、西洋の書に触れ慣れたちせにすれば、ご老体がよくもこんなものを思いついたと感心はしたものの、さして新奇な着想とも感じられず、裏づけとなる技術についても信頼が置けそうになかった。だが、ほかの人々には半ば水に隠れた船というだけで十分驚きのようだった。

一方、佐藤信淵は人々の反応に満足してか、あるいはまだ飽き足りなくてか、ズイッと奥に進むと、部屋の一方を覆った大きな布を切って落とした。そして叫んだ。

「見ろっ、これがわが最大の発明、『自走火船《じそうかせん》』じゃ。いかに重武装したる異国の巨船大舶といえど、これにかないはせぬ。流星の火薬の爆発力を用いて猛進し、自ら炎上しながら敵船に体当たりする無敵の新兵器――いったん火を点じたが最後、こうじゃ！」

そう言って指さした先には、恐るべき光景が展開されていた。

――満々とたたえられた水に浮かぶ真っ黒な巨船。船体の異様な飾り、林立する帆柱から、明らかに南蛮紅毛のものとわかる。驚くべきは、そこをめがけて何十もの小舟が後方から火と黒煙を噴き、それ自体燃え上がりながら次々と衝突していることだった。

それはまさに火箭《ロケット》船による自爆攻撃であり、これにはさすがの異国船もたまらず、たちまち燃え落ち沈み始めていた。

「自走火船には大・中・小があり、それに応じて分量が変わるが、とにかく船尾に向けて退走炮を据え、その上下四周に松の薪を積み、その上より焼き薬をまきちらす。さらにその上に十貫目弾の焼烙《やきほうらく》を詰めた松木筒を二十から六十門並べ、仕掛け花火のように早火縄でつなぎ、さらに柴や薪を積み重ねた上から焼き薬の汁を注ぎ浸みこませる……こうしておいて合図とともに口火を点ずれば、退走炮より噴射する火薬の勢いにて船は前進し、同時に船上に燃え広がった炎は松木筒に引火して、そこから火の玉を何十と放ちながら火炎の塊となって敵船を取り囲むのである――それ、これご覧の通りに！」

老兵学者は、目の前の地獄絵図に酔いしれたように、それがこのうえもなく美しいものであるかのように語り続けるのだった……。

＊

「それは……大変なものを目にするはめになりましたね。わたくしはまだしも銃や大砲が三度のご膳より好きですが、そなたはさぞ恐ろしかったでしょう」

新宿新屋敷の隠れ宅での寄り合いで、喜火姫がため息まじりに言った。

「いいえ、全く」

ちせは言下に答えた。まだその身にまとったままの、七五三めいた装束の袖口をつまみ、照れ臭そうに見やりながら、

「だって、あれはただの絵でしたもの。さながら火炎地獄の図のようで、相当に真に迫ってはいましたし、そこに込められた妄執というのも恐ろしくはありました。あのときの補足説明では、自走火船の乗組員は、点火と同時に脱出することになっていましたが、はたして本心はどうやら……とにかく文字通りの絵空事で幸いでした」

そうなのだった。あのとき勢いに乗せられた佐藤信淵が披露した〝新兵器〟の数々――行軍炮戦車に如意宝台の防守炮、再震雷に紫金鈴、異様船やら異風炮は全て、ただの絵図やせいぜいが模型だった。

自走火船による異国船火攻めの絵図のみは、大幅で極彩色で描かれていたものの、これもただの絵に過ぎなかった。確かに大迫力ではあったが……。

「なぁんだ、つまらない。実物ならわたくしが行きたかったのに」

喜火姫は拍子抜けしたように言い、野風がさもおかしげに付け加えた。

「つまり、あれかい——これがほんとの絵に描いた餅だったわけか」

そんな軽口を受けて、浅茅はどこまでも生まじめに、しきりと首をひねりながら、

「まあ、それで幸いだったけれど……だとすると、あの先生、いったい何がやりたかったんだろう。どこか適当な場所でも借りて時代遅れの兵学講義をやっていればよかったのに、あんな高いお金を取るつもりなら、生徒にも何か見返りが要るだろうし、集めた金でまさかそれらの兵器を作るつもりだろうか……だけど、そうしたところで……」

「そのことなんですけれど」ちせは言った。「実はそのあと、わたしもそのことを知りたくて、でもどうしても切り出す勇気がなかったときに、また問いかけをした人がいて、その人というのが……」

「もしかして、さきほど『親征』について問いかけをしたのと同じ人ですか」

喜火姫が訊いた。

「はい。その通りです。ちせは感心して、
そして、その人が言うには、

『いや、感服つかまつった。驚くべき発明、恐るべき新兵器の数々……今は実体なくとも、志と資金さえあれば、ほどなく形にはなりましょう。なれど、宇内混同は内政の大変革もふくめれば国家百年の大計。せっかくのご苦心の産物も、それまで日の目を見ぬのは実に残念なことでござるな』

するど、老先生はわが意を得たりとばかりに、

『むむ、ありがたいお言葉、痛み入る。なれどご心配には及ばず。なぜといって、これらの利器、遠からず用いる機会のあるなれば……』

その言葉を聞いたとたん、居合わせた人たちは、みんながみんなサーッと青ざめました。それも当

然、その言葉から思いつくのは『謀叛』の二文字。まさか、目の前のご老体が天草四郎や由比正雪、それに近年では大塩平八郎……と、とにかく」

ちせは、最後に挙げた名前の、まだ芝居じみた伝説と化すには早すぎる生々しさをはばかるかのように、一瞬口ごもった。

「そういった物騒な人には見えはしなかったけれど、そう受け取られてもしかたのないことを口にしてしまったのも確か。だいぶ遅れてから老先生もそのことに気づいたらしく、それはもうあわてふためきながら、

『い、いや……誤解されまするな。これらの兵器を用いるはむろん外夷諸蛮に対して。この信淵、ご公儀に刃向かう気など毛頭ございませぬ。ただ単に外征を先にして、しかるのち内政をととのえる方法もあるかと……いや、そのぅ、本日の講義はこれまでといたす。しからばご免！』

そう叫ぶと、その場を逃げるように――いえ、まさに逃げ去ってしまったのです」

その話を聞き終わるや、野風があきれたように叫んだ。

「何だそりゃ！　その先生、いったい何がしたかったんだろう？」

「さあ……そんな奇妙奇天烈な夢想に取りつかれたご仁の頭の中を解釈しろと言われても」

一番考え深いはずの浅茅も、どうにも割り切れぬようすだった。

「わたくしには、その質問をしたという侍のことも気になるのですが……」

喜火姫が珍しく顔を曇らせて、

「実は、ちせに行ってもらった小石川の屋敷というのは、わたくしたちともかかわりのあった常州藩の別邸と噂あるところ。あちらのお殿様といえば名うての異国嫌いの仏教嫌い、国学狂いの神道家。しかし、今から外国に攻め入るといって豊太閤の唐入りではあるまいし、いくら常州三十万石でもか

なわぬことでしょうし」

思案投げ首のていに、ちせたちも「さあ……」と頭を傾けるほかなかった。そこへ、

「そんなの、決まっているじゃないか。とりあえず異国人を殺すのさ、殺してむりやりに戦のきっかけを作るんだよ。それも日本側からではなく、相手方に戦端を開かせるきっかけをね」

ひどくきびしい声で言ったのはアフネスだった。ハッと胸を突かれてふりかえったちせたちに、

「もちろん、私たちのようなただの異国人では殺され損だけど、相手によっては大ごとになるかもしれない。となれば日本側もあわてて体制をととのえざるを得ず、その老先生の構想通りにはならないにしても、新兵器とやらも採用されるかもしれないでしょ。むろん、本当の元凶は別にいて……あっ!」

突然叫びをあげたかと思うと、バタバタと駆け去っていった。

彼女の身の上を思い、なぜそこに思い至らなかったかと誰もが恥じ入り、反省した。そんな彼女が思い当たったこととは何だろうか、せめてそれぐらいは彼女の口から聞く前にわかっておきたかった。

めいめいが考えをまとめたり、まとまらなかったりするさなか、アフネスがもどってきた。ただしさっきまでの険しい表情と所作ではなく、うれしそうな笑顔とうきうきとした足取りで……。

「あぶないところだった……ありあわせのもので作るから、どうも勝手が違うのよ」

アチチ、アチチという合いの手をはさみつつ、提げてきたのは、両耳つきの四角い鉄鍋だった。よほど熱いのか、両の手は手ぬぐいで幾重にもくるんでいる。

「そ、それは……」

ちせは首をかしげたが、野風は「あ」と何か思い当たったようすで、子供っぽい笑顔になる。浅茅はほっと安堵したようすだし、喜火姫もにっこりと微笑んでいた。

これはどうしたことか、とちせがぼんやりしていると、

「何してるの、そこの台に濡れ布巾を敷いて！　このまま置いちゃ焦げてしまうでしょ」

いきなりしかられて、ちせは「は、はい！」と言われたものを取りに走った。

その少しのち、五人の少女は、まだジュージューと湯気を立てる布巾に置かれた鍋を囲んでいた。

その期待に満ちた視線が、アフネスが鉄鍋を取ると同時に輝いた。

何とも言えぬ甘く香ばしい匂いが、彼女らの鼻を打つ。

「これは、ひょっとして……〝かすていら〟ですか《イズ・ディト・トゥファリフ・エン・ビスクウィフバーク》？」

ちせが思わず訊くと、アフネスは軽く感心したようすで答えた。

「そう、その通りよ《ヤー・ダット・クロプト》」

――天明年間の料理書『万宝料理秘密箱』に〝上々大玉子を十八に。白砂糖百六十匁。うどんの粉八合〟で作る「家主貞良卵《かすてら》」、天保の『菓子話船橋』に〝小麦御膳粉百二十匁　大雞卵《たまご》十五　唐三盆砂糖二百目〟を材料とする「嘉寿亭羅《カステラ》」が載っており、不思議に形を変えながらすでに日本人にはなじみの菓子となっていた。

アフネスが出島の料理人直伝で作るカステラは、それらよりはるかに本来の形に近く、しかし牛乳や蜂蜜など江戸では入手難の材料もあるだけに、一種独特の個性あるものとなっていた。昼日中はこの屋敷内にいがちな彼女は、暇にあかせて南蛮料理や菓子作りに取り組み、仲間たちの何よりの楽しみとなっているのだった。

「あ、おいしい……」

ちせはできたてのカステラを一口味わうなり、思わず笑みをこぼれさせた。大げさでなく、ここしばらく接した、どうしようもない人々と世の歪みへのやりきれなさが、ほぐされてゆくような気がし

た。

「さて」

これもどこか不思議な風味のお茶をみなで啜《すす》っているとき、喜火姫が口を開いた。ことさらの気負いも、鼓舞する調子も毛筋ほどさえ見せずに、

「どうやら、わたくしたちは愚かな殿方たちの宇内混同――世界征服という名の戦ごっこを押しとどめなくてはならないようですね。さすがのご門跡様も言葉を失われるかもしれませんが、異国の人がそんな遊びの血祭りにあげられないようにしなくては、ね」

野風も浅茅もアフネスも、そしてちせも、その思いは同じだった。

「だけど、それにしても」ちせは言った。「どう考えても、今すぐ戦をしかけるような相手なんか、ないように思うんだけれど……どこの国だって、まずはるばる海を渡っていかなければならないんだから、そもそもそうするきっかけがないわけでしょう？」

「だとすると、ただの戦ごっこのお遊びということになるのか。ちせの話だと、およそバカバカしい戦備えでしかなかったようだし、むろんそれに越したことはないけど」

アフネスが言った。すると野風が首をかしげて、

「でも、そうだとしたら、そんなバカバカしいお遊びの裏側を、何でわざわざ調べる必要があったんだろう」

「そう、本当にたわいないことであれば」浅茅がうなずいた。「僕があの兵学塾に潜入する必要もなかったし、まして姫様がオランウータンの着ぐるみを着て騒ぎを起こすことも要らなかった。あのハリボテは正真正銘のまがい物だったのだし」

「でも、それなりに理由があることでなければ、ご門跡様もそんなことを、わたくしたちに命じられ

たりはなさらないはず……」

喜火姫が言ったのをきっかけに、ちせたちは手と口を休め、うーんと考えこんでしまった。と、そのとき――

「そう、確かにね」

ふいに声がして、彼女らの輪の外側からスッとのびた手があった。その、血管の透けて見えそうな青白い指先がカステラをつまみ取った。ハッとしてふりかえった次の瞬間、

「ご、ご門跡様！　いつのまに？」

野風が素っ頓狂な叫びをあげ、少女たちはいっせいにズザザザーッと後ずさった。

――いつのまにかそこに、いつに変わらぬ簡素な尼僧姿の女性が座していた。

ちせは、まだわずかな回数しかこの人――ご門跡様に会ったことはなかったが、彼女がただものでないことはすでにわかっていた。

ご門跡様は、みんなのあわてふためいたようすを、ニコニコと見やりながら、

「まぁまぁ、そんな男どものように惨めなコメツキバッタの真似はやめて、どうかさっきのままこだわらずに、女同士の気軽さで……それにしても、この南蛮菓子の美味しいことときたら！」

高貴な女性はカステラの味に、子供のように顔をほころばせると続けた。

「一つことわっておきたいのは、わらわはそちたちに何かを命じた覚えはなくて、ただほかに侍むものたちもないいまま、手助けを頼んでいるだけなのですが、もしそのように受け取れ、無理を強いていたのならあやまります」

こう言われては、五人も恐縮するほかなかったが、ご門跡様の言葉に嘘がないのも事実だった。彼女はさらに続けて、

「……ともあれ、わらわが授けた調べごとは、ゆえなきことではなかったのです。そちたちの言う通りバカバカしいというほかない戦備えは、ただのごっこ遊びではなく、実際に攻めかけ、殺戮せんとする相手あってのことでした。そう、それというのは――」

かつて経験したことのない風味への感嘆をはさみながら、ご門跡様は語り始めた。千代田のお城の奥深くで繰り広げられたという、とある一幕のことを……。

その四・十二代将軍、甲比丹《カピタン》の名に舌を噛みかけること

1

「……そのくだり、いま一度読んでみよ」

「……再び吟味すべきをもって、差し戻しじゃ」

「……その件については、越前《えちぜん》に質しおくように」

「……どうも事情がわからぬ。そもそもの発端は何であるか」

江戸城中奥の広間の一つ「御休息」の御下段に、どこか物憂げながら盤に駒を打つような声が響いた。

——その日、徳川十二代将軍・家慶は昼餉のあと、このところたまる一方だった政務の消化に努めていた。この分では、好きな能の乱舞《らっぷ》にわれを忘れる時間はなさそうだ。

何しろ、日々老中や若年寄から上がってくる未決書類は引きも切らず、法令や人事、重要事件の刑の執行に判断を下していかねばならない。それら全てに目を通すことは不可能だから、御側御用取次《おそばごようとりつぎ》のものたちが書類を読み上げ、そのままでよければ、「可為伺之通候《うかがいのとおりたるべくそうろう》」と書いた紙片をはさんで御用部屋に返すし、疑問点があれば、今そうしていたような指示を口頭で加える。

どんな緊急案件でも、この手続きを経なければならない関係上、彼らの役割は大きく、幕閣はもち

ろん、将軍の意思決定にさえ影響を与えかねなかった。とりわけ、御側御用取次が別の誰かにこっそりと忠誠を誓っている場合には――。

「大御所様（十一代将軍家斉）西の丸におわし、ご世子家祥《いえさち》様（後の十三代将軍家定）もご健勝、そして本丸にはほかならぬ上様……と三御所おそろいとは古今に未曾有、まことにおめでたき極み。そこにはるばる朝鮮国から上様襲職の賀のため渡海する通信使は、まさしく錦上花を添えるものとなりましょう」

御側御用取次筆頭の水野《みずの》忠篤《ただあつ》が、愛想笑いを満面にたたえながら言った。将軍の代替わりごとに、朝鮮国王からの使者として日本に派遣される通信使。ちょうど、それに関する決裁がすんだところだった。

忠篤は文政八年というから、家斉将軍の最も華やかな時代からこの仕事についている。その態度は自信と余裕に満ちており、この数年後には〝天保の三佞人《ねいじん》〟の一人として粛清される運命など知る由もなかった。

彼の言動には、治世五十年をしおに将軍位を降りながら、なお実権を手放そうとしない父・家斉の影がさしていた。家慶はその押しつけがましさに、

「渡海と申しても、釜山の港から対馬に渡るだけであろう。間に多少の荒波はあるとしても……。それで通信使来朝と国書奉呈のことは、前回すなわち文化八年（一八一一）と同様、易地《えきち》聘礼《へいれい》で行なうつもりなのか」

いくぶんか不機嫌な調子で答えた。すると、忠篤とは違って家慶の代から御側御用取次となった本《ほん》郷泰固《ごうやすかた》が、あわてたように書類を繰りながら、

「はっ、その予定のように聞き及んでおりまするが……宗対馬守《そうつしまのかみ》家中では、三十年近く前の記録を掘り返すのに躍起となっておりますとか」

律儀に答えたのに、家慶は「さようか」と軽くうなずくと、

「どうせなら、そのさらに四十七年前、浚明院様（十代将軍家治）の例を復せばよいものを……あれは余が十九のときであったか、久方ぶりに朝鮮国から通信使一行が来朝するというので、これはめったとない眼福、かの国の文物に触れられるのを楽しみにしておったら、易地聘礼とかで対馬で全ての外交儀式がすまされ、そこから先は誰一人やっては来ぬ。それはもう落胆したことであったが、おそらく百姓町人どもも同様であったろう」

明和元年（一七六四）、徳川家治の十代将軍就任を祝い、趙曮《チョオム》を正使とする一行四百八十名が来日し、江戸城での盛大な儀式をはさんでの一年近くの旅の間、各地で学問や詩文、踊りや音曲の交歓をくりひろげた。だが、そうした意味での通信使来日は、このときが最後となっていた。

「あれは、往年の老中首座・松平定信公とその後継者――〝寛政の遺老〟と呼ばれた方々のお考え、とうかがっておりますが」

泰固と同じく、家慶の代から今の役についた松平正名がとりなすように言い添えた。

「そういうことだ。定信公は、大坂の懐徳堂とやらの中井竹山なる学者から、異国を蔑み、何ごとも日本を格上と見る考えを吹きこまれた。今の清国ですら夷狄ゆえに中華を名乗る資格なく、ましてや神功皇后の昔に征伐を受けた三韓の子孫と対等に付き合うわけにはいかぬと思いこむに至ったようじゃ」

「さて、そのお考えも……」

「いかがなものかと」

泰固と正名が、将軍の顔色を読みながら言った。

「その結果、神君以来この江戸まで招き、将軍家が迎えておられた朝鮮国王の使者一行を対馬で足止

めすることにしてしまわれたところ、宗対馬守を通じての外交折衝は大混乱。延引に延引を重ねたあげく、実際に来朝を見たのは、父上が将軍位に就かれて二十四年後。今度もその調子なら、父は九十、余は七十になってしまうわ」

「それはいけませぬな」

水野忠篤が間の抜けた、というより気持ちの入っていない返答をしたのに、家慶はムッとした顔になった。あわてて本郷泰固がとりなすように、

「し、しかし、諸事倹約にて財政の再建が叫ばれていた折柄、江戸までの道中にかかる予定だった百万両が三十万両まで削減されたとか。これは易地聘礼の歴然たる効果と申さねばなりませぬ」

「はたして、そうかな」家慶はどこか物憂げに、「その七十万両によって、諸民にはかくも華美盛大なる異国と唯一交渉しうる幕府の武威を、異国人には旅すがら街道筋の繁栄を見せ、その王たちに日本畏るべしと伝えさせる機会をも節約してしまったわけじゃ。しかも、その成果は全く人目に触れぬものになった。はるばると三百里は離れていよう九州の地まで三千もの人員を送りこみながらな。——そうじゃ、その生き証人がおったではないか。そのとき副使をつとめた脇坂安董《わきさかやすただ》が……」

同じ中奥、御座之間での老中引見——。

古稀を越え、老中としては最長老となる脇坂中務大輔《なかつかさたゆう》安董は、文化度の通信使接遇のときのことを懐かしそうに、だがため息まじりに言うのだった。

「さよう……あの折は、豊前小倉藩主・小笠原大膳大夫忠固《ただかた》殿を将軍ご名代とし、寺社奉行であったそれがしは副使を仰せつかり、勘定奉行・柳生主膳正殿、大学頭林述斎殿らとともに、おのおの百何十人もの一行を引き具して玄界灘を渡ったと覚えております。確かに、あれほどの長旅はめったとあ

るものではございませなんだな」

播州龍野藩主で、寺社奉行としては谷中延命院一件、三業惑乱、仙石騒動などの宗教に醜聞がからんだ難事件を裁いた彼にとっても、それは特異な体験であったようだった。

「とりわけ直参筆頭として来聘御用掛をつとめた大目付・井上美濃守利恭《いのうえみののかみとしやす》に至っては、往復の旅もふくめ二年の長期出張となったとか。とにかく前回の例を踏襲するならば、実務担当に美濃守のごとき能吏中の能吏を得なくてはなりますまい。あのときは部下として、遠山左衛門尉景晋《とおやまさえもんのじょうかげくに》と申す目付がコマネズミのごとくに働いておりました」

すると、まだ四十手前と若手で、老中としても新任の太田備後守資始《おおたびんごのかみすけもと》が、

「お、そういえば」

とハタと膝を打った。ちなみにこの脇坂と太田、三十二歳差の老中二名は、このあと起きる大冤罪事件、「蛮社の獄」でも処分に反対するなど、穏健で賢明な人物だった。だが、穏健で賢明な判断が通るとは限らず……。

「このほど公事方勘定奉行に抜擢された人物が、確かその遠山景晋の子息と聞いております。さよう、名は確か……」

太田資始が言うと、家慶はさも懐かしそうな笑みを浮かべ、長いあごを撫しながら、

「金四郎景元《きんしろうかげもと》か。あやつは余が三十路過ぎて西の丸にくすぶっておったころ、小納戸として近侍で働いておった。余と同じ年ごろであったが、面白い奴でな。どんなに夏の暑いときでも、また余が許しても決して衣服を取らず、常に肌着の片袖を鞐《こはぜ》できっちりと留めて……まぁそんなことはよい」

せき払いすると、しかつめらしい顔にもどって付け加えた。

「異国人といえば、今年はオランダ甲比丹《カピタン》も来るのではなかったか」

それに答えたのは、四十路半ばと中堅どころながら、老中としては最古参で、端正な風貌ながら異様な冷たさを帯びた男だった。おかしな言い方だが、名工の手になる生《いき》人形に魂が宿ったかのような……。

「はっ……長崎出島商館長、旧例の通り献上品と風説書をたずさえて拝謁を願う旨、言上しております」

「甲比丹の名は何と申す、越前」

家慶は唐突に、どこかからかうような調子で問いかけた。だが、越前と呼ばれた相手は、顔色も変えず、何の書類も見もせずに、

「ははっ……甲比丹の姓はニュイマン、名はヨハンネス、ウエルテインとの由、また同行の書佐は姓をデフリース、名をゲルロウヤンデと申すそうでございます」

いともなめらかに言ってのけた。かえって家慶の方が舌を噛みそうになりながら、

「ほほう……して、その、ニュ、ニュイマンとやらはいかなる人物か」

と重ねて問いかけた。それへの答えが、また小にくらしいほど完璧だった。

「オランダ国の都アムステルダムの生まれにて本年四十二歳。勘定方あがりながら、なかなかの学者であるとか。オランダ側は例のシーボルトの国禁一件以来、医師の招来をはばかってきたのでありますが、このニュイマンはそちらの心得もあり、希望するものには蘭方を伝授しているということであります。髪は紅く目は碧眼《へきがん》——オランダ人は赭眼《しゃがん》が多いので、これは珍しい方とか。また身の丈七尺四寸、牛のごとく豊肥《ふと》っておるそうで……」

「なに、なに？　七尺四寸？」

この時代としても小柄な家慶とは、これが本当なら二尺以上の身長差がある。やや呆然となったの

を見て取って、

「あの……異国人との対面、ご不快のようでありましたら、謁見の儀はとりやめといたしましても。また御簾内のこととなれば、ご欠席されても夷人にはわからぬことかと」

「かまわん！」

言い終えるより早く、家慶は断言した。

「では、仰せの通りに」

越前——言わずと知れた水野越前守忠邦《ただくに》、ほどなく老中首座となり、天保の改革という暴政と混乱を引き起こす男は、どこまでも冷静に、からくり人形のように平伏した。

そのあと老中たちは、このあたりが会議の潮どきかと、あるいは何ごとか察したかのように、三々五々御前之間を去ってゆく。

水野忠邦は、そのあとも微動だにせずに端座していたが、自分のほかにもう一人、この場に居残っているものがいるのに気づくと、あてが外れたかのように唇をゆがめた。将軍とじきじき話したいのに、それがかなわないのに内心舌打ちしているようだった。

「しからばこれにて」

忠邦は操り糸でもついているかのように身を起こすと、御前をあとにした。ややしばらくしてから、

「もうよいぞ、掃部頭《かもんのかみ》。近う」

家慶の言葉に、最後まで残った人物——彦根藩主にして大老・井伊《いい》掃部頭直亮《なおあき》は、深々と一礼すると、将軍の御座近くまで膝行していった。直亮は家慶より一つ年下、忠邦とは同年で、のちに洋書の輸入や蘭学者の起用を進めるなど、寛容で教養深い人柄で知られていた。

ちなみに彼が常々気にかけている、二十一歳年下の弟・直弼《なおすけ》は、このころ未来のない部屋住みの飼

い殺し人生のただ中にいたが、とりあえずこの物語には関係がない。

直亮は、あらためて深々と一礼すると、

「恐懼至極に存じまする。至急にお耳に入れたきことあり、なれど御側御用取次の手を経ては、どのようになるかも知れず、また他の閣老より早くお耳に入れたく居残らせていただきました。――それとも、水野殿と何かお話のおつもりでもございましたか」

「いや、なに」家慶は皮肉に言った。「大御所《ち ち》のころから専権を振るう連中を除く密談などをな。もっとも今はまだその時機ならず、急いで話すほどのことはない」

「さ、さようで……」

あけすけな言い方に、井伊直亮の方が言葉に詰まったほどだった。

さきほども登場した御側御用取次の水野忠篤に、若年寄の林肥後守忠英《はやしひごのかみただふさ》、西丸付小納戸頭取の美濃部筑前守茂育《べちくぜんのかみもちなる》を加えた〝天保の三佞人《ねいじん》〟が新将軍と寵臣にとっての目の上のタンコブであることは誰でも知っている。家斉の愛妾お美代《みよ》の方の養父として権勢を振るった中野碩翁《なかのせきおう》とともに、今なお幕政を左右していることも。

名門井伊家の当主にして誠実清廉で知られる直亮といえど、いや、そんな彼であればこそ、巻きこまれたくはない政争が始まるのはまちがいなさそうだった。そんな思いを新たにした折も折、

「それで、その方の話というのは何じゃ」

家慶の問いに、直亮は緊張の面持ちで「されば」と答えて、

「はからずも、これも異国に関することでございます。今一つの通信の国、琉球の尚育王《しょういく》より上様に宛てた書状が参りまして、いささか仔細あって、わたくしの手を経てお目にかけます次第……」

「なに、琉球国王からの書状とな」

これには家慶も意外さに打たれて、

「尚育王といえば、年少にして父王の摂政となり、先ごろ正式に即位したとか。琉球国からは王の即位の際に謝恩使、将軍襲職の際には慶賀使を送るのが慣例ゆえ、いずれ使節がやってくるのであろう。大方それに関することか。しかし、王から直接にというのも妙じゃな」

「いえ……」直亮はかぶりを振った。「それが、琉球の王から送られてきたものの、かの国王の手紙ではないのでございます」

奇妙な答えに、家慶はやや混乱し、突き出たおでこに手をやった。

「なに、それはどういうことじゃ。では、いったい誰からの書状だというのじゃ」

「大清の現皇帝、道光帝から──」

答える井伊大老の声は、かすかに緊張を帯び、震えてさえいた──。

2

「ふぅむ」

聞き終わった家慶の顔は、さきほどの御休息御下段での決まりきった政務のときとは打って変わり、興味と好奇心に輝いていた。

「それはまた面白い……と同時に厄介なことになったな。だからこそ面白いとも言えるし、取り組むに意義ある事態でもあろう。ではまず大学頭──林述斎を呼ぶとしようか。彼にとっては久方ぶりの大仕事となろうが、奥儒者としての決まりきった漢籍進講よりはやりがいのあるものとなろうよ」

「……といったことがあったと、わらわは大老井伊殿から聞いたのですけれどね」

ご門跡様は、話の内容以上に驚かせることをサラリと言ってのけ、言葉を続けた。

「わが国が正式に通信の誼《よし》みを交わしているのは朝鮮国と琉球国のみ。オランダと清国は長崎にそれぞれ出島商館と唐人屋敷を置いてはいるものの、あくまで通商のみの間柄。オランダ商館長はそれでもこの江戸までやってくるけれど、清国の使節が訪れたことは一度もない。もしそれが実現するなら、これは大変なことなのですよ……とりわけ、そうしたことを喜ばないものたちにとってはね。そして、それがさまざまな不穏な動きを引き起こしていることが、そなたたちの働きによってわかってきた。そのことには礼を言いますし、ただ、とんでもないことに巻きこんでしまったし、これ以上かかわらせてはならないとも思っています」

「それで、ご門跡様。その大変なこと、とんでもないことというのはいったい――？」

喜火姫が、ちせたちの疑問を代表する形で訊いた。すると、ご門跡様はゆっくりとうなずいて、

「そう……『唐・大和の御取り合い』と言ってね、琉球という国は慶長十四年に薩摩に攻め取られたのだけれど、以前から唐土との関係――相手を宗主国とするかわりに王権を認められ、圧倒的に有利な交易を許されるというあり方は変わらず、それは明が清にとってかわられたあとも続いている。

朝貢国の例にもれず、琉球でも王様が代替わりするたびに清国から冊封使《さっぽうし》という大使節団が送られ、皇帝からの任命書を届ける。これは薩摩藩がいかにいばっていても変えられないことで、琉球国の地位は日本の外側から支えられているわけですが、それはふだんはないことになっている。言わば、見えない後ろ盾となっている清国に堂々と出てこられては、何かとこと面倒になってくるのですよ。

さらに面倒なことには、琉球と同じく清の冊封を受けている朝鮮国は、日本は対等の付き合いということになっている。かの国からの通信使は貢ぎ物を捧げにきたと思っている人も多いし、わざとそ

う誤解させているふしもあるけれどね。でも、朝鮮国王と公方様が対等なら、日本は清国より格下となってしまうし、それを避けたければ征夷大将軍の職を宣下する京の天子様にお出まし願うほかないが、そんなことをしたら最後、幕府の権威は地に落ちてしまう。

そもそも、どちらが国として格上とか格下とか言わなければいいのだけれど、それを言わずにはおられない輩がいるのも事実で、考えれば考えるほど悩みの種。そして、この種を物騒きわまりない火種とし、異国と戦端を開くきっかけにするつもりなら、これほどの好機はありますまいね。そして、今まさにそうなりつつあるのです」

「え、まさか、それでは」

「その使節来朝と、国書の到来を……」

「日本との友好ではなく、戦のきっかけとして？」

「そ、そんな、いくら何でも、それはあまりに――！」

ご門跡様の話に、仲間たちが言いかけては絶句する中、ちせは思い切って訊いた。

「お教えください、ご門跡様。あの兵学講義や、医学館薬品会への捏造ハリボテ出品、それにあの新兵器ならぬ珍兵器披露などは、みなそれに端を発することなのですか」

同じ疑問に突き当たったか、ほかの少女たちも視線を向ける中、ご門跡様は答えた。

「それは……そうであるともいえますし、でないともいえます。というのも、この国の中で泰平に飽いたあげくにほの見え始めた異国の影におびえ、備えようとするまではいいとしても、ことさらに日本を持ち上げ思い上がり、他国をさげすむ風潮は以前から目立ってきていたからです」

すると浅茅が、ふいに思い当たったかのように、

「そういえば、あの片山松斎先生の著作に、そうした考えをきびしく戒めたものがあるのを読んだこ

とがあります。皇国すなわち日本は世界で一番古い国であり、他国とは違う神の国であり、日本の天子こそは世界万国の天子であって、他国のそれはただの酋長《こにきし》、つまり蛮族の頭に過ぎないとか、真に『中国』と称すべきなのは日本で、だからその中国である日本で一番尊い古事記こそは世界中が学ぶべき聖賢の書であるとか……そうそう、日本が高いのは徳とか格式だけではなく、実際に世界で一番高い場所にあって、だから西方の卑しく低い国々と違って、太古に起きた大洪水にも無傷ですんだとかいった、らちもないたわ言一つひとつに反論しておられました」

「へぇ、松斎先生、そんなことを書いておられたの。あたしは柔の強ーいお師匠様としてしか知らなかったけど、ちゃんとした学者先生だったんだね」

　野風がのんきに言う横から、アフネスがあきれたようすで口をはさんだ。

「何だか、ノアの方舟や世界大洪水の話がまじりこんでいるようだけれど、日本がそんなに歴史が古くて、何もかも立派で尊い国というなら、もっと大きな国であってもおかしくないし、どこの国よりも早く開けたのなら、何も中国や西洋から学問や文物を取り入れる必要はなかったんじゃないのかな」

「そこも、ちゃんと理屈がこねてあるのだよ」浅茅が言った。「国というものは広ければ偉いというものではない。というのも南極の方に、世界の国々を合わせた三分の一もあろうかという大国があるが、そこは無人にして不毛の地。大きければいいというものではなく、狭く小なりと美国《よきくに》は美《よ》きものなのだ――とね」

「その大国って新阿蘭陀《ノヴァ・ホランディア》（オーストラリア）のことかしら。ああ言えばこう言うというか、まるで子供の屁理屈ね。結局、どんなに新しい知識を得ても、日本凄い、偉大なりという妄想の補強にしかならない――」

アフネスが言うと、浅茅はため息まじりにかぶりを振って、

「まだまだ、驚くには早いよ。外国より文明が発達するのが遅かったのは、鳥や獣が生まれてすぐ大人になるのに比べ、人間が何かと手間がかかるのと同じ。外国の人間は鳥獣のように卑しく、だからこそ悪賢く知恵をのばしたのに対し、日本人はいつまでも神代のように大らかで、だから天文暦数だの航海術などというこせついたものを考えだす必要がなく、自ら歴史を書き残すこともしなかったのだ――と、この理屈には子供だってあきれるでしょうね。そのくせ、最新の西洋天文学に言う地動説も古事記にはすでに書かれていたとかこじつけたりして。松斎先生はバカバカしいとは百も承知で、でもこうした考え方が世を誤り、国を滅ぼしかねないという危機感から、いても立ってもおられず反論の筆を執られたというのが、文章の端々から伝わってきていた……」

「そう……わたくしも片山松斎殿には『疑問会』にてお会いし、その口吻に接して、学識豊かで真摯なお方と思いました」

喜火姫は言い、何ともやりきれない思いをこめて続けるのだった。

「でも、現実には片山殿の正論中の正論は世に広まらず、かえってあの方が〝国学の贋徒《がんと》〟と呼び、世人を誑惑《きょうわく》せんとする弥天《びてん》の罪人とまで非難した人物とその一派がもてはやされている。彼らの学問には興味はない人たちでも、やれ仙童だ異界だ転生だといった与太話をもてあそんでいるうちに、知らず知らずに神がかりな思想に取りこまれてしまう……」

これにはちせも考えこまずにはいられなかった。たとえ悪が善に勝つことがあるとしても、きっちりと理を踏まえた正しい学問が、願望まじりのデマカセに負けるとしたら、いったいどうしたらいいのか――。

そこへ野風が「あ、そういえば」と何か思い出したようすで、

「いつか姫様が見せてくださった、変てこなお化けづくしの怪談——あれも平田篤胤という人が掘り起こし、世に広めたのではありませんでしたか。稲生平太郎《いのうへいたろう》という少年が、髭腕《ひげうで》の一つ目巨人とか逆さ歩きの生首とか、小坊主の頭の串刺しの群れとか男の額から飛び出す赤子とか、どこからか湧いて出た無数の虚無僧とかに肝試しをされるあの話、あたしにはたまらなく面白かったけどなぁ」

「そう、確かに」喜火姫はうなずいた。「でも、その面白さこそが罪……この国のどこかに不思議な天狗の国があるとか、人は死んでも生まれ変わるとか、決してありえないけれど、あったらいいなと思えるような作り話を吹きこまれた人々は、やがてもっと恐ろしく罪深いたわごとを受け入れるようになってゆく。いま野風が言った『稲生物怪録《いのうもののけろく》』は九十年ほど前、備後国三次《みよし》で起きたという、これも面白すぎるお話だけれど、それを掘り起こすに当たっては、日本古来の氏神をたたえる考えがこっそりと忍びこませてある——」

ご門跡様も今は微笑みを絶やし、押し黙って考えこんでいた。そこへふいに、

「——それで、ご門跡様」

喜火姫の凛とした声が響いた。

「わたくしたちに何かできることはあるのでしょうか。いえ、他のものたちをひとまとめに巻きこむわけにもいきませんから、わたくしに、ということでかまいませんが」

「そ、それは——」

ご門跡様が言いかけたあとに、野風が心外そうに喜火姫を見つめながら、

「困るなぁ。姫様は、あたしを置いてけぼりにしてゆくおつもりですか」

「い、いえ、決してそんなわけでは」

と喜火姫が、狼狽しつつもうれしそうに答えたそばから、

「僕もこのまま引き下がるわけには……」浅茅が身を乗り出した。「姫様と野風の二人組というのは、どうにも危なっかしい気がするし、僕は僕で昌平黌で救われた恩をまだ返しきっていない気がするしね」

「そういえば、私も姫様、そしてご門跡様にあの牢屋で助けられた礼をすませていなかったな。となれば、借りを返すために片棒かつぐのもしょうがないか」

アフネスは、竜眼の片方をいたずらっぽく瞑《つむ》ってみせながら、

「……というのは冗談としても、今度の件に常州藩が深くかかわっているとあっては、こちらから頼まなくてはならないぐらいだ。運悪くあそこに漂着し、捕えられた父たちの消息はまだわからないのだしね」

きっぱりと言い、朗らかに笑いあったあとに、何となく微妙な気配が立ちこめた。ちせに、自分たち同様なことを押しつける空気になってはいないかという気配りの産物だった。と、それを打ち破るかのように、

「あの、わたしにも参加させてください。いえ、決してみなさんに流された結果とかじゃないんです。父が生涯かけて大切にしてきた兵学や漢学、わたしが今学びつつある蘭学がとんでもないことに使われようとしているのが許せないのと、それがどんな報いを受けるかを見届けたいのと……それと、あと個人的な事情もあるんです、この手紙を見てください!」

ちせは眼鏡を吹っ飛ばしそうな勢いで言うと、懐から一通の書状を取り出した。

これは? といぶかしげな顔になった仲間たちに、その中身を開いてみせると、そこにはこんなことが記されていた。

——近来、佐藤信淵なる者、当家に対し、兵学並びに農政経済物産、弊政改革其の他諸々の伝授を

掲げてしきりと接近し、藩内にはその経歴の華麗、著作の膨大にして声望の盛大なること、また人脈の多岐にわたれるに惚れ込みて登用を主張する者ままあり。今の兵学教授たる江波戸鳩里斎先生に取って易うべしとの意見も散見するに至れり。ご尊父鳩里斎先生の御身にかかわることなれば、かつての門人として一報す。

それは国表の、ちせの父の学塾で学んだこともある藩士から江戸屋敷に届いた手紙で、なるほど父の身辺がにわかに騒がしくなり、結果として彼女が遠路お江戸までやってくることになった背後には、こんなことがあったのかと腑に落ちた。

よりによって、問題のあのうさん臭い学者が、こんな形で自分とつながっていたとは——ちせはその偶然に驚いたが、その文面を見た仲間たちの反応はさらに辛辣なもので、

「何でも学者としての仕官先をひたすら求めて、あちこちの藩に手当たりしだい、売りこみを図っているとは聞いてはいたが、まさかちせちゃんの故郷、それもお父上の地位まで食指をのばしていたとは……どうも驚いたね」

野風があきれ顔で言えば、喜火姫が眉をひそめながら、

「実は、この佐藤なにがし、青鳴藩の財政再建にかかわったと吹聴していたようなのですが、そんな人がいたとも、そんなことがあったとも聞いたことがなく……もっとも、わが藩がああなったのが、このご仁のせいなら、ぜひ報いを受けてもらわねばね」

「その話が出たのは、彼の講義のときでした」浅茅が言った。「もっとも、あのご仁が自分を招聘したとして挙げた藩の名は十や二十ではなかったのですけれどね。とにかく自己を誇り功績を語ること、まるで憑かれたようで……ふだんはむしろ気の弱そうな好々爺なのですが、どこからあんな狂気じみた執念が出てくるのやら」

「でも、そのおかげで、今はみんな信じているわけだろう。佐藤先生といえば五代にわたる学者の血筋で、著作も数百巻を数えるという大ぼらを。そして、いったんその評判が広まってしまえば、自分で確かめもせず偉いお方だと信じてしまう——というわけさ」

アフネスが、そのサーベルの技さながらの舌鋒でバッサリと斬り捨てた。あまりにボロクソな言われように、ちせは父の脅威となっている人物にもかかわらず、かえって気の毒になってしまったほどだった。

「と、とにかく、そんなわけで」彼女は一同を見回すと、「わたしにも、みなさんほどではないけれど、今度の企てに参加する理由があるのです。この佐藤なにがしの野望を打ちくじき、ついでに正体も暴いて、故郷九戸藩が父をお払い箱にして、彼を雇い入れたりすることのないようにするために！」

それから、おずおずと周囲を見回しながら付け加えた。

「あのぅ、こんな理由では、だめでしょうか……」

「そんなことないさ！」

間髪を入れず、野風が返事をかえし、ついでに勢いよくちせの肩をたたいた。

「そうだろ、みんな？」

「ええ、喜んで……ある意味、立派な動機かと」

「引き続いて、よろしくお願いしますね」

「大歓迎《フラフ・フダン》だよ！」

朗らかで温かい言葉が飛びかう中、ご門跡様はいつしか頭を垂れていた。

「ありがとう……そちたちの義侠心と勇気に心より礼を言います。本当にありがとう」

高貴な女人からの思いがけない感謝の言葉に、一同はかえって恐れ入ってしまった。そんな中、喜火姫がこのうえなくにこやかに、

「どうかお顔をおあげくださいまし、ご門跡様。わたくしたちこそ、お礼には及びませぬ。なぜといって、このままではご門跡様お一人で大きな敵に立ち向かう、なんてことをなさりかねませんものね」

そう言ったあとに、ふと付け加えた。

「わたくしたちがここに集ったからには、決してそのようなことにはさせませんが……はて、そう言えば」

「何でございますか、姫様」

野風がけげん顔で訊いた。喜火姫は答えて、

「わたくしたちの集まりには呼び名がなかったなと思いましてね。ほら、せっかくちせも加わってくれたというのに」

「なるほど……」と浅茅もうなずいて。「もし許されるなら、ご門跡様のことを冠して、『ご門跡組』とか『ご門跡衆』というのはどうでしょう」

おやおや、それは……と当のご門跡様があわてるのをよそに、少女たちは論議を始めた。組や衆のほかに党、団、はては五人女などと思いつかれたが、どれも武骨で無粋だということになったとき、

「ならば……いっそオランダ語に適当な言葉はないかしら」

ちせが提案すると、アフネスがすぐさまこう答えた。

「それならば“Team《チーム》”というのがあるよ。英語と全く同じだけれど」

「それだ！」

とたちまち衆議一決して、少女たちの集まりは〝ご門跡チーム〟と呼ばれることになった。

喜火姫は満足そうな笑みを浮かべ、ご門跡様に一礼した。するとそこへ浅茅が意を決したようすで、

「よし、こうなったら僕もこの際、一大決心をします。どのみち男姿での敵地潜入ということになるでしょうから、怪しまれないために今の総髪をやめ、スッパリと月代《さかやき》を剃って男になりきります！」

「それは駄目！」

せっかくの宣言は、しかし一同からの猛反対にあった。

「そんなもったいない」

「前髪を落としたら、女の子にもどれなくなってしまうよ」

「とにかく反対！」

とさんざんで、ご門跡様からも、

「いけませんよ、そこまでのことはさせられません」

とたしなめられた。喜火姫も笑って、なぜかひどくがっかりしたようすの浅茅をなだめたが、そのあとふと真顔になって、

「さて、このあとどういうことになるのやら。ただ一つわかっているのは、これから江戸を訪れる異国のお客人たちに、とんだ災難が降りかかりそうということで……」

3

ゴーン、ゴォォーン……。

きらめく夜空の下、影絵細工のような街並みの彼方から、鳴り響いてきた音があった。捨て鐘三つ

のあと、長く尾を引きながら打ち鳴らされること四度——夜四ツすなわち亥の刻（午後十時ごろ）を告げる〝時の鐘〟だ。

江戸市中にその名で呼ばれるものは何か所かあるが、これは中でも最古の石町《こくちょう》の時の鐘。そのどこか哀切さを帯びた音色は、そこから何丁か離れた、とある人気のない道筋にも届いていた。

——八百八町の大半がそろそろ寝静まろうとする今しも、そこを行き過ぎようとする一行があった。いささか時刻が遅いのを別にしても、どこか風変わりな行列だった。といっても、駕籠に徒歩《かち》、馬をまじえたそれは、さして多人数でもなく、駕籠に付き従うものたちの装束もごくありふれたものだった。

もっとも騎馬の人物のいでたちだけは、その身にまとう衣といい、かぶりものといい見慣れないものだったが、あいにく影法師になってよくは見えない。

夜目にもはっきり風変わりとわかるのは、駕籠にかけられた垂れ幕だった。上から赤・白・青の三色に鮮やかに染め分けられ、中ほどの白い部分にはこんな紋所らしきものが描かれていた。

丸の中にN、その下にVOCの合わせ文字《モノフラム》——オランダ連合東インド会社《ネーデルドイッチェ・フェルエーニヒデ・オーストインディセ・コンパニー》の略称である。見ると、供の者が持つ提灯にまで同じ社章《ワッペン》が墨書されている。見たこともない、紋帖にもありそうにない注文に職人も困ったかというと、そうでもなかった。

というのも、甲比丹《カピタン》すなわちオランダ商館長《オッペルホーフト》と書記《セクレタリス》、医官《シルリュハイン》が進物と海外情報を携えての江戸参府《ホフレイス・ナール・イエド》は、今度が実に百六十四回目。人数こそ朝鮮や琉球の使節より少ないが、江戸っ子とのなじみは決して薄くはなかった。

　このときの商館長はヨハネス・エルデウィン・ニーマン、書記はゲリット・ド・フリース。ほかに長崎奉行所の正副検使、大通詞小通詞、町役、小者らの日本人随員が百人近くおり、二か月かけてたどり着いた江戸では、本石町三丁目の阿蘭陀宿、長崎屋に逗留することになっている。

　その使命は、もちろん江戸城でのSjogfoen《ショーグン》——彼らの解釈では日本国皇帝《カイザル・ファン・ヤパン》もしくは帝国元帥《ライクスフェルデヒア》（征夷大将軍の蘭訳）——との拝謁。だが、二十日ほどの滞在期間中、宿には蘭学者らをはじめとする客たちがひっきりなしに押し寄せるし、幕閣や諸大名にもあいさつ回りをしなくてはならない。

　このときの外出もそうした雑務の一環で、少人数なのは非公式な訪問のせいであり、時刻からして、今はその帰り道に違いなかった。となると、三色幕のかかった駕籠の主はニーマン商館長、日本側の呼び方では甲比丹ニュイマンということになるだろう。

　古川柳に「石町の鐘は阿蘭陀まで聞《きこ》え」とあるように、長崎屋は〝時の鐘〟と背中合わせに建っており、今の鐘の音との距離感はそのまま彼らの道のりをあらわしていた。

　帰着まではあと少しかと思われたとき、ふいに行列の歩みが止まった。今の鐘が合図でもあったように、バラバラと立ちふさがった数人の男たちがあったからだった。

　それだけでもただごとでないのに、彼らはみな面体を隠し、しかも刀の柄に手をかけていた。しか

も、ただの辻強盗などではない証拠に、

「オランダ甲比丹の一行とお見受けする」

ズイッと前に進み出た一名が、いきなり喝破したうえで、

「いささか仔細あり……斬る！」

いっせいに白刃を引き抜いて斬りかかってきた。

双方、人数に大差はないが、何といってもこちらは無防備。供の者たちは、そのまま左右に逃げ散り、カピタンは箱詰めのまま地面の上に残された。

これは駕籠ごと串刺しか、引きずり出しての膾《なます》切りかと思われたとき、引き戸がスッと開いて、何かを握りしめた白い手が突き出された。

次の瞬間、その何かから轟音と閃光がほとばしったかと思うと、カキーンという金属音もろとも振りかざされた刀身がぽっきり折られた。唖然として立ちすくむところへ、

「キエーッ、ターッ！」

少年の声か、と驚かされた叫びとともに飛び出した人影が、疾風のように刀を振るい、襲撃者たちの刀をたたき落とした。かと思えば、目にも止まらぬ速さで手足を繰り出し、大の男たちを地面に転がしてゆく。

（な、な、何だこいつらは⁉）

彼らに驚き呆れるいとまさえ与えず、馬上にいた異装の人物がヒラリと身を躍らせた。鞍から飛び降りざま、

“Hoera!《フラー》”

聞いたこともない喊《ストライドクレート》声と同時に、まばゆい銀色の一閃を振り下ろした瞬間、その場の空間そ

のものが真っ二つに切り裂かれたかに思われた。

その人物はかぶりものならぬ帽子《ソート》や翼のようにひるがえる外套《マンテル》といい、大地を踏みしめた長靴《ラールズン》といい、顔立ちや髪、目の色からしても、この国のものではなかった。

何より痛烈に、襲撃者たちにその事実を思い知らせたのは、異国人の手に握られたサーベルの目まぐるしい乱舞と、鮮やかなばかりの切れ味だった……。

「ひるむな退《ひ》くな、行けっ、行けえっ！」

そんな声が飛んだが、侍とはいえ、そして日ごろやたら武張った気風のもと暮らしているとはいえ、実戦経験に乏しい彼らにとっては、無理な注文だった。

思わずその場に立ちすくんだそのとき、さっき姿を消した供の一人が物陰から飛び出してきた。懐から炭団玉のようなものをつかみ出しざま、

「みんな目をつぶって！」

さっきの声よりさらに幼く、小わっぱかと疑われる声で叫んだ。おかしなことにその小わっぱは眼鏡を掛けており、しかもその硝子玉《レンズ》の前に黒い覆いのようなものをヒョイと下ろした——次の刹那、

「わわわっ！」

「ま、まぶしいッ」

「目つぶしか！」

と侍たちが悲鳴をあげた。それもそのはずで、その小わっぱが眼鏡に覆い——それが日蝕や黒点を観測するときに使う太陽鏡《ゾンガラス》の応用などとは知るよしもない——を掛けつつ、炭団玉を投げつけた瞬間、さっきとは比べものにならない白熱の光が、四方八方にほとばしったのだ。

まるで北斎描く『椿説弓張月』続篇巻之三、「石櫃を破て矇雲出現す」の図——三十年ほども昔の

読本《しょうせつ》だけに、この小わっぱたちが読んでいるかは定かではなかったが、とにかく効果は絶大だった。

しかも、この趣向には曲亭先生も書かなかったおまけがついていた。侍たちの頭上、どこかの高みからいきなり網が打たれ、侍たちをまるごと搦め取ったのだ。

その鮮やかな手並みを見せたのは、一行の中で——駕籠の中から手だけ出したカピタンを除いての話だが——最も優形で美男と見える総髪の侍だったが、そんなことを確かめる余裕も余力も、襲撃者たちにはなかった。ただ、かろうじて、

「わ、われらを常州藩士と知っての狼藉か」

「お、覚えていよ……い、いや、その前にここから出せ……」

悲鳴にも似た声で、必死に虚勢を張るのが網越しに聞こえるのみだった。


——常州藩家老・矢羽根兵庫は苦り切っていた。

そもそも、今回の江戸でのカピタン襲撃計画には反対だった。もとをただせば、新大陸に向かうべきところ領内の海岸に漂着したオランダ人を逮捕監禁し、その荷を略奪したばかりか、日本侵攻にやってきたと決めつけて拷問し、むごたらしい措置を加えた。

かつて常州では、水と壊血病予防のための野菜を求めてやってきた英国人の捕鯨船員を捕縛し、調べもせずにロシア人と思いこんで皆殺しにしかけたことがある。そのときは、江戸から幕府の役人と英語もできる通詞が駆けつけてことなきを得たが、そのとき異人どもを無傷で解き放ったのが、常州藩士の悔恨となってわだかまっており、右の暴挙の一因となった。

英国船事件の際の藩主は、万事にわたり穏健派だったのがよかったが、没後は子がなかったため、長く部屋住みだった異母弟が跡を襲った。すなわち現在の常州侯である。

この人はご先祖に似たのか、少し書物を読んだぐらいで日本は神国、尊崇すべきは皇室と感動に打ち震え、学ぶなら国学、従うは神道と信じこみ、仏教は邪悪で異国は仇敵といきり立つ人であったため、ことが面倒になった。

何といってもオランダは幕府公許の通商国。しかも、カピタン参府とあっては、もし自国船の行方不明とその原因を直訴でもされたら大変なことになる。いや、すでに常州藩の関与をつかんでいるかもしれない。ならば、将軍拝謁の前に暗殺して口封じしてしまえばよい——と一部の藩士が暴走し始めて、矢羽根兵庫はそれを止められなかった。

しかも、その後には暴挙や暴走どころか、とてつもない暴発が控えているとはあっては……。

幸いというべきか、襲撃は失敗に終わった。そして、事態はいっそう悪くなったのだった。というのは——。

「ワタクシ、甲比丹よはんねす・うえるてぃん・にゅいまん、書佐げるろうやんで・でふりーすノ補《アドシステント》佐ニテ、商務員《オッペルコープマン》よんける・ふぁん・ろでれいきト申シマス」

今、矢羽根兵庫は、帽子にマント、ブーツという、そして輝くような色の髪と瞳を持つ異国人と相対していた。何と襲撃者たちのさんざんなていたらくが伝えられたあと、襲われた側から堂々とやってきたのだ。片言の日本語での名乗りのあと、

——Jonker van Roderijcke

もとより読めもしない蟹文字を、さらに踊るようにひねくった字体で記した名刺を渡されても困惑するばかり。だが、ヨンケル・ファン・ロデレイキと名乗る異国人の言葉は、さらに兵庫を困惑させるものだった……。

「オカゲ様ニテ、甲比丹ハ無事ニ候エバ、ゴ懸念ニハ及バズ候。マタ、御貴殿ラニヨル夜討チニツイ

テハ不問ニ致シ候間、コレマタ御安堵クダルサベク……クサダルベク……ア、イヤ可被下候《くださるべく》……サレバ、ソノ、サヨウ然ラバゴモットモ！」

だんだん日本語での堅苦しい物言いが苦しくなってきたのか、そこから急にペラペラと異国言葉になって、いっそうわけがわからなくなった。

するとロデレイキの左右についていた二人――端正な風貌の総髪の若侍と、眼鏡をかけ黒紋付を着こんだ少年だった――がすぐさま通訳に取りかかって、

「ええ、これなるロデレイキの申しますには『われらオランダは商売の国なれば、決して商機を逃さぬことこそ肝要』――と、このような次第でございます」

端正な若者が言えば、またペラペラと異国言葉が続いたあとに、今度は眼鏡の少年が、

「『これもご縁、商売のきっかけと申すもの。お察ししますに、貴藩におかれてはお入り用の品多々あり、当方よりお買い求めいただければ、今夜の夜討ち、またお国元でのいっ件についても決して口外いたさぬ所存』と、こうも言うておりますが……」

「そ、それは……」

矢羽根兵庫も、とっさには答えることができなかった。と同時に、

（しょせんは禽獣《きんじゅう》に等しき夷狄《いてき》、自分たちが襲われたことより、そればかりか囚われの同胞の命より金もうけを選ぶとは、いっそう好都合であるやもしれぬ……）

そんな軽侮の念が浮かんだのも事実だった。そこで彼はあらためて口を開いた。三十万石を背負って立つ家老職ならではの威厳を取りもどしながら、

「聞こうか、貴様らが売りつけようとしている品とやらを。もしそれが世にありふれた、つまらぬものであったら承知せぬぞ」

さきほどとは打って変わって傲然と、言い放ったのだった——。

＊

「なあ、寅兄貴」

とある居酒屋で、再生勝五郎こと中野村の小谷田勝五郎が、連れに話しかけた。

「何だ、勝公」

天狗小僧またの名仙童寅吉は、物憂げに答えた。すると勝五郎はドロリとした目つきで、

「何だか今、どえらいことが起きようとしているらしいが……兄貴は知っているか」

「知らない段じゃない。書生門弟たちもその用意で大わらわだが、それがどうかしたか」

「いや、となりゃあおれたちも無縁じゃいられないってことさ。うっかりすると巻きこまれて、とんでもないことになりゃしないか」

「いや、それはないな」寅吉は冷たく答えた。「みんなおれたちのことなんて飽き始めている。こないだのしくじりもあったし、もう用済みさ」

「そうだろうか。でも、なまじ名を知られてるだけに、いざとなれば矢面に立たされて……」

「ふむ、それもある」

寅吉はコトリと杯を置くと、あごをなでた。ふとまじめな目で勝五郎を見すえると、

「思えばお前もおれも、何の因果か他のものにはない不思議とめぐり合ったばかりに、とんだ大人の玩具《もちゃそび》にされてしまった……ここらで身の振り方を決めるべきかもしれないな。これまで見てきた長い夢のしめくくりに大勝負に出るか、それとも……ここが思案のしどころってわけだ」

4

「百祐《ももすけ》を、これへ」

閉ざされた庭のさらに奥深く、これが江戸市中かと疑われる草深い中に、ぽつりと建った奇妙な小堂。そこから、いやに朗々とした声が響いた。それを受けて、

「大先生のお召しですぞ、佐藤殿」

うやうやしく地面に膝を突いた門弟たちが、信淵を重々しくふりかえりざま告げた。

(今さら、そんな名で呼ばれるとは……そんなら、こっちも平田篤胤先生ではなく、大和田《おおわだ》の半兵衛《はんべえ》さんと呼んでやろうか)

佐藤信淵は、内心舌打ちしないではいられなかった。百祐は彼の幼名にして通称、字は元海。その後、著述のたびに松庵、万松斎、融斎、椿園などと号を変え、履歴を書き換えてきたのに、そんな間の抜けた呼び方をされては台なしだった。

信淵はしかし、そんな内心を気取られないようあくまで神妙な顔で、庭から小堂の正面に通じる階《きざはし》を上っていった。

正面といっても、この建物は六角形で、ぐるりと縁廊下がめぐらされたどの面も、板戸が下ろされてのっぺらぼうだ。どこがふいに開き、閉じるか知れず、しかも人の手によるものではないかもしれない薄気味悪さがあり、どことはなし『今昔物語』の「百済川成《くだらのかわなり》と飛騨《ひだ》の工《たくみ》と挑み語《はなし》」で、二人の名工の腕くらべの場となったからくり堂を思わせた。

これを種本とした石川雅望《いしかわまさもち》の『飛騨匠物語』で、挿絵の葛飾北斎がみごとに目に見せてくれたそれは、「縁にのぼりて。南の戸より入らんとすれば。其戸はたと閉ぬ。おどろきめぐりて。西の戸より

入らんとすれば。其戸はたと閉て。南の戸は明ぬ」というものだったが、あちらは一間四面の堂だったのに対し、こちらは五割増しの六角堂。今にも目の前で回転し始めてもおかしくない奇抜さを漂わせていた。

（そんなことはせずといいから、いっぺんぐらい中を見せてくれればいいものを……いくら「夢殿」なんてありがたい名をつけたからって、もったいぶることもあるまいに）

そう、奈良斑鳩は法隆寺、聖徳太子をしのんで建てられた八角円堂にあやかってか、ここは「夢殿」と名づけられていた。何でも、ここで〝大先生〟は産霊の神と語り、没後入門した本居宣長に教えを請い、幽冥界と行きつつする日々を送っておられ、ためにめったと外界に姿を見せることはないのだという。

信淵は彼の弟子とはいえ、七つも年上だったし、同じ出羽の久保田藩の出身ということで、もっと気さくに付き合ってきた。それこそが平田の学流で、平易で情熱的な語り口も相まって、数多くの門人を集めてきたのだが……。

（人は変わるものか……まぁ、このわしも人のことは言えたものではない）

信淵は、階を上った先の縁側に座しながら、思わず苦笑したことだった。

（そもそも彼から「なんじ」呼ばわりされたことなどあったろうか。まぁ、何であれ熱を帯びると、人格変換でも起こしたように言動や顔つきまで別人のようになるのは珍しいことではなかったし、突然、神だの御霊、あるいはただの思いつきが降りてきたときは手がつけられず困ったものだった。いや、困るのは別にいいのだが……

問題は、それが演技か本気か、だんだんわからなくなってきたということだ）

そんな疑問を抱くものは、彼を慕う門下生たちはもちろん、ここから全国に流布されている書物

──出版業は平田塾のもう一つの顔だった──を通じて国学を学んでいるものたちの中にはいないだろう。たった一人、彼自身を除いては。

なぜなら信淵《かれ》──本名・佐藤百祐こそは仕組まれた、作りものの人生を歩んできた人間だったからだ。

およそ学問という学問を修めたと称する中で、近年はとりわけ兵学者を名乗り、口を開けば古今東西の軍事を語り、尚武の精神を説いてはいるが、佐藤家は農民、せいぜい言って郷士の家柄。せめて他の庶民と差をつけようと代々医家と名乗ったが、しょせん大した変わりがあるわけもなく、一生浮かび上がる瀬はなさそうだった。

黙々と田を耕し、あるいは誰かに追い使われる人生が嫌となれば、学問しか身を立てる道はなく、そのくせ大した経歴も得られないまま年だけ取ってしまった。

考えてみれば、生まれながらの身分に恵まれ人脈を得なければ、学者として権門勢家に仕えることは不可能だし、それ以外栄達の道はない。市井の物知り先生からは上へは一歩も行くことはできないし、そもそも食べてゆけはしない。家業や家産があって裕福な文人や、高禄だが暇な武家でもあれば別だが……。

生活《たつき》の道はせいぜいが寺子屋の師匠か、見様見真似の田舎医者──そこから何とか逃れようとして始めたのが、ひたすら経歴を粉飾し、いもしない先祖代々の学者たちと、彼らの業績をでっちあげるという捨て身の戦法だった。

これだけは人に誇れるほど読み漁った万巻の書籍を自著に取りこみ、行ったこともない土地に行き、会ったこともない人と会って、しかも論破したと自称する。どこかの家中の役付きに紹介されれば、せいぜい江戸で面談しただけなのに国元に招かれ藩政にたずさわったと自称する。

そんな彼に、あなたはいったい何者なのですかと訊かれれば、実に何とも格好で、都合のいい呼び名があった。そんなとき、彼は必ずこう答えた——

「やつがれか。やつがれは経世家でござる」

と。いや、単にそれだけではなく経世済民、すなわち「経済」の徒であるのだと！

そうした自身の喧伝にも増して情熱をこめたのは、祖先の業績づくりだった。神沢杜口が『翁草』で嘆いたように、武家が仕官や出世のため「諸家系図より称号の同き類を引合せ、漸く己が父祖位迄の知りたるに、生れ出ぬ人を、何代も系合せ人を欺く」偽系図を作るのに比べると、はるかに罪は軽い——ことにしておこう。

こうして、近郷近在の人々に慕われた名医で、藩侯にも頼りにされる一方、江戸時代の最初期というのに赤道と経緯度の概念を知っていた高祖父・信邦に始まり、北極を起点とする度分と気候や地勢の関係を研究した曾祖父・信栄、農耕や鉱山開発のため地味地質、地相を研究し、元禄年間早くも蝦夷地に渡って前人未到の三年越冬から生還した祖父・信景、そしてそれらを受け継いだ父・信季に至る〝家学〟の系譜が作られた。

最初は祖父の代からの学統だったのが、あとで二代さかのぼって付け加えられた。四代にわたる著作は四十五部百九十三巻に上ったが、大半が「不伝」であり、現存するのは信淵の筆写や口述記録のみだったのは、実に残念というかやむを得ない次第だった。

この栄えある一族の五代目として生まれた信淵が、凡百の学者とは段違いなのは当然の話だった。十三歳もしくは十四歳のときに東蝦夷もしくは西蝦夷を探検した（語るたび設定が違うのはありがちのことだ）ことを皮切りに、万学を修めて諸民に尊敬され、各方面から引く手あまたという学者人生が始まった。実際には、このときすでに四十に手が届こうとしていたので、二十数年分を大急ぎでやり直すことになったのだが……。

ともあれ、そのかいあって、今では江戸ではちっとは知られた学者となり、近年は世の流れを見て兵学を売りものとした。と同時に、先祖代々の〝家学〟に操兵や砲術が加えられたのは言うまでもなかった。

幸い評判を聞きつけ、大名家の家臣で彼の兵学講義を聴講し、入門しようとするものも出てきている。これは藩に召し抱えられる第一歩であり、いよいよ悲願の実現か――と思われたとき、だんだんおかしなことになってきた。

どうおかしくなってきたかといえば、それはこんな「夢殿」なんて不気味なところに呼びつけられ、こんなご託宣を下されることになってしまったからで――

「これ、百祐」

長々しく、くどくどしいが、実は一瞬だった回想を頭上の声が破った。庭越しですらよく聞き取れたそれは、いっそう音吐朗々として、かえって非人間的に響いた。

「今こそ、わが積年の秘策を実行に移すべきとき――宇内を混同し、万国をわが神国日本の郡県となし、産霊の神教を布くべき時節が到来したぞよ。喜べ、祝え、そしてなんじが身命をこの構想に投じるがよい」

（いや、その秘策なり構想は、このやつがれが構想したものなんですが）

心中の言葉をそのまま口に出しかけ、あわてて思いとどまった。もしそんな突っこみを入れようものなら、居並ぶ門人たちにどんな目にあわされるかわかったものではない。

（いや、だからといってこれはどうしたものか、うーむ弱った、困ったぞこれは……）

必死で考え、だがどうにもごまかしようのないのには冷汗三斗となるほかなかった。

――とにかくこの男は、ふだんから行動が計り知れないところがあり、たとえば山崎美成のもとから天狗寅吉を拉致同然に引き取ったときも、あれよあれよという感じだったし、西洋天文学や地理、果てはご禁制の切支丹の神話伝説を取り交ぜて、それらとは似ても似つかぬ天・地・泉の宇宙観をつくりあげたり、あまりに奇抜すぎるためか地元三次では藩主じきじきに口外筆写を禁じられた『稲生物怪録』をひそかに手に入れたり……そしてそれらが全て日本は神国にして偉大なり至尊なり、世界の盟主となり万国を臣従せしむべし、という結論に結びついてゆくのには舌を巻くほかなかった。

そして、それがいかに日本人の耳に心地よく響き、満天下の評判を呼び、入門希望者は門前市をなし、大先生と崇められるに至らせたか。誰もがどれほど「日本に、日本人として生まれただけで（ただし男子に限る）偉くてすごくて、ほめられるべき存在なのだ。日ごろ領主さまやお侍、地主、親方、旦那、兄貴分たちに殴られ、罵られていても、もっと大いなるものと結びついているから嘆くことはないのだ」と言ってほしかったか――その〝需要〟に気づかなかったのが不思議なぐらいだった。

そのことに刺激されない信淵ではなく、また自分で自分の夢想に酔いしれる性癖は負けてはいないこともあって、たちまちはるかに具体的な世界征服計画――あのとき常州藩の小石川別邸で特別講義として語った『宇内混同秘策』をつくりあげてしまった。

何しろ、国際情勢や兵器に関する知識は、ほかの連中よりはずんとある。何しろ天狗寅吉に向かって、あの国友一貫斎ともあろうものが、

――彼の境に種々の武器、武術など有るを思へば、山人は武備をも幸ひ給ふ事と見ゆ。然れば海辺に杉山々人の宮を設けて、異国襲来の守護神に祭らば、いかに有らむ。

「異界に住む天狗、山人たちは戦に長《た》けているようだから、海岸沿いに彼らをまつった神社を建てたら、異国からの襲来から護ってくれるのではないか」

などと、神がかりな国防計画の可能性についてたずねた。さすがの天狗小僧寅吉も、大の大人たちのこの質問をどう受けとめたかは知らないが、

「別に祈らなくても、異界は外国からの侵略から日本を護ってくれます。ただ、私はあちらでの秘密を守るよう堅く戒められていますので、くわしくは申し上げられません」

という意味のことを答え、それで一貫斎たちは他愛なく納得してしまった。

そこへ行くと、信淵はあの特別講義で熱く語ったように、阿波藩では軍事顧問として大砲鋳造や新兵器の発明にいそしむかたわら、『鉄炮窮理論』『西洋列国史略』『三銃用法論』『防海策』『実武一家言』などの著作を書き上げた、まさに第一人者なのだ。

だが、その触れこみは思いがけず信淵自身に投げ返され、手痛く突き刺さってきた。

「されば、百祐よ」

声は冷徹に、あらがうことを許さない語調で続けるのだった。

「神州に来貢の意思なくして入朝し、あまつさえ東武の地を汚さんとする異国人を懲罰し、内外に日本の武威を示すべし。万国を臣従せしむる使命と、その容易なるを教えるべし。その全軍の兵備と釆配をなんじに任さん。むろん雀躍して受けるであろうな？」

信淵は「いや、それがその」と、いつもならなめらかな舌をもつらせながら、

「そのようなことをすれば、公儀より騒擾どころか謀叛と見なされ、遠くは由比正雪、近くは大塩平八郎のごとき大罪に問われることは必定かと……」

必死になって絞り出した答えは、あまりにも常識的なものであったが、そもそも常識が通用しない相手であることは、しゃべりながらも痛感しないわけにはいかなかった。

「ふうむ、なるほど百祐」

声は、ゾクリとするような冷笑をふくんで続いた。それとは裏腹に、「夢殿」発の言葉は意外なほどの態度軟化を示して、

「辞退するというか……それならそれでやむを得まい。残念だがしかたがあるまい。異国に敵しうる天下唯一の軍師がならぬということなら、その具申に従うが賢明であろう」

「へ？　いや、いかさま、宇内混同、万国統一と諸民教化はいまだ時期尚早かと……」

相手の意外なほどの物わかりの良さに、信淵がホッと安堵したのもつかのま、

「ところで百祐。話は変わるが、当塾では世のため人のため、国学や神道に関する書物を板行しておるのは、今さら言わずとも存じておろうの」

「ははっ、そのことはもとより」

信淵は、何で今そんなことをと小首をかしげながらも答えた。

——今の言葉通り、そして先にも記したように、気吹舎には出版業というもう一つの顔があった。自分たちの教えや考えを広めるべく、官許の出版でははばかられる内容もふくめて、自ら版木を起こしたり写本にしたりしたものがすでに相当数になっていた。

「それでの、また世に埋もれた書物を翻刻して世に知らしめようと思うが、どうじゃ」

「はっ、その志はまことにけっこうかと……して、その書物というのは？」

「うむ、まずは次の五種じゃ。志筑忠雄《しづきただお》訳『暦象新書』上中下、山村才助《やまむらさいすけ》著『西洋雑記』『同二編』、小宮山昌世《こみやましょうせい》著『田園類説』ならびに大石久敬《おおいしひさたか》著『増補田園類説』——」

「えっ」

信淵はのけぞりかけた。舌の根がこわばり、口の中がシュッと乾くのを感じながら、

「そ、そ、それは……」

うめくように言ったきり言葉を失ったのも道理、それらは彼の名声を生んだ著作の種本というよりは剽窃元であったからだ。

いま挙げた順で言えば、日本の神々によって世界は誕生したと信淵が説いた宇宙哲学書『天柱記』および執筆中の『鎔造化育論《ようぞうかいくろん》』、天地創造伝説や古代バビロニア、ペルシャ、ギリシャ、ローマ史を紹介した『西洋列国史略』、そして代表作の誉れ高い実学書『農政本論』は、これらなくしては一行も書くことができなかった。せっかくこの世にいない著者のものを選んだものが今さら復刻され、世に広められたりすれば――?

「あの、その儀ばかりは……何も今さらそのような旧著を取り上げずとも……」

背中をびっしょり汗にぬらしながら言いかけてハッとした。相手の意図がわかったからだ。佐藤信淵は唾をのみ下し、「夢殿」の閉ざされた板戸に呼びかけた。

「あの……それらの書物を再び世に出すは、はなはだ意義ありとは言いながら、われら国を憂うる学徒には大いなる使命あり。及ばずながらこの信淵、佐藤家五代の家学、とりわけ兵学の精華をもって働かせていただきたいものと……なれば、その儀ばかりは!」

「さようか、百祐」

あからさまな笑いをふくんだ声が降ってきた。

「軍師の件、引き受けてくれるとは、まことに重畳。ではさっそくに準備にかかるがよい。されば、第一になすべきは……」

そのあとに続いた言葉を、信淵はただ茫然と聞いていた。その果てにわれに返ったときには、門弟たちに抱えられるようにして、「夢殿」から引き離されていた。

そのしばらくあと、信淵は白髪頭を抱え、夕闇落ちた街を歩いていた。

（ああ、えらいことになった。まさかわが著作を本気で受け取るものがいるとは、夢にも思わなんだ。いや、本気で受け取ってもらわんと仕官や束脩にはつながらんのだが……このやつがれに行軍炮戦車、如意宝台つき防守炮、異様船に異風炮、それに自走火船を建造せよとな。もしなしとげたなら一世一代の大仕事、今ひそかに就職運動を行なっておる南武九戸など及びもつかぬ大大名、それこそ常州藩に高禄もて召し抱えられるも夢ではない。ならば夢を現にすべく、ここ一番やってみるか……いやいやいや！）

信淵は皺首がちぎれ飛びそうなほど、激しく首を振った。うかうかと、その続きは声に出してしまいながら、

「とんでもない！　そんなことができるわけもない。第一、この江戸で大砲一門鋳造するにしたって、いったいどこに行けばそんなことが……」

信淵はふいに、つんのめるように立ち止まった。目の前にいきなり二つの影法師が立ちはだかったからだ。

（な、な、何だ⁉）

と、そのまま二、三歩後ずさりしたときだった。影法師が口を開いた。その白い歯だけがニッと笑みを浮かべた形で、暗がりに浮かび上がった。

「ごきげんうるわしゅう、佐藤先生」

「ますますのご出世、お慶び申し上げます」

このうえなくさわやかに呼びかけられ、信淵はいっそうの不審と不安を覚えた。

「その方ら……いったい何者？」

抜いたこともない刀に手をかけ、それでも形ばかりは身構えてみせた。すると、二つの影法師は顔を見合わせ、また白い歯を、いっそう大きく開いた口からのぞかせながら、

「アハハハハハッ」

「ウフフフフ！」

ひどく朗らかな、その分気味の悪い笑い声をあげたから、信淵にはもはや恐怖しかなかった。そのままいきなり斬りかかるか（といっても剣術はからっきしだが）、きびすを返してスタコラと逃げ出すか、二つに一つの選択を迫られたときだった。

「いや、これは失礼いたしました。何しろ、先生が阿波徳島に招かれて、かれこれ三十年。お気づきになられないのも無理はない」

「なれど、蜂須賀家では今も先生のご栄名、お作りになった大砲数十門、また数々の新発明、とりわけ自走火船のことは語り草となっておりますよ……あいにく一つとして残ってはおりませんが」

二人の影法師にこもごも言われて、佐藤信淵は胆が凍てつくように冷え、と同時に頭にカッと血がのぼるのを感じた。そして叫んだ。

「何者だっ、やつがれの阿波時代のことをそのように喋々する貴様らは……そも何者っ」

するど影法師たちは、

「これはしたり」

「お忘れとは残念な」

と、また顔を見合わせて言い交わし、次いで言った。

「手前は泉州堺の鉄砲鍛冶、惣右衛門《そうえもん》」

「して、わては大坂の鋳物師、五助《ごすけ》――」

それから声をそろえて、

「佐藤先生のお招きにて、はるばると浪花の地より鳴門の荒波を渡り、徳島に長逗留して……なぁ五助はん？」

「そうとも惣右衛門さん。先生のお指図にて、ともに大砲やら鉄砲やらをこしらえたものでござりますがな」

「その先生がまたもや、しかもはるかに大きな事業に取りかかられると聞き――」

「この機を逃しては、わてら上方の職人の意気地にかかわると」

「急ぎ二人して相談のうえ、準備万端にて東下りし――」

「先生のお手伝いに駆けつけた次第でござります！」

最後は二人声をそろえて言いざま、深々と頭を下げた。

「て、鉄砲鍛冶の惣右衛門と、鋳物師の五助……ま、まさかそんなことが！　バカな、ありえようのないことだ……」

ありえないはずはなかった。惣右衛門と五助、この上方の職人両名は蜂須賀家での兵器開発に際し、「抱入れて徳島に誘ひ住居せしめ」たと信淵自身が明記し、かの地での大功労の協力者として「此二人は世に勝れたる者共なり」とまで記していたからだ。

だが、信淵は彼らとの再会を喜ぶどころか、はるばる遠路駆けつけてくれたことに感謝するどころか、みるみる脂汗を垂らし、あまつさえ身を小刻みに震わせ始めた。

まるで、惣右衛門と五助が、この世に存在しないものであるかのように、にもかかわらず自分を訪ねてきたことに言い知れぬ恐怖を覚えているかのように……。

その五・琉球尚育王の使節にめぐらされる〝空ろの針《ホーレ・ナルツ》〟の計のこと

1

見上げていると吸いこまれそうな青空の下、負けじとばかり目の覚めるような赤瓦の屋根、紅漆の壁をそびやかした宮殿――琉球国《ルーチュークク》の王府、首里城《スイグシク》である。

小高い丘の上に建つ御城《グスク》の中で、ひときわ威容をほこる二層三階建ての正殿。当地では百浦添御殿《ももうらそえうどぅん》と呼ばれ、琉球国王が国政や儀式を執り行なう際に座す御差床《うさすか》（玉座のこと）のあるところだ。

正殿は昇る朝日を背にし、すなわち西向きに建っている。そこに面して広がる中庭を御庭《うなー》といい、紅白の磚瓦が縞模様を描いて敷き詰められている。ここを囲む形で右に建つのが北殿、左が南殿、真向かいが奉神門またの名・君誇御門《きみほこりうじょう》といって、いずれも深紅鮮やかな建物だ。

奉神門には三つの入り口があり、真ん中のそれはこの国でただ一人にしか出入りを許されていなかったが、今日ばかりはその例外だった。それはこの国の主に匹敵する客人がここを訪れること、この南の王国において最大にして最も重要な式典が執り行なわれることを意味していた。

それに備えて、御庭の正殿前には闕庭《けってい》、南殿の前には宣読台という祭壇のようなものが設けられ、これも常にはない黄色い絹布の装飾――結彩《けっさい》が施されていた。だが、首里城の主にして今日の主役である青年の姿はここにはない。

――琉球国中山王。奄美群島こそ薩摩に奪われたものの、沖縄本島と久米、宮古、石垣、西表、与那国その他無数の島々の統治者。諸民から首里天加那志《しゅいてんじゃなし》、御主加那志前《うしゅがなしいめぇ》と尊称される存在が、自ら城の外郭にある守礼門に出向き、とある賓客の到着を待っていた。

琉球国第十八代国王・尚育《しょういく》、本名というべき童名《わらびなー》は思徳金《うみとくがね》、名乗《なのり》は朝現《ちょうげん》。きりりとした眉に鋭い目元、りっぱな口髭と顎鬚をたくわえた美丈夫である。

いでたちはというと、龍・瑞雲・立浪などの吉祥模様が施された赤繻珍地の皮弁服、またの名・御《う》蟒緞《まんとん》をまとい、ただし王家伝来の王冠ではなく薄絹で作られた黒い烏紗帽をかぶっている。

その視線が向けられているのは、守礼門から西に続く首里きっての大通り、綾門大道《あいじょーうふみち》の入り口に当たる中山門。だが若き王が見ているのは、そのはるか先だった。

まだ姿は見えず、声も聞こえてはいなかったが、そこには今まさに首里城に向かいつつある一行があった。おごそかに、だがにぎやかに歩み来る多彩にして絢爛豪華な行列が、彼には確かに見えていた。

瞬間、尚育王の心に、これから始まる式典とは全く別のあることがよぎった。

(いけない、今そんなことを考えては……今はただ目の前の大任に集中しよう)

若き王は内心つぶやき、おつきの者に気づかれぬようかぶりを振った。だがすぐに、

(とはいえ、あれとこれを、この国とわが身にもたらしたのが、同じ人物とあっては考えないわけには……いやいや、やはり今考えてはいかんいかん!)

揺れる心を押えつけ、何とか平常心を取りもどした折も折、待ちに待った一行が中山門のさらに彼方に姿を現わした。

数百名からなるその先導を騎馬でつとめるのは、紫冠の親方《うぇーかた》二名に黄冠の親雲上《ぺーくーちん》一名。そのあとに

傘持ち・箱持ち・御供に、棒花火を抱えた火矢《ひやー》が続く。

「金鼓」「令」の張旗が二振りずつ掲げられたあとからやってきたのは、銅鑼《ドラ》に銅角《ウシブラ》、喇叭《ウマブラ》、哨吶《ソーナ》、両班《リャンハン》、鼓《クウ》など路次楽《るじがく》の一隊だ。

「清道」の旗を掲げた二人のあとに、布地は青か赤、縁飾りは赤か緑という組み合わせの旗が四対はためき、そのあとには真っ赤な大傘のまわりに煽《あふ》り布を垂らした涼傘《りゃんさん》、そして儀仗の一隊がいかめしく立ち現われる。その手にあるのは方棍《かくぼう》、曲槍《さすまた》、鉄叉《つくぼう》、狼牙棒《そでがらみ》、鎌槍、戊斧《まさかり》に長柄槍などなど。

このあとに行列の指揮を執る大親《うふや》をふくむ紫冠の摂政・三司官をはじめ、黄・赤と位階に応じた色の冠をかぶった王府の官人たちが騎馬や徒歩で行進し、さっきと同じ儀仗や赤涼傘、路次楽があとに連なってゆく。

さて、ここから行列は様相を一変させる。それまでは琉装――ウチナースガイと呼ばれる筒状の広袖に帯を前結びにした着流し姿であったのが、胡服弁髪の清朝風俗にとってかわられたのだ。

清国人たちはこれまでと同じく二列に分かれ、「粛静」「廻避」と白地に墨書した牌《ふだ》四枚を先頭に、赤地に金文字で「欽差　冊封正使」「翰林院修撰」「賜進士第」と記した牌を高々とかかげながらやってきた。

そう、これは宗主国たる大清帝国の皇帝が、琉球国の新国王を任命し、天下世界にその権限を認めさせる冊封儀式――その使者たる「使琉球冊封使」を迎えるに当たっての一大行列というわけなのだった。

――第十七代琉球国王・尚灝《しょうこう》王が在位三十年にして没したのは、道光十四年（一八三四）すなわち天保五年。翌年、その子・尚育が跡を継いだ。まだ二十二歳という若さであったが、実際には彼の治世はずっと前、不幸にも狂疾を発した父王の代行として摂位した十五歳のときから始まっていた。

だが、実質がどうあれ、清朝から冊封を受けなければ、その王座は正式のものとはならない。そのため首里の王府は特に使者を送って冊封使の派遣を請い、今日この盛大な式典が行なわれるに至ったわけだった。

さきほどの牌は冊封使の来訪を告げるとともに、彼の官職や経歴をあらわすもの。ただし当人の登場までには、もう少し待たねばならなかった。かわりに「清道」「巡視」の旗にはさまれた一隊のあと、一段と派手な光景が展開された。龍旗・虎旗・人物旗・雲旗・龍条旗が皇帝の権威を示してものものしく、あでやかにはためく壮観だった。

その後も、めったと見られない眺めばかりで、儀仗の兵士は月牙《ユエヤー》や釿斧《チンフー》といった武器をたずさえているし、清朝のきらびやかな官服や軍装をまとった文官・武官たちは、赤い馬氈を掛けた馬にまたがって堂々と行進してくる。

彼ら生きた人間より大事なものが、そのずっと後方からやってきた。龍亭・綵亭という名の通り、屋根と柱つきの荷台が五つ。琉球人四人ずつに担われたそれらの中には、皇帝が使者に賜わった割符の「節《ヂェ》」、冊封の詔書と勅書、琉球国王のあかしとなる印、さらには王と妃に贈られる絹織物などが収められていた。

それらを授けるべく、福州の港から封舟と呼ばれる巨船二隻を率い、台湾近海の波濤を越えてきた人物こそは、新国王と並ぶこの式典の主役だった。

そのご入来は、えんえんと続いた行列も残り四分の一を余すまでになったころだった。正副二名、皇帝ご下賜の麟蟒服をまとい、宿所である那覇の天使館からそれぞれ八人かつぎの肩輿に揺られてきた冊封使の、

――正使は翰林院修撰・林鴻年《りんこうねん》、

――副使は翰林院編修・高人鑑《こうじんかん》。

いずれも科挙の最終試験、殿試を突破して進士となり、しかも成績抜群であったことから皇帝直属の秘書室というべき翰林院入りした秀才だ。ことに林鴻年はまだ三十そこそこ。三年前に状元すなわち首席合格して三年で、この大役を仰せつかった。

そう……清朝第八代皇帝・宣宗道光帝の名代として琉球におもむき、冊封の儀式を執り行なうという大役を。だが、彼には帝から、もう一つ重要かつ困難な、だが意義ある大役が下されていたのだった。

正使林鴻年は、副使の高人鑑とともに、正殿前に建てられた「闕庭」から御庭へと階を下りると、本来は国王以外通ることを許されない「浮道《うきみち》」と呼ばれる赤い舗道を通って、南殿前の「宣読台」に移動した。

先王への焼香の儀をぶじに終え、いよいよこれからが晴れの舞台――ただし命に替えても失敗の許されない――だった。

先に闕庭から下りた尚育王は、浮道の中途にしつらえられた御拝御座《みはいござ》と呼ばれる場所に座し、頭を下げる。その背後の諸官御拝座では臣下たちが地面に張りつくように平伏した。

林鴻年は闕庭に置かれていた詔書の巻物を広げ、高々と差し上げていた。そのまま宣読台に上がると、

「皇帝、琉球国故中山王尚灝の世子尚育に勅諭す。惟《おも》うに爾《なんじ》は世々海邦を撫有し、皇朝に臣事して克《よ》く忠敬を篤くす。乃《なんじ》が父尚灝王封を紹襲して三十年にして遽《にわか》に薨逝《こうせい》す……」

朗々と、当然ながら中国音で読み上げていった。一字一句はおろか、一音すらおろそかにするわけ

にはいかなかった。

「爾は冢嗣《ちょうし》たり。宜《よろ》しく爵命を承《う》け、その国人を統《す》ぶべし。ここに特に正使修撰林鴻年・副使編修高人鑑を遣わし、詔を齎《もたら》し爾を封じて――

琉球国中山王となす」

一息おいてその宣言がなされた瞬間、声にならない歓喜と高揚が、御庭じゅう、いや首里城とそれを囲む町という町、村という村に広がった。

それはいったん正殿に引っこんだ尚育王が、ほどなく宝玉燦然たる王冠――黒縮緬《ちりめん》を張った上に金糸の帯を十二本縫い、そのそれぞれに金・銀・珊瑚・水晶など七種の珠を二十四個ずつ留め、龍の文様付き金簪を挿した独特のもの――をかぶった姿を披露したとき、頂点に達した。

林鴻年にとっては、何にも増して安堵が大きかった。だが、一役終えてまた一役、とでもいうべきか、晴れ晴れとした表情の尚育王と視線が合ったとき、林は彼と対面の礼にかこつけ、ひそかに面談したときのことを思い出していた――。


「北京の皇帝陛下から江戸の将軍に国書を？　それを冊封使どのが持参したと言われるか」

「さよう、聖上には近年の西夷の勢力伸長と、それにともなう海陸の境界侵犯に宸襟《しんきん》を悩ませたまい、また耶蘇教宣教師から伝わる占領地の惨状をおもんみるに、同じ文字を用い、聖賢の学に心を寄する国々が合従せずばあるべからずとお考えになったのです」

「それは確かに……わが琉球の近海も、にわかに騒がしいことになってはおりますが」

「そう聞いております。このさなかにあって聖上がとりわけ憂慮しておられるのは、東に隣する日本国と正式の通交なきこと。そこで、日本国大君（徳川将軍の外交上の呼称）と通信の誼みある国のうち、近々江戸に使節を送る予定のある貴国に白羽の矢が立ったのです。わが天朝と日本の仲立ちをぜひにも、と——」

「な、何と……」

ともあれ、冊封の儀はとどこおりなくすんだ。

であるからには、清国皇帝の名代たる使節たちも、一国の王に対する礼をもって接しなくてはならない。だが、うやうやしく頭を垂れる寸前、尚育王の目を見た林鴻年は、彼もまた同じ情景を思い浮かべていると確信したことだった——。

＊

冊封七宴といって、琉球国王の任命をめぐっては首里城御庭での儀式のほかにも、さまざまな行事があり祝宴があった。冊封正使の林鴻年は、もちろんその全てに尚育王と同席し、長い滞在の間にそれ以外にもしばしば会った。

二人に共通する趣味に書道があった。尚育王は優れた書家でもあった林鴻年に師事し、唐の宋之問の詩の書を贈るなど、ともに時間を過ごした。また、尚育は後に「国学」という学校建設に尽力し、鴻年は学塾を開いて人材を輩出するなどの共通項があった。

だが、冊封使の滞在中、二人の間でそれらについての談議が交わされたことは想像がつくものの、それ以外の話があったか、あったとしてどんなものだったかは定かでない。

そして冊封儀式の興奮もさめやらぬまま、琉球王府は新たな仕事に忙殺されることになった。それは家慶将軍の就任を祝う慶賀使の派遣であり、と同時にそれは新王の即位を報告する謝恩使の役割をも兼ねていた。

ちなみに、すでに天保三年、尚育が父・尚灝の王代行となった際に謝恩使を江戸に送っているが、そのときの将軍は家斉であり、正式な即位を受けての派遣でもなかった。

ともあれ、家慶新将軍への表敬訪問は急務であり、清国からの冊封使を受け入れた琉球は、一大使節団を日本へ、江戸へと送りこむことになった——これまでとは、いささか異なった密旨を帯びて。

2

「さぁさぁ、評判評判評判評判！　このお江戸へ公方《くぼう》様のお客人、琉球国のお使者がやってくるよ。大御所様以来のご慶事で、総勢何と一百名、これに日本側よりの警護のご一行が加わるから、そりゃもう大変な大人数だよお立ち合い！」

いつに変わらぬにぎわいの両国広小路かいわい。名代の料理屋や待合から葭簀《よしず》張りの小店までが軒を連ね、芝居や軽業の小屋、それに辻講釈がやかましく客を呼ぶ。

そんな見るもの聞くもの食べるものに事欠かない一帯で、今ひときわ人だかりを集めているもの——それは何と一人の瓦版売りだった。

「え、何だって？　人数だけなら大したこたぁないってかい？　そりゃまぁ加賀様のお国入りは総勢四千というから、はるかに及びもつかないが、何しろこちらははるかな異国よりの使節。その行列の華やかなること、衣装風体の珍らかなること、そして音曲や旗指物のにぎにぎしきこととときたら、そりゃもう大変だぁ！」

——豆絞りの手ぬぐいを吉原被りにし、派手な縞の法被《はっぴ》を羽織った下は、これも目につく色柄の着物を尻っぱしょりにして股引《パッチ》ばき。右手に指し棒、左手には刷り物の束。それだけなら珍しくもないが、にもかかわらず人目を引いているのは、その読売姿の麗しさゆえだった。

水もしたたるというか、女に見まほしいというべきか、とにかく大変な美男子が、若々しくもよく通る声でなめらかに口上を述べるさまは、ふだんこの手の商売に見向きもしない若い娘たちの黄色い声を集めるに十分だった。

「はてさて、そのお行列にて琉球国の王様の正使をつとめるは、浦添王子《うらそえおうじ》朝熹《ちょうき》なるお方、副使は座喜《ざき》味《み》親方盛普《せいふ》とおっしゃる。して、それに続く顔ぶれと美々しい行列のありさまは……おっと、その次第はこれなる刷り物につまびらかに絵入りで記しある。お知りになりたい方は今すぐ買った、さぁ買った！　琉球人来朝の次第、行列見物のお供に、子々孫々の語り草ともなるものがたった八文とは、買わぬが損というものだよ。さぁさぁさぁさぁさぁ、評判評判評判評判！」

と一調子声張り上げて一区切りつけたものの、娘たちは目引き袖引き、キャーキャー言うばかりで、手を出しかねるようすだ。と、そこへ、

「十枚ばかりもらおうか」

と美声とともに進み出た、いなせな遊び人風の男――というには、やや年は食っていたが――があった。瓦版売りは愛想よく、

「おう、こりゃ旦那、さっそくのお買い上げ、しかもそんなにたくさんとは、大きにありがとさんで」

遊び人風の男は、銀の小粒と引き換えに、「琉球人来朝之次第」の瓦版をひとつかみ受け取った。その瞬間、美男の瓦版売りの顔に困惑が浮かんだのは、代金が多すぎたせいだけではなかった。

「あの……」

と声をかけたときには、遊び人風の男はクルリと背を向け、さっさと往来の群衆にまぎれてしまっていた。

今の気前のいい客が呼び水となったと見え、娘たちもほかの見物人たちもわれさきに瓦版を買い求め始めた。これでは、男の行方を目で追うことすらかなわなかった。

ほどなく手持ちの刷り物を全て売り切って、人々も散っていった。すると、そこへ一人の総髪の若侍が駆けてきて、眉をひそめ押し殺した声で、

「姫様！」

「あ、浅茅か……」

と姿形はそのまま、物腰も声音もすっかり変わった瓦版売り――実は男装の喜火姫が言った。若侍はあきれ顔で、彼女をまだしも人通りの少ない物陰に連れてゆくと、

「浅茅か、ではありませんよ。いくら姿を変え他人になりすますのがお好きでも、よりによって読売だなんて……ご人体にもかかわりますぞ。僕のようにふだんから男姿で暮らしているのでもないのに、そう衆目に姿をさらしては見抜くものもおりましょう」

いつもの喜火姫なら、照れ笑いしつつ「まぁよいではないか」とごまかすところだ。そして、きっとこう弁解したはずだ。

――そもそも、この刷り物を作ったのは、人々にいちはやく、そして正しく琉球使節のことを知ってほしいからではありませんか。とかく異国を見下し、せっかく触れ合う機会があっても、貢ぎ物をささげに来たのだと思い上がるものが、近年増えてきたゆえにね。となれば、それを世間に広める役も引き受けるが早道かと……違いますか？

だが、予期に反して喜火姫は「ああ、それは……」と、うわの空なようすで生返事をし、真顔のま

ま、いぶかしそうに言った。

「それよりも浅茅、今の男を見ましたか。ほら、最初にわたくしの瓦版を買った――」

「あの、遊び人風の男でございますか」

と浅茅が訊くと、喜火姫はうなずいて、

「そうじゃ。どうもその顔に見覚えがあるような……というて、そなたはあのときあの場にはいなかったのだったな。まだ確か、わたくしたちの仲間になるかならなかったころのことで」

「あのとき、と申されますと」

今度は浅茅がいぶかしげに訊き、喜火姫が「そう、それは……」と言いかけたとき、

「ああ、姫様！　それに浅茅さんも……ちょうどよかった」

小走りにやってきたのは、ふだんの娘姿にもどり、本来の小ぶりな眼鏡を鼻にのっけたちせだった。

彼女は軽く息を切らしながら、

「わたしは野風さんから、姫様が今日ここで瓦版の読売をされると聞いて駆けつけたのですが、つい遅れてしまって……でもそのせいで妙な人を見かけたのです」

「妙な人？」

と異口同音にくり返した喜火姫と浅茅に、ちせはやや自信なさげになりながら、

「いえ、妙といっても、別に物珍しいとかそういうのではないのですが……ただ、妙というか予期せぬところで、思いがけない人に会ったなぁとでもいいますか」

「ますますわからないわね」

喜火姫が小首をかしげ、浅茅も「それはいったい……」とますますけげんな顔になる。

ちせは「はい、それが……」と少し考えてから、思い切ったようすで言った。

「あの常州藩の小石川別邸での特別講義で、わたしと同じく佐藤信淵なる人物に質問した立派な風采の人物――どう見てもそれと同じ顔の主が、たった今この人波の中を歩いて行ったのです。それも、あのときとは打って変わり、えらくくだけた服装で……」

「くだけた服装とは……たとえば、どのような？」

浅茅に訊かれ、ちせは「えーと……」と顔を伏せ、考えこんだが、やにわに面を上げると、その拍子にずり落ちた眼鏡を押し上げながら言った。

「そう……あのときはかなりの身分のお侍に見えたのに、今日は町人のような姿でした。それも、遊び人風とでもいいたいような……それで最初は同一人物とも思わぬうちに、人ごみにまぎれこまれてしまったのです。おそらく両国橋を渡っていったと思われるのですが……」

とたんに喜火姫と浅茅は顔を見合わせた。ややあって姫が何か心づいたようすで、

「ということは、まさかあの男は？　ああ、野風かアフネスがこの場にいてくれたら確かめられたものを。とりわけアフネスは、わたくし同様はっきりと、あのときかの男の顔を見たのですから！」

と言われても、野風もアフネスも今は持ち場にいて確かめようのないことだった。

「……そういえば、そのアフネスさんのことなんですが」

ちせは、本来の用事を思い出したように言った。

「彼女によると、例の一味はHolle Naald《ホーレ・ナルツ》――すなわち〝空ろの針〟の計についに着手したとのことです」

3

「ホ、ホーレナルツ？　そりゃまたいったい何のことか」

大老井伊直亮は思わず声をあげ、そのあとあたりをはばかるようにせき払いした。しばらくは、座敷の障子越しに水音だけが静かに響いていた。

「さよう」

大老の前にわずかな畳だけをはさんで座したその男は、全くの身分違いな町人装束でありながら、寛闊なようすで言った。その言葉つきからしても、町人は仮の姿としか思えなかった。

「それがしも知人の学者からの聞きかじりにすぎませんが、“holle《ホーレ》”とはオランダ語にて『空ろなる』を指す言葉であり、“naald《ナルツ》”は『針』の意であります由」

「すなわち〝空ろの針〟ということか」

「御意」

町人姿の男の答えに、直亮は「なるほど」と言い、そのあとため息まじりに、

「だとしても、全く意味の取れぬことでは同じことだな」

「確かに……ちなみにエゲレス語にては“hollow needle《ホロウ・ニードル》”とやら。もともとはフランス国において“aiguille creuse《エギーユ・クルーズ》”と呼ばれていたものをかく訳したと聞き及びました」

「そう言われても、ますますわからなくなるばかりだが」

井伊大老は苦笑まじりに言い、そのあと何か心づいたようすで、

「すると……この〝空ろの針〟はフランスなる国に由来がある、と？」

「さようでございます」町人姿の男がうなずく。「西洋のフランス国の北部に位置し、海をはさんでエゲレス国と向かい合うエトルタと申す地方には巨大な断崖があり、その一帯は備州帝釈峡の雄橋《おんばし》雌《めん》橋《ばし》や紀州白浜の円月島のごとき奇勝に富むそうですが、それらの中にとりわけ不思議なる巨岩があり、

いつのころからか『エトルタの針』と呼ばれておりますとか」
エ、エトルタ？　と井伊直亮はおうむ返しにくり返し、さてどんな漢字を当てたものかと迷うようすを見せたあと、
「名も聞きなれぬが、針にたとえられる巨岩――というのも妙じゃな」

と、けげんそうな顔になった。

「針といっても一寸や二寸ではむろんない、何と高さ百五十尺はあるというから大したものでございます。まぁ百聞は一見に如かずとやら、この書物をごらんくださりませ」

そう言ってかたわらから取り上げたのは、やや大判の版本であった。直亮はその題簽をちらと見て、

「ほほう、『虞初新志《ぐしょしんし》』――これは確か唐土の文言小説集ではなかったか」

いっそうけげんな表情を浮かべる。町人姿の男はやや膝を進めて、

「さよう、清の張潮が、明末清初の異聞奇談を編輯したものですが、中に異色の一冊がありまして、それがこの巻之十九なのです。まずはご披見くださいませ」

確かに異色には違いなかった。特に名高い「大鉄椎伝」「小青伝」など原則文字ばかりの『虞初新志』にあって、この巻の冒頭を占めるのはさまざまな異国の風景であった。

それもただの風景ではなく、世にも珍しい巨大建造物のたぐい。何とそれは、康熙帝に仕えた漢名・南懐仁ことイエズス会士フェルディナンド・フェルビーストの『坤輿図説《こんよずせつ》』から採られた〝天下七奇〟（世界の七不思議）の図であった。たとえば――
一、亜細亜《アジア》巴必鸞《バビロン》城
二、楽徳《ロードス》海島　銅人巨像

三、利未亜《リビア》洲厄日多《エジプト》国孟斐《メンフィス》府　尖形高台《ピラミッド》
四、亜細亜洲嘉略《カリア》省　茅索禄王茔墓《マウソレウム》
五、亜細亜洲厄仏俗《エフェソス》府　供月《アルテミス》祠廟
六、欧邏巴《ヨーロッパ》洲亜嘉亜《アルカディア》省　木星《ゼウス》人形
七、法羅《ファロス》海島　灯塔高台

いささか東洋風にゆがめられていたものの、彼らをはるかな西洋の古代伝説にいざなうに十分だった。そして、これらに十分匹敵し、しかも現存するものとして〝七奇〟に付された図が二つあった。

その一つ目は「楕円《まるなが》クシテ……四層ノ高サ二十二丈余……美石ヲ以テ築成シ、空場之径七十六丈、楼房ノ下ニ種々ノ猛獣ヲ畜養スル諸穴有リ……能ク七万八千人ノ座位ヲ容ル……千六百年来ヨリ今ニ至リ現ニ存ス」と記された、

——意大理亜《イタリア》国羅瑪《ローマ》府　公楽場《コロッセウム》

であった。その次頁には、人工の極致というべきコロッセウムとは好対照をなして、天然の奇勝が選ばれていた。それは鋭い円錐形をして周囲に浸蝕の跡を刻んだ不思議な大岩で、その名は、

——払郎察《フランス》国埃特勒塔《エトルタ》　奇巌城《きがんじょう》

「奇巌城！」

期せずして二人は声を合わせ、その名を読み上げていた。直亮はとまどいと驚きを込め、町人姿の男はよく通る落ち着いた美声で。ややしばらくして井伊大老が口を開いた。

「これがもしや……さきほど申した『エトルタの針』とやらか」

「さよう、そのあまりの珍しさに、はるばると清国まで伝えられてかく名づけられ、さらにわが国に書物として渡来したものにございます」

「ふむ……見たところ、楔を立てたような形ではあるが、まぁ針のようとは言えなくもない。そして確かに奇なる巌ではある。だが、これが空ろとはどういうことか。また『城』というからには、人が大勢住む場所がなくてはならないが……」

「ご明察……。そのわけはこちらに記してございます」

けげんそうな大老に、町人姿の男が示した先には、

——欧邏巴洲払郎察国諾曼特《ノルマンディ》沿岸ニ奇巌城屹立ス。体勢《かたち》ハ楔形ニシテ白堊《はくあ》突兀《とっこつ》タリ、埃特勒塔ノ針岩ト称ス。高サ十七丈、猶《なお》水底ニ根基数丈ヲ蔵シ、内部ニ広大ナル洞窟ヲ有ス。実ニ天工之奇景ト雖モ不敢《あえて》七奇之外ニ加フルハ、歴世ノ王、岩柱ヲ密カニ刳《く》リ貫《ぬ》キ宝蔵庫ト為シ、又崗楼《がんろう》ニ用ヒタルガ故ナリ。之ニ依リ空洞《うつろ》之針トモ呼ブ……。

「すなわち、これを空ろにして城と称するわけは、この楔は天然自然に中空になっているところへ、古来より西洋歴代の諸王がひそかに穴を掘り加え、人工の大岩窟をつくりあげた。ここを無尽蔵の宝庫とし、ひそかに物見の砦としても用いるためです。そしてどうやら、例の一派は、この《奇巌城》すなわち〝空ろの針《ホーレ・ナルツ》〟を建造しつつあるものと聞き及びます」

「何と!」

井伊大老はまたしても大声を上げ、そのあとまたグッと調子を低めて、

「して、その《奇巌城》をもって狙うのが——？」

言いながら落とした視線が、同じ畳の上で町人姿の男のそれと一致した。そこには、男がさきほど両国広小路で買った瓦版——「琉球人来朝之次第」が延べられていた。

しばしの沈黙のあと、井伊大老はかすれた声で、

「やはり、それか……だが、城という限りはどこかにこれを建てねばならぬ。そのための場所も資材も、そして人数もなくてはならぬ。それさえ突き止めれば、いや、何が何でも突き止めなくては——」

「いかさま仰せの通りで」

と答えた町人姿の男の顔からは、しかしそれまでの笑みが消えていた。

「鋭意、その件について探索を行なっておりますが、今のところどうにも知れず……あいにく、それがしかの一派にかなりの程度、接近は果たしましたものの、その内奥に食いこむことはできず、《奇巌城《ホー・レ・ナルツ》》につきましては、未知のままであることをご報告いたさねばなりませぬ」

「そうか……だが、わしにはそなただけが頼り。引き続き調査を行なってくれ」

大老の言葉に、町人姿の男は「ははっ」と頭を垂れたが、そのあと顔を上げると、

「まことにごもったいないお言葉……なれど、なぜお役違いのそれがしにこのような大役を仰せつけでござりまするか。目付その他の適任者がおりましょうに」

「その目付が信用ならぬからだ……とりわけ、先ごろその役についた鳥居《とりい》耀蔵《ようぞう》がな」

井伊大老は苦々しげに言った。

「鳥居耀蔵、殿でございますか。確か林大学頭述斎殿の三男で、旗本鳥居家に養子に入ったという……」

町人姿の男は、不吉なもののようにその名を口にした。直亮は、ほろ苦い表情で、

「さよう。その鳥居の動きに怪しいものがあり——いや、むしろこの件で動いていないのが怪しゅうてな。何しろ彼の父・林述斎は異国応対の責任者。使節にもしものことあっては死命にかかわるはずだが、にもかかわらず全てを黙殺しておる。そのくせこの父子が密接に連絡を取り合っていることは知れているのだ」

「なるほど、それは……」

町人姿の男が眉をひそめた。直亮は続けて、

「しかもこの鳥居、わしを差し置いて老中・水野越前にしきりと接近を図っているため、うっかり幕閣の会議で取り上げることもできぬ。そこで世情に通じ、敏腕と聞くそなたに白羽の矢を立てたわけなのだ。それに、そなたは常州藩の内情にもくわしいとか。ほれ、異国船をめぐる某一件で……」

えっ、と絶句した町人姿の男に、直亮は頼もしげに微笑みかけて、

「安心せい。その件をふくめ、そなたのことは上様からよくうかがって存じておるのだから。これまで何かと、ご下命のため働いていることもな」

「上様が、そのような！」

町人姿の男は、そう言うと再び、よりいっそう深く頭を垂れた。

「そううかがいましては、この遠山景元、琉球国ひいては清国との和親を望まれるお心をかなえるべく、身命を賭してつとめさせていただきます！」

そう、彼こそは公事方勘定奉行・遠山左衛門尉景元、通称金四郎——。

家庭事情から生家を飛び出して流浪、市井の人々と交わったあと西丸小納戸となって世子時代の家慶に仕え、小普請奉行、作事奉行を経て今に至る。やがては南北両奉行を歴任して江戸市民から「遠

山の金さん」と愛称されるのだが、それはまだ先の話。

その彼をもってしても、今回の琉球使節をめぐる一件、とりわけ《奇巌城》についてはまだわからないことだらけだった。それに加えて、彼にはもう一つ疑問があった。

「あの、ご大老。一つおたずねしたいことがあるのですが――」

「何だ、遠山」

問い返す直亮に、金四郎こと遠山景元は思い切って訊いてみた。

「『ご門跡様』と称される女人は、いったいどのような方なのでございましょうか」

「なに、ご門跡様とな」

井伊直亮は意表を突かれたように言い、少し考えてから、

「それならば……近う」

と景元を呼び寄せた。その耳元に何ごとかささやくや、彼の目に驚きが走った。

「えっ、それは……」

と言いかけた言葉を、障子越しのひときわ高い水音がかき消し、そればかりか二人のいる座敷をもグラリと揺るがした。

景元は「ご免」と立って行って障子を開いた。その向こうには暮れなずんだ空の下、満々と水をたたえた隅田川がいつになく大きく波打っていた。対岸にはいくつとなく明かりが灯り始め、風に乗って音曲の響きもかすかに届いてくる。

「今の揺れは、思いがけず吹きつけた風による川波のいたずら……ご心配には及びませんが、そろそろ船をもどすといたしましょうか。ご安心あれ、市中無頼の徒として暮らしていたとき、船頭の弟子としてしごかれたこともありますゆえ」

言いながら、遠山景元は船の板場に出ようとした。今はその着物の下にのぞく艶やかで華やかな刺青を隠そうともしていない。と、その背後から直亮が、

「道理で……上様がそなたを面白い奴じゃと呼ばれるわけだ。かような技があって、それでかかる水上の座敷を談議の場に選んだという次第か」

すると遠山金四郎景元は、ふりむきざまニヤリといたずらっぽい笑みをこぼすと、

「それもむろんございますが、ご大老。こういう密議を凝らすときは、屋形船と決まったものですからよ。当地ではなじみの、簾掛けで小ぶりな屋根船ではなく、ね。もっとも善人よりは悪人の方に好まれる場合が多いようでございますが。ハッハッハ！」

その六・ご門跡チーム、いよいよ為レヌ密旨《ミッション・インポッシブル》に挑戦のこと

1

——その高瀬船は、水郷潮来《いたこ》から利根川をさかのぼり、関宿《せきやど》で分流に入ってそのまま江戸へとやってきた。

　京に名高い高瀬舟と違い、こちらの高瀬船は物資運搬の主役だけに、はるかに大型だ。船上には世《せい》事《じ》と呼ばれる炊事と寝泊まり用の部屋を備え、風に頼らないときには帆柱を倒して進む。

　この船は長さ六十尺、幅十五尺、四百八十俵もの米を積むことができる。だが、今日の荷物はそれとは違って生きていた。それが証拠に、いやに厳重に張りめぐらされたムシロの向こう側で、何かがしきりと動いていた。

　何かというのは人間で、それも相当に奇異な一団だった。着ているのは、ごく粗末な半纏《はんてん》に股引《ももひき》。それも袖を三角に裁ち落とし、縫いつけて動きやすくした剝身《むきみ》屋《や》半纏というやつだ。色は柿色——唐土に〝赭衣〟という言葉があるように、こうした赤系統に染められるのは囚人のお仕着せと決まっている。

　すると、こちらの高瀬船も罪人の護送用なのだろうか。だが、当地で代々職を受け継ぐ町奉行所の与力同心たちも、こんな連中を召し捕ったことはないに違いなかった——髪の色も目の色も、顔立ち

から体つきからして、まるで異風な男たち。それがヒョロ長い手足を衣装からはみ出させながら、疲れた表情で船床にへたりこんでいた。

船はやがて、江戸市中を縦横に走る水路の一つに入り、そこに面したとある屋敷の船蔵に吸いこまれるように消えた。蔵の扉が重々しい音とともに閉じられたあとで、ムシロが引き下ろされたかと思うと、

「さぁ着いたぞ毛唐人ども、とっとと船から下りろ！」

荒々しい声が、船着き場に立つ侍の口から飛び出した。口調をそのままに、どこか野卑な感じのする大男だった。そこへ間髪を入れず、

“Heren, gaat alstublieft van boord.《ヒーレン・ハート・アルストゥブリーフト・ファン・ボールド》”

なめらかな異国語が、侍のかたわらから投げかけられた。その声の主を見るや、船上の囚人たちに驚きが広がった。言葉だけでなく、その服装も顔つきも目も髪も彼らのなじみのものだったからだ。

その人物はさらに続けて、こう言った。

“Ik ben Jonker van Roderijcke.《イク・ベン・ヨンケル・ファン・ロデレイキ》 Maar jullie kennen allen mijn echte naam.《マール・ユリー・ケンネン・アレン・メイン・エフテ・ナーム》”

ヨンケル・ファン・ロデレイキ——常州藩からの刺客に襲われたことをきっかけに、逆に取り入ることに成功した自称オランダ商館員。かれに囚人たちが向ける目はとまどいと疑惑に満ちていたが、それも無理のないことだった。と、そこへ割って入るように、

「こらっ、吾輩が何も言うておらんのに、通弁せんでよい！」

野卑な感じの侍は憎々しげに口をゆがめ、どなりつけた。今のが自己紹介であったことにも気づかなかったようだ。そのあと、いやにそっくり返りながら、

「よいか毛唐人ども、ここが貴様らの新しい住まい——いやご奉公の場だ。神国のご皇恩に浴せず、

禽獣に等しき紅毛人に食う寝るところを与えるだけありがたいと思え！」

付け焼き刃の身勝手で独りよがりな理屈をこねた。すると、またそのかたわらから、

“Dank u《ダンクー》 voor《ヴォール》 uw《ウー》 harde《ハルデ》 werk《ヴェルク》. U《イュ》 zult《ズルト》 door《ドール》 ons《オンス》 gered《ヘレト》 worden《ウォルデン》, dat《ダット》 beloven《ブローフェン》 we《ヴュ》.”

また異国の言葉が、歌うような響きとともに投げかけられた。それを横目に、

「まったく紅毛語というのはわけがわからんな。南蛮鴃舌の徒とはよく言ったものだ」

侍は苦々しげにつぶやいた。そのあと急に思い出したように、

「おっと、肝心のことを忘れておった。吾輩は赤石甚十郎と申し、貴様らを指揮監督する大役を仰せつかったものである。よっく覚えておけ……あれ？　こらっ、おい！」

侍——赤石甚十郎は、とまどったようにあたりを見回した。オランダ人ロデレイキが、せっかくの自分の名乗りを訳してくれなかったどころか、さっさと異国の囚人たちを引率して上陸を開始したからだった。そこへ、

“Welkom《ヴェルコム》 in《イン》 Edo《エド》, vader《ヴァーデル》!”

ロデレイキがぼそりと独語した言葉を聞きとがめ、赤石甚十郎が訊いた。

「何だなんだ、今、何と申した？　確か江戸がどうとか言っていたが……」

するとロデレイキは一瞬しまったという顔になったが、すぐにニッコリ微笑んで、

「イエナニ、江戸ノ地ニテゴ奉公セヨ、サヨウ申シタダケニゴザル」

「ふむ、さようか」

案外あっさりと納得し、その場を離れた甚十郎の背中に一礼すると、

「赤石サマ、オ役目マコトニゴ苦労サマニ存ジマスル——Jij《ヤイ》 idioot《イディオート》!」

そう蘭語日本語まじりで朗らかに呼びかけたとたん、囚われの異国人たちの間に狼狽が走った。中

でも大きな反応を示した男がいたが、彼はさきほどの発言の“vader《ヴァーデル》”という単語を聞きつけてハッとしたようすを見せていた。

「うむ、その方もな。では、夷狄どもの世話を頼んだぞ」

しごくご満悦なようすで去る甚十郎の後ろ姿に、商館員ヨンケル・ファン・ロデレイキ――実は竜眼の少女アフネスは内心そっと赤い舌を出し、こうつぶやいたのだった。

「このバカめが《ヤイ・イディオート》！　今に見てろよ、今度こそは父さん《ヴァーデル》もほかのみんなもきっと自由にしてあげるからね。もうしばらくの辛抱だよ。まずは、ようこそ江戸へ《ヴェルコム・イン・エド》！」

＊

それは世にも奇妙なかゝらくり船――高瀬船などの和船はもちろん、近ごろ日本沿海を騒がす異国のそれと見比べても、これがはたして船なのかどうか判断がつきかねるありさまだった。

形はキュウリの太いの、もしくはマクワウリの長いのとでもいおうか。全面木材で張りつめて、甲板もなければ船端もなく、人の乗るべきところがすっぽりキュウリもしくはマクワウリの実の中に包みこまれている。しかもこの実の胴中から左右に六本ずつの櫂が突き出ていて、何だか不思議な生き物のよう……。

「さて、みなさん」

声もろとも、ふいに上方からヒョイッとのばされた両の手が、からくり船をつかみ取った。手の主は黒紋付に袴、眼鏡をかけたちびっこと呼んでもいい少年で、船は船でも雛型《ミニチュア》だったから不思議はなかった。とはいえ長さ三尺余りもあって持ち重りもしたから、

「おっとっと……いえ、だいじょうぶです。さてさて、ここにご覧に供しますは、西洋の

Onderzeeboot《オンダラゼーブート》——蘭語にてオンダラとは〝下〟、ゼーは〝海〟、ブートは〝船〟の意ですから、あえて訳さば『下《くだ》れる海船』といったところであります。そは何かと申しますに、かつて九鬼水軍が用いたという盲船、はたまた太閤秀吉の朝鮮の役にて敵将李舜臣《りしゅんしん》が繰り出したという亀甲船のたぐいと同様な、海面すれすれに身を低うして敵に知られず進み、上部は蓋のようなもので覆うて斬り込みを避けるという工夫の産物であろうかと、不肖この江波山千勢之進《えばやまちせのしん》の愚考するところであります。

　この『下れる海船《オンダラゼーブート》』を発明したのはオランダ人の工匠にして学士のコルネリウス・ドレベル。この人が西洋開闢一千六百二十年、わが元和六年にエゲレス国にて建造したもので、その後改良を重ねて四年後に完成したのが、この雛型に見る第三号艇であります。と申しても、今より二百二十年も前の代物だけに、異風炮を擁して浮　砲　台《ドライフンド・バッテライ》を兼ねた、わが佐藤信淵先生の異様船などとは比ぶべくもありません。

　しかし和漢の兵法を取り入れたこたびの大計画にオランダ流を加うるも一興ではないかと存じますし、聞き及ぶところにおれば、去る安永四年（一七七五）に北亜墨利加《アメリカ》州にてエゲレス人を追討し、独立興軍の戦が起きたときにも、『亀《タートル》』なる一人乗りの『下れる海船』がひそかに敵艦に忍び寄って大いに戦果をあげたと申しますから、洋夷どももなかなか侮れぬものと見えます……」

　眼鏡のちびっこ侍・江波山千勢之進ことちせ——は、大汗をかきかき、この場に集った武家だけでなく大工や細工職、からくり師をふくむ町人たちへの説明と説得を行なっていた。

　汗をかいたのは、今の説明に織りまぜた嘘と本当の配分の難しさだった。真に優れた西洋の発明をおとしめ、神州日本の子供だましを持ち上げるのは、学者の娘として耐え難かったが、かといって、こちらの真意に気づかれても困る。

　この奇妙な船を造らせつつも、その実力や目的に気づかれてはならない。そのために『下れる海船』などと奇妙な訳し方をしたが、正しくは『海の下の船』、すなわち潜水艇のことだったのだ。

ドレベルが創り出したのは、掛け値なしに潜水艇《オンダラゼーブート》と呼びうるもので、船体にはグリースを塗りこんで防水を施し、豚の膀胱で作った潜水タンクと先端を水面に浮かべた空気取り入れ用のチューブを備え、テムズ川での実験をみごと成功させた。

ドレベルは何と、天界の物質である第五元素《フィフス・エレメント》エーテルを呼吸可能な空気に変換する薬液を開発したと言われたが、実は二酸化炭素の吸収装置であったらしい。とにかく日本人の思いも及ばない発明には違いなく、ちせが見せた一六二四年の三号艇は十二本オールの十六人乗りで、ときの英国王ジェームズ一世を世界で初めて水中にもぐった君主とした。

こんな新兵器を神がかりな一派に渡しては、とんでもないことになりかねないが、その正体を知らせずに造らせる分には大いに役に立つ。そこに、ちせの企みと苦労があるのだった。

「ではみなさん」ちせは高らかに叫んだ。「さっそくこの船の建造にも取りかかろうではありませんか！」

*

「はいっ、次！」

銃口が火を噴き、はるか前方の的が砕け散るより早く、浅葱色の小袖も凛々しい若者の鋭い声が飛んだ。かたわらから、おずおずと差し出された銃身を引ったくると、素早く構えて引き金を絞る。その銃声と硝煙を打ち破るようにして、

「はいっ、次……早く！」

鋭い叱咤にアワを食った介添えが、思わず放り出した銃をつかみ取ると、居合の達人が刀でも操る

ように弧を描き、水平になるや発砲した。結果は——みごと命中！

「おお……」

嘆声をあげる人々をしりめに、若者はまだ煙たなびく銃をそばに据えられた台に置いた。そこには古今東西の大小長短さまざまな火器——すでに海外では時代遅れな火縄式《ロントスロット》をはじめ、歯輪式《ラドスロット》すなわちエゲレスで言うホイールロック、燧石式《フールステーンロット》同じくフリントロック、そして最新鋭の雷管式《ペルクシースロット》すなわちパーカッション銃などなどが、うず高く積み上げられていた。

形が違えば使用法も千差万別。なのにその若者は、古めかしく先から弾を込めるのも、銃身をパカッと二つ折りにするのも、火薬入れ《パウダーフラスコ》から危険な粉を注ぎ入れるのにも、何の迷いも見せなかった。実に何とも、堂に入ったものだった。

余裕がありすぎてか、銃そのものを愛でる心がありすぎてか、あるいはクルクルと手の中で旋回させ、あるいはいきなり抜き射ちにして周囲を驚かせるのもしばしばだった。

(何者だろう……この若い衆は？)

畏敬ととまどいをないまぜにした視線が、いつしかその若者に集まっていた。

口先の勇ましさとは裏腹に、火器を使った経験のあるものが皆無に等しいことだった。

それを見すましたように推挙されたのが、浅葱小袖のこの若者だったが、優しく上品な顔立ちからは想像もつかない達人ぶりだった。急遽かき集められたものの、誰もが手を出しかねた鉄砲単筒洋銃のどれをも、あざやかに使いこなしてみせた。

若者は周囲など頓着なく、次から次への試射に夢中だったが、とりわけ最新式の連発拳銃が気に入ったらしく、

「これはすてきだ……」

と、これだけはすぐに手放そうとせず、ためつすがめつしては試射をくり返した。何しろ六連発だから、撃ちがいがあるというものだった。

「Snelwegpatrouille 41 Magnum《スネールウェフパトルーイエ・エーネンフェーティフ・マフナム》――いっけない、こんなところをみんなに見られたら、また呆れられてしまうわ……じゃない、呆れられてしまうぞ」

長々しいオランダ名を呼んだあと、浅葱小袖の若者は思わず素顔をかいま見せ、あわてて言い直した。幸い銃声の余韻と硝煙にまぎれて、気づいたものはないようだった。

ちなみにこの拳銃は、英語名を略した〝ハイパト〟の通称で武士や侠客、町人百姓にまで愛用されるのだが……それを先取りしていたとは、さすがは喜火姫、目が高かった。

(瓦版売りに化けたときは、男装の腕がまだまだとしかられてしまったけど)

〝ハイパト〟を置いて次の銃の準備にかかる間、姫はわが身をそっとかえりみ、内心つぶやいた。ほんのちょっとだけ舌先をのぞかせると、

(今度はほめてもらえるかしら。まぁ、女に見えなくなったらなったで、みんなやご門跡様に嘆かれそうだけれど!)

2

――ハァックショ!

いきなり飛び出しかけたド派手なクシャミが、あやうく押しもどされた。

(何で今ごろ……風邪を引いたわけでもないのに。どこかで誰かに噂でもされたかな)

総髪の若侍は、手で口を覆ったまま考えた。幸い手ぶらだったからよかったが、この屋敷内にいる

ときは、ほぼ何かしら書物やら書き付けやらを山と抱えているので、とんだことになるところだった。クシャミや咳というのは、思いがけずその人物の個性をあらわにしてしまうもので、たとえ姿形を偽っていても見破られてしまう。

もっとも、この総髪の若侍にすれば、この見た目こそが真実であって、まちがってもヘクチュン！などと婦女子のような声をもらす気づかいはなかった。そこは長年の習練というか慣れで、もっとも目前に気味の悪い長虫が現われた際に、不覚を取ったことがあるにはあったが……。

ともあれ、今さらクシャミごときで気を遣わなければならない若侍ではなく、それが必要な状況ではなかった。敵地に潜入中とはいえ、今は堂々と屋敷内を歩いてよい立場であり、むしろ堂々とクシャミでも何でもした方が怪しまれなかった。

にもかかわらず、必死に息を詰め、目を白黒させてまでクシャミをこらえたのには、わけがあった。

目前の襖のうちから、何やらただならぬ会話が聞こえてきたからだった。

まずは、若侍が今、直接に仕えている老学者・佐藤信淵の声で、

「何者だ、お前はいったい何者なのだっ」

ひどくおびえたようすで、問いかける声がした。するとそれに答えて、

――こらまた先生《せんせ》、何を今さら、おたわむれを。

笑いをふくんだ、だがどこか冷たい声が返ってきた。信淵はそれにごまかされまいとしてか声を荒らげて、

「たわむれなどではない。しごく真剣に、お前の名を訊いておるのだ。言え、はっきりとお前が何者であるか言えっ」

――はて、困りましたなぁ。何ぼ尋《たん》ねられても同じことで……とはいえ、たってのお望みとあらば、

しゃあおまへんが……手前、堺の鉄砲鍛冶、惣右衛門にござります。なぁ、そやわなぁ？

惣右衛門と名乗る男は、かたわらにいるらしき第三の人物に話しかけるようすだった。すると、その人物はひょうひょうとした、だが有無を言わせぬ調子で、

――はいな。惣右衛門さんの言いなはる通り……そのことは、浪花の地で鋳物師としてちっとは知られた、この五助が請け合わせていただきますとも。

それでわかった。佐藤信淵の旧知ということで雇い入れられた二人の上方者、鉄砲鍛冶の惣右衛門と鋳物師の五助。室内にいるのは彼ら三人だった。

あまりにもわかりきった質問への、わかりきった答え。にもかかわらず、佐藤信淵はいっそういら立ったようすで、

「う、請け合うも何も、五助とやら。訊きたいことはお前も同じだ。こやつが惣右衛門でないのと同様、お前も五助などという名ではありえない。鉄砲鍛冶だの鋳物師だというのも偽りであろう。もうやつがれはだまされんぞ。とっとと正体を明かせ！」

宇内混同の策をとなえ、無謀な戦略や珍奇な兵器を語るときとは、また別種の勢いと迫力で、惣右衛門・五助の二人に詰め寄った。すると、

――おやまぁ、こら困りましたなぁ五助どん。

――ほんに惣右衛門さん、こらどないしたもんだっしゃろうなぁ。

ふざけた調子で言ったあと、やにわに声を合わせて、

――ほたら、まぁ……お聞かせ願いとうござりますねやが。

「な、何だ？」

と、これは信淵。続いて、今度はいやにものものしい調子で、

――思い出せば先生が、阿波蜂須賀様のご重役・集堂勇左衛門殿に伴われ、徳島の地に渡られたのは、文化五年（一八〇八）のことでござりましたなぁ。

――集堂殿とは江戸で知り合い、本国近海に異国船出没して心を痛めておられた折柄、大いに国防論を説きつけたのが認められての招きとうかがっております。

――阿波徳島においては、まさに魚が水を得たる如き大活躍。画期的な防海策を議して認められ、鉄砲や大砲、西洋事情から国家の経営に関する著作数十巻をまたたく間にものされたばかりか、かの『宇内混同秘策』もこのとき成ったと聞けば、人間一年の仕事としては信じがたい分量でござります。しかも、それだけではなく……。

――さよう、それだけではわてらの出番もないわけでな。先生の徳島での最も大きなお仕事は大砲をはじめとする諸種の武器の製造と、それらを用いての演習練兵で、それなくしては、わてと惣右衛門さんがあの渦潮を押し渡ることもなかったわけで。互いの腕を十二分に生かしての仕事の数々はまさに職人冥利に尽きるものとして、いまだに夢に見る……いっそ夢まぼろしやなかったかと疑われるほどでござります。

――五助どんの言う通りで……ご指導の下で手前どもが鋳造した大砲は二百と七十二門。二軒屋町いうとこに鋳造役所を設け、あれは鮎喰《あくい》河原でしたか、あそこでドンドンパンパンと何発試射したことか。ほかには異風炮に異様船、そして何より自走火船！

――さよう、自ら走り火を噴く船の勇姿ときたら！　ご城下を二十里も離れた……あれは何ちゅう場所でおましたかいな。え、覚えてはらへん？　まぁ昔のことだすよってな。一帯を文字通り火の海にしての実地試験は、それこそホンマにあったことかいなぁと今にして思うぐらいでござります。

――その後、手前どもは大坂と堺に帰り、今日に至るのでござりまするが……実はわれわれの仲間内で阿波に渡ったものがありまして、その男に訊いたところでは、何とあのとき造った大砲や船、新兵器のたぐいは今や跡形もなく、覚えているものもないとか。はてさて人以外のものが神隠しにあうとは聞いたこともなく、まさかあれほどの大藩まるごとが狐につままれるわけもなく……これはいったい？

「そ、そ、それはじゃな……」信淵は焦ったようすで答えた。「やつがれの防海策や数々の発明が、かえって集堂殿への嫉視を生んであえなく失脚となり、それでやつがれも急ぎ江戸へと退転するのやむなきに至ったのじゃ」

――その結果、あのおびただしい大砲は全て破却された、と？

「そういうことじゃ、奸物どもの手によって粉みじんにな。自走火船はもとより燃えて海に沈めば何も残らぬ」

――でも、確かにまちがいなく、あれらは存在した、と……。

「うむ、それはもちろん……」

信淵が苦しげに答えると、惣右衛門と五助は妙な笑いをふくんだ割りゼリフで、

――ほう、それならば……なぁ五助どん。

――はいな、それらをこさえたわてもあんさんも、

――この世におらんはずはない。たとえ堺の『鉄炮諸鍛冶諸家御出入名前控帳《てっぽうしょかじしょけおでいりなまえひかえちょう》』に、

――手前こと惣右衛門の名が見えず、また大坂の鋳物師仲間が誰一人、

――この五助を知らぬとしても……先生だけはそうとは言えぬはず。

「し、し、しかし」信淵はなおもあらがった。「あれは、ざっと三十年も昔の話。惣右衛門はともかく、五助はあまりに若すぎる。どうかするとまだ子供だったのでは……」

するとと惣右衛門は五助と顔を見合わせてから、

――そらまぁ人によりけりで。いくつ何十になってもそうは見えん人もおますよって。

「そ、そんなムチャな話があるか」

信淵が声を荒らげるのを、五助はクックッと忍び笑いとともになだめて、

――いえまぁ、それは惣右衛門さんの転合《てんご》で。わてらの職人の世界にも名跡屋号というものがあり、先代の名を継ぐということがございます。

「そ、それがどうした」

――つまりは、あのとき先生と仕事を共にした五助のわては息子、または弟子ちゅうことで何の不思議もございりまへん。そやよってに何とぞ先生、乞い願わくば……。

――まるで幽霊《ゆうれん》でも出たような目では、われらのことを……。

最後はピタリと声をそろえて、

――見んといとくれやすよう、お頼み申し上げます！

そのあとに長い沈黙があった。総髪の若侍は襖のこちら側でため息をついて、

（えらいところに来合わせてしまったな）

ここへは信淵が作成した――ということになっている――図面指示書の受け取りに来たのだが、さすがに今このただ中に入ってゆく度胸はなかった。

（これは当分、駄目だな）

若侍はいったんきびすを返し、しばらくしてから再び佐藤信淵の仕事部屋を訪ねた。さっきの二人の気配はもうなかった。

「朝地でございます。入ってもよろしゅうございますか」

何気なくそうたずねると、ややあって疲れ切ったようなこんな声が返ってきた。

「喬之助か。ご苦労……じゃが今はいい。例の要塞構築法については明日にしてくれ」

そう言われては、信淵のそばにあって洋書や漢籍の抜き書きや翻訳をする係の朝地喬之助――実は浅茅も引き下がるほかなかった。

（しばらく会えないけど、みんな無事かな。この姿がむしろ自然な僕と違って、相当ムチャをして化けこんでいるけれど、とりわけあの子はどうしていることやら）

つぶやきながら、浅茅は無意識に自分の前髪あたりをいじくっていた。やっぱり、この機会にかこつけて剃り落としてしまいたかったな――そんな思いにかられつつ。

＊

「ほらほらおふう、そこの鍋が噴きこぼれてるじゃないか。早く火から下ろさないかい！」

もうもうと上がる煙と湯気を貫いて、ガラッパチな女の声が飛んだ。パチパチと火が爆《は》ぜ、グツグツと煮立つ何かがいい匂いをたてる台所でのことだった。

「ハイただ今！」元気のいい返事とともに娘が一人、竈門《へっつい》に走る。その背中めがけて、

「おふうちゃん、まだお菜を刻んでないのかい。さっさとしないと間に合わないよっ」

「うん？　何だか焦げ臭いねェ……ああっそこ！　何ボーッとしてんだね、おふう！」

――次々と飛ばされる指示に、ハイハイとこまねずみよろしく駆け回るおふうというのは、髪はつぶし島田に緋の結綿《ゆいわた》、江戸茶棒縞の着物に黒の掛け襟をした若い娘。扱《しご》き帯でおはしょりをしてキリリと襷がけ、弁慶格子の前掛けを垂らしている。

どこから見てもかいがいしい賄い娘だが、いささか日焼けしすぎなのが玉に瑕。あと包丁さばきや

彫かげんが荒っぽいところはあったものの、いくら女手があっても足りない勝手方では重宝されていた。とはいえ当人にすればありがた迷惑で、

（あーあ、何であたしだけが、こんな格好でこんな仕事を）

賄い娘おふう――野風は目の回る思いをしながら、ぼやかずにはいられなかった。

（ふだんからあの姿の浅茅はともかく、みんな男装には無理のあることといったら……あたしの方がまだましだと思うんだけどなぁ）

そもそも浅茅にしても、彼女を女と疑った赤石甚十郎もここの一味に加わっていて、いつまた難癖をつけられるかもしれない。だから浅茅こそ女装？　すべきではという意見は残念ながら却下された。というのも、あのときはちせの機転でごまかせたのだし、なまじ女姿を見られるより、そのまま男だと押し通した方がいい、と……。

（それに）

と野風は思った。同じように常に男の服装《なり》をしていても、自分と浅茅は全然違う。自分は別式、女武芸者としてその方が動きやすく都合がいいから、ああいう格好をしているので、まれにこんな娘姿になると慣れないうえに照れくさくてしようがないが、そのこと自体はそれほどいやではない。

ちせやアフネスにとって男装は潜入のための方便だし、喜火姫様に至っては自分以外の人間に化けすますこと自体が楽しくてならないようだ。だからといって、ずっと男姿でいろと言われたら、きっとおいやに違いない。

（だが、浅茅は違う）野風はつぶやいた。（彼女はむしろ女姿でいたくはないのだ。いや、それだけではなく女でいたくないのかもしれない。あのとき誰かが「前髪を落としたら、女の子にもどれなくなってしまうよ」とたしなめたが、むしろもどりたくないのだとしたら……）

ふと、そんなことを考えたときだった。

「ほらほら、手が止まってるじゃないか、おふう。次はそこの膳のお運びだよ！」

女角力《ずもう》みたいな女子衆頭が、パンパンと大きな手を打ち鳴らした。ここの人々は慣れているようだが、見たこともない料理ばかりで、野風は作るより力仕事の方が多かった。

「さぁさぁ急いだ！　とにかく人数が多いからね。おや、おふう、お前さん料理はからっきしだけど力はあるねぇ。それに素早いしさ。よほど腰が据わってるのか、お膳をいくつ重ねても平気なのがいいやね――なんて言ってるときじゃない。行った行った！」

女子衆頭は言いざま、ドンと背中を突かんばかりにした。

「ハイハイハイに、もひとつハイ！」

野風はそう答えると、小走りに台所を出て行きかけた。母屋に通じる廊下にさしかかったあと、チョコチョコ走りで後ろ向きにもどってきたかと思うと、

「あの……これはどこへ持ってけばいいんでしたっけ」

「何言ってるんだね、この子は」女子衆頭はあきれ顔で、「それだけの献立となりゃ決まってるじゃないか。大先生のいる『夢殿』だよ。わかったらさっさと行ってきな！」

「ハイ、喜んで！　あらよっと！」

野風はそう言い、内心ほくそ笑みながら、掛け声よろしく廊下を進んで行った……。


――そのしばらくのち、野風の姿は「夢殿」を間近にした庭の草むらの中にあった。

大先生のための特別あつらえの食事一式を、おそばづきの門弟に託せば、それで役目は終わり。ただし、それは賄い娘のおふうとしてであって、喜火姫付きにしてご門跡様配下の別式侍・野風として

はこれからこそが本番なのだった。

意外に早く、機会がやってきたな——そう意気ごみつつ「夢殿」に向けた目が、けげんそうにしばたたかれた。

（話には聞いていたけど……何だろうこの変な建物は？　六角形ということは、上から見たら亀甲紋のような形をしてるってことだろうか）

見れば見るほど奇妙な建物だった。四角四面であるべきものが二つも多いせいで、壁面のまじわる角度もゆるやかで変な感じがするし、どこが正面やら横手やらわからない。

しかも六つの壁は全て板張りで、どこにも出入り口は見当たらないのだ。窓はもちろんわずかなすき間さえないようだった。

こんな中に人がいるとも思えなかったが、そうでないことはすぐにわかった。台所に帰るふりをして、そっと物陰から見守っていると、おそばづきの門弟がうやうやしくお膳を捧げ持ちながら「夢殿」前までやってきて、何やら声をかけた。

すると、ややしばらくして、はめ殺しのように見えた板壁の一つがまるごと開いて、中からニューッと人間の腕らしきものが出てきたではないか。板壁ならぬ板戸は外開きで、しかも野風のいる方に向かって開いたので、中のようすは見えなかった。

やはり中に人がいたのか……といぶかしむうち、腕はお膳もろとも中に引っこみ、てっきり壁かと思われた板戸は再び閉じて、元ののっぺらぼうな外観に戻ってしまった。

野風は、あたりに人の気配が途絶えたのを確かめてから、思い切って「夢殿」ににじり寄った。短い階を上り、周囲にめぐらされた縁廊下を歩もうとして思いとどまった。

（ん、これは……？）

縁廊下の板が、つま先をのせたとたんかすかにかしいで、その下に何かの仕掛けがあると直感された。このまま歩こうものなら床板がわずかに下がった拍子に目鎹《めかすがい》という部品が、根太に打ちこまれた釘とこすれて甲高い音をたてる仕掛けだ。

ウグイス張りか、と野風は苦笑した。これでは、たちまち気取られてしまう。さて、どうしたものかと考えて、「夢殿」の屋根と建物本体にはすき間があるとわかった。

「よし……やるか！」

つぶやくと、野風はこのところ修練している体術で音もなく跳躍した。建物の上端をつかむと、そのままスッ……と体を唐風の屋根とのすき間に滑りこませた。

屋根の下には当然ながら梁や桁、柱が走っていたが、建てられたのが新しいのかほこりもほとんどなく、しかもかなり貧弱な造りだった。しょせんこけおどかしの建物らしく、地震ひと揺れでメキッとゆがんでしまいそうだ。

なので、屋根裏にもぐりこむには造作なかったが、そこから「夢殿」の内部に入りこもうという試みは、すぐさま頓挫した。そこには六角形の天井板がのっぺらぼうに広がっているだけで、「夢殿」内部に入りこむことはおろか、のぞきこむさえ不可能だった。

（せめて、板の外れるようなところでもあれば……）

と目を走らせたところ、一か所だけ板が少し高くなっているところがあった。這いずらんばかりに身をかがめてそこへ行ってみると、案の定、五寸角ほどに切り取られた部分があり、枢戸《くるるど》の仕掛けで開閉できるようになっていた。

内部の気配を十分に見定めたあと、板のすき間に爪を立て、そっと持ち上げると、戸《と》軸《まら》と戸《と》臍《ぼそ》の細工がよくできていたと見え、音もなく開くことができた。

そこにぽっかり開いた小窓に、野風は顔を近づけた。そこに見えたのは——六つの小部屋に区切られた奇妙な家屋の断面図だった。

外から見て、全て同じ大きさと形の六面の壁を持つのだから、上から見れば亀甲紋のような六角形に見えて当然で、野風もそうだろうと予想していた。ただ奇妙だったのは、その内部が何とも不思議な——というより非人間的な区切られ方をしていたからだ。

六角形の中心を通り、交差する三本の線によって六つの三角形に分けられた家。線といっても外側と同様の板壁であり、三角形のそれぞれが部屋ということになるが、それは人が住まうにはあまりに狭く、そしてあまりに不便な形をしていた。

そのこと自体、薄気味の悪いものがあったが、それにも増して野風を驚かせたのは、

（中に、誰もいない……）

ということだった。

さきほど、野風は自分が運んできたお膳が、この「夢殿」の中に持ちこまれるのを見、何者かの手が内部からそれを受け取るのを見た。その後、この建物から出入りするものは誰一人いなかったのだから、あの腕の主とお膳は彼女が見下ろした中にあるはずだった。六角形の中の六つの三角形のどれかに存在していなければならなかった。

なのに……と、野風はなおも目を凝らしたが、そこには何もなかった。ここに住まうならもちろん、たとえ短期間身をひそめるだけにしても必要な調度も、道具類も何一つなかった。ひたすら空虚な空間が連なっているばかりだった。

いくらのぞいても収穫はなさそうだ。それ以上に、見てはならない幻をかいま見ている気がして、野風は小窓を閉じ、屋根と建物のあわいからヒラリと庭に降り立った。

何食わぬ顔で母屋の廊下を踏みしめたそのとき、

「おい、娘！」

ふいに背後から浴びせかけられた声に、野風はビクッと身を硬直させた。

ふりかえると、それはさっき見かけたおそばづきの門弟で、さっきのお膳を手にしていた。見ると、ほとんどの料理が手つかずのままだった。

「大先生は、こんなものは口に合わんとおっしゃる。すぐ別のを用意せよとの仰せだ」

「は、はぁ……」

野風はなるべく無邪気な娘のふりで、小首をかしげてみせた。煙でいぶした野菜とか、ハタハタとかいう見たこともない魚の酢漬けとか確かに風変わりだが、別にことさら相手の好みから外すために、腕を振るったわけでもないだろうに。

「でも、今から作り直すとなると、だいぶあとになりますが、それでよろしいので？」

「いや、そこまでするには及ばん。大先生もお腹がお空きのようだからな」門弟は答えた。「焼き飯でも何でも、すぐできるものを持ってきてくれ」

「や、焼き飯？」

思わず頓狂な声をあげた野風——いや、賄い娘のおふうに、

「焼きおにぎりのことだよ。大先生は近ごろそれがお好きのようだ。わかったか。わかったらとっとと行け！」

「ハイ！」

野風は、ひときわいい返事を門弟に投げつけると駆けだした。急いで台所に取って返しながら、何とも奇妙な感じにとらわれていた。

（焼き飯でも焼きおにぎりでもいいし、それぐらいならあたしだって作れるけれど……でも、あの「夢殿」のどこに、それを食べる大先生とやらがいるんだろう？）

3

「すると」

大老井伊直亮は、いつになく焦燥の色を濃くしながら言った。いつかと同じ屋形船の座敷内、障子越しに隅田の水音を聞きながらのことだった。

「《奇巌城》より琉球尚育王より上様への使節を邀撃《ようげき》し、彼らが携え来たりし清国道光帝の親書を奪取せんとする謀りごとは着々進行中。すでに武器もそろい、兵備もとのいつつある――にもかかわらず、かんじんの《奇巌城》がどの地に建てられ、どこから銃砲を放ち軍勢を繰り出すかはいまだ不明、であると？」

「仰せの通りでございます」

遠山金四郎景元は、町人姿には不似合いな四角四面さで端座したまま、頭を下げた。

「城という限りはどこかに築かねばならず、そこに資材を運ぶなり、現地で調達しなくてはなりませぬ。しかし琉球使節のやってくる街道筋にそのような城を建設しうる場は見当たりませんし、さすがにそれだけの人員もない。われわれも可能な限りの探索を試みましたが、《奇巌城》に関してはその建造の形跡も見つけることができませんでしたし、そもそも彼ら一派は、どこに向かっても動くようすがないのでございます」

「大砲の射程は、計算に入れておるであろうな」

井伊直亮の問いに、遠山景元はうなずいて、

「それは、もちろん。大坂冬の陣で用いられたエゲレス製の大蛇砲《カルヴァリン》は、三貫五斤（約十四キログラム）ほどの砲丸を一里半以上飛ばすことができたといいますが、実際に有効な距離はその四割ほどだと言われております。また西洋の最新式の大砲だと一里先のものを正確に破壊できるとされておりますが、さすがにここまでのものは造れないとすれば、使節の道中の前後左右二十三町（約二・五キロメートル）を《奇巖城》のありかと考えればよいわけでございます」

「だが……その範囲には、そのようなものが建設された形跡はなかった、と？」

「御意。もちろん使節の五百里に及ぶ海陸の道中全てを調べるわけにはいきませんでしたが、少なくとも江戸とその近辺につきましては、すでにくまなく」

井伊大老は「そうか」と腕組みすると、

「だとすると……いったいどういうことなのだ。もし常州藩がかの国学一派の後ろ盾たるにとどまらず、全ての糸を引く存在――むしろ陰謀の主体とすれば、利用できる場所や建物は本国以外にいくらでもあろうし、藩士や領民を投じて一から造ることもできよう。であるからには、決してありえないことではないが……」

「あるいは……まさか、とは存じますが」遠山景元は面を上げた。「この江戸の地で迎え撃つつもりということも、ありえなくはございませぬ。常州藩邸や別邸、ほかに所有地も多々あり、そこで使役する人間にも事欠きませぬゆえ」

「そ、それではまさに謀叛ではないか。かの大坂の騒擾のごとき……幾多の町人が世直しの名のもとに家を焼かれ職を失い、塗炭の苦しみをなめたあれが、将軍家お膝元で起きようというのか。まさか親藩ともあろうものが、そのような……」

井伊直亮は息をのんだ。遠山景元はそれには直接答えずに、

「その常州藩のことでございますが……実際、この件とはどの程度のかかわりなのか。そもそも何者の意思によってこのような暴挙に至ったのか、藩侯か家中の過激派か……ご大老のお考えはいかがでございます。ここまでのことになりますと、われわれごときではとても調べがつきませぬし、手に追えぬというのが正直なところでございます」

するとと井伊直亮は眉間にしわを刻んで、

「それが……わしもいろいろ調べはしたのだが、わからぬのだ。今の藩侯の異国嫌いと国学かぶれは知られているが、先頭に立って大号令を発した形跡はない。確かなのは、いつのまにかこうなった、ということだけだ」

「いつのまにか……しかし、まさかそんな」

思わず言葉を詰まらせた遠山に、井伊大老は、

「さよう……その『まさかそんな』という事態なのじゃ。これほどの大事にもかかわらず、誰がどう決めて行動しているのかがはっきりせぬ、などとは考えられぬのだが……」

「まことに、ありえようのない話ではござりますな。ことによったら異国と戦端を開くことにもなりかねないというのに」

「これ遠山、めったなことを申すでない」

井伊直亮はハッとしたようすで言い、そのあと声をひそめて、

「やはり、そうなるとそなたも思うか。琉球国王の使節を襲い、彼らの携え来る道光帝の親書を奪い、あまつさえその使臣を傷つけでもしたら……」

「道光帝も黙ってはおりますまい。かの帝は先の嘉慶帝の第二皇子だった当時、禁裏に乱入した天理

教徒に自ら銃を構えて応戦した武勇と気概の人。中華の地をおびやかす西洋人にも断固たる態度をとっているとか」

「さればこそ、上様も使臣の到来を楽しみにしておられるのだが……それをあえて害し、善隣友好を損ねようというのは、いったい何の目的あってのことなのか」

思い悩み、考えあぐねる井伊大老に、金四郎景元はポツリと、

「宇内混同、すなわち世界征服――」

「ま、まさか」井伊直亮は息をのんだ。「そんなありえようのないバカバカしいことが……いや、そう疑わしむることが着々と行なわれていようとは、悪い夢でも見ている気がしてならぬ。何より信じられぬのは、その悪夢の来るはいずこであり、意思決定の根本は誰であるか曖昧模糊としたまま、しかし止めようもなく進められておることだ」

「まことに……」

遠山景元もため息をついたが、まさかそんなありえようのないバカバカしくも無責任な事態が、ほんの百年と少し先に起き、この国を破滅させようとは想像できなかった。

「――ところで、例の目付・鳥居耀蔵の動向はどうだ。あやつこそ全てをつかみ、しかしそれらを握りつぶしているのではないか」

井伊直亮が、ことさら話題を転じるように言った。

「はて、それは何とも……ただ、妙なことがあるにはあると聞きました。ただ、これはご大老の方がご存じではないかと――その、鳥居当人ではなく父親についてなのですが」

「その父親……？」

と、井伊直亮は小首をかしげたが、すぐに、

「あ、林大学頭述斎のことか。それならば、つい最近、上様に儒学ご進講のはずが、急の腹下しだか食当たりのため欠席するという珍事があった。それが、どうかしたのか」

「いえ」

と景元も首をひねり、腕をつかねて、

「何かしら、かの一派と符合するものがあるような……ないような」

「何だそれは。この天下の一大事に誰かの腹痛《はらいた》が関係するとでもいうのか」

井伊直亮はあきれ顔で言ったが、そこにはいら立ちより一抹のおかしみのようなものがふくまれていた。それから急に居ずまいを正して、

「そんなことより琉球国の使節は刻々、この江戸に近づきつつある。そなただから明かすが、一宿場過ぎるたびに安堵し、次の宿でこそ何か起きはしまいかと日々ビクビクものじゃ。必ず《奇巌城》のありかを見つけ出し、〝空ろの針《ホーレ・ナルッ》〟の計の正体を見抜いて、全てを未然に防ごうではないか。相わかったな、頼んだぞ」

「ははっ！」

井伊直亮にそう言われては、一言もない遠山金四郎景元であった。

4

――屋形船でのそんなやりとりがあってほどなくの、とある晩のこと。

「街道筋に派したるものの報告によれば、属国琉球の朝貢使は川崎宿に到着の由」

「したがいまして、清主の親書とともに明日には江戸到着かと存じたてまつります」

「片や、わが方の準備も万端……このうえは大先生、何とぞご指示を、ご指示を」

「さよう、われらにご指示をたまわりますよう」

「オン願いたーてまつりますぅ！」

薄闇に包まれた「夢殿」前にぬかずいた男たちの間から、次々と声があがった。

事実に反し、ことさらに属国といい朝貢使と呼び、また清国の皇帝をあえておとしめる。ここは、そんな歪んだ世界観が支配する、ちっぽけな場だった。

（いよいよ、か）

野風は「夢殿」の屋根裏に身をひそめ、つぶやいた。そこには彼らへのあわれみも一抹まじっていた。あとで思えば、そんな変な同情がよくなかったのだが……。

さっき、例の天井の小窓からのぞいたときには、六つの三角に仕切られたこの怪建築の内部には何もなく、誰もいなかった。つまりこの男たちは、がらんどうのお堂を前にお題目をとなえ、そこからのお告げを待っているわけだ。

そんなことをしてどうなるのかと首をひねった折も折、板一枚下から声が響いた。

「全て……手はず通りにいたせ。《奇巌城》を一夜にして築き、琉球朝貢使を討伐し、清主の手先を誅戮せよ。彼らの素っ首をもって、宇内混同の先駆けの血祭りとせい！」

（えっ、そんな……いつのまに？）

野風はあわてて小窓のふたを開き、中をのぞきこんだ。だが、そこには相変わらず何の姿も見えず、にもかかわらず声だけが聞こえてくるのだった。

「百祐……佐藤信淵は来ておるか」

「ハハッ……やつがれ、確かにここにおりまする」

哀れなほど震えを帯びた声が、ずっと後方から聞こえた。彼はそれまで、なるべく目立たぬよう、名指しなどされぬよう縮こまっていたのだが、その努力は無駄だった。

「なんじの案じ出したる兵器戦法の数々、その効果の絶大なるを期待しておるぞ」

「ハハッ……恐れ入りまして、ございまする」

どこか滑稽なやりとりを聞きながら、野風は声の源を探り当てようとした。幸か不幸か「夢殿」の大先生はしゃべり続けてくれ、ついにはこんなことまで言いだした――。

「それでは、いざ出陣……いや、その前に一つ、命じておかねばならぬことがあった」

はて、それは……？　と男たちがざわつきだし、野風も耳をそばだてた。そばだてるより先にしなくてはならないことに気づかなかったのは、何としても手ぬかりだった。

「わが頭上をまさにはい回りつつある無礼なネズミを捕えよ。決して逃すでないぞ！」

しまった、気づかれていたか！　心に叫んだ野風は、まさに追いつめられたネズミさながら進退きわまってしまったのだった……。

「これが風前の灯火《ともしび》ってやつか」野風はうそぶいた。「だが、そう簡単に消えたくはないもんだぜ」


――燭台の炎が、風もないのにふいに大きく揺らめいた。

（なぜだろう……ああ、そうか）

小首をかしげたちせは、蠟燭の芯を切って炎をととのえると、文机に愛用の帳面を広げた。使われないのを幸い、ちょっとした用事や書き物に重宝している小部屋でのことだった。

本来の姿のときに使っている眼鏡のレンズをふくと、アフネスに教えてもらったオランダ語会話を反芻《はんすう》し、筆記しながらその和訳を口ずさむ。

「Heren, gaat alstublieft van boord――『みなさん、どうか船から降りてください』」

それから、またブツブツと口の中でつぶやいて、

「Ik ben Jonker van Roderijcke. Maar jullie kennen allen mijn echte naam――『私はヨンケル・ファン・ロデレイキ。でも、みなさんは私の本名を知っていますよね』

それからDank u voor uw harde werk. U zult door ons gered worden, dat beloven we――『どうもお疲れさまでした。あなた方は私たちがきっと助けるとお約束します』」

それは、あの囚人船が江戸のこの屋敷に着いたとき、アフネスがかけた言葉だった。彼らを使役するという名目で常州城の牢獄から移送させたのは、救出のためだった。

日本凄い、日本人に生まれただけでエライととなえながら、外国のことなど何も知らない連中ばかりなのを幸い、彼女はあのバカ侍の言葉を通訳すると見せかけて、連れてこられたオランダ船の人々を励まし、安堵させたのだ。

(前に浅茅さんをも困らせたあのバカ侍、何と言ったかしら……まぁ、あんな奴の名前なんかどうでもいいや)

あっさりと思い出すのをあきらめて、次の項目にかかった。だが、これに関しては、

「Welkom in Edo, vader!……vader――お父さま」

その単語のみが、ちせの脳裏にとどまった。

思えば、父・鳩里斎が全ての始まりだった。父に代わっての宝探しで今の仲間たちとの出会いを掘り当て、これまた父のための江戸行きが、再会とこの冒険をもたらした。加えてまさか、よりによってあの佐藤信淵が父の地位をおびやかしているなんて！

だから、ちせには何も後悔はなかった。父の老い先のことを除けば心配もしていなかった。ご門跡

様のもとに集った仲間たちのことを思えば、何だってできる気がした。

「そう……どんなMissie: Onmogelijk《ミッシィ・オンモーヒュレイク》だとしても！」

ちせは、思わずこぶしを握りしめていた。onmogelijkは、蘭語辞書『江戸ハルマ』には「為《なさ》レヌ、デキヌ」とあり、つまりエゲレス語でいうインポッシブル。missieはミッションで、ハルマにもない単語だが、アフネスによると使命や任務、あるいは「密旨」の意だった。

少し興奮していたとみえ、「為レヌ密旨《ミッション・インポッシブル》」を意味するその二語を、つぶやくちせの口調は力強かった。

そのせいもあって彼女は気づかなかった――板戸にいつのまにかすき間が生じていることに。いや、気づいたとしても、ここを用いている仲間の誰かが来たと思ったろう。

だが、気配にふりむいたちせが見たものは、その誰でもないむくつけき男だった。醜く、下品で、そのくせ威張り屋でどうしようもないその男の名は――。

「おのれ、妙に物知り顔なこわっぱと思いきに、いつものトンボみたような眼鏡を外してみれば、いつぞや見た朝地喬之助めの〝妹〟ではないか。えーい怪しいやつ、あやつともどもその正体見届けてくれん！」

口からしぶきを飛ばし、真っ赤な顔でわめくのは、よりによってあのバカ侍だった！

（し、しまった）

ちせは大失策に身を縮め、何とかならないものかと頭を猛回転させた。だが、どうしてもわからないことがあって、思わずたずねてしまった。

「あの……あなたはどなたでしたっけ？」

「ブッ、バッカもーん！　吾輩は赤石甚十郎じゃ！」

訊かれた相手は、それこそ焼けた石のように真っ赤になって怒鳴った。グイッとちせの肩を握りつぶさんばかりにつかむと、

「そうだ、朝地喬之助はどこだ！　あいつもまとめて引っくくれ！　全く、大事の前というのに、こう曲者だらけとはいったいどうなっておるのだ！」

5

「この曲者め、ここへでも入ってろ！」

荒々しい言葉もろともドンと背中を突かれ、ちせは「あわわわ……」と叫びながらクルリクルクルと身をひるがえし、だが結局は板の間に尻もちをついてしまった。

「あ痛たたた……ひどいことするなぁ」

何しろ目隠しをされ、グルグルと歩き回らされたあげくのこの仕打ちだから、しかたがない。幸いよほど手先の不器用な奴だったのか、目隠し布は倒れた拍子にはじけ飛んでくれたが、しばらくは目の中でチカチカと火花が散って困った。

しばしその部屋の薄暗がりに目を慣らしたあと、ちせは壁際にいくつもの人影を見出してギョッとした。だがすぐに、それらの顔が判別できるようになると、

「あれ……どうしてみんな、ここに？」

「そういう、ちせちゃんこそどうしたんだよ」

ふてくされた調子で、ちせの問いかけに答えたのは野風だった。

「わたしは、あの頭の悪そうな、えーっと名前は何だっけ……まぁどうでもいいか、とにかくそいつ

に変装を見破られて、とっ捕まってしまったんです」

「そうか、それは大変だったね。ま、あたしみたいに大立ち回りのあげく、ふん縛られるよりはまだましかもしれない」

いったい何があったんですか、と驚くちせに、野風は「夢殿」でのしくじりと、そこで再び体験した不思議――六つに区切られた不気味な構造と、そのどれにも誰もいないのに中から腕が出、声が聞こえてきたことを話した。

「えっ、それは……」

もしかして、とちせが言いかけたとき、

「わたくしはわたくしで、あともう少しで目的を達したのに惜しいことでした。いえ、このあとのことを考えたら、申し訳ないと言うほかないのですけれどね」

そう言ったのは、何と喜火姫だった。姫は浅葱色の小袖に袴姿のまま、小汚い床の上に大名の娘らしくきっちりと端座していた。

「その点では、私も同罪だね」

片隅のひときわ濃い暗がりから投げかけられた声に、

「アフネス、あなたまで？」

ちせは思わず叫んでしまった。するとアフネスは苦笑まじりに、

「そう、私もだ。つい囚われの父たちのことが心配で、彼らの仕事場や宿所に足しげく通いすぎて怪しまれてしまったのだから、うかつだったよ」

「そうだったんですか。すると、まだ捕まっていないのは……」

ちせが祈るようにつぶやいたとたん、この部屋の戸が荒々しく開け閉じされ、貴様も入れ！　叫び

もろとも人影が一つ、転げこんできた。

危ういところで受け身を取ったものの、その人影——浅茅は目隠しをほどくのに手間取っていたので、まわりの者たちが手伝ってやった。一瞬ビクッとしたものの、仲間たちがいるのに気づくと、

「や、やあ」

と照れくさそうに言った。ちせはまた、ため息まじりに、

「やっぱり……わたしがあいつに怪しまれたからには、浅茅さんも無事ではすむまいと思っていました」

「まあ、こんな形で潜入し続けるのも潮どきだったかもしれないし、しかたがないよ」

「告げ口したのは、浅茅さんとわたしを兄妹でないと疑った二人組でしょうか。ほら、仙童寅吉と再生勝五郎の……」

「いや、あの二人のことは用心していたが、その後めっきり姿を見ない。今度の騒ぎの前に逐電したという噂もあって、さすが元霊感少年だけに目はしが利くというか……」

「やっぱりあたしみたいに、女姿になった方がよかったんじゃないか」

野風がまぜかえすと、浅茅は少し困ったように、

「やけにこだわるね」

「いや、一度見てみたかったもんだからね。いや、あんたがいつだって男姿でいたいのはわかっているさ。悪かった」

野風がすまなそうに言うと、浅茅は「いや、いいんだ」とだけ答えた。

そこへ、喜火姫がこの場の空気を一新しようとするように、

「さあさあ、とにかくこれで五人そろったのだから、まずはそのことを喜びましょう」

彼女ならではの、大らかで楽天的なところを示しながら言った。

「まぁ確かに、勢ぞろいしたとは言えますが」浅茅が申し訳なさそうに言った。「つまりは全員捕まったわけで……せめて僕だけでも逃げおおせていれば、と思うのですが」

「それこそ、あたしたち全員に言えることだから……とりわけ、あたしの捕まりっぷりときたら、末代までの恥になりそうなブザマさだったからね」

あの野風がここまで自嘲するからには――とちせたちが想像したとき、

「ほらまた、そんなことで思い悩んで……それよりは互いの幸運を喜ぶべきではありませんか。何がって？　敵に捕まって逆さ吊りや鞭打ちにされたり、無理やり水を飲まされたり焼き鏝を当てられたりしなかっただけでも、ね！」

喜火姫が、物騒なことをあっさり言ってのけた。ちせたちは、薄々恐れていた事態を突きつけられ、ゾッと顔を見合わせた。そう、女であるがゆえの、もっと忌まわしくおぞましく、それでいて避けがたい状況――それだって、あって何の不思議もなかった。

「そ、それにしても」

浅茅が咳払いすると言った。ことさら話題を変えたいかのように、

「僕たちが捕えられるに当たっては、それぞれ怪しまれる理由があったにしても、何でこうやって一つ部屋に集められたんでしょう。その前に厳しい取り調べとか、それこそ拷問があってもよかったのに……ほかのみんなはそんなことがありましたか？」

「いえ……わたしは捕まって、そのままここへ」

と、ちせがかぶりを振ったのに続いて、

「わたくしもです」

「そう言えば、私も何もされなかったな」

「あたしもだ。そのせいで何だか拍子抜けしたぐらいでね」

みんなはこもごも答えた。

「まぁ、これが常州藩の屋敷だったら、そうはいかなかったろうね。だが、ここはとんでもないことをしでかそうとしているとはいえ、表向きはあくまで学塾。拷問蔵も牢屋もないのが幸いだった」

アフネスが言った。そのことから、ちせはふと気づいたことがあって、

「それ以上に不思議なのは、わたしたちが何で、こうやっていっしょの部屋に入れられたかです。やはり同じ一味と見抜かれていたのか。でも、そうだとしたらかえってバラバラに取り調べられ、閉じこめられたはずです。だのに、なぜ――？」

「それはもちろん」喜火姫がすぐさま答えた。「わたくしたちが、みな女だからでしょう。だからまとめて入れておけということに……あれっ」

姫は自分の姿を見下ろしながら、けげんな声をあげた。アフネスはうなずいて、

「そう、姫様も私だって、男でないと見顕《みあら》わされたわけではない……はず。ちせや浅茅、それに娘姿だった野風とはちがってね」

「いや。それなんだけど」野風が小さく手をあげた。「あたしもどうやら、女とは見られてなかったみたいなんだ」

どういうこと？　と向けられた視線に野風は頭をかきかき、照れと憤慨とを半々に、

「賄いの格好のままで大立ち回りしたもんだから、どうやら女に化けた男と見られたみたいで……全く失礼というか、見る目のない奴らだよ」

これには一同噴き出してしまった。

「そういえば、アフネス」ちせが訊いた。「あなたが名乗ったヨンケル・ファン・ロデレイキという名前に、何か由来はあったの？」

「ああ……でも大したことはない。たまたま長崎で読んだ本に出てたんだよ、いろんな裁判事件をとりあげた中の一つで、旅先で殺されてしまう学生の名前だから、あまり縁起はよくないんだけどね」

それはヤン・バスティアン・クリステメイエルが一八三〇年、すなわち天保元年に著した『体刑の執行の物語のうちの重要な場面——ならびに秘かな犯罪生活のうちの注目すべき特性——十二の物語』という本で、そのうち神田孝平により「ヨンケル・ファン・ロデレイキ一件」「青騎兵並右家族共吟味一件」が文久元年に『和蘭美政録』として訳され、前者が明治初年に『楊牙児《ヨンゲル》奇獄（奇談）』として刊行される……などということはアフネスのあずかり知らないことにせよ、彼女が日本の翻訳ミステリ第一号の原典を読んだことはまちがいなかった。

アフネスはそのあと、つい横道にそれた話のあとを続けて、

「野風には気の毒だけど、とにかく私たち全員が女と見抜かれたわけじゃない。なのに、ひとまとめにされたのは、やっぱり一つのTeam《チーム》——とまでは知れてないとしても、〝空ろの針《ホーレ・ナルツ》〟の計の敵とみなされたからじゃないか」

「でも、それならやっぱり、なぜわたくしたちがここに、ということになりませんか」

喜火姫が問いを投げかけた。そのときちせはハッとして、

「それはきっと、わたしたちをまとめて始末するためではないでしょうか」

「し、始末？」

ちせは、思わず声を裏返らせてしまった。

「そう、琉球使節の江戸到着は迫り、今さらわたくしたちを取り調べたり、責め問う余裕もなければ、

その必要もない。計画の完了とともに、まるごとドッカーン！　とね」

「と、いうことは、僕たちがこれから連れて行かれるのは《奇巌城》？　そして全てが終わると同時に、みんなまとめて海の藻屑に……？」

やや青い顔になりながら言った浅茅に、喜火姫が変わらぬ陽気さで、

「それは困りましたね。捨身飼虎《しゃしんしこ》ならぬ飼魚、あまりお魚さんたちのエサになりたくはないですね」

「じゃあまぁ、さっそく逃げる算段をするか。《奇巌城》行きの船に乗せられる際にでも、一暴れしてさ」

野風が不敵に、そしてほがらかに言うと、アフネスが独り首を振って、

「いや……その機会はことによったら、もうないかもしれないよ」

えっ、と他の四人が目を見開いたとき、この部屋全体が揺れ、ギーッと何かがきしむ音がした。そして、かすかな水音も。

そのとき誰もが気づいた。みんな目隠しをされてここへ来たから気づかなかったが、ここはすでに船の中だということに！

「なるほど、そういうことでしたか」

喜火姫はしかし、少しの不安ものぞかせず、にっこりと笑みを浮かべた。

「じゃあ、こちらは選ぶことができないわけですね。決着はどこでつけるべきかについて。でも、どうつけるかはこっちの勝手——ということで、みなさん、よろしくお願いしますよ！」

一点曇りもない彼女の表情に、一時はおびえていたちせの心も晴れた。とはいえ、

(でも、いったいどうやって、この窮地を……？)

という疑問は去らず、それは他の三人も同じだった。浅茅も大小を取られての丸腰、これでどう戦

えというのか。すると喜火姫は、

「心配ご無用！」

言うなり、いきなり立ちあがると、袴をめくりあげた。

「ひ、姫！」

という叫びのさなか、喜火姫はその美しい脚をあらわにしながら、

「ふだんの着物ならこうはいかないけれど、男物の袴は西洋の女の人がはくrok《ロオク》（スカート）と同じだから……ああ、浅茅たちにも教えておけばよかったですね。ほら、ちょっとこんな工夫をしてみました」

そう言って指さしたのは、めったと光にさらされることのない白い腿の付け根近く。

「こ、これは……」

と誰もが口をそろえ、絶句した。ただ一人、言葉を続けたのはアフネスだった。

「Kouseband holster《カウセバンド・ホースター》――？　私も現物は初めて見たよ。さすがは姫様《プリンセス》！」

その七・《奇巌城《エギーユ・デトルタ》》、道光帝の使臣の前に突如姿を現わすこと

1

江戸立《だち》——琉球使節の将軍謁見への旅は、寛永十一年（一六三四）、第八代・尚豊王から徳川家光への謝恩兼慶賀使に始まり、家斉時代の天保三年に派遣された前回で、実に十六度を数える。

その長い旅路は、那覇の港からの船出を発端とする。首里観音堂で旅の安全を祈り、群衆に見送られて海に突き出た道を行き、突端の三重グスクから船団に乗りこむ。

奄美諸島、トカラ列島、大隅諸島と島伝いに進み、やがて開聞岳の美しい山容が見えてくると、ほどなく薩摩の山川港だ。琉球館での準備のあと、鹿児島城下から陸路川内《せんだい》へ。そして川内川を下った久見崎《ぐみざき》から再び船旅が始まる。

目指すは大坂——九州北岸沿いに天草、平戸、呼子を経て海峡を渡り、下関から瀬戸内海へ。蒲刈、御手洗、鞆《とも》の浦などの港で風待ち潮待ちしつつ、交流の足跡を残し、やがて諸国の船でにぎわう難波《なにわ》津《つ》へと到着する。浪花っ子がこれを見逃すはずもなく、

「いやもう目ェの正月とはこのことですわ。それにしてもはるばる遠方から来やはったお客人が、まず荷ィ下ろすのがわてらの町とは誇らしいこっちゃおめぇんかいな」

「ほんまだんがな。どこぞの田舎老中と生学者《なまがくしゃ》が朝鮮国のお使者を対馬で足止めするやなんてアホな

ことしたもんやから、商売にも学問にもならへん。今や琉球の人らだけが頼りですわ。おっ、あれを見なはれ！」

淀川をさかのぼる船は、どれも艶やかに飾りつけられ、動く絵巻物。そして、京街道の伏見からはいよいよ東海道の旅となる。その海と陸の道のりは、寛政十一年（一七九九）、フランス国で定められた新しい尺度によれば、片道実に二千キロメートルに及ぶ。

長い道中の華は、何といっても異国情緒あふれる使節のありさま。先陣を切ってヒラヒラとたなびく旗や指物も乗り物も、何もかもおなじみの大名行列とは違う。

何より目を奪うのは使節たちが身にまとう装束だ。先頭をつとめるのは路次楽の一隊で、琉球産の献上馬が何頭となく連なったあとには馬奉行である圉師《ぎょし》、路次楽を指揮する儀衛正、国王から将軍への親書を預かる掌翰使らが、いずれも騎馬で行進する。

「見やあ、何と立派なお行列じゃあれへんか」

「それそれ、次にまた見ゃーたこともねぇお乗り物がやってきたじゃねぇか」

見物が感心するのも当然で、これからがいよいよ主役の登場だ。国王名代として王子が任じられる正使の輿と、士族筆頭たる親方がつとめる副使の駕籠が威風堂々と行進し、踊りや奏楽の名手である楽童子、楽師たちが美しい姿を披露する。

「何とこりゃ美しい人たちじゃあねぇだぁか。海の向こうにはあんな国があるだぁな」

そのあとは江戸立の総責任者である讃議官、それに次ぐ地位で音楽監督に当たる楽正、またもや楽童子、楽師たちに正使副使の供である使賛たち——。

彼らのいでたちは唐冠唐衣と琉装に大別され、まるで絵草紙から抜け出たかのよう。たとえ薩摩の蛮兵に敗北し、今も半服属状態にあるとしても、あくまで日本とは別個の伝統と文化に生きる独立国の気概をあらわしていた。

日本側もそれを希望し、小姓の服装はもっと華美にとか、持ち道具類は唐風が好ましいとした。これが後世「琉球使節は、ことさら異国風の衣装を強制され、引き回された」というとんでもない誤解を生むのだが、それはこの当時たわ言でしかなかった。

そして——江戸立の往路は、その終盤にさしかかりつつあった。

紫禁仙輿詰旦来《ズージン・シィェンユー・ジェダンライ》　（皇帝の乗り物は早朝おでましになり）
青旂遥倚望春台《チンチー・イャオイー・ワンチュンタイ》　（はるか望春宮の台に青旗は立つ）
不知庭雪今朝落《ブーヂー・ティンシュエ・ジンヂャオ・ルオ》　（今朝庭に雪が降ったとは知らず）
疑是林花昨夜開《イーシー・リンホア・ズオイエ・カイ》　（林の花が昨夜咲いたのかと思った）

……………………


早朝の旅立ちのため、ついまどろみに落ちた林鴻年は、ふと初唐の七言絶句を夢うつつに吟じていた。文字と音だけのようでもあり、絵や実景として見えている気もした。

それは、宋之問の「苑中逢雪」——彼が琉球の尚育王に書道の手本として示した詩だった。あの南の楽園では、雪を花と見まがうことも逆もありえないとあとで気づいたが、今は自分自身が、このさりげない詩句から遠くに来たと思わずにはいられなかった。

この国には雪は降るそうだし、花も咲く。だが、まさに紫禁城におわす皇帝陛下のもとに成果を持ち帰れるか。ぶじ中華の地を踏めるか保証の限りではないのだった——。

ふいにさした明るい光に、林鴻年はふと目を開くと、感慨深げにつぶやいた。

「嚄《フォ》、好像到了品川《ハオシャン・ダオラ・ピンチュアン》……」

そう、ここは品川宿――東海道の起点であるお江戸日本橋まで、あと二里である。

ここを通るのは、奥州出羽から江戸を過ぎて京西国に向かい、逆に九州西国中国畿内より下りきた旅人、参宮金毘羅大山に富士詣、鎌倉大磯箱根への遊客、参勤交代の大名小名。まさに東海道の咽首《のどくび》の名に恥じない。

何よりここは遊興の町。ずらりと並ぶのは、水茶屋に飯盛女のいる食売旅籠《めしうりはたご》、大小の女郎屋。ここの遊女たちは吉原ほど気位が高くないのが魅力で、彼女らのさんざめきと琴三味線、道行くワラジの音や蹄《ひづめ》の響きは終日絶えることがない。

見ものは、東に満々と広がる海の眺望だ。江戸湾のはるか向こうには上総房州の遠山が見え、夜ともなれば名物の白魚取りの篝火《かがりび》がちらつく。その収穫や品川海苔に柳鰷《どじょう》、貝の剝き身が旅の食膳をにぎわせる。

だが林鴻年にはそこまでは知る由もなく、立ち寄る余裕もなかった。ただ、長い道中でこれほど海を間近に見たことはなく、そのさわやかさが目と心を癒してくれた。

目黒川の小橋をはさんだ北品川は、土蔵相模、大湊屋など妓楼の大店が多いが、やがてそれも尽きて稲荷を過ぎると、高輪の大木戸までは海側に建物は全くなくて間近に海が迫る。防潮林すら植えられていないから、視界をさえぎるものは何一つない。

五街道の中で唯一海岸線に沿う東海道だが、これほど海に近い個所はほかにない。かつては由比宿と興津宿の間に〝親知らず子知らず〟と恐れられた海沿いの難所があったが、今は上の薩埵峠を迂回する道にとってかわられて使われていない。

これぞ浮世絵にも幾多描かれた品川沖の景――。街道の海側には柵一つなく、うかうかしていたら転げ落ちそう。下に積まれた石垣は波に洗われ、少し風が荒れたらと案じられるが、これまで地震にともなう津波のときも被害が及んだことはないという。

「真是絶佳的景色啊《ヂェンシー・ジュエジャディ・ジンスエアー》（絶景なるかな）……！」

何もかも彼の故国より小ぢんまりとして、手にとって愛でたいようなこの国の風景であったが、だからこそ愛おしくもあった。そっくり箱庭に収めて持ち帰れそうな気もし、できることならそうしたいぐらい。なるほど浮世絵《フーシーフィ》とか錦絵《ジンフィ》とかいう、美しい色刷りの風景画があんなに大量に売られているわけだ。

あいにく朝の品川沖はただ穏やかなばかりで、これといった見どころはない。いや、たった一つあった。沖合の海面から唐突に突き出た、まるで針のように細長くて尖った何か——樹木ではないだろうし、奇岩怪石のたぐいだろうか。

こんな奇妙なものが、ここ品川で見られるとは知らなかった。印象を書き留めておこうと筆と紙を取り出したが、奇妙なことに彼の前後についたものたちが、同じ針岩を指さし、ひどく困惑したようすで騒いでいた。意味はむろんわからないが、音だけ拾うと、

——ナンダナンダ、アソコノウミカラ、ニューットツキデタアレハ？

——アヌグトールムンガ、アンデーチチャルクトゥガネーンドー！

日本人はもちろん、琉球使節の一行にしろ、毎回ここは必ず通るのだから、見るのは初めてでも話には聞いていて、今さら驚くことはないはずだった。

可是《クーシー》、為什麼《ウェイシェンモ》——だのになぜ？　いぶかりながら、再びその奇妙な物体を見たとき、林鴻年はふと妙なことに気づき、心につぶやいていた。

（あれはまるで『虞初新志』に描かれた払郎察国《フランス》埃特勒塔《エトルタ》の……そう、《奇巌城》とやらにそっくりではないか。天工のいたずらで、同じものがこの日本の品川に形成された、とでもいうのだろう

か？）

　そのあとに思わず輿から身を乗り出して、こう付け加えた。

「啊《ア》、有東西亮了一下《ヨウ・ドンシー・リャンラ・イーシア》！　那是什麼《ナーシー・シェンモ》？」

〃おや、何か光ったぞ。あれは何だ？〃と――。

＊

　同じ朝、江戸・桜田門外の彦根藩上屋敷――。

「殿！　遠山左衛門尉殿よりの急使にございます」

　召し替えのさなかに駆けこんできた家臣に、

「なにっ」

　声を荒らげた井伊掃部頭直亮は、差し出された書状をもどかしく開くや、顔色を変えた。

「なになに……《奇巌城》は城といえど陸に築きたるにあらず、海上に佇立せるものなり。さりとてフランス国のそれの如く天工の産物にもあらず……すなわち幾多の船舶を合して一大城塞となし、そこより砲撃を行ない軍船を派するものなり……何と、そういうことだったか。場所は――品川沖？　なるほど、これでは知れぬはずだ！」

　興奮のあまり、書状をわしづかみにしてしまったが、まだ続きがあるのに気づいて、

「されど不肖遠山、遅まきながらこの事実を探知したうえからは、何としてもかの者たちの詭計を封じ、その邪望を粉砕せん所存なり。以上、急ぎ報告いたし候……」

　そのあとに記された遠山金四郎景元の署名に、ポタポタと水粒が垂れた。それは井伊大老の汗であり、涙でもあった。

井伊直亮はクシャクシャになった書状を畳に延べると、それに向かって端座し、頭を垂れた。そのあと中空をにらんで、搾り出すような声で叫んだ。

「頼んだぞ……遠山！」

2

その朝まだき――。

靄とも霧ともつかぬものに包まれた小舟の上で床几に腰かけているのは、何とも古風な甲冑だった。

別に古式ゆかしいというのではなく、単に古びてオンボロだという意味だが。

何しろ朱色かと思った兜や胴丸はすっかり赤錆びているし、鍬形と呼ばれる前立《まえたて》の飾りは、クワガタムシというよりはバッタの触角みたいに垂れ下がっている。錣《しころ》や大袖、腰から下の草摺《くさずり》は、それらを織りなす小札板が外れかけて、あちこちコヨリで綴り合わせることで、かろうじて原形を保っていた。

さては、これ以上の腐朽を食い止めるため、虫干しに持ち出したものか。それなら、こんな潮風にさらされる場所では逆効果と思ったら、そうではなかった。

この古色蒼然とした具足一式には、中身が入っていた。それも、外側にふさわしい古ぼけたのが。

それが証拠に、骨董屋の持てあましもののような甲冑はスックと――というにはややおぼつかない動作で立ち上がり、重い兜に頭を押えつけられながらも、こう叫んだのだ。

「ものどもっ、陣を組めぇ、海上に城を築くのじゃあっ！」

大音声で叫ぶなり、手にした金の采配を大きく打ち振った。

反応は――なかった。拍子抜けしたオンボロ甲冑の人物は、なおも采配を打ち振り、声をからしたが、朝靄にさえぎられ、しかも声量が足りないため伝わらないらしい。

いら立ったその人物は、小舟の板の間からすすけきった太鼓を取り上げると、撥が見当たらないので采配の柄でドドドンッと打ち鳴らした。あまり太鼓が古すぎて、たたくとホコリとなって消えてしまうのではと思われたが、幸いそんなことはなかった。

今度はオオッといらえる声があり、何かがいっせいに動く気配がした。そのころになると光もさし、霧だか靄も薄らいで、やがてその先に幾隻もの船影を現わした。

――そこでは驚くべき光景がくりひろげられていた。

船と船が互いに縄を投げ合い、引っ張り合って、それぞれの船縁や舳先、艫を接し合う。次いでさらに頑丈な綱で互いを結ぶと、一つの巨大な船――というにはかなり不ぞろいな形ではあったが――が出現した。

続いてそこに板を張り巡らし、広々とした空間を確保するや否や、あらかじめ分解され横たえられていた部材を、見上げるような高さの櫓へと組み立てる。そこに物見台や銃座を滑車の仕掛けで吊り上げると、それはもう一つの天守閣であった。そしてその外観は、遠くフランスの海岸に立つ「エト《エギーユ》ルタの針《・デトルタ》」と酷似していた。

「これぞ《奇巌城》、〝空ろの針〟の計――」

古びて赤錆びた鎧兜の人物――佐藤信淵は、やっとこさ入手したそれを分解させかねない勢いで采配を振り、太鼓を鳴らすと、なおも叫ぶのだった――

「今ぞ時は来れり！　八紘を一字となし、万国に産霊の神教を宣布する宇内混同の戦じゃ。ものども火ぶたを切れっ、開戦じゃあっ！」

おそらくは彼自身、これまで一度も心から信じたことのない理念の数々を。

「さて、そろそろ行きますか」

喜火姫は、袴の下に忍ばせたKouseband holster《カウセバンド・ホースター》――エゲレス語でいうならガーター・ホルスターから拳銃を抜き放つと、押しこめられた船室の施錠部分めがけて弾を放った。間髪を入れず扉を蹴破ると、

「参りましょう！」

この状況には合わない言葉をちせたちに投げかけ、先陣切って廊下を駆けだした。そのとたん、

「あっ、貴様ら！」

と立ちふさがった男たちをやりすごした背後から、野風が飛び出し、素手でいきなり投げ飛ばした。

このところの修練のたまものだ。

「畜生、僕も大小を取られていなけりゃな」

くやしそうに言った浅茅に、野風はニヤリと笑って、

「あんた、もともと剣術《やっとう》より知恵をめぐらす方だろ。荒事はこっちが引き受けた。それっ、こんな具合に！」

言いざま、出合い頭にまた何人かをやっつけた。浅茅は「そう言われても……」と苦笑したが、ふいに四方八方に小刻みに視線を走らせると、

「あっちだ！」

と、ある方向を指さしながら叫んだ。「あっちって？」とたずねたちせに、

「鉄砲蔵だよ。あの老先生の部屋にあった図面で見覚えた。そら、ここだ！」

言われるままに飛びこんだ先には、長いのや短いの、小さな大砲かと思われるものから手のひらに隠れそうなものまで、さまざまな火器が並べられていた。幸い浅茅の刀もあり、彼女は喜んで取りもどし、たばさんだ。アフネスのサーベルやちせの脇差もあったが、後者はもともと飾り物だから役に立ちそうになかった。

「うわあ……これはまさに宝の山ですこと」

あやしく目を輝かせた喜火姫だったが、すぐにわれに返って、片っぱしからそれらの銃を手にすると、素早く目を走らせ始めた。

「はい、これはダメ、これも使えない……というか、わたくしが使えなくしたんだけれど。あっ、これはよし、使える。これもよし……ああっ、うれしい。スネールウェフパトルーイエ・エーネンフェーティフ・マフナム、そなたとまた再会できるとは！」

言いながら、手にした大ぶりな拳銃――後世の通称〝ハイパト〟をほおずりせんばかりにした。だが、すぐにほかのものたちの視線に気づくと、

「はい、野風にはこれ、浅茅にはこれ、ちせには……こちらがよろしいかしら。そしてアフネスにはこの銃をどうぞ！」

手早く、「よし」とした銃器を配っていった。とまどいながらも、それらを受け取り、そして思いがけずおのおのの手になじむのに驚く少女たちに、

「かき集められた銃の試し撃ちするふりをして、実はいざというとき使えないよう細工をしていったんですけれど、さすがに全部は手が回らなくって……でも、それがかえってよかったみたいですね。それにこれ！　この四一《エーネンフェーティフ》口径マフナムだけは壊したくなかったのですよ」

それから、また四人の困ったような視線に気づいて、

「さ、行きましょう！　今からでもできる仕事は山とありますよ！　手渡した銃は身の護り、たとえ撃たなくても、わたくしたち女には心強い味方になってくれますとも」

「こ、こ、これは……」

佐藤信淵は舟の上に呆然と立ちつくし、ポカンと開いた口からかすれ声をもらした。

采配が手からポロリと落ち、ぽちゃりと音立てて海面に消えた。ただでさえ安定の悪い場所で立ちくらみを起こしかけ、あやうく自分もあとを追うところだった。

「おわあぁっ……とととっ！」

あやうく体勢を取り直し、舟床に尻もちをつくまでの間に、彼のまわりで世界がグルリと回転した。そのことによって目の当たりにしたのは、恐るべき——見方によっては笑うほかない地獄絵図だった。

何より笑うべきことは、それが一人の老学徒の妄想と奇説が生み出したということだった。これまでの剽窃や経歴詐称の果てに、この地獄が口を開いた事実だった。

金の短冊きらめく采配の一振りとともに始まった、水上の要塞《奇巌城》からの攻撃——だが、それは品川宿を抜けて江戸に向かう異国の使節一行には何の効果ももたらさなかった。当たらないのではなく、弾そのものが発射されていないようなのだ。

焦った信淵は、さらなる指令を、かねて打ち合わせていた合図にもとづき送った。それでは足りずに、こう声に出しながら……。

「ええい、異様船を出せっ。異風炮をもって間近より仕留めるのじゃ。これぞこの一戦を回天するの巧器にして好機！」

異様船とは、九割方水面下に隠れ、快速でもって敵に迫るという秘密兵器。この特色を生かして隠密裡に街道に肉薄するはずが、二十四挺もの艪で漕ぎだしたとたん、搭載する大砲の重さと不安定さに耐えられず、もんどりうつように海にのまれていった。

たちまち分解する船体、まっしぐらに海底をめざす砲身。ゴボゴボとわきあがる泡の中には、巻き添えになって溺れゆく者たちが吐き出したものがまじっていた。

「お、おた、お助けェェ……おれは泳げないんだぁガバゲベゴボガボ……」

「こ、こ、こっちも同様だぁブクブクブクブク……」

「た……す……け……」

哀れな彼らを助ける余裕は、しかし水上にいるものたちにはなかった。

このときすでに一行は、海側に建物や樹木のある一帯に向かっており、海に沈んだ仲間にかかずらわっていたら、機会を失してしまう。さっきのような、初弾いきなり不発というような失敗をくり返すわけにはいかない。

「配置につけェ、撃ち方用意！」

「ははっ、薬詰め弾込めよろし！」

「撃ていっ、火を点じよ！」

だが、こちらも計画通りにはいかなかった。如意宝台に据えられた防守炮、それに車輪付きで自在に動かせるはずの行軍炮は、女子供でも操作できるという触れこみとは大違いで、全く役に立たなかったのだ。

男たち何人がかりでもビクとも動かず、動いたと思えば見当違いの方角を向いてしまう。車輪付きのものは軸が折れて使いものにならない。かといって、

「ええいっ、何をしておる。グズグズしていては的が行き過ぎてしまうではないか。とりあえず撃て

っ、弾を放てっ！」

と焦ったあげく、滅法界に向け点火すれば、どうしたことかいっこう発射されない。

おかしいな、とそばによって確かめようとしたとたんドッカーン！　と火薬がはじけ、ひどいものだと砲が裂け、バラバラに砕けてしまった。ウワーッ、ヒャーッと悲鳴をあげ、雛壇を突き崩された人形たちのように吹っ飛ばされる男たち。

むろん周囲にあるものは巻き添えで破壊されて、あとかたもなくなった。火薬が強すぎたのか、それとも大砲の出来が悪かったのだろうか。

後者にまちがいないのはともかく、火薬の質もろくなものでなかった証拠に、暴発を免れたものは、砲口からポロリと弾がこぼれ落ち、そのままゴロゴロとあたりを転がった。それに追っかけられた連中が、

「わっわっわっ、わしのあとを追っかけてくるな。あっちへ行け、行けというのに！」

「やめろ、押すな、誰かあれを止めろ。拙者が？　ご免こうむる……ウワーッ」

というのも、大砲に込められていたのが、ただの砲丸ならまだ救われた。あいにくそうではなくて、無数の弾丸となって破裂する再震雷、猛火と毒煙を噴射する紫金鈴だったからたまらない。それらが次々に破裂するたび、あたりにいろんなものが飛び散り、かと思えば色とりどりの瓦斯《ガス》が立ちこめる地獄絵図となった。

救いは、その威力が予想よりはるかに弱々しかったことだった。だが、これもいっそ盛大に自爆して果てられた方がよかったかもしれないと考えると、善し悪しだった。

まさに阿鼻叫喚の火炎地獄、いや火薬地獄――中でも最も悲惨なのは、最も活躍が期待された自走火船だ。いっぱいに積みこんだ火薬の爆発力で猛進し、あわせて搭載した棒火矢に点火して、離れた

敵に浴びせかける予定が、半分しかうまくいかなかったのだ。

「火をつけろ！　つけたら海に飛びこんで逆方向に泳ぐんだ。そら行け、そら逃げろ！」

「ほいきた、そぉい！」

その手はず通り、確かに木舟に火はつき、たちまち激しく燃え上がった。だが、あいにくそのまま少しも進まず、その場でポンポンと火薬を破裂させた。つまり、火船にはなったものの、ちっとも自走してくれなかったのである。

着火を受け持つものたちはあわてふためいて海に飛びこみ、いくら品川の海が遠浅といっても、足がつかずにアップアップした。そこへ火の波が迫り、

「ツツツ冷たい冷たい冷たい――アチチチ熱い熱い熱い！」

と水責めに次いで火責めの苦しみを味わうことになった。そこへまたグヮラグヮラグヮラ！　とさまざまな瓦礫が降ってきて、ダメ押しされることになった。

「あーっ、あれは！」

「逃げろ、今すぐ海に飛びこめ！」

叫ぶ男たちの上に巨大な影がさした。合体した船の上に建てられた高櫓の倒壊が始まったのだ。いいかげんな――というより、あえて誤った計算結果のもとに建てられた《奇巌城》にとっては、当然来るべき運命であった。

「こ、こ、これが」

再び舟の間にへたりこんだ佐藤信淵は、もはや立ち上がる元気すらなくしていた。

「これが、本当の戦というものか。知らなかった、やつがれは何も知らなかった。実際に弾飛び、火薬炸裂する恐ろしさを、肉裂け、血は流れ、なすすべなく水に沈みゆく悲惨さを。ただ紙の上、頭の

中で勇壮さに酔いしれ、喜々として戦争計画を立てた。あまつさえ、その惨害を宇内、世界万国にまで及ぼそうと……あああっ！　崩れてゆく、《奇巌城》が崩れ潰えてゆく！」

――《奇巌城》が構築されたのは、沖合十町（一・一キロメートル）。遠山景元が推定した射程限界の半分以下だが、それでも街道筋からはあまりに遠い。琉球使節の一行は、はるかかなたにそびえ立つ〝空ろの《ホーレ・ナ》針《ルッ》〟をいぶかりながらも、そこでどんなことが起きているかも知る由はなかった。

そうこうするうちにも琉球使節と清の使臣は着々と行列の歩を進め、やがて高輪の大木戸あたりから始まる死角に入ってしまったのである。

「哎呀《アイヤ》、已経看不見了《イーチンカンブーチェンラ》……我們在回家的路上還能再看到它嗎《ウォメン・ツァイ・ホイジャーデ・ルーシャン・ハイノン・ツァイカンダオ・ターマ》？」

――ああ、もう見えなくなってしまった……帰り道にはまた見ることができようか。

林鴻年はいつになく感傷的につぶやき、だがそれきり《奇巌城《チーイェンチョン》》のことは意識の外に追いやってしまった。

3

「き、貴様ら……いったい何をした？」

混乱と錯雑をきわめた《奇巌城》のただ中で、目まぐるしく立ち働く少女たちの前に立ちふさがったものがあった。

赤石甚十郎だった。よほどひどい目にあったのか、着物はボロボロ、顔はすすけ、髪はチリチリというありさまで、ふりかざした刀もひん曲がっていた。

「ここで会ったが百年目……われらの大望を、一世一代の晴れ舞台をメチャクチャにしおって、もう許さん、許さんぞォ。そこへ直れ！　ことごとく成敗してくれる！　だが……貴様らいったい何をしたのだ。貴様ら――よくよく見れば、どいつもこいつも女らしいが、娘っ子ごときが、どうやってここまでの妨害をすることができたのだ……？」

汗と泥にまみれ、血までにじませた顔で、息荒く語気激しく問いかけた。

「それは――」

「ねぇ？」

この男とは早くからかかわりのあった浅茅とちせが答えかけ、言葉に詰まった。と、そこへ、

「何も」

と喜火姫が言った。甚十郎はカッと血走った目を見開いて、

「何も、だと？」

「そう、Niets《ニーツ》……私たちは何もしなかった」

アフネスの口からなめらかに流れ出た言葉と声音に、甚十郎は明らかに動揺を見せた。

「どういうことだ、それは……？」

あえぐように聞き返す甚十郎に、喜火姫は優しく教えさとす調子で、

「それは、ですね……もともとこの計画はできるはずのないものだった、ということです。このため造られた大砲も軍船も、いろんな新兵器も軍略も兵法も、何一つ役に立たないものばかりだったからです。だから、何もする必要がなかった」

「そうなんです」ちせがあとを続けた。「異様船は船出したとたんに異風炮もろともに沈み、防守炮も行軍炮も不発かせいぜい自爆するだけ。自走火船に至ってはその場から一寸も進まないまま燃えつ

きることがわかっていました」

「ただまあ、けが人の出そうなものはたくさんあったし、溺れたり火傷を負って命にかかわることも大いにありかねなかったから、それは防がなければならなかったし、あと一刻も早くここから脱出するようすすめ、その手配りをすることもね」

野風はそう言うと、喜火姫を見やった。姫はうなずいて、

「あと、よそからかき集めたり買い入れた銃器はちゃんとした品物でしたから、使えなくしたり威力を落とす必要があったけれど……それにしても、わたくしたちが捕まり、あんなところに閉じこめられさえしなければ、もう少しお役に立てたのにと残念です」

「ど、どういうことだ……すると、まさか全てが貴様ら女どもの手の内にあったというのか。いや待て、まさかこの《奇巌城》そのものまでもが？」

「お察しの通りだ、赤石君」

浅茅はかつての同学の仲間に呼びかけるように言った。いつしか彼の背後には、ちょうど《奇巌城》の崩壊が一段落したこともあって、黒山の人だかりができていた。

「どうせ失敗し、自壊するとしても、陸地ではまわりに迷惑がかかってしまうから、わざわざ海上の砦という珍案を出した。海外にそういう先例があるかに見せかけてね。その点はこちらの二人のお手柄だった」

そう言って、ちせとアフネスを指さした。ちせは気の毒そうに「ええ、まぁ」と言うのみだったが、アフネスはやや皮肉に、

「あのサトーという先生、新奇なものであれ由来ありげなものであれ、とにかく人目を驚かせ、自分を認めさせる役に立ちそうなものは何でも盗み取り、わがものにする病癖があったからね。全然無関

係な外国語の文章にもっともらしい訳文を添えてね——つまりは、あのインチキ神代石《ロゼッタストーン》と同じ手口さ」

そして、それは常州藩国家老屋敷での〝毒娘〟作戦の応用だったのだが、むろんそんなこととは知るよしもなく、

「畜生、畜生、そうとも知らず、おれは、おれたちは……！」

甚十郎は顔を赤黒く変色させ、うめくように言った。ヨロリと前のめりになったときには、そのまま卒倒するのではないかと危ぶまれたが、次の瞬間、ウオーッと獣の雄叫びをあげ、両手で刀を振り回しながら、少女たちに突進してきた。

その哀れさに、誰も銃口を向けることを躊躇してしまった、そのとき。

「トリャーッ！」

甚十郎の十倍高らかで朗々とした叫びが飛んで、何か黒い影——頭だけは白かったが——が彼と彼女らの間に割って入った。

次の瞬間、甚十郎の体は毬のように宙を飛び、板の間にたたきつけられた。

「しょ、松斎先生！」

「片山先生！」

少女たちの間から声があがる。だが、板の間でのたうち回る赤石甚十郎や、この場に集まった人々の口から飛び出したのは、全く別の名前だった。

「あんた……鉄砲鍛冶の惣右衛門さん!?」

「いや、これはどうも」

天文家にして国学の鋭い批判者、そして柔術の達人でもある片山松斎は照れ臭そうに白髪頭をかい

てみせた。

そう、〝ご門跡チーム〟の野風を弟子に迎え、ほかの少女にも武技を伝授していた彼は、それが縁で、かねて妄想と暴走を危惧していた一派の調査に協力していた。山崎美成の「疑問会」での検討をきっかけに、ますます懸念は高まり、さる友人からの協力要請もあって、ついに名を変え立場を偽り、大坂の鋳物師・五助を称したその友人とともに佐藤信淵の身辺に入りこんだのだった。

信淵は、惣右衛門とその相棒が偽者だと知っていた。なのにあんなにおびえ、そのくせ追い出せなかったのは、大坂の地から徳島にやってきた二人の職人が最初から存在しないからだった。

それどころか、彼が蜂須賀家に招かれて、かの地で多数の大砲を鋳造し、新兵器を発明したというのも大嘘であり、家老・集堂勇左衛門と江戸で面会したことはあったものの、四国には渡ったことさえなかった。

だから松斎扮する惣右衛門たちを拒否すれば、阿波藩での輝かしい経歴をも否定することになってしまう。まさか堺には『鉄炮諸鍛冶諸家御出入名前控帳』なんてものがあり、惣右衛門が実在すれば名前が載っているはずだ、などとは気がつかなかった。

「あれっ、そういえば惣右衛門さん、あんたの相棒の姿が見えないが、鋳物師の五助さんはどうしたんだね?」

「いや、それが」松斎はまた頭をかいて、「今ごろは江戸に向かっているはずだよ。ちょっと所用があってね」

その言葉通り、鋳物師の五助——当人はその息子を称しているが——は琉球使節の無事を確かめたあと、今まさに大急ぎで江戸へ、今回の計画の中枢へと早馬を駆っていた。

「間に合うといいんだけど、そして野風さんが見た『夢殿』の正体が、わたしの推理通りだとうれしいんですけど……」

ちせはそう言い、驚きに満ちて付け加えた。

「でも、びっくりです。あの人が、わたしと同じ特別講義に出て、鋭い質問をしたお侍でもあったなんて……」

「そして、あるときは両国かいわいの気前のいい遊び人――」

喜火姫がいたずらっぽく言い、そのあとに野風とアフネスが顔を見合わせ、

「また、あるときは常州藩国家老――」

「矢羽根兵庫宅の下男・金作！」

こもごも言ったあとに浅茅が付け加えて、

「あるときは鋳物師・五助の二代目。しかしてその実体は――」

とたんに船が大きく揺らいだ。間を置いて再び崩壊が始まったのだ。

たちまち悲鳴をあげ、あわてふためく人々。彼らを励まし勇気づける片山松斎や〝ご門跡チーム〟の声が飛ぶ。

「おっと、もうその刻限が来たか……ここ品川は潮干狩りが名物の遠浅、しかも今は干満の差激しい時期と来てはな」

「そう、このままでは船底が転倒してしまいます！」

「だから早く船同士を切り離し、一刻も早く逃げて！　でないと……」

「ほぉら、いよいよ傾いてきた、今度は《奇巖城》だけじゃすまないぞ」

「とにかく急いで！」

そんなさなか、喜火姫だけは笑みを浮かべ、割りゼリフの続きをつぶやいていた。

「しかしてその実体は――遠山左衛門尉景元、またの名を金四郎！　とはね」

4

姫が締めくくったまさにそのとき、遠山景元がクシャミしたかどうかは定かではない。したとしても、それは馬のいななきや蹄の音にまじって本人にすら聞こえなかったろう。めざすは気吹舎、その奥にある「夢殿」――。自らの手勢に井伊大老のそれを加え、怒濤の如く押し寄せた。

「御用の筋じゃ、そこ通せ。その方らの大先生とやらに問いただしたき儀あるによって、まかり越した！」

――金四郎こと遠山左衛門尉景元は、かねてより市井の人々と親しみ、その中には片山松斎もふくまれていた。喧嘩修業のため彼から柔術を学び、それが目付として丸腰でさまざまな場所に潜入する際の武器となった。

一方、将軍家慶は、かねて異国船対策と、それに関して暴走しがちな常州藩に懸念を抱いていたところ、たまたま漂着したオランダ船の不当な拿捕を聞きつけた。しかし、家斉時代の権臣たちのため自由に動けなかったところ、彼の不遇時代に近侍として仕えた遠山が、後に目付となって大活躍したことから、ひそかに調査を命じた。

金四郎ならぬ金作の名で同藩国家老の宅に入りこんだ景元は、やがてオランダ人乗組員虐待の事実をつかんだが、そこで出会ったのが、以前から噂を聞いていた〝ご門跡様〟の名のもと働く少女たちで、思わぬ危機に陥った彼女らに協力する一幕もあった。

後日、常州藩に事実を突きつけ、オランダ人たちの待遇改善はできたものの、救出には至らなかったのを残念に思っていた。ところへ、琉球使節に随行する清国皇帝の特使に、とある狂信的一派がたくらんでいる陰謀と、その背後に常州藩がいると知った。

そのあといろいろあって、柔術の師である片山松斎との再会があり、彼もくだんの一派の思想の危うさと暴走を恐れていたことから、自らは鋳物師・五助を名乗り、彼とともに隠密潜入するに至ったのだった。

そして、その松斎に《奇巌城》の後始末と、ご門跡チームの無事を託して、遠山景元はここへ駆けつけたのだが——。

「かかれっ、あの六角堂の壁をぶち破るのだ！」

遠山景元の指示に、太い材木を抱えた男たちが突進する。遠山配下の屈強な捕方たちだ。

「そーれっ！」

と声を合わせての一撃で正面の戸板はあっけなく破られたが、そのとたんバッシャーン、パリーンパリパリ！　と聞いたことのない音が、甲高く鳴り響いた。

かろうじて近いものを探せば、荷車が勢い余って瀬戸物屋の店先に突っこんだ場合だろう。だが、このとき彼らの耳をつんざいた響きは、はるかにけたたましく鋭かった。

「これは……ギヤマンか？　危ない、下がれっ、下がれっ！」

遠山がとっさに叫んで制止したので、幸い捕方たちにけがはなかった。だが、あたりにはとがった三角形をして銀色に輝く破片が散乱していた。触るだけで危ないし、踏めばワラジや草履など突き抜いてしまいそうだった。

身をかがめてのぞくと、中から驚くほど鮮明な彼自身の顔が見返してきた。

(ただのギヤマンではなく、鏡か……しかも一枚や二枚ではないぞ)

つぶやいたあと戸板を持ってこさせ、散乱した破片に敷いて「夢殿」に踏みこんだ。

どうやら正面入り口の内側と、そこから入ってすぐの壁板二枚は、ギヤマン製の鏡張りになっていたらしい。それに何の意味があったのか、入った人間を驚かせるためだったのかもしれないが、少なくとも敵の侵入を阻止する役には立たなかった。

それより奇妙だったのは、建物内部の構造だった。どうやら六角形を六分割してあり、いま突入して破壊したのはその一区画らしかった。さらに奥に入ってみると、区切りの壁はどれもただの板で、簡単に打ち破ることができた。

だが、それらはどれもがらんどう。そして一番奥――右回りで行っても左回りとしても四番目に当たる区画に入ろうとしたとき、初めて頑強な戸締まりに出くわした。

むろん、それぐらいでひるむ遠山一行ではなく、さきほどの即席破城槌《はじょうつい》を持ってきて突撃が敢行された。またギヤマン張りになってはいないかと用心したが、幸いそんなこともなく、かなり手こずったものの打ち破ることができた。

だが、その先に捕方たちが見たものは、世にも異常な――見るもおぞましく哀れな存在だった。

飢え渇き、病み衰えたようすで床にへたりこみ、目ばかりギョロギョロとさせた六十年配の男。髪はボサボサ、髭もじゃで、着物は垢じみて異臭を放っている。これには誰もが茫然とし、言葉を失わずにはいられなかった。

そのありさまは「夢殿」の主人ではなく囚人――。最も奇怪なのは、その身をいましめた鎖であり、顔の下半分を覆った金具だった。西洋甲冑の頬当《ヴェンテール》と呼ばれるものに似ていたが、捕方たちには鉄のあごを持つ奇怪な人物のように見えた。

「見つかったか！」

高らかな声に続いて、配下の者たちの背後から現われた遠山景元も、さすがに驚きを隠せなかったが、すぐに気を取り直し声を励ましてたずねた。

「出羽国久保田の出生《うまれ》、大和田半兵衛こと平田篤胤――人呼んで、気吹舎主人に相違ないな？」

だが、半面を覆う金具の下からは、ムームーとうめき声がもれるばかり。気をきかせた配下の一人が外そうとして外せないのを、「もうよい」と手で制すると、
エイッ……！　裂帛の気合とともに金具は真っ二つとなり、床に落ちた。

（素手の喧嘩はやたらお強いと聞いてはいたが……居合の達人でもあられたとは）

と周囲が驚きに目を見張ったときには、刀はすでに鞘に収まっていた。

やや遅れて「夢殿」の四人は、自分の身に起きたことに気づき、あわてて手で顔を押え、もみほぐすようになで回した。そのあと、堰を切ったように、

「さようでござります……此方《このほう》は、確かに大壑《だいがく》平《たいらの》篤胤《あつたね》、羽州久保田藩大番組頭・大和田清兵衛祚胤《としたね》の四男にして備中松山藩士・平田藤兵衛篤穏《あつやす》が養子……すなわち、いま言われた通りの人物にて、少しも誤りはありりゃあいたさんでござる」

強いられた沈黙を取り返すかのように語り始めた。遠山はうなずいて、

「さようか。それでは、公儀の一行、かくこの場に踏みこみ、その方を召し捕らんとする事由、とうから心得ておろうな」

「それはもとより……琉球使節を急襲してこれを征伐し、あらためてわが属国たるを天下に知らしめ、清国の国書を奪取してその無礼を問い、もって御国が万国の元首すなわち頭《かしら》たるを示す戦いの端緒となさしむ。しかしながら、その驚きの大計は、この舌先から出たものではありりゃあいたさんでござる。

それは、たった今、お手前が切り放たれなされた口枷が何よりの証拠……」

これには、さすがの遠山もいら立って、

「いったい何が言いたいのだ。この建物から発せられた数々の下知、もろもろの企みはことごとく存じており、しかし自らが口にした覚えはないとでもいうのか」

「いかにも左様、しかりその通り……此方はこの何か月か、ことによったら何か年もこの『夢殿』にあって、一歩も外に出るあたわず。ただ食うて寝てハコするだけで、一言も発しえず聞くものもないまま、ただひたすら御国を思い産霊の神に祈っておったところ、これは奇妙奇妙、この夢殿に不思議の声鳴り響き、外のものどもに下知を飛ばしたのでござりまする。聞けば聞くほど腑に落ちることばかり。思えば、あれこそ此方の思いも及ばなんだ胸中の思いを、此方に擬して吐露し，天下に号令したものにあらずや……ならば、うむ、あの声は確かにわが心のなせしもの。

おお、やはり此方は喜んで縄を打たれましょう。そして天下万民にわが志を……！」

にわかに生気を取りもどし、語り出した「夢殿」の囚人に、

「どうすんだよ、これ」

遠山景元はふと〝金さん〟の昔にもどりながら、配下のものたちに言いかけた。

「さあ……」

誰も答えられるはずもない中、「夢殿」の囚人はなおも狂熱的にしゃべり続けた。

「まことにこの日本ほどけっこうな国はなく、かの唐土などいくら大国を誇っても、えびすの夷狄といやしめていた相手にことごとく国を奪い取られて国じゅう残らず芥子坊主（弁髪のこと）にされてしもうたが、さてこんな腰抜けは御国には一人もない。なぜというて、御国の人は幼きときから金太郎が熊や狼を引き裂いたの、源頼光と四天王が酒呑童子を退治したの、俵藤太が大ムカデを射殺《いころ》したの、ま

た桃太郎が日本一のキビ団子というのを食べて鬼ヶ島を平らげたといった話を聞かされて育つものだから、自然と力強く勇ましくなるからであります。そもそもなぜ世界は広く、さまざまな人間がいるかといえば、それは日本の偉大さを際立たせ、御国に生まれたありがたさを思い知らせるためで、たとえば暑熱厳しきはるか遠国で自然生《じねんじょう》というて、ひとりでに生えた草木をつかみ食って命をつないでいる鳥獣に等しき人種がいるのも、つまりは日本人は異人とは一つにならぬぞという天つ神の御心で……」

「ほんとにどうすんだよ、これ……」

遠山金四郎景元は、もはや処置なしといった感じで肩をすくめた。

“Stap aan boord van deze boot!”《スタップ・アーン・ボールド・ファン・デーゼ・ボート》

阿鼻叫喚の果て、大半のものが品川の海に飛びこんだ《奇巌城》――。傾き、ひしゃげ、沈みゆくその甲板上で、なおも立ち働く〝ご門跡チーム〟と片山松斎らに投げかけられた声があった。

この船に乗れ――訳さずとも、その意味は彼女らに伝わった。中でも次の一言は、とある少女に突き刺さるものがあった。

“Agnes!”《アフネス》

竜眼を持つ少女がふりかえったその先にあったもの――それは、かつてちせが模型として披露した潜水艇《オンダラゼーブート》――やたらと手足の生えたマクワウリかキュウリみたいなからくり船だった。

そう、佐藤信淵の異様船とは違って、本当に水に潜れる船。今度の計画のために新造された兵器の中で実際に使える数少ない例外がこれで、そもそもは囚われのオランダ人たちのために造らせたものだった。

まずはこれを奪って脱出し、その後、日本近海に西洋の船が通りかかるのを見計らって接近する手はずだったが、その間に一つ別の役割がはさまった。期せずして、人種を問わずみながいっせいに叫んだ、

“Vaart《ファールト》 heen《ヘーン》 naar《ナール》 vrijheid《フライハイト》!”

自由に向かって出発せよ——という、当時の日本語では表現しきれない使命が。

＊

そのさなか、琉球尚育王の使節はぶじ江戸に到着し、華麗にして堂々たる行列を連ねて市民の大歓迎を受けた。

一か月に及ぶ滞在のうち、千代田の城への登城は三度。家慶将軍に拝謁しての進見の儀、将軍への奏楽披露、そして辞見の儀が大広間や黒書院でくりひろげられた。

むろん、外交儀礼はそれだけではない。老中・若年寄や御三家への訪問、文人たちとの交流など絶え間なく、今回はそれらに加えて、前例のない出来事がふくまれていた。

「大清皇帝使臣、翰林院修撰、前琉球冊封使、林鴻年一行、御前へ——」

江戸城の深奥に朗々とした声が響きわたった——。

前代未聞の清使接応役を仰せつかったのは、奥儒者にして昌平黌祭酒すなわち学問所の長である林大学頭述斎、名は衡《たいら》。美濃岩村藩松平家の出だが、七代・林錦峯の死で途絶えた林家《りんけ》の跡を継ぎ、その再興につくすとともに幕府の文書管理と教育行政、そして外交実務に当たった。

今回のそれは、朝鮮通信使の易地聘礼以来の困難をきわめたものとなったが、述斎は何とかこれを

やりおおせた。清使林鴻年からは、述斎が寛政から文化年間にかけて編纂出版し、故郷の山にちなむ天瀑山人《てんばくさんじん》の名で解説を付した『佚存叢書』への言及があり、大いに面目を施した。

　これは中国では失われたが、日本に伝存している漢籍を収集し、木製ながら活版印刷したもので、清国に舶載されて高い評価を受けた。だがまさか、

「原来您是《ユエンライ・ニンシー》天瀑山人《ティエンプーシャンレン》林衡老師啊《リンホンラオスーア》？　很栄幸能《ヘンロンシーノン》在万里之外《ヴァイワンリージーワイ》見到您《チェンダオニン》！」

——あなたが天瀑山人こと林衡《リン・ホン》先生でいらっしゃいましたか。万里を隔てて、お会いできたこと、まことに光栄です。

　と、彼が熱心に学んでいた清朝考証学のまさに大家から賛辞を呈されようとは。これには、家慶将軍も驚きとうれしさを隠しきれず、アジア情勢とヨーロッパの進出という微妙で危険なものをふくんだ外交会議はおだやかな意見交換に終始した。

　ただ、そのあとに珍事があった。江戸城を辞去したあとの述斎が心労のあまりか倒れてしまい、その後長期にわたり寝こんでしまったことだった……。

その八・日本橋に南蛮菓子《スイーツ》舗開店してめでたく大団円のこと

1

品川沖の珍事からしばらくたったある日——新宿新屋敷の一角にある黒板壁黒塀の家。どこか陰気な建物の奥では、今しも朗らかな娘たちの声が、にぎやかにさんざめいていた。

「つまり、野風さんがのぞいた『夢殿』の謎——確かに中に人がいたのに、天井からはただ六つ連なった三角の小部屋があっただけで、人もどころか物も何一つなかったことの……ええっと、こういうのを何というんだっけ、truc《トリュック》——トリック？　とにかくそれは、こういうことだったんですよ」

ちせは思いがけず、座の中心となって話すことになった自分にとまどいながら、仲間たちへの説明に取り組んだ。紙の上に、こんな図を描いて見せながら、

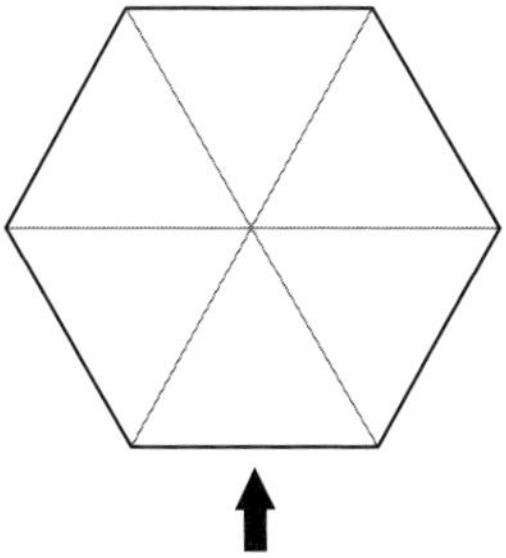

「ほら、これが『夢殿』を真上から見たところ。矢印が正面の入り口ね。あのとき野風さんが見た通り、六角形の中心で交差する線を壁として、六つの小部屋に分けられている。この一番奥の区画に平田篤胤という人はずっと囚われていたし、彼を騙って指令を出していた人物も別の小部屋にひそんでいた。こちらはいつもじゃないけど、野風さんが小窓越しに見たときには確実に中にいた」

「そう、あたしは確かに正面扉からヌーッと出てくる手を見たからね。でも、天井ののぞき穴から見たときには誰もいなかった」

野風が腕組みしながら言った。

「ということは……どうなりますのかしら？」

喜火姫が身を乗り出し、浅茅がうーんと考えこむ。ちせはうなずいて、

「それはね、野風さんの見たのは本当の『夢殿』の姿ではなかったからなんです」

「え、どういうことだい？」

野風が目をしばたたき、ほかの少女たちもけげんな顔をする。ちせは続けて、

「もし……のぞき窓の真下の部屋の壁が、三方ともギヤマンの鏡張りだったらどうでしょう。鏡は互いを映し合い、一つしかない部屋は六つに見えるはずです。ほら、ここはこう、ここはこう……こんな具合にね」

ちせは朱筆に持ち替えると、現実の六角形の上に、鏡の魔術が生み出す幻のそれを重ね描きしていった。

さすが聡明な彼女たちも、すぐには納得できず、ワイワイと論議をかわしていたが、

「Caleidoscoop《カレイドスコープ》……あの鏡を三枚組み合わせたおもちゃと同じ理屈じゃないかしら」

ふいに投げかけられた言葉に、少女たちはハッとした。英語ではkaleidoscope、すなわち万華鏡！　まだその名はなく〝紅毛渡り更紗眼鏡〟などと呼ばれていたが、西洋で発明された翌々年の文政二年（一八一九）にはもう日本に渡来していた。

そのたとえで、瞬時に「夢殿」の仕掛けに気づいた少女たちだったが、もう一つの疑問を口にしないわけにはいかなかった。おずおずと顔を見合わせたあと口々に、

「あのさ、アフネス……」

「さっきからずっと気になっていたのですけれど……」

「君はここにいてもいいの？　だって君は……」

「お父さまたちといっしょにオランダに帰るか、それともアメリカに渡るんではなかったの？」

締めの問いかけは、ちせによるものだった。そう、あのときドレベル式の人力潜水艇で脱出に成功したアフネスの父とその同僚たちは、江戸参府に来ていた商館長《カピタン》ニュイマン――ヨハネス・エルデウィン・ニーマンや遠山ら日本側の尽力でぶじ出国の手はずとなり、少なくとも江戸はとうに離れてい

るはずだった。

「なのに、なぜ――？」

いっせいに顔をのぞきこまれて、竜眼アフネスは照れたようすを見せながら、

「ま、まぁ……いいじゃないか、そんなこと。もちろんそのつもりではあったし、ここにいては何かと不自由なことばかりだけど、私は父たちオランダ人の中でも異質な存在。それならいっそ、もうしばらくはみんなといっしょに楽しくやれたらと思ってね。それとも……こんなのがいたら邪魔かい？」

やや気弱なところを見せ、上目づかいに問いかけた。とたんに、

「何てことを。そんなことあるわけが――」

喜火姫をはじめ野風、浅茅、そしてちせがいっせいに叫んだ。

「ないじゃないか。だって答えは一つ――」

「Graag gedaan!《フラフ・フダン》だよ」

「そう、私にそう言ってくれたみたいに！　もう一つおまけにWelkom!《ヴェルコム》」

そのあと、できたてのSnoepjes《スヌーピエス》、エゲレス語で言うならスイーツすなわち南蛮菓子が運ばれた。

もちろんアフネス直伝のもので、〝ご門跡チーム〟の歓談はさらに楽しいものとなった。それは、話題が事件の真相にまつわるものとなっても同じだった。

「それで結局――あの『夢殿』の中から号令を発していたのは、あの気吹舎の大先生とは全く別人だったということ？　あの鏡の仕掛けはいつからあったものかはわからないけど、とにかくあれの奥の部屋に本物を幽閉し、真っ赤な偽者があそこまでの大ごとを仕掛けたということになるのか。あの赤石甚十郎とかのおかしな野心と思想にとりつかれた連中を使って……」

浅茅が言うと、ちせも考えこんで、

「そうなんですよね。短期間であれだけのものを造れる人手がそろっていたのはすごいと思うし、それは国学というものの魅力、怖さでもあるんでしょうけど、それを束ねる人がいなければ、どうにもならない。それがあの塾の中にいたとは思えないんですよ」

「あんなハリボテ石をこしらえて、日本の偉大さを広めようとか、やってることはトンチンカンなことばかりだったしね。連中のチャチな計画を横取りし、彼らを煽ってあらぬ方向にねじ曲げていった誰かがいたとすれば、まだ筋が通るかな。だけど、何のためにそこまでして……」

アフネスが苦笑いしながら言った。すると野風がふと思い出したように、

「でも、あそこに誰かがいたのは確かだ。そういえば、せっかく台所のおばさん連中が腕をふるった料理――あたしにはずいぶん珍しい料理に見えたけど、あとで聞いたらいぶりがっこにハタハタの酢漬け、みんなあの先生のお国の名物なんだってね」

「それが替え玉の口には合わなかったか。だからって突っ返さず、本物に食べさせてやればよかったのに」

「いや……そうすると、二人分食事が要ることになるから怪しまれてしまう。つまり『夢殿』に替え玉がいるときには本物は飲まず食わずだったわけだね」

アフネスと浅茅がこもごも言った。

「とはまた気の毒に――でも、そのかわりに焼きおにぎりをほしがるなんて、あまりいいものを食ってないと見えるね。焼き飯なんていうから何かと思ったけど」

野風の指摘に、みなは「焼きおにぎり?」と笑ったが、ではその替え玉は誰だったのかは議論の分かれるところだった。まずはちせが、

「あの計画に一番熱心で、兵器は失敗作ばっかりだったし、《奇巌城》もわたしたちに騙された結果とはいえ、建設の中心だったのは――やはり佐藤信淵のご老体かしら」

「いや、あの人は『夢殿』でご託宣を受けてた側だから、違うよ。それに同じ出羽の生まれだから、あのお国料理は好物だろうし」

　野風が言うと、アフネスが「ならば、やっぱり」とまだ去りやらない怒りをにじませて、

「漂流民でも何でも、西洋人と見ればすぐ殺したがる常州藩の連中――ことによったら、あそこの殿様自ら、異国攻めの御大将気取りで『夢殿』にいたりして？」

「いや、いくら何でも、それはまさか」浅茅がやんわり否定した。「でも、よほどの大物でなければ、あれだけのことは……でも、そんな人がいるだろうか。それだけの力があって、しかも清国皇帝と将軍家が誼みを結ぶことを何が何でも阻止したい人が――？」

「いますよ、一人だけ」

　ふいに割って入った涼やかな声は、喜火姫のそれだった。

「そ、それは――姫様？」

　異口同音に投げかけられた問いに、喜火姫はにこやかに、だがどこか辛辣に答えた。

「いつまでも黴の生えた華夷秩序とやらにとらわれ、どちらの国が上でどちらが下、帝と王の格の違いはといったことばかり気にして、そのくせ現実の国々を見ようとはしない。大昔の聖賢の書はありがたがっても、今の清国のことを研究するのは半ばご禁制になっている……そんな考えで凝り固まっているところへ、それではもはや通用しない事実を突きつけられ。それに対応することを命じられたとしたら――？」

「姫様、それは！」

浅茅が叫び、そのあとにハッと何か心づいたようすで、

「そうか……そういえば、あの人が頂点に立つあそこでは、焼き飯が出るのが恒例の行事があった……」

「その行事というのは？」

喜火姫が微笑みながら、問いかけた。

「昌平黌――湯島聖堂の学問所で行なわれる素読吟味のときは、試験後に焼き飯が出るから弁当を持ってこなくてよい、と指示があるのが通例でした。そのほかにも折に触れて学生に出されることがありましたから、たぶん学長である林家の伝統なんでしょう。まさか、あの方が……でもあの方の息子は目付、騒動をみすみす野放しにするも、あとで一網打尽にして手柄とするも好都合な立場に――」

深刻に考えこむ浅茅を見かねたか、野風が「そういえば」と笑いながら言った。

「焼き飯を、と要求されたあのとき、台所が手いっぱいだったもんだから、あたしが作って持って行ったんだよ。手を洗う暇もなく、そのへんの残りご飯と使いさしの鍋でチャッチャとね。あれはちゃんと食べてもらえたのかなぁ？」

「さあ、それはどうだろう」

「おい、ひどいな！」

浅茅に大まじめに首をかしげられ、野風は憤然と叫んだ。それをきっかけに、少女たちはドッと笑いくずれ、その場の空気はいっそう和やかなものになった。ひとしきり笑ったそのあとで、

「それにしても」ちせがふと言った。「今度のことが人に知られず、ちょっとした騒ぎがあったというだけで忘れ去られてゆくのは惜しい気がしますね。ううん、わたしたちの手柄がどうこういうのではなく、このままではいずれまたあんな神がかりな考えが世にはびこって、今度こそ異国と無謀な戦

いを始めてしまうかもしれません」

「それなら、また芝居でもやるか。いつかみたいに名曽屋鴇之丞一座を名乗ってさ……あっ」

野風は言いかけて、浅茅からの目くばせを受けて黙りこんだ。ときすでに遅しで喜火姫の目はにわかに輝きだしていて、

「いいですね、やりましょう！」

と大乗り気だった。さすがに江戸の地でそんなムチャはできないと一同必死に押しとどめたものの、姫は未練が断ち切れないようすで、

「それなら、せめて瓦版を出して、絵入りで面白おかしく世間にこの出来事を知らせましょうよ。わたくしがこう手ぬぐいをかぶり、法被にパッチ姿で、

『さぁさぁ、評判評判評判！　花のお江戸の大騒動、この日ノ本ばかりか異国まで巻きこんだ陰謀があったをご存じか。闇にまぎれて怪しの一団、八百八町に蠢きしを知らないか。その次第はこの瓦版につまびらかに記しあれど、その一端なりとご披露しようなら、オランウータンの大暴れあるかと思えばロゼッタストーンの謎文字あり、珍兵器火を吐いて疾駆すれば、怪発明は海に潜りと、まさに太平の夢を揺るがす大事件。この企みに立ち向かわんとするは、あろうことか優にやさしき五人の少女《おとめ》たち。彼女らが敢然攻め入る悪の根城を何と呼ぶ？　その名も妖しき《奇巌城》！』

といった具合にね。え？　これもやっぱり駄目……ご門跡様にしかられる？　うーん、それもそうか」

いったんは反省し、落ちこんだようすの喜火姫だったが、すぐに顔を上げると、

「あ、ご門跡様といえば、今回のことでじきじきにおほめの言葉があったのですが、合わせてこの屋敷では陰気だし不便だし、どこか望みの場所に集い処を変えたらどうかというお申し出がありまし

た」

「ああ、そりゃいいや！」

「素敵なことですね」

などと賛同の声が上がる中、ひとりアフネスは寂しそうに。

「まぁ、私はどこにいてもこの見た目だから、奥に隠れてないといけないんだけどね」

半ばあきらめたような言葉を、「あの！」と声高く断ち切ったものがあった。ちせだった。

「それならばわたしに考えがあるんですけど……できるだけ、にぎやかで便利なところに集いの場所を置けて、しかもアフネスに大活躍してもらえるという工夫がね！」

え、それは――？　と期待と疑問をたたえた視線が、ちせに集まった。

「それは……これです！」

彼女の指先には、まだ温かみを帯びた南蛮菓子がつまみ取られ、たまらぬ甘やかさと香ばしさを放っていた――。

2

「おう、早や午の刻……それでは上様、本日の講義はこれまでといたすとしましょう」

江戸城中奥、御休息御上段に、大学頭林述斎の声が静かに響いた。

ここは上段下段ともに十八畳ほどの部屋だが、前者は政務の場である後者に対し、こちらはやや私的色彩が強い。昼食前のくつろぎのひとときである今は、奥儒者による漢籍の講釈に費やされていた。

林家の当主は、昌平坂学問所の長と奥儒者を兼ねるのが通例。もっとも前者として将軍に公式に講義をする際は御座之間御下段を使うことになっていた。

「うむ、大儀であった。昨日は武芸掛の小納戸相手に汗を流したが、文武とりまぜるのが心身によいようであるな」

将軍家慶は上機嫌に言うと、書見中は力の入っていた肩をゆるめ、腕をやや開いた。平伏したまま引き下がろうとする林述斎に、

「ああ、これ待て大学頭。まだ少し話がある」

「ははっ」

述斎はけげんそうに、だがあくまで神妙に返答すると、再び御前に膝行した。将軍は寛闊な面持ちで、

「先の琉球尚育王の使節並びに清国道光帝よりの使臣の接応、まことにご苦労であった。前例なきものをよく処理し、みごとにまとめてくれた。余より皇帝への国書、当分は公にすることもできまいが、一朝、西洋諸国がアジア一帯をおびやかすときには、きっと役立つときも来よう。そうならぬに越したことはないが……ともあれ、その方の業績、まことに感に堪えぬぞ」

「ははっ、ありがたき幸せ……まことにごもったいないお言葉にござりまする！」

林大学頭述斎は、感激のためかそれ以外の思いもあってか、体を震わせ、だいじょうぶかと思われるほど汗をかいた。

家慶は、そのようすを何とも言えない微笑とともに見守っていたが、ふとそこに皮肉と意地悪さの色を濃くすると、

「ときに大学頭」

「ははっ……はっ？」

けげんそうに顔をあげた林述斎に、家慶はこう続けた。

「いつぞやは、急に腹を壊したとかで講義を休んだが、その後大事はないか……焼き飯に中毒《あた》ったりはしておるまいな？」

3

――徳川家慶はその後、父家斉の寵臣たちの排除に成功した水野越前守忠邦を登用し、いわゆる「天保の改革」で政治を刷新し、経済を立て直そうとするが、これは大失敗に終わり、「蛮社の獄」のような言論弾圧事件まで引き起こす。

このとき暗躍したのが水野の腹心・鳥居耀蔵で、彼は大学頭林述斎の三男でもあった。林家の代々は硬直した排外意識にとらわれつつも、柔軟な外交手腕を発揮したものが多かったが、彼はその半分だけを受け継いだのかもしれない。

やがて上司を蹴落として南町奉行にのしあがり、ますます暴虐をほしいままにし、その被害者には蘭学者ばかりか『江戸繁昌記』の寺門静軒もふくまれていた。その告発理由は、江戸市民の卑近な生活風景を漢文で書いて、聖賢の学をけがしたという理不尽きわまるものであった。

そんな鳥居の前に立ちふさがり、人々を守り抜いた人物があった。北町奉行に抜擢された遠山左衛門尉景元、すなわちあの遊び人上がりの金四郎であった。

――清朝第八代、宣宗道光帝は、林則徐を欽差大臣に任命して西洋の侵略、とりわけイギリスのアヘン密輸を厳禁しようとしたが、ついに道光二十二年すなわち天保十一年（一八四〇）、阿片戦争の勃発となり、大敗を喫する。折しも日本は混乱と弾圧の真っ最中で、その実態すら的確にはつかめないありさまだった。

敗戦の結果、香港島割譲、港五つの開港を余儀なくされ、その後西洋列強に同様な条約を強要された。さらには失意の彼の死後、中国は太平天国の乱に見舞われることになる。

――二人の元霊感少年、天狗小僧寅吉と再生勝五郎は彼らの「思案」の結果か、ほどなくして江戸を離れた。寅吉は下総国で医者となり、勝五郎は故郷中野村で家業を継いだ。その暮らしぶりは夢から覚めたように、ごく平凡で実直なものであったという。

――佐藤信淵は、幕末の嘉永三年、数え年八十二まで生きのびるが、ついに大家に仕官することも著作で名をなすこともかなわなかった。だが明治以降、その神がかりな排外愛国思想ゆえに彼の名声は一気に高まり、とりわけ『宇内混同秘策』はアジア侵略のお手本となるという笑えぬ喜劇があった。その経歴はことごとく真実とされ、たとえば阿波徳島で大砲一門すら造らなかったばかりか、そもそも現地に行ってさえいないという証明にすら数十年を要したのだった。

――片山松斎もまた、市井の一学徒として終わった。その著作はついに刊行されることなく、写本としてのみ伝わった。だが、とりわけ『国学正義編』は穏当な論理と常識でもって、いわゆる平田国学を痛烈に批判、江戸期を代表する思想的良心と再評価された。なのになぜ平田篤胤はあれほどもてはやされ、松斎は忘れ去られたのか……それ自体が日本人に課題をつきつけている。

＊

ときは少しもどって、琉球使節が帰国の途についてしばらく――江戸は日本橋の一角に風変わりな店が開かれ、評判となった。

その名は《五人堂》、あつかうのは南蛮菓子。その珍しさ以上に目を引く要素があって、ものは試しと行ってみれば、さしずめこんな按配だった。

「さあさあ、南蛮渡来のお菓子の数々、かすていらにびすこいとはいかが！」

「ここにしかないショコラーダにタールト、クッキェスにドーナト、どれも甘くておいしいですよ」

「まずは中に入って赤い色したお茶をばどうぞ。おっと『チャ』ではないよ『ティ』だよ」

「いらっしゃいませ！　こちらの卓子《ターフル》が空いてございます」

五人堂とあるのに、呼びこんだり接客したり、お運びしたりしているのは、若衆姿の一人をふくめて四人しかいないと思ったら、奥の更紗模様の暖簾のあわいからいい匂いが流れ、しきりとカチャカチャ音がする。それればかりか、

「ちょっとこっちも手伝ってー」

と声もするではないか。

なるほど五人目は調理場かと納得させられたところへ、この珍しい店に輪をかけた珍客がやってきた。それも相当な急ぎ足で、当人にとっては全力疾走なのかもしれなかった。

それはとても品のいい、身なりも立派な尼僧だった。走る尼さんというのも珍しいが、よほど甘いもの好きなのかなと、通りすがりの人々が微笑ましく見ていた折も折、尼僧は《五人堂》の娘たちに息せき切ったようすで、こう呼びかけた。

「みなさん、大変です。あんなムチャなことはあの一度きりと思いましたが、またまたそちたちの力と知恵を借りなければならない事件が出来《しゅったい》いたしたのです」

えっ、それは？　と耳をすまし、目を見開き、暖簾の陰から顔のぞかせた少女たちに、尼僧——ご門跡様は、大きく息を吸ってから言ったのだった。

「そう、その大変にしてムチャな事件というのは……！」

あとがき――あるいは好事家《こうずか》のための Noot《ノーツ》 にて御座候

伝奇時代小説――私にとってそれは本格ミステリやSFと並ぶあこがれであり、小説の面白さや楽しさ、何より自由さといえば真っ先に思い浮かびますし、いつか必ず書きたいジャンルでもありました。でも捕物帳と時代小説の著書はあるものの、奇想天外で荒唐無稽でワクワクドキドキさせられる小説を書く機会はなかなか訪れず、いま読者《あなた》が手にしているこの一冊が夢の実現となったのです。

かつては毎日どこかしらの局で時代劇を放映していて、いま思えばずいぶん恵まれていたのですが、内容も含めてあまりに日常的でありすぎ、何もかもがテレビサイズにすっぽり収まっているせいで飽き足りないことがしばしばでした。そんな中で出会い、「時代ものってこんなに面白いのか」と舌を巻かされたのが、戦前からのいわゆる伝奇小説と邦画黄金期のチャンバラ映画だったのです。

伝奇は、当時すでに歴史・時代小説の主流からは外れていましたが、SFの文脈から再評価されることが多く、また野村胡堂、角田喜久雄、高木彬光、島田一男、都筑道夫といったミステリ作家諸氏がしばしば手がけていました。十代のころむさぼり読んだ桃源社の〈大ロマンの復活〉シリーズでも重要な一翼を担っており、こんな風にSFや探偵、怪奇幻想のルートから導かれたとあれば、江戸の市井《しせい》人情や士魂がどうとか、あの合戦や暗殺の真実はいかにといったことより、異境に秘宝にからくり、美女に怪人など満載の物語に夢中にならざるを得ず、そのまま今日に至った次第です。

直接のきっかけは、確か十七歳のお正月、深夜テレビで見た阪東妻三郎主演「富士に立つ影」（一九四二）でしょうか。その大風呂敷ぶりに驚いていたところ、SFには首をかしげ、ミステリにしても乱歩ぐらいしか話の合わなかった母が、待ってましたとばかり若き日の時代もの体験を語りだしたのです。『牢獄の花嫁』らしきセリフとか、いまだに謎な〝神変麝香猫《しんぺんじゃこうねこ》の唄〟とか……。

その後、高校生には手痛い買い物だった白井喬二の原作を今はなき旭屋書店アベノ店で取り寄せたとか、角田喜久雄『妖棋伝』を皮切りに国枝史郎、吉川英治と読んでいったとか、「天下御免」「鳴門秘帖」「早筆右三郎」といったNHK娯楽時代劇の思い出など話せばきりがないのですが、今回は本篇をたくさん書きすぎたため、あとがきに割くスペースが乏しく割愛せざるを得ません。一つ挙げるなら、ひたすら明るく楽しく、歌とアクションにあふれた沢島忠《さわしまただし》監督作品の影響で、ある会で東欧の日本研究者から邦画の傑作はと問われて「殿さま弥次喜多　捕物道中」と答えたほどです。

そんな私ですから、そもそも入っていいのか申し訳ないぐらいだった「操觚《そうこ》の会」の縁で伝奇アンソロジーに参加するチャンスを逃すはずもなく、その後いろいろありつつも「江戸少女奇譚」五作を書き上げました。細谷正充さんには「これって『オーシャンズ11』でしょ」と早々に見抜かれましたが、まさにこのあと書く予定だったのです――この五人のヒロインによる冒険活劇大ロマンを！

目指すところは、歴史小説はもちろん時代小説でもない「時代劇小説」――みなもと太郎先生が京都で仕出し俳優のバイトをしていたとき、撮影所のご老体にここで撮られている江戸時代は正しいのか訊いたところ、「時代劇に『なに時代』というのはないのじゃ　あるのは『時代劇時代』というものだけじゃっ」と喝破された話に触発されたものです。今では考証的に誤りとされるアイテムをあえて選び、〝西洋ファンタジー風異世界〟にとってかわられた感のある〝お江戸〟を取り戻そうとしたのですが、その試みがうまくいったかどうかは読者の判断にゆだねるほかありません。

とはいえ、大ボラを吹くには作者の妄想を超える真実も必要で、その参考にさせていただいた資料の代表的なもののみ挙げれば、内山知也・本田哲夫編『湯島聖堂と江戸時代』、名古屋市博物館『再現江戸時代の博覧会　よみがえる尾張医学館薬品会』、森銑三『佐藤信淵』、稲雄次『佐藤信淵の虚像と実像』、林美一『江戸の二十四時間』、沖縄県文化振興会編『江戸上り　琉球使節の江戸参府』、高島俊男「平田篤胤と片山松斎」、磯野直秀「薬品会・物産会年表」、廣田龍平「カッパはポセイドンである　近世後期における東西妖怪比較」他となります。また作中の中国語については張舟さん、オランダ語にはウォン・ホーリンさんのご助言を得ました。ここに記して御礼申し上げます。

最後に、今どきこんな、三田村鳶魚翁が墓を蹴破って出てきそうな髷物を書かせてくださった早川書房編集部の吉田智宏氏、および本篇に登場する少女たちのキャラクターデザインや設定段階からかかわっていただき、そのしめくくりとして装画をお願いすることのできた猫月ユキさんに感謝します。

……さてさて、おしゃべりはこれぐらいにして、アシベ映画《キネマ》が総力をあげてのオールスター超大作、総天然色ワイド《スペクタクル》娯楽巨篇、痛快美少女時代劇『大江戸奇巌城』、ただ今より上映開始です。謎あり剣戟あり大特撮あり、百合……はあるかどうか知りませんが、どうか存分にお楽しみください！

二〇二三年一月

芦辺　拓

初出一覧

第Ⅰ部　江戸少女奇譚の巻
「ちせが眼鏡をかけた由来」
（電子書籍「伝奇無双・秘宝」2019年3月刊所載／戯作舎）
「浅茅が学問吟味を受けた顚末」
（『妖《あやかし》 ファンタスティカ』2019年5月刊所載／アトリエサード）
「喜火姫が刺客に襲われた次第」
（『妖《あやかし》 ファンタスティカ2』2019年11月刊所載／アトリエサード）
「アフネスが毒娘と化した秘密」（書き下ろし）
「野風が幽霊村に迷いこんだ経緯《いきさつ》」（書き下ろし）

第Ⅱ部　大江戸奇巌城の巻（書き下ろし）

著者略歴

1958年大阪府生まれ。同志社大学卒。1986年「異類五種」で幻想文学新人賞佳作入選、1990年『殺人喜劇の13人』で鮎川哲也賞を受賞。2021年発表の『大鞠家殺人事件』は、日本推理作家協会賞&本格ミステリ大賞のダブル受賞に輝くなど、高い評価を得た。本格ミステリや時代小説の分野で、多数の著作を発表している。

大江戸奇巌城《おおえどきがんじょう》

二〇二三年一月二十日　印刷
二〇二三年一月二十五日　発行

著者　芦《あし》辺《べ》拓《たく》
発行者　早川浩
発行所　株式会社　早川書房
郵便番号　一〇一 - 〇〇四六
東京都千代田区神田多町二ノ二
電話　〇三 - 三二五二 - 三一一一
振替　〇〇一六〇 - 三 - 四七七九九
https://www.hayakawa-online.co.jp
定価はカバーに表示してあります

印刷・株式会社亨有堂印刷所　製本・株式会社フォーネット社

ISBN978-4-15-210205-8 C0093

乱丁・落丁本は小社制作部宛お送り下さい。
送料小社負担にてお取りかえいたします。